# 노래하는 고래 ㉖

# 노래하는 고래

무라카미 류 장편소설

권남희 옮김

네오픽션

# 차례

## 신데지마라는 섬

### 1

나는 다리를 찾아가고 있다. 그러나 다리까지 갈 수 있을지 모르겠다. 무엇보다 아버지를 포함한 주위 사람들은 다리가 정확하게 어디 있는지 몰랐다. 다리는 본토에 연결되어 있기 때문에 다리라는 말은 이 섬에서 금지 단어에 가깝다. 나는 다리를 두 번 건넌 적이 있다. 그러나 그때는 조제된 종합 신경안정제를 강제로 먹은 상태였던 탓에 그것이 실제로 일어난 일인지 상상인지 아니면 꿈인지 모호한 기억뿐이다. 어떤 기억이고 다 모호하네. 그렇게 중얼거렸을 때, 다리가 이섬 어디쯤에 있는지 알 법한 사람들이 사는 곳에서 내가 서

성거리고 있었음을 깨달았다. 다세대주택 단지는 끝나고 비포장도로 양쪽에 사람 손으로 만든 오두막집이 즐비했다. 섬에서도 특히 가난하여 교육도 거의 받지 못한 사람들이 사는 오두막집이다. 쿠치추라고 불리는 사람도 이 근처에 많이 살고 있다.

  좋아하는 동물은?
  살쾡이.
  싫어하는 동물은?
  고래.
  좋아하는 동물은?
  바다코끼리.
  싫어하는 동물은?
  고래.
  좋아하는 동물은?
  검은코뿔소.
  싫어하는 동물은?
  고래.
  좋아하는 동물은?
  아노말로카리스.

싫어하는 동물은?

고래.

좋아하는 동물은?

알래스카견.

싫어하는 동물은?

고래.

좋아하는 동물은?

백조.

싫어하는 동물은?

고래.

좋아하는 동물은?

흰코뿔소.

싫어하는 동물은?

고래.


사람들이 공터에 불을 피워놓고 모여 서서 진지하게 질문을 던지고 속삭이듯 대답했다. 그렇다고 게임은 아니었다. 주위를 어슬렁거리면서 보고 있으니, 불을 둘러싼 사람들 속에서 무장한 사람 하나가 다가와 그리스 건grease gun을 심장 근처에 들이댔다. 그의 관자놀이 부분에서 시큼하면서도 달콤한 냄새가 나서 쿠치추라는 것을 알았다. 몸에 갑자기 돌연변이가 일어난 사람을 통틀어 쿠치추라고 한다. 쿠치추는 귀 윗부분에 얼핏 봐서는 눈에 띄지 않는 작은 구멍이 있어 거기로 분비물을 내보낸다. 그 구멍은 태아가 아직 어류에 가까운 생물일 때 호흡을 하는 데 쓴 아가미의 흔적이라고 한다. 내 여동생에게도 그 아가미 흔적 같은 구멍이 있었다. 태아에게는 반드시 그 구멍이 있지만 보통은 출생 후 저절로 막힌다. 드물게 구멍이 남아 있는 아이가 있는데, 여동생도 그중 하나였다. 어릴 때는 곧잘 구멍으로 세균이 들어가서 관자놀이가 혹처럼 부었다. 관자놀이가 부으면 여동생은 머리가 어지럽고 아프다고 호소하여 부모님은 펌프식 흡출기로 고름을 짜내주었다. 하지만 그게 순조롭지 못해 고름이 고여 잔뜩 부풀었을 때는 병원에서 그 부분을 절개하여 어린이용 야구방망이 같은 봉으로 몇 번 두드리거나 세게 눌러서 고름을 뺐다. 고름에서는 달짝지근하고 기분 나쁜 냄새가 났다.

부모님이 부종이 커지지 않도록 평소에도 한 번씩 관자놀이를 눌러서 고름과 함께 세균을 내보내라고 시키면, 여동생은 미간을 찌푸리고 손가락으로 구멍 옆을 눌러 허연 액을 빼냈다. 그러나 여동생은 쿠치추가 아니었다. 관자놀이 구멍에서 분비되는 고름에 독성이 있는 사람만 쿠치추로 분류된다. 그리스 건을 들고 있는 사람은 쿠치추여서 분비물 냄새에 달짝지근함뿐 아니라 시큼함이 섞여 있었다. 쿠치추는 아가미의 흔적인 구멍에서 나오는 독으로부터 스스로를 지켜주는, 육안으로는 보이지 않는 독특한 점막을 온몸에 갖고 있어서 시큼한 냄새가 나는 거라고 아버지의 데이터베이스에서 배웠다. 나는 다리에 가려고 하는데 다리를 알고 있습니까? 물었다. 그리스 건을 든 쿠치추가 이리 와봐, 하고 큰 소리로 불 주위에 있던 동료들을 불렀다. 모여든 사람들을 둘러보았지만, 그 외에는 쿠치추가 없는 것 같았다. 한 번 더 말하라고 해서 나는 같은 말을 되풀이했다.

다리에 가려고 하는데 다리가 어디 있는지 알고 있습니까? 쿠치추가 내 입을 그리스 건 끝으로 가리키며 들었냐고 모두에게 확인했다. 그러자 아주 옛날에 심은 IC 칩 때문에 팔이 부은 노인이 존댓말이 틀림없다고 고개를 끄덕이고는 내게 물었다. 너는 어디 사는 사람이냐? 어떻게 존댓말을 알고 있지? 노인의 팔은 오래전에 주입한 IC 칩에서 흘러나온 금속 때문에 괴사하여 시커멓게 늘어져 있었다. 그때까지 미처 깨닫지 못했지만, 그들이 불을 둘러싸고 있는 장소는 경치가 참 예뻤다. 처음에는 시야가 이상한가 생각했지만 그렇지 않았다. 주변 집들에는 오렌지색 불이 켜져 있고 질척대는 도로에 세워둔 자동차에도 불빛이 보여 밤의 어둠은 마치 광택이 나는 짙은 감색 천 같았다. 좋아하는 동물은? 둘러앉은 이들 중 한 사람이 물어서 주당쥐입니다, 대답했더니 모두에게서 환호성이 터졌다. '입니다'라고 말하는 건 간단하지만 이 아이는 발음이 완벽해. 팔이 늘어진 노인이 만족스럽게 고개를 끄덕였다. 모여든 사람들 속에서 아이들 얼굴이 반짝이더니 합창하듯 물었다. 싫어하는 동물은? 고래입니다, 대답하자 '입니다' 하고 또 기쁜 얼굴로 입을 모아 따라 했다. 그리고 누구냐고 물었다. 내가 존댓말을 써서 놀란 것이다. 약 육십 년 전, 2050년대에 시작된 문화경제효율화운동으로 섬에서도 본토에서도 존댓말이 사라졌다. 그러나 나는 아버지에게 자연스럽게 배운 존댓말을 사용한다. 아버지에 대한 경의를 표현하는 것이라 생각하기 때문이다.

나는 아버지 이름을 말했다. 아버지는 다나카 히로시입니다. IC 칩을 팔에 묻은 노인이 아버지를 알고 있었다. 서버 데이터를 관리하던 다나카 히로시냐고 물었다. 그렇다고 고개를 끄덕였다. 노인은 그렇다면 그 아들이 존댓말을 아는 것

은 당연하지, 그런데 아마 다나카 히로시는 최근 텔로미어
telomere, 말단소립를 잘려 일도 생명도 잃었을 텐데, 하고 이상하
다는 표정을 했다. '텔로미어'라는 말과 '잘렸다'는 말에 주
위 사람들이 구토할 때와 같은 소리를 냈다. 텔로미어란 염색
체 말단에 있는 것으로 생명 시계라고도 불리며, 염색체를 보
호하고 안정성을 유지시킨다. 텔로미어를 잃으면 세포는 죽
고 노화가 촉진된다. 중대한 죄를 저질러 텔로미어를 잘린 채
이 섬으로 추방된 사람도 있지만, 이곳에서 살인이나 성범죄
를 저질러도 텔로미어가 잘린다. 정확하게는 어떤 유전자를
제거하여 급격한 노화를 촉진시키는 의학적 처벌을 말하지
만, 보통은 텔로미어 절단이라고 부른다. 급격한 노화란 급격
한 동맥경화, 급격한 골밀도 저하, 급격한 소뇌의 쇠퇴, 난소
나 정소의 급격한 위축, 급격한 면역 저하, 급격한 피부 위축,
기관이나 심장판막 등 연조직의 급격한 석탄화, 모근과 피하
지방의 급격한 감소와 소실, 급격한 호르몬 이상 등을 동시에
일으키는 것을 말한다고 아버지에게 배웠다. 즉, 조로증이다.
이 섬이 탄생하는 과정에서 텔로미어라는 말이 널리 정착되
어, 그 의학적 처벌을 흔히 '텔로미어 절단', 혹은 '텔로미어를
자른다'고 표현하게 되었다.

# 2

　섬의 지도상 이름은 신데지마<sup>新出島</sup>로 북부 규슈 연안에 있다. 우리는 특별한 경우를 제외하고 섬을 나가는 것이 허락되지 않는다. 신데지마라는 이름은 원래 데지마라는 섬이 있어서 그것과 구별하기 위해 붙인 것 같다. 그 섬은 같은 규슈에 있는데 이쪽 섬과는 전혀 다른 부채꼴 섬이라고 아버지의 데이터베이스에 나온다. 에도 시대에 무역으로 유명했던 섬을 현대에 복원하여 역사에 흥미가 있는 사람에게 관광용으로 공개한 것이라고 한다.

　손으로 만든 오두막집이 드문드문 이어지고, 공터에서 불을 둘러싸고 모인 사람들은 음료수를 마시거나 이야기를 나누고 있었다. 네 아버지는 텔로미어를 잘렸냐? 쿠치추가 물어서 나는 그렇습니다 하고 대답했는데, 그러면서 이런저런 지난 일들이 떠올랐다. 아버지의 희망을 꼭 이루어야만 한다고 생각했다. 관리 사무소에 체포되어 텔로미어를 잘리고 조로증에 걸린 아버지는 내게 모든 것을 맡겼다. 쿠치추는 나를 물끄러미 바라보더니 내가 다리까지 안내해주지, 좀 기다려봐, 하더니 한 오두막집으로 들어가 재색 웃옷과 어깨에 메는

**노래하는 고래** ㊚

비닐 가방을 들고 나왔다. 뒤따라 그의 아버지로 보이는 환자가 사륜의 다리가 달린 보행보조기를 밀면서 나와 배웅해주었다. 당신은 쿠치추입니까? 걸으면서 물어보았다. 그렇다는 대답이 돌아왔다. 이름은 사부로이고 그리스 건에는 실탄이 들어 있다고 자랑했다. 섬에서는 개조된 소형 화기를 많이 만들고 있지만 실탄을 손에 넣기는 쉽지 않았다. 최초의 쿠치추가 태어난 것은 2070년대라고 아버지의 데이터베이스에 나와 있었다. 신데지마가 탄생하고 세 세대가 교체됐다. 당초부터 섬의 관리 사무소는 주민에게 조혼을 권했다. 일찍 결혼하여 아이를 낳으면 노화가 빠르다는 통설이 있기 때문이었다. 섬사람들은 되도록 빨리 아이를 만들어 빨리 죽기를 희망했다. 대부분의 여자는 열두 살이나 열세 살이나 열네 살이나 열다섯 살이나 열여섯 살에 아이를 낳아서 키우지만, 병에 걸려 죽는 젖먹이나 아이들이 워낙 많았다. 임신과 중절을 되풀이하고 태아를 인체 시장에 파는 여자도 있었다. 태아의 뇌 조직 같은 건 예를 들면 파킨슨병 환자 등에게 이식되기 때문에 비싼 값에 거래되었다.

섬에서는 평균 사십오 년을 주기로 세 세대가 지난다. 최초의 쿠치추가 태어난 것은 섬이 생긴 지 정확히 사십오 년

뒤였다. 그런 것은 모두 아버지에게 듣거나 아버지가 관리하는 데이터베이스를 통해 알게 되었다. 아버지가 풍부한 지식을 갖고 있는 것은 서버 데이터를 관리했기 때문인데, 말하자면 엘리트였다. 섬의 서버는 한 곳뿐으로 통신 경유지도 겸하고 있었다. 서버에는 강력한 방어벽이 쳐져 있어서 접속은 섬 내부로 한정되고, 전화도 주파수가 한정되어서 섬 안에서만 통했다.

신데지마가 갓 생겼을 무렵에는 서버에 침입한다든가 전화기를 분해하여 주파수를 바꾸려는 사람들이 끊이지 않았지만, 엄하게 처벌하거나 식재료에 종합신경안정제를 섞어 넣은 뒤로는 통신망에 침입하는 등의 지능 범죄에 손을 대는 사람은 찾기 어려워졌다. 돌연변이를 쿠치추라고 부른 것은 섬사람이 아니라 성범죄를 저질러서 텔로미어를 잘린 채 섬으로 추방된 사람이었다. 아프리카인가 아라비아 말로 '특이한 모양을 한 귀한 것'이라는 의미라고 한다. 굳이 그런 이름을 지은 이유는 본토나 관리 사무소가 이름을 붙이면 기만적인 이름이 될 것 같아서였다고 이름을 지은 자는 말했다. 하지만 결국 그는 섬에서도 범죄에 손을 댔다는 혐의로 무거운 의학적 처벌을 받고 조로증에 걸려 죽었다. 죄는 아버지와 같았다. 열 살 미만의 여자아이와 성적 행위를 한 의혹이 제기되었고 여러 명의 증인도 있었다. 어떤 사람을 성범죄자로 만드는 것은 쉬웠다. 열 살도 안 되는 나이에 성적 행위를 하는 여자아이들은 흔하다. 그러니 그들을 증언하게만 만들면 체포할 수 있다. 기소나 재판 절차도 간단하여 체포 다음 날에는 의학적인 처벌을 실행한다. 섬에는 삼 년제 기술학교와 오년제 교정 시설뿐으로, 다른 교육기관은 없다. 나는 어릴 때부터 아버지에게 데이터베이스 사용법을 배웠기 때문에 다양한 정보를 접하는 동안에 극히 자연스럽게 존댓말을 배웠다. 존댓말에는 이해하기 힘든 규칙성이 있어서, 처음에는 어렵게 느껴지지만 일정 기간 집중하여 접하다 보면 이윽고 피부에 스며들듯이 익숙해져 자유로이 사용할 수 있게 된다.

너는 몇 살이냐고 물어서 열다섯 살입니다, 했다. 당신은 어째서 자신의 독에 죽지 않는 겁니까? 사부로 씨에게 물었다. 코브라도 전갈도 독화살개구리도 자신의 독으로는 죽지 않아. 사부로 씨는 대답하고, 자기 팔을 만져보게 해주었다. 피부가 매끄럽고 서늘했다. 흑인을 만난 적이 있는지 물어서 있다고 대답했더니 놀랐다. 어디서 만났냐고 몹시 흥미로워하며 얼굴을 들여다보았다. 딱 두 번 다리 너머의 노인시설에

간 기억이 있는데, 그때입니다. 그렇게 대답하자 경멸하는 눈으로 보았다. 노인시설에 가는 섬의 남녀는 몸을 파는 것이 목적이기 때문이다. 아버지의 심부름으로 갔을 뿐 성 노예는 되지 않았습니다. 나는 거짓말을 했다. 믿을 수 없지만 그럴 수도 있겠군, 하고 사부로 씨는 한숨을 쉬었다. 노인시설에서 세 명의 흑인이 재즈라는 음악을 연주하는 걸 들은 기억이 났다.

그때 흑인하고 접촉해봤느냐고 묻기에 멀리서 보기만 했을 뿐입니다, 했더니 사부로 씨는 그들의 피부도 매끄럽고 서늘하다더라고 가르쳐주었다. 외국에는 더운 날 밤에 흑인을 성 노예로 삼아 더위를 쫓는 부자가 있다고 해. 흑인은 수만 년 동안 지독하게 더운 곳에서 지냈기 때문에 피부가 쉽게 차가워진다고 말하는 사람도 있지. 그처럼 우리는 살아가는 데 유리하도록 적응할 때가 있는데, 그런 식으로 변하는 사람은 살아남을 확률이 높아지는 거야. 그래서 변화는 자식에게 이어지고 손자에게도 이어지지. 너는 내 귀 옆 구멍에서 나오는 독에 닿거나 그 냄새를 맡으면 기절하고 죽을 수도 있어. 하지만 나 자신은 엄청나게 얇은 점막으로 보호받고 있어서 죽지 않아.

돌연변이군요? 확인하듯 물었지만, 뭐라고 부르는지는 모르겠다고 했다. 사부로 씨가 도시락이 있으니 너도 지금 먹으라고 해서, 우리는 개울 옆 돌무더기에 앉아 두 개의 봉식棒食을 나누어 먹었다. 봉식은 특별한 비상식이 아니라 섬에서 일반적으로 먹는 음식이다. 밀가루나 쌀, 고기, 생선 등에다 비타민과 미네랄을 섞어서 반죽하여 막대기 모양으로 굳힌 것으로, 굵기는 어른 손가락만 한 것부터 팔뚝만 한 것까지 다양하다. 아주 얇은 비닐에 싸여 있어서 그걸 벗겨내고 먹는다. 내게 준 봉식에는 땅콩버터가 들어 있는 것 같았고, 다른 하나에는 정어리 분말이 들어 있는 듯했다.

주변 지대가 약간 높아서 멀리 질서 정연하게 늘어선 봉식 공장의 불빛 행렬이 보였다. 그 모습이 뭔가를 닮았다고 생각했지만, 섬 이외의 풍경을 본 적이 없어서 무엇을 닮았는지는 알 수 없었다. 노인시설로 실려 갔을 때는 훨씬 강력하게 조제한 종합신경안정제를 먹이고 차창도 닫아서 바깥 경치를 보지 못했다. 봉식 공장 너머는 바다였다. 멀리서 흔들리는 작은 불빛은 본토 쪽에서 밤 조업을 하는 것일까? 섬에서는 조업을 하지 않는다. 섬사람들이 자립하는 것은 바람직하지 않으며, 또 배를 타고 도망치는 사람이 생길 수 있기 때문이다. 그래서 봉식에 사용하는 정어리와 전갱이 같은 생선은 본토에서 가져온다. 아버지는 성범죄자 격리 시설을 섬에 만든 데에는 두 가지 이유가 있다고 했다. 한 가지는 바다가 옆에 있으면 사람의 마음이 푸근해져서 자살이 줄어든다는 것이고, 다른 한 가지는 쉽게 도망칠 수 없다는 것이다. 섬 외곽은 사람 키 두 배 정도 되는 높이의 담으로 둘러싸였고 곳곳에 감시 카메라나 IC 칩 반응장치의 잔해가 매달려 있었다. 종합신경안정제가 만들어지기 전에는 담을 넘어 바다로 도망치려는 자를 감시 카메라로 감시하고 IC 칩 반응장치로 몸에 심은 IC 칩에 신호를 보내 근육을 이완시켰다고 한다. 이 때문에 전기 충격으로 심장을 다쳐서 죽은 사람도 많았다.

### 3

다세대주택이 규칙적으로 들어선 봉식 공장 이쪽 편에는 음식점이나 게임 센터 같은 오락 시설도 있다. 섬 한복판의 탑처럼 생긴 유일한 고층 건축물은 관리 사무소다. 옥상을 감시탑으로 쓰는 십일 층짜리 건물이라고 들었는데, 나는 이 층까지밖에 가보지 못했다. 관리 사무소에 인접하여 신데지마

자치 회관이 있고, 그 주위를 경찰서와 소방서와 병원과 수용소와 보건소와 의약품 창고가 둘러싸고 있다. 그런 공공시설 근처의 다세대주택들에서 약하디약한 불빛이 새어 나왔다. 몇 군데 있는 어두컴컴한 공간은 공원들이다. 어린아이들을 위한 시소와 그네가 있는 공원, 분수와 화단이 있는 일반 공원, 콘크리트에 배구나 농구 코트가 그려진 공원, 본토와 섬 예술가들의 조각이 곳곳에 놓인 공원, 커다란 새장이 있는 공원 등 여러 종류이지만, 매춘하는 아이들의 소굴이 되거나 개조 약품, 알코올류, 담배 파는 사람들의 소굴이 된 곳도 있다. 그리고 다세대주택들 바깥쪽에 손으로 만든 오두막집들이 밀집해 있다. 아까 사부로 씨와 만난 곳은 그중 하나로, 거기에서 더 바깥쪽에는 폐기물 처리장과 쓰레기 처리장이 있고 배수구가 바다 쪽을 향해 방사상으로 뻗어 있다.

신기하군요. 나는 경치를 바라보며 말했다. 뭐가? 사부로 씨가 물어서, 여기서는 다양한 불빛이 보이지만 제일 예쁜 것은 더러운 지역의 불빛이네요, 하고 대답했더니, 네가 무슨 소릴 하는지 모르겠다고 무표정하게 말했다. 사부로 씨의 얼굴은 아주 단정하다. 인형이나 마네킹 같다. 나이는 열여덟 살로 나보다 세 살 위다. 섬이 생긴 것은 서기 2025년이니 역사가 구십이 년이나 된다. 일곱 세대인가 여덟 세대가 이곳에서 새롭게 태어났지만, 많은 신생아와 아이들이 이런저런 병으로 죽었다. 몇 번인가 본토에서 들이닥친 폭도들이 주민을 습격하여 해치거나 죽이거나 유괴하기도 했고, 에이즈나 새로운 유전자 배열의 인플루엔자 등 전염성 높은 병이 유행하여 주민의 반 가까이가 죽은 적도 있었다. 섬은 폐쇄되어 있어서 생명의 실험장이라고 말한 정치가도 있었다. 주민은 모두 혈액을 채취당했다.

쿠치추가 탄생하기 시작했을 무렵에는 아가미의 흔적인 구멍에서 독성 분비물이 나오는 사람 외에도 비늘 같은 빳빳한 각질 피부를 가진 아기, 온몸이 가루로 덮인 아기, 또 아주 반듯한 얼굴과 매끄러운 피부를 가진 아기도 있었다. 그러나 귀 옆 구멍에서 독이 나오는 쿠치추만이 살아남았다. 비늘로 덮였거나 가루로 덮인 아기는 태어나서 얼마 되지 않아 모두 죽었다. 섬에서는 비슷한 유형의 남자와 여자가 맺어지는 일이 많기 때문에 색다른 미형의 아이들이 확실하게 늘어갔다. 색다른 미형이 늘었다기보다 미형이 아닌 쪽이 죽기 쉬웠다. 미형의 아이를 가진 부모는 혈액을 비싼 값에 팔 수 있고 아이는 일정한 연령이 되면 관리관이나 교정관이나 자치 직원

등을 상대로 매춘을 하여 돈을 벌 수 있어서, 그 돈으로 봉식 이외의 채소, 계란, 우유, 고기, 생선 같은 영양가 있는 것을 먹고 의약품을 입수하고 의사에게 다닐 수도 있었다. 신데지마 아이들이 본토의 부자들에게 인기가 있는 이유에는 몇 가지가 있지만 가장 큰 이유는 그 특별한 용모였다.

봉식을 다 먹고 난 사부로 씨가 너는 다리까지 가서 건널 생각이냐고 물었다. 그건 말할 수 없습니다, 했더니 그리스 건 총구를 목덜미에 들이댔다. 그리스 건은 먼 옛날 미군이 쓰던 기관단총의 애칭이다. 윤활유 주입기를 닮았다고 해서 그런 애칭이 붙었다. 사부로 씨의 그리스 건은 개조 총이었다. 크고 작은 총신이 세로로 나란히 붙어 있는데, 아래는 유탄 발사기이고 위의 총구는 마치 물총이나 마요네즈 용기처럼 보였다. 쿠치추 분비액을 추출하여 아주 작은 납에 묻힌 다음 역류 압력과 유압을 결합하여 발사하는 장치였다. 쿠치추 분비액은 마르면 독성이 덜해지기 때문에 개조 총과 탄환을 만드는 사람들은 분비액에 말가죽 기름을 섞어서 스테이플러 침 등의 납에 묻힌다. 이를 PD탄이라고 부르는데, Poison Dart의 약자다. 방아쇠는 안전 레버 바로 옆에 붙은 빨간 단추이고, 한 번 가볍게 누르면 발사 유압이 들어가 그대로 PD탄을 꾹 누르면서 발사한다.

네가 다리를 건너는지 안 건너는지 알지 못하면 도와줄 수 없다. 사부로 씨는 그렇게 말하면서 그리스 건의 빨간 단추에 손가락을 올렸다. 이 쿠치추는 나를 간단히 죽일 수 있을까? 생각해보았다. 만약 나라면 상대를 죽일 것 같았다. 그래서 다리를 발견하면 건널 방법을 생각하기로 했습니다, 하고 솔직히 대답했다. 본토에 무슨 볼일이 있는지 묻기에 아버지가 남긴 것을 어떤 사람에게 전해야 한다고 말했다. 사부로 씨는 나도 같이 다리를 건널 거다, 그게 안내하는 조건이야, 하고 내 얼굴에서 그리스 건을 치웠다.

## 4

우리는 배수구를 따라 걸었다. 사부로 씨는 이따금 길이 헷갈릴 때마다 배수구에 새겨진 번호를 확인했다. 우리는 비슷한 옷을 입고 있었다. 섬의 옷 가게에서는 몇 종류의 옷밖에 팔지 않는다. 재색과 감색 셔츠와 바지가 기본으로 스웨터, 스커트, 코트도 그런 색과 디자인에 맞춘 단순한 것들뿐이다. 사부로 씨가 배수구 번호를 확인하기 위해 몸을 구부릴 때마다 정말로 다리가 있는 곳을 아는지 불안했다. 정말 다리에 갈 수 있습니까? 물었더니, 이 주변은 최근에 매립한 곳이라 길이 좀 어렵다고 해서 그제야 납득했다. 아버지 말로는, 섬은 스무 번 이상이나 매립을 하여 확장되었다. 원래는 성범죄자 격리 시설이었지만 2040년대의 제일차식량위기 때 가나가와나 이바라기, 그 외 일본 여기저기에서 자연 재배 농업과 목장이 습격당해 사람이 살해되는 사건이 일어난 뒤로는 정치범이나 형사범도 수용하게 되었다. 그 무렵부터 섬에서 점차 매립지를 확장했고, 또 본토 쓰레기가 불법으로 투기되었다. 매립지 확장에는 질서가 없어서, 지도가 있긴 하지만 미비하고 아무도 그 전체를 파악하지 못했다.

배수구 양쪽 곳곳에 손으로 만든 오두막집들이 펼쳐져 있었다. 안에는 불이 켜져 있지만 밖에 나와 있는 사람은 없었다. 순찰 관리관에게 들키면 뭐라고 해야 좋을까요? 사부로 씨에게 물어보았다. 공통 지폐를 갖고 있으니 뇌물을 주거나 시끄럽게 굴면 PD탄으로 죽여버리면 되지만, 종합신경안정제 종류가 늘고 식재료에 섞어 넣은 뒤로는 거의 순찰이 없어져서 괜찮다고 했다. 그런데 너는 다나카 히로시의 일을 돕

다가 존댓말을 배우게 된 거냐? 사부로 씨가 물었다. 나는 그렇습니다, 대답했다. 2050년대에 문화경제효율화운동이 일어나서 존댓말도 표적의 하나가 되었다. 그나마 본토에는 존댓말을 아끼는 사람들이 오랫동안 남아 있었지만, 결국 모두 사라져버렸다. 아버지가 서버 데이터 관리를 담당한 것은 능력이 우수했기 때문이다. 판단력과 기억력, 이해력이 뛰어나고 온순해서 관리 사무소에서 뽑아주었다. 서버 데이터 관리는 본토에서 보내준 방대한 과거 자료 중에 신데지마 설립의 합리성을 증명하는 것을 골라 종합하는 일이어서, 집중력과 인내력 그리고 관리 사무소의 명령에 순순히 따르는 심성이 필요했다.

## 5

오두막집 행렬이 끝나자 두 종류의 냄새가 코를 찔렀다. 방치된 음식물 쓰레기 냄새와 콧속이 아릴 정도의 살충제 냄새였다. 이것저것 주워 모은 재료로 허리 높이까지 쌓아 올린 울타리가 촌락과 전방의 쓰레기 처리장을 막고 있었다. 쓰레기 처리장에서 뭔가 움직였다. 그것은 본토 사람이 버린 뒤

야생화한 야행성 족제빗과 동물이었다. 낮에는 배수구 속에서 자고 밤이 되면 먹이를 찾아 이동한다. 몸길이가 사십 센티미터나 되고 육식이어서 쥐를 잡아먹기 때문에 관리 사무소도 자치회도 그냥 내버려두었더니 얼마 지나자 이상 번식을 했다. 멀리 달려가는 차의 불빛이 쓰레기 처리장을 비추었다. 마치 땅 전체가 덜덜 떨리는 것 같았다. 버려진 오래된 봉식 봉지를 물어뜯는 소리가 밭 전체에 달라붙은 가을벌레 소리처럼 들려왔다. 돌아서 갈까요? 나는 엉겁결에 물러서면서 물었다. 그러나 사부로 씨는 이곳을 빠져나가지 못하면 오늘 밤 안에 다리에 갈 수 없다며 울타리를 뛰어넘었다. 왜 그래, 다리에 가는 거 아니었어? 돌아보며 소리쳤다. 나도 뛰어넘으려고 울타리를 짚으려는데, 유리 조각이 박혀 있으니 손으로 짚지 말라고 주의를 주었다. 그래서 크고 평평한 돌을 찾아 그 위에 올라가서 울타리를 넘었다. 살충제 냄새가 더욱 강해져 눈을 뜨고 있는 것이 고통스러웠다.

바람의 방향이 바뀌자 거무스름한 털에 목이 긴 동물이 우리가 있는 걸 알아챘다. 사부로 씨가 그리스 건을 들었지만 거의 동시에 선두의 한 마리가 점프하여 덮쳐 왔다. 검고 매끄러운 털은 바짝 곤두서고 갈색으로 빛나는 눈은 희번덕거리고 날카로운 이빨이 보였지만, 사부로 씨가 재빨리 그리스 건을 들고 단추를 눌렀다. 풍선에서 바람 빠지는 소리가 나고 동물은 공중에서 몸을 비틀며 경련을 일으키다 땅에 떨어졌다. 다른 족제비들이 겁을 먹고 일제히 울어댔다. 아버지가 체포당하기 전까지는 관리관과도 사이좋게 지내서 자치 회관에 가까워 치안이 좋은 다세대주택 단지에 살았기 때문에 이런 상황에는 익숙하지 않았다. 어릴 때는 다른 아이들과 같이 쥐를 잡아 석유를 붓고 태워 죽이거나 개의 항문에 강한 성분의 고추를 쑤셔 넣어 날뛰게 만든 뒤에 때려 죽이기도 했지만, 그것은 단순한 놀이였을 뿐이다. 족제빗과 동물은 개보다 훨씬 위험하다. 움직임이 빠른 데다 날카로운 이빨에 물리면 살이 푹 파여 반드시 곪는다. 울음소리가 그치고 쓰레기 처리장에는 바람 소리밖에 들리지 않았다. 몇백 마리의 족제비가 유선형 목을 들고 뒷발로 서 있었다. 그걸 보고 눈앞에서 쑥쑥 자란 버섯 같다고 생각했을 때, 사부로 씨가 주머니에서 어른 엄지만 한 크기의 섬광 유탄을 두 개 꺼내 그리스건에 밀어 넣고 측정기로 유압을 확인하더니 그대로 쐈다.

엎드려, 하는 소리가 들려 축축한 땅바닥에 엎드렸다. 연못에 커다란 돌을 던질 때 같은 소리와 공기가 찢어지는 소리가 서로 섞이고, 눈두덩 위로 대낮 같은 빛이 두 번 번쩍였다.

뛰어, 하는 소리에 일어선 나는 날카로운 울음소리를 내며 도망치는 동물을 피하면서 전방의 키 큰 그림자를 쫓아갔다. 섬광탄의 잔상이 시야를 새하얗게 덮으며 깜박거렸다. 신발은 쓰레기와 진흙으로 질척거리고 이따금 발끝에 도망치는 동물이 차였다. 혼란 상태에 빠진 족제비들이 온 힘을 다해 쓰레기 처리장에서 도망치려고 했다. 우리는 하얀 연기를 빠져나와 화약 냄새 속을 계속 달렸다.

## 6

양쪽에 철조망이 있는 도로가 나왔다. 우리는 도로 옆 언덕으로 내려가 숨을 진정시켰다. 그 유탄의 빛은 검문소에서도 보였겠죠? 물었더니, 유해한 병균을 갖고 있는 족제비를 쫓는 거라고 생각할 테니 괜찮다고 했다. 다리를 건너 본토 어디에 가서 누굴 만날 생각이냐고 사부로 씨가 물어서, 노인 시설에 갈 겁니다, 대답했다. 당신은 왜 다리를 건넙니까? 내가 묻자, 우리한테 공통된 지인이 있으려나 하고 사부로 씨는 미간에 주름을 모았다. 나를 스파이로 의심하는 건지도 모른다. 다리가 있는 곳을 알고 있습니까? 그렇게 접근한 나를 무조건 신용할 수는 없을 것이다. 탈주자를 가장하여 탈주에 가담하게 만든 뒤 관리 경찰에 찌르는 스파이도 많다.

　몇 명의 이름을 거론한 끝에 사부로 씨는, 너희 아버지가 다나카 히로시이고 네가 다나카 아키라라면 혹시 오쓰카라는 남자를 알지 않느냐고 물었다. 나는 안다고 대답했다. 오쓰카는 이십 년쯤 전에 아주 인기 많았던 가수로 곧잘 영상 간판에도 등장했다. 그러나 성형수술을 한 얼굴이 갑자기 망가지기 시작해서 인기를 잃자 자살 미수 소동을 일으켜 섬으로 보내졌다. 문화경제효율화운동이 시작된 뒤로 자살은 법률로 금지되었다. 자살한 사람의 재산은 몰수되고, 미수로 끝난 경우는 섬으로 보내져 공원에서 볼거리로 살게 된다. 오쓰카는 십 년 정도 공원에서 볼거리로 산 뒤 관리 사무소의 허락을 받아 쥐를 연구하게 되었다.

　섬에 온 뒤로 생화학을 공부한 오쓰카는 아이들의 협력을 얻어 섬에 무진장으로 널린 쥐를 잡기 시작했다. 잡은 쥐에게 사람으로 치면 위스키 이 리터 정도에 해당하는 대량의 알코올을 주입한 뒤 반응을 살펴, 특별한 간 기능을 가진 소위 '주당'쥐라는 개체를 찾았다. 천 마리당 한 마리꼴로 있다는 주당쥐는 대량의 알코올을 주입해도 의식을 잃지 않고 오히려 활발해져서 엎어져 있는 암컷 위에 올라탔다. 그런 쥐의 혈통을 순수하게 유지하여 간에서 알코올 분해 효소를 고정한 유전자를 찾아냈고, 그 특허를 팔아서 번 돈 대부분을 자치회에 기부했다. 또 섬에 작은 생화학 연구소를 세워서, 그때까지는 외국에 밀수출되는 일이 많았던 섬사람들의 혈액과 피부를 자체적으로 취급하기도 했다. 오쓰카의 연구소가 채취하고 분석하고 고정하여 매각한 유전자 정보는 섬의 중요한 자금원이 되었고, 관리 사무소는 오쓰카와 조수에게 의학적 처벌도 담당하게 했다. 아버지는 오쓰카의 연구소에서 DNA 복구 기능을 방해하여 텔로미어를 급격히 마멸시키는 약제를 맞아 여명餘命이 사흘로 설정되었다. 평균수명이 스물여덟 살인 이 섬에서 오쓰카는 이미 쉰 살을 넘겼을 텐데도 아직 살아 있다. 사부로 씨는 쥐잡기를 도왔던 시기가 있고, 아버지는 오쓰카가 자치회 간사가 된 뒤로 줄곧 친구였다.

공통된 지인이 있다고 해서 서로를 신뢰할 수 있는 건 아니다. 그렇지만 사부로 씨가 스파이라고 해도 달리 선택할 여지는 없다. 이제 와서 다리까지 안내해줄 다른 사람을 찾을 시간이 없는 것이다. 사부로 씨를 따라갈 수밖에 없다. 양쪽에 철조망이 있는 도로 옆 시든 관목 그늘을 걸으면서 우리 두 사람은 두서없는 이야기를 나눴다. 그렇게 수가 많은데 유감스럽게 족제비 고기는 냄새가 나서 먹지 못해, 알고 있냐? 사부로 씨가 말했다. 그리고 노인시설 일이 신경 쓰이는지 정말로 간 적 있느냐고 몇 번이나 물었다. 섬사람들은 본토에는 노인들뿐이더란 이야기를 하지만, 본토에 가본 적 있는 사람 말고는 실정을 모른다. 본토에는 곳곳에 노인들이 살고 있다. 섬과 별반 다를 바 없는 열악한 환경에서 텐트 생활을 하는 사람도 있다고 아버지의 데이터베이스에 나와 있었다. 최고 생활의 정점인 노인시설과 최저 생활의 바닥인 공원이나 노상 텐트 사이에는 다양한 계층의 주거가 있다고 한다. 노인시설이라는 단순하고 평범한 명칭의 시설은 본토에 일곱 개밖에 없다. 규슈, 시코쿠, 서일본, 도카이, 도쿄, 동일본, 홋카이도에 각각 한 개씩인데, SW 유전자로 나이 먹는 걸 늦추는 사람들이 그곳에 살고 있다. 존경받고 선택받은 사람들이다.

　사부로 씨가 끈질기게 질문을 해서 나는 주의 깊게 말을 골라 노인시설의 기억을 이야기했다. 노인시설에 보내졌을 때는 조제 종합신경안정제를 대량으로 먹어서 좀처럼 기억나는 게 없다. 빨리 돌리기와 일시 정지를 되풀이하는 영상

같은 기억뿐이다. 그래도 다리를 통과한 뒤 네 시간쯤 걸려서 노인시설에 도착한 기억은 났다. 네 시간이면 먼 거냐, 가까운 거냐? 묻는다 해도, 섬에서 도보 이동밖에 해보지 못한 나도 사부로 씨도 차로 네 시간이라는 거리가 어느 정도인지는 가늠할 수 없었다. 사부로 씨는 어떤 느낌의 장소였는지 알고 싶어 했다. 노인시설은 장소도 건물도 물론 그 내부도 섬에는 공개되지 않았고, 대부분 노인시설이라는 이름 자체를 모른다. 주민들은 섬 바깥에 흥미가 없다. 섬 바깥뿐 아니라 뭔가에 흥미를 갖고 알려고 해봐야 아무런 이익이 없다고 믿고 있다.

나는 먼저 노인시설에다 섬 아이들이나 젊은이를 성 노예로 알선한 안조라는 사람을 만나야 한다. 안조가 어디에 있는지는 알고 있다. 안조는 섬의 관리관이었지만, 어린 여자아이를 유괴하여 판 것이 발각되자 본토로 도망쳤다. 서버 데이터를 관리하던 아버지는 본토 어디에 안조가 살고 있는가 하는 정보를 입수하여 IC 칩에 기록했다. 안조를 찾아내서 노인시설을 안내하게 할 것이다. 노인시설에 들어가려면 안조의 협력이 필요하다. 경비가 삼엄해서 나와 사부로 씨 둘만으로는 접근조차 불가능하다. 노인시설에 가면 요시마쓰라는 사람을 만나 IC 칩 정보를 건네야 한다. 왜 요시마쓰를 만나러 가는지는 이야기할 수 없고, 아버지가 쥐고 있는 비밀 정보도 이야기할 수 없다.

조로증에 걸린 아버지는 내게 모든 희망을 걸었다. 그제 의학적 처벌을 받은 아버지는 하루에 십오 년씩 노화하도록 DNA 복구 기능이 저하되어 아직 서른네 살인데 주름투성이 얼굴에 뼈와 가죽만 남은 몸이 돼버렸다. 오늘 아침에는 이미 쇠약해져서 말을 제대로 하지 못했다. 아버지는 어젯밤, 곧 성대를 움직이는 근육이 마비되어 말을 할 수 없게 될 테니까 IC 칩을 몸에 심으라고 내게 지시했다. 사부로 씨를 만난 촌락에서 내 존댓말을 칭찬한 노인이 팔에 심었던 것과 같은 것으로 베리칩<sup>Verychip</sup>이라고 한다. 골동품에 가깝지만 성능이 뛰어나다. 크기는 쌀알만 해도 용량이 충분하고, 주입 후에 밖으로 빠져나오지 않도록 항면역제로 코팅해서 전용 주사기로 피부 밑에 심으면 된다. 나는 항면역제와 함께 세컨드 스킨으로 베리칩을 덮어씌웠기 때문에 검문소나 본토 경찰에서 스캐닝해도 지방이나 핏덩어리와 분간하지 못한다. 발목 아킬레스건 바로 옆에 심었다. 별로 아프지 않은 부분이지만, 꺼낼 때는 살을 찢어야 한다. 아버지는 SW 유전자에 관한 비밀 정보 그리고 안조의 주소와 얼굴 사진 등이 들어 있는 그 베리칩이 폭탄과 다름없다고 했다. 사회 전체를 파멸시킬 수 있는 폭탄 같은 가치를 가졌다고.

노인시설에 대해 뭐든 좋으니 기억나는 것 없어? 사부로 씨가 물어서, 대합실 같은 장소에서 본 사진집 이야기를 했다. 안조를 찾아 노인시설을 안내받아 요시마쓰에게 베리칩을 건네러 가는 거지만, 그 부분은 사실대로 말할 수 없기 때문에 사진집 이야기를 꺼낸 것이다. 넓은 대합실에 호화롭지도 번쩍거리지도 않는 캔버스 천으로 만든 접의자가 늘어서 있고, 실내인데 어디선가 물이 흘러서 음이온을 발생하는 식물이 있었다. 그리고 사진집이 놓여 있었다. 다양한 꽃과 과일과 물고기와 보석을 조합하여 촬영한 사진만 수록한 것으로 묘한 매력이 있는 사진집이었다. 성적 행위를 빨리 마친 나는 그 페이지를 넘기면서 다른 아이나 젊은이 들이 돌아오기를 기다렸다. 내 상대는 사츠키라는 이름의 아주 젊어 보이는 여자 노인이었다.

꽃과 과일과 물고기와 보석을 조합하여 찍은 사진이 뭐가 좋으냐고 사부로 씨가 물었다. 사부로 씨는 보석을 본 적이 없다. 나도 그 사진집을 보기 전까지는 몰랐다. 두 쪽으로 자른 키위에 수선화 비슷한 꽃을 꽂고, 그 주위에 정어리 같은 작은 물고기를 놓고 과일 복판에 끝이 가는 금색 목걸이를 찔러 넣은 사진을 기억한다고 말하자, 사부로 씨는 그러냐고 중얼거릴 뿐 그게 성적 행위를 상징적으로 나타내는 사진이란 건 알아차리지 못했다. 사진집 이야기가 지겨워진 사부로 씨는 쿠치추 이야기를 꺼냈다. 그 촌락에는 두 세대 전에 예지 능력이 있는 쿠치추가 몇 명 태어난 모양이었다.

폭동이 자주 일어나던 무렵이어서 관리 경찰은 엄하고 잔혹한 방법으로 주민을 대했다. 물을 마시고 싶다고 말했을 뿐인데 칼로 혀를 잘린 여자아이가 있었다. 그 아이는 수용소로 보내졌는데, 어느 때부터인가 관리 경찰 남자들이 성적 행위를 하러 자신의 감방에 오는 것을 예지할 수 있게 되었다. 그 아이와 같은 핏줄인 세 명의 여자아이도 같은 예지 능력을 보였다. 그러나 종합신경안정제가 생긴 후부터 능력은 사라진 것 같았다. 종합신경안정제는 그 외에도 여러 가지 변화를 낳았는데, 가장 큰 변화는 봉식 등의 음식에 섞어서 일상적으로 먹게 해 체내 IC 칩을 불필요하게 만들었다는 것이다. 나도 사부로 씨도 관리 사무소가 IC 칩을 강요하지 않게 된 세

대다.

옛날에는 폭도의 IC 칩에 신호를 보내 근육을 이완시키기도 했고 본토로 도망간 경우에는 GPS로 위치를 알아내거나 식별했다. 하지만 IC 칩을 체내에서 제거하는 다양한 방법이 개발되어 완전히 제어하는 것은 무리였다. 피부에 심은 것은 찢어서 꺼냈고, 근육 깊이 묻은 것에 대해서는 레이저메스를 응용한 특제 추출기가 만들어졌으며, 내장 사이에 찔러 넣은 경우에도 제거 전용 나노 로봇이 만들어졌다. 결국 IC 칩은 편리하지만 만능이 아니라는 것을 깨닫게 되었고 종합신경안정제가 탄생했다. 종합신경안정제라면 공격성이 없어져서 물리적으로 제어할 필요가 없다. 또 지금 섬사람은 대부분이 여섯 번째 세대나 일곱 번째 세대여서 얼굴과 신체, 말, 복장으로 본토 사람과 간단히 식별되었다. 도망을 꾀하는 자도 거의 없어졌다. IC 칩을 몸에 심으면 체온이나 혈압, 간 기능, 당질 대사, 혈당, 요산 등 여러 가지 수치를 알 수 있지만, 관리하는 쪽에서는 섬사람의 건강 상태 같은 건 어찌 되든 상관없었다.

# 7

사부로 씨가 쿠치추의 이야기를 마칠 즈음에 머리 위로 빛
이 달리고, 그 진동으로 몸이 흔들렸다. 걸음을 멈추고 땅바
닥에 엎드려 시계를 보았다. 이제 곧 영시다. 검문소 경비가
교대할 시간이냐고 물으려는데 머리를 눌렀다. 그대로 꼼짝
않고 있었더니 얼굴과 머리 위로 벌레가 기어갔다. 사부로 씨
가 소리 내지 말라고 귓가에 대고 속삭였다. 진동이 점점 강
해지고 빛의 폭도 넓어졌다. 엔진 소리가 가까워졌지만 방향
은 알 수 없었다. 4월인데 목덜미와 귓전에 땀이 흘렀다. 순
찰에 걸리면 아버지에게 부탁받은 일을 해낼 수 없다. 아까
사부로 씨가 쏜 섬광탄을 확인할 생각인지도 모른다. 만약 경
비관이 누군가를 찾고 있는 거라면 센서에 바로 걸릴 테고,
그리스 건으로 관리 경찰의 장갑차량에 맞서는 것은 무의미
하다.

트럭이야. 속삭이는 소리가 들리고, 그때까지 어둠에 녹아
있던 철조망의 뾰족한 가시가 전조등에 떠올랐다. 잠시 있으
니 사부로 씨가 말한 대로 넉 대의 대형 트럭이 머리 위를 지
나갔다. 나도 노인시설에 가고 싶다고 흙이 묻은 얼굴로 사부

로 씨가 말했다. 넉 대의 트럭은 도로에서 벗어나 쓰레기 처리장으로 들어갔다. 불법 투기할 쓰레기를 실은 짐칸이 위로 들어 올려지는 소리와 개 짖는 소리가 울렸다. 어머니가 임종할 때 내게 친아버지는 노인시설에 있다고 했어. 내가 왜 다리를 건너려 하는지 이제 알겠지?

트럭이 버리고 있는 것은 하얀 가루로 입자가 고와서 바람을 타고 천천히 춤추듯이 흩어졌다. 언덕을 따라 다시 걸어가며 나는, 아마 사부로 씨가 한 말은 엉터리일 거라고 생각했다. 사부로 씨가 거짓말을 한 게 아니라 어머니가 임종 때 밝혔다는 이야기가 거짓말이다. 들어보니 그의 어머니는 열아홉 살에 폐렴에 걸려서 죽었다고 했다. 어머니는 소녀 시절에 노인시설에 성적 행위를 하기 위해 팔려 가서 임신한 것일까? 섬 여자들이 본토의 고위층 남자들과 비밀리에 성적 행위를 한다는 소문은 끊이지 않았다. 노인시설에 사는 사람은 특별하여, 설령 아흔 살의 남자여도 임신을 시키는 것이 가능한 것 같았다. 사츠키라는 여자는 백 살이 넘었지만 생리일에 나를 불러 선혈이 엉겨 붙은 성기를 보이고 싶어 했다. 그러나 사부로 씨의 어머니가 임종 때 한 말은 거짓일 것이다. 섬사람들은 거짓말을 나쁘다고 생각하지 않고 거짓말을 해도 욕먹지 않는다. 오히려 섬사람끼리는 거짓말을 장려하고 있다. 아이들은 섬사람을 믿지 마라, 본토의 정보만 믿으라고 배웠다.

아직 신뢰라는 개념을 가지고 있는 것은 서버 데이터 관리라는 어렵고 가치 높은 일을 하는 아버지 같은 사람뿐이었다. 서버 데이터 관리는 본토의 메인 서버에서 천문학적인 분량의 과거 파일을 받아, 그중에서 계몽적으로 뛰어난 것을 고른 다음, 지금의 파일 형식으로 전환하여 보존한 뒤 섬사람들에게 돌려 보게 하는 일이다. 사명감과 윤리와 지식과 기술을 가진 사람에게는 여러 사업이나 연구에 필요한 수명이 주어지고 기능이 떨어지는 뇌 신경만 가진 사람보다 좋은 서비스를 제공하는 것은 당연한 일이고, 이는 모든 생태계에서 볼 수 있는 합리적 기준이다. 그런 데이터를 과거 백 년 동안의 파일에서 수집했다. 파일은 미리 본토에서 대략 편집하여 보내지만, 가끔은 실수로 계몽적이지 않은 정보가 첨부될 때가 있었다. 아버지는 그것들을 비밀리에 보존했는데, 어느 때 SW 유전자에 관한 극히 위험한 정보가 섞여 들어왔다. 정보는 IC 칩에 숨겼지만, 실수를 깨달은 본토에서 연락이 와서 어린 여자아이와의 성적 행위라는 죄를 뒤집어씌워 아버지를 체포했다.

　등 뒤로 멀어져가는 쓰레기 처리장에서 커다란 라디오 소리와 불법 투기자의 웃음소리가 들렸다. 라디오는 무슨 사투리 프로그램 같았다. 사투리는 존댓말과 함께 문화경제효율화운동으로 완전히 소멸되었다. 그러나 라디오 프로그램에서는 사투리 대화나 노래가 허락된다. 그저 여러 지방 사람의 옛날 사투리 대화를 내보내기만 하는 프로그램이지만, 이처럼 기묘하고 웃긴 말이 있었다고 세뇌하고 광고를 해서 누구나 그걸 들으면 폭소를 터트렸다.

　아까 사부로 씨가 이 숲을 빠져나가면 다리가 보일 거라고 말했다. 나는 요시마쓰라는 권력자를 생각했다. 아버지는 그가 최고에 가까운 권력자라고 되뇌었다. 그러니 SW 유전자에 관한 기밀 정보를 건넬 상대는 요시마쓰 말고는 생각할 수 없다고. 요시마쓰는 위대한 정치학자이자 경제학자이고, 현대 일본 최고의 잠언가이고, 또한 일본에서 서른아홉 번째로 SW 유전자를 심은 인물이다.

## 8

SW 유전자가 발견된 것은 2022년이었다. 교과서에 실린 이야기라 섬사람들도 그해를 기억한다. 2022년 크리스마스 이브에 미 해군 잠수함이 하와이 마우이 섬 근처 해저에서 그레고리오 성가 중 제이 선법으로 작곡된 한 선율을 정확히 되풀이하여 노래하는 혹등고래를 발견했다. 수중 음향 장치에서 들려오는 가락은 보통 고래의 노래 음계가 아니라 틀림없이 카롤링거 왕조의 프랑크 왕국에서 구 세기 초에 만든 그레고리오 성가였다. 더욱이 그것은 크리스마스 밤에 부르기 위한 입제창入祭唱이어서, 잠수함은 그 혹등고래를 추적하여 피부조직과 신경조직 그리고 혈액 견본을 채취했다. 피부조직 표면에는 고래의 것으로 확인된 석화물이 부착되어 있었는데, 연대 측정을 한 고생물 연구소는 믿기 어렵지만 그 고래의 나이가 적어도 천사백 살로 추정된다고 발표했다.

미국은 자국에서만 고래 연구를 하지 않고, 유엔 주도로 열네 개 국가의 과학자들을 모아 그 세포와 유전자를 조사했다. 이윽고 그 고래가, 속칭 생명 시계라고 불리며 마모와 단축이 노화로 이어지는 텔로미어라는 유전자를 복구하는 효소 텔로머라아제를 대량으로 갖고 있다는 사실이 밝혀졌다. 더욱이 텔로머라아제의 활동으로 죽지 않게 된 세포를 어느 한도 이상으로 증식하지 않게 하는 제어인자, 즉 세포가 암세 포로 변하는 것을 제어하는 인자도 갖고 있다는 사실과 활성 산소가 단백질이나 DNA를 손상시키는 것을 억제하고 손상 된 단백질이나 DNA를 복구하는 인자도 갖고 있어서 그것이 세포 내 미토콘드리아에도 작용한다는 사실, 또 그 고래는 뇌 에도 줄기세포가 있어서 신경세포를 새로 만들어내는 인자 를 갖고 있다는 사실이 잇따라 발표되었다. 그리고 놀랍게도 그 인자들을 암호화하는 일은 단 하나의 유전자가 맡고 있음 이 드러났다. 유엔과 여러 NGO가 감시하는 가운데 신중하 게 실험이 계속되었고, 우연히도 다음 해인 2023년 크리스마 스이브에 당시의 연구 팀 리더였던 프랑스 인 생화학자가 드 디어 인류는 불로불사의 유전자를 손에 넣었습니다, 하고 전 세계에 알렸다.

그 마법 같은 유전자에는 노래하는 고래Singing Whale 유전자, 줄여서 SW 유전자라는 이름이 붙었고, 향후 그것을 사람에 게 응용하는 연구는 유엔과 복수의 NGO가 감시하고 관여하 기로 결정되었다. 그런데 불로불사의 혜택은 어느 나라의 어떤 사람이 받아야 할까? 그 물음은 철학적, 신학적 논쟁을 불러일으킬 수 있었고, 누구도 그 물음에는 섣불리 대답할 수 없었다. 그러나 불로불사의 혜택을 절대로 누려서는 안 되는 인물은 누구인가 하는 반대 질문이 나오자, 그 답은 명백했다. 테러리스트를 포함한 대규모 살인자와 재범률이 높은 성범죄자에게는 절대로 SW 유전자를 주어서는 안 될 것이다. 게다가 SW 유전자를 역으로 사용하는 것은 참으로 간단했다. SW 유전자가 암호화하는 인자의 수용체를 모조리 기능부전으로 만들어버리면 노화가 급격히 진행된다. 대규모 살인자나 성범죄자를 당장 그 자리에서 노인으로 만들 수 있다. 미국의 한 주는 유아를 살해한 성범죄자에게 SW 유전자를 역이용한 노화 촉진을 인정한다는 법률을 만들었는데, 그 후 성범죄가 크게 줄었다는 조사 결과를 보고했다. 미국 연방 재판소는 그 주법州法에 위헌의 소지가 있다는 의견을 냈지만, 조사 보고서의 영향력은 컸다. 처음에는 부족 간 전쟁으로 인한 대규모 살인으로 크게 고통 받던 아프리카 개발도상국이 같은 법률을 만들었는데, 인권주의자들이 그 위험성을 제기했음에도 불구하고 SW 유전자는 신이 준 구원의 빛이라는 세계적인 대세를 거스를 수는 없었다.

일본은 그래도 마지막까지 SW 유전자를 사회적 제재로 사용하는 데 신중했던 나라 중 하나다. 그러나 인권 옹호파를 비웃는 사건이 일어났다. 도호쿠 지방에서 네 명의 남자가 연속으로 마흔 명 가까운 유아와 아동을 죽였다. 그중 한 명은 유아를 강간하여 잘게 써는 모습을 비디오로 촬영하여 인터넷에 흘렸다. 네 명 다 재범자였다. SW 유전자를 사회적 제재로 사용하지 않았다는 데 대한 비난이 안팎에서 일어났고, 정부는 SW 유전자를 범죄 방지와 억제에 사용할 것을 정식으로 결정했다. 그 뒤로는 거침이 없었다. 사람들은 성범죄에 과민해져서 통보나 밀고가 수백 배 늘어났다. 유아 학대도 의학적 처벌의 대상이 되었고, 곧이어 성범죄자의 자식도 감시 대상으로 결정되어 신데지마가 생겨났다. SW 유전자를 처벌로 사용할 대상이 명확해짐과 동시에 SW 유전자를 심어 수명을 늘릴 사람들의 기준이 세계에서 가장 먼저 결정되었다. 처음에는 노벨상 수상자와 우주 비행사 그리고 사회적, 국제적으로 공헌을 인정받은 사람들이었다. 정치가는 독재나 강권을 낳을 위험성이 있으므로 포함되지 않았지만, SW 유전자를 심는 것은 의대생도 할 수 있는 단순한 처치여서 부유층과 정치가는 뒤에서 마음대로 수명을 늘린다는 소문이 끊이지 않았다.

## 9

봐, 사부로 씨가 걸음을 멈추고 전방을 가리켰다. 끊어진 숲 저편에 조명을 받아 노랗게 떠오른 다리가 보였다. 다리는 길이 사십 미터 정도로 중간 부분 너머로는 안개가 자욱했다. 어떻게 건너면 됩니까? 묻자, 사부로 씨는 검문소를 파괴하고 경비 관리관을 전부 죽이겠다고 대답했다.

# 다리

## 1

몇 시냐고 물어서 시계를 보니 영시 팔 분을 지나고 있었다. 도로는 완만하게 오른쪽으로 굽어 다리와 이어졌다. 철골로 만든 다리는 트럭 한 대가 간신히 지나갈 만큼 보잘것없는 데다 곳곳에 철책이 망가져 있었다. 다리 바로 앞에 검문소가 있었다. 안개에 가려 보이지 않지만 검문소는 건너편에도 있을 것이다. 우리가 몸을 숨기고 있는 수풀 속에서 비 떨어지는 소리 같은 게 들려왔는데, 어째서 맑은 날 밤에 그런 소리가 나는지 알 수 없었다. 빗소리가 들리지 않습니까? 중얼거리며, 좀 더 자세히 다리를 보기 위해 수풀 쪽으로 가까이 가려고 하는데 사부로 씨가 막았다. 저 소리는 트럭이야. 발밑이 질척거려서 신발이 반 이상 부드러운 진흙에 빠졌다. 이 앞은 바다지. 지면이 몹시 부드러워졌다. 수풀이 끊기는 저 앞쪽 둑은 수직의 콘크리트 제방으로 바뀐다. 사부로 씨의 표정이 험악해졌다.

여기서부터 다리 바로 앞 검문소까지는 이백 미터 정도로 가까이 가기 위해서는 제방을 따라 난 길을 갈 수밖에 없지만, 조명등이 즐비하고 거미 모양의 감시 로봇이 있어서 바로 적발되고, 그때는 위협사격 후 무릎을 쏘고 그다음으로 머리를 쏜다고 아버지한테 들었다. 섬 아이들이 다니는 오 년제 교정 시설은 초등교육소 혹은 초등학교라고 부르는데, 탈주자에게는 말로 하는 경고가 생략된다고 되풀이해서 가르친다. 지금 몇 시야? 사부로 씨가 또 물었다. 영시 구 분 지났습니다, 대답하니 사부로 씨는 쓰레기 처리장 쪽으로 귀를 기울이며 쓰레기를 투기하는 트럭을 탈취할 생각이라고 말했다.

제방 바로 앞은 밀려든 파도로 곳곳이 물웅덩이였다. 쓰러진 나무를 몇 그루나 도로 위까지 날라야 했다. 트럭을 막을 장애물로 사용할 작정이었다. 신발이 자꾸 진흙에 빠지고, 빗물 떨어지는 소리가 가까워졌다. 트럭이 다가오고 있었다. 사부로 씨가 소리를 내지 않도록 쓰러진 나무를 들어 올려 수풀 쪽으로 가져오려고 했다. 쓰러진 나무에서 바다 냄새가 강하게 나서 퀙퀙거렸다. 손에 만져지는 감촉이 기묘했다. 쉬지 마, 사부로 씨가 재촉해서 사람 두 명을 이어 붙인 크기 정도의 쓰러진 나무를 물웅덩이에서 끌어 올려 제방에 걸쳐 세웠다. 우리는 둘 다 숨을 헉헉거렸다. 사부로 씨가 양손을 물끄러미 보며 물었다. 이건 뭐지? 검어서 잘 모르겠지만 해조입니다, 내가 대답했다. 미끄러워서 놓칠 것 같은 나무를 제방에 세우다시피 해서 밀어 올린 다음, 철조망 틈으로 도로에 굴렸다.

뭐라 그랬지? 재차 물어서, 해조입니다, 하고 가르쳐주었다. 감촉이 너무나 묘해서 차가운 건지 따뜻한 건지 알 수 없었다. 해조라는 게 뭐야? 속삭이면서 사부로 씨는 쓰러진 나무를 한 그루 더 물웅덩이에서 끌어 올렸다. 바닷물로 질퍽해진 수풀의 흙 속으로 신발이 빠져 들어갔다. 해조라는 것은 바닷속에 사는 식물입니다, 하고 두 그루째의 나무를 제방에 걸쳐 세우면서 가르쳐주었다. 나무에는 세 종류 정도의 해조가 달라붙거나 엉켜 있었다. 가장 눈에 띈 것은 가는 줄기에 뾰족한 잎이 비좁게 달린 소나무 비슷한 해조였다. 그리고 얇고 평평하며 표면에 희미한 요철이 있는 것과 어린아이 손바닥이나 귀를 비틀어 만든 막대 모양 같은 것이 있었다. 바다에 식물이 있다니 몰랐는걸, 사부로 씨는 양손을 빛에 비춰 보면서 연신 손바닥을 바지에 문질렀다. 둘이서 양 끝을 잡고 쓰러진 나무를 안아 올렸다. 질질 끄는 것보다 힘이 필요했고, 두 팔을 다 써야 해서 제방에 오를 때 바닥에 손을 짚어 몸을 지탱할 수가 없었다. 신발은 젖은 진흙투성이라 경사진 제방에서 몇 번이나 미끄러졌다. 미끄러지지 않도록 관목 가지에 발을 디디고 한 번 더 나무를 안아 올렸다. 내가 한쪽 끝을 붙잡고 있는 동안 사부로 씨가 다른 쪽 끝을 안고 철조망을 빠져나가 도로로 기어 올라갔다. 도로는 대형 트럭이 간신히 지나갈 정도의 폭으로 곳곳에 포장이 벗겨지고 구멍이 나 있었다. 조심스럽게 나무를 내려놓지 않으면 소리가 나서 검문소에 들릴 것이다.

    똑같은 방법으로 다른 한 그루 나무를 도로에 굴렸다. 철조망을 빠져나가 도로로 나와 한 그루의 나무 위에 다른 한 그루를 걸치듯이 내려놓았다. 막혀 있던 수도관에서 단숨에 물이 터져 나오듯이 땀이 분출했다. 두 그루의 나무는 다리를 꼬고 앉은 성인 남자 같은 모양이 되었다. 나무로 도로를 막은 뒤 다시 제방으로 돌아와 트럭이 멈춰 설 거라고 생각되는 위치에 몸을 숨겼다. 사부로 씨는 그리스 건을 확인한 뒤 손 냄새를 맡았다. 두 사람 다 바다 냄새에 범벅이 되었다. 따끔따끔하지 않냐? 물어서, 그렇다고 고개를 끄덕였다. 처음에는 해조를 만진 손바닥뿐이었지만 이윽고 온몸이 극세침으로 찌르는 것처럼 따끔따끔한 자극으로 뒤덮였다. 해조란 건 살아 있는 거냐? 물어서, 살아 있습니다 했더니 사부로 씨는 미간을 찡그렸다.

표면에 바늘 모양의 돌기가 난 해조가 있어서 우리는 아마 그걸 만졌을 것이다. 하지만 그 정도로 온몸에 자극을 느끼게 될까? 바다 냄새와 해조의 감촉이 우리의 감각적 기억을 혼란스럽게 만들었는지도 모른다. 불쾌한 것이나 기분 나쁜 것을 보거나 만져서 소름이 돋는 느낌과 비슷했다. 어떤 특정 세포에 기억이 물질의 형태로 깃들어 있다는 사실이 밝혀진 것은 반세기 전이다. 어떤 신호가 뇌를 자극하여 영상과 소리와 말을 재생하는 메커니즘도 알아냈다. 사용이나 생산은 제한되었지만 기억을 재생하는 메모리악이라는 장치가 만들어졌다. 자신의 기억을 데이터로 전환하여 기록하거나 보존하는 것도 가능해졌다. 민간인의 기억 재생 장치 사용을 제한하는 까닭은 기억 물질을 데이터로 전환할 때 분자 수준에서 기록이 손상되기 때문이다. 기록 손상은 항상 발생하는데, 수정과 복구는 불가능한 것으로 드러났다. 손상된 기억은 다시 뇌 신경에 손상을 주기도 하고 정신적 장애를 일으킬 위험이 있다고 한다. 그러나 기억 재생 장치는 생산되고 있고, 실제로 섬에서는 자치 회관에 비치해서 교정 기구로 사용하고 있다. 데이터 전환 시 일어나는 기록 손상 때문에 기억 재생은 학습이나 학문 목적으로 사용할 수 없게 했다. 요컨대 고도로 학문을 닦은 사람의 지식을 타인에게 이식하는 것은 무리다. 그러나 개인의 모든 기억을 파악하고 중요한 추억을 보존하고 연관된 사건들 사이의 상관관계 등을 외부에 기록하는 것은 비교적 간단하다.

## 2

트럭 소리 안 나냐? 사부로 씨가 물었다. 온몸이 따끔거려 주위에 집중할 수가 없었다. 땅이 흔들리는 듯한 느낌이 들긴 했지만, 트럭이 달려서 그런 건지는 알 수 없었다. 외부와

나 자신 사이에 막이 생긴 것 같았다. 타인의 기억이 이식되어 추체험追體驗할 때와 비슷했다. 교정 시설에서는 체포된 탈주자가 맛본 처벌의 기억을 정기적으로 추체험시키는데, 처음에는 지금처럼 바늘로 온몸을 찌르는 듯한 따끔따끔한 자극이 온다. 바늘에 찔리는 느낌이어서 자극의 시작점은 매우 작다. 아이들은 그 자극으로 점이라는 개념을 배운다. 자극은 선도 면도 덩어리도 아니고 점에서 발생한다. 점에는 길이도 넓이도 크기도 없다. 그냥 포인트다. 뇌에 전송되는 탈주자의 기억은 무수히 따끔거리는 포인트로 바뀌어, 그곳에서부터 영상, 소리, 가벼운 통증이 생겨난다. 추체험은 꿈보다도 구체적이다. 꿈처럼 소리와 빛과 말과 의미성이 있지만, 아픔은 실제와 비슷하다.

해조가 우리의 감각을 흩트리고 있습니다, 그랬더니 사부로 씨는 그런 건 아무래도 상관없다며 얼굴이 굳어졌다. 그리고 주의를 주었다. 아까부터 분비물이 대량으로 나오고 있으니까 내가 괜찮다고 할 때까지 내 팔과 얼굴을 건드리지 말아줘. 조명에 떠오른 사부로 씨의 뺨과 관자놀이와 팔 안쪽에 빨간 반점이 생겼다. 빨간 발진은 대량으로 나온 분비물의 증거 같았다. 분비물은 어떨 때 나옵니까, 물으려는 참에 머리 위로 빛이 빙빙 돌아서 심장박동이 격렬해졌다. 개 짖는 소리가 커졌다. 쓰레기 처리장 쪽을 확인하려고 제방에서 얼굴을 내밀려는데 사부로 씨가 바지 자락을 잡고 끌어 내렸다. 제일 앞 트럭이 멈추면 그때 습격해야 하고, 그 전에 트럭 운전사에게 걸리면 끝장이라고 했다. 이런 상태에서 트럭을 습격할 수 있을지 불안해졌다.

왔어, 사부로 씨가 귓가에 속삭였다. 전조등이 흔들리며 다가왔다. 트럭이 정지하고 운전사가 내려서 나무를 치우면 그때 죽인 뒤에 운전석에 올라타기로 했다. 땅의 진동을 또렷이 느꼈다. 트럭 엔진 소리에 공기가 떨렸다. 돌아오는 트럭은 한 대일까요, 아니면 넉 대 전부일까요? 물었더니, 몇 대든 마찬가지라고 했다. 머리 위가 대낮처럼 환해지고 트럭의 실루엣이 시야를 덮었다. 차체가 높은 구식 트럭이었다. 화석연료를 함께 쓰는 하이브리드 차로 엔진의 출력이 꽤 높다. 땅의 진동이 작아지더니 이윽고 완전히 멈추었다.

사부로 씨가 그리스 건을 가슴 앞에 들고 신중하게 제방을 기어 올라갔다. 따끔따끔한 자극은 사라지지 않았지만 긴장과 흥분으로 감각이 마비되었다. 관목 그늘을 기다시피 해서 제방을 올라갔다. 살그머니 얼굴을 들었다. 트럭은 두 대였다. 앞선 트럭은 쓰러진 나무에 너무 가까이 와서 하마터면 올라탈 뻔했다. 올려다볼 만큼 높은 위치에 있는 운전석 문이 열리고 안에서 남자가 모습을 보였다. 청바지와 셔츠를 입고 애니멀즈라는 인기 개스킷 팀 로고가 붙은 모자를 쓰고 금속 섬유로 짠 메시 부츠를 신었다. 개스킷은 삼차원 공간에서 경기하는 인기 스포츠로 아버지의 데이터베이스에서 시합 영상을 본 적이 있다. 선두 트럭에서 한 사람이 더 내려 땅에 쭈그리고 앉았다. 그 남자 역시 개스킷 팀인 드리머즈 모자에 빨간 트레이너와 재색 바지, 발포성 고무 부츠 차림이었다. 두 사람은 뒤따르는 트럭에 신호를 보냈다. 곧 두 번째 트럭에서도 두 사람의 남자가 내려 앞으로 걸어왔다.

두 번째 트럭의 두 사람은 풀색의 금속 메시 군복을 입었다. 모자는 한 사람은 허먼즈이고 다른 사람은 홀리즈였다. 불법 투기자들은 모두 체격도 비슷하고 얼굴도 닮았다. 이마가 좁고 턱이 다부지고 부은 듯한 작은 눈에 코는 짜부라진 듯이 낮다. 앞에 쭈그리고 앉아 있는 드리머즈 모자 주위에 모여 서로의 얼굴을 보며 이런 곳에 나무가 있다니 희한하다는 이야기를 했다. 뇌물이 적어서 불만인 경비 관리관이 본토 경찰에 통보했을지도 모른다고 애니멀즈 모자가 말하자, 홀리즈 모자가 그릴 리 없다고 화를 냈다. 모두 주머니에서 담배를 꺼내 불을 붙였다. 담배 연기가 가로등을 따라 떠돌다 어두운 하늘로 빨려 들었다. 얼른 나무나 치워, 사부로 씨가 바로 옆에서 속삭였다. 아까 쓰러진 나무를 도로에 안아 올릴 때 쏟아졌던 땀이 식어서 셔츠가 피부에 엉겨 붙었다. 해조의 자극이 계속 남아서 흥분과 긴장에서 벗어나려고 하는데 어찌 된 것인지 성적인 기억이 되살아났다. 노인시설에서 사츠키라는 여자는 땀과 타액과 오줌 등 자기 몸에서 나오는 모든 분비물은 꿀처럼 향기가 날 거라며 혀로 정성껏 핥아 먹으라고 명령했다. 정말로 꿀 냄새가 났다.

남자들은 각각 나무 끝을 안아 올리려고 했다. 아까 지나갈 때는 이런 나무 없었는데, 하면서 남자들은 나무를 안아 들어 도로 옆으로 치우려고 했다. 나무를 드는 걸 확인한 사부로 씨가 그리스 건을 앞세우고 제방에서 도로로 올라갔다. 사부로 씨의 얼굴과 팔 안쪽 빨간 반점이 아까보다 늘어났다. 강렬한 아우라가 나왔다. 자극을 받은 쿠치추가 분출하는 시큼한 냄새의 분비물이 눈에 보이는 것 같았다. 먼저 홀리즈 모자가 우리를 눈치채고 멍하니 입을 벌린 채 쓰러진 나무를 나르던 걸음을 멈추었다. 그의 시선을 따라 허먼즈 모자가 이쪽을 돌아보고 믿을 수 없는 것을 본 듯이 망연한 모습으로 그 자리에 못 박혀 섰다. 이윽고 다른 두 사람도 이쪽을 보았지만, 그들을 포함해서 네 사람 모두 아무런 반응도 하지 않았다. 다른 세계에 잘못 들어와 당황한 사람들 같았다. 네 사람은 무슨 일이 일어나고 있는지 이해하지 못했다. 섬사람이 이런 시간, 이런 장소에 나타날 리 없다고 굳게 믿고 있었기 때문에 반응을 하지 못하는 것이다. 근래 들어 본토 사람을 습격하거나 관리 경찰에 저항하는 섬사람은 거의 없었다. 게다가 눈앞에 있는 것은 건드리기만 해도 동물이 죽는다는 쿠치추로 팔과 얼굴은 기분 나쁜 빨간 반점으로 덮여 있다.

애니멀즈 모자가 뭔가 말하려고 입을 여는 순간, 그리스건의 유압이 높아지는 소리가 들리고 마요네즈 용기의 주둥이처럼 생긴 총구가 희미하게 떨리고 PD탄이 남자의 얼굴에 박혔다. 오른쪽 광대뼈와 입천장 사이에 금세 상처가 생긴 것 같았다. 아주 가까운 거리에서 PD탄을 맞은 남자는 몸을 젖히며 쓰러졌고 동시에 나무를 놓쳤다. 나무를 혼자 들게 된 드리머즈 모자도 균형을 잃었고, 옆으로 구르다 떨어진 나무가 그의 발목을 이상한 모양으로 비틀었다. 사부로 씨는 이어서 두 발의 PD탄을 쏘고 그대로 달려가 트럭 운전석에 올라가려고 했다. 첫 발은 도망치려던 홀리즈 모자의 어깨에 맞았지만, 다른 한 발은 빗나가 허먼즈 모자는 비틀거리면서 검문소 쪽으로 향했다. 빨리 와, 저 녀석을 막아야 해, 사부로 씨가 발판에 발을 올리면서 그리스 건으로 앞서 달려가는 허먼즈 모자를 가리켰다. 얼굴에 PD탄을 맞은 애니멀즈 모자가 온몸에 경련을 일으켰다. 대자로 땅바닥에 쓰러진 그는 떼를 쓰는 젖먹이처럼 팔다리를 떨었다. 신경 독이 심장과 사지의 근육에 대량의 흥분 물질을 방출시킨 것이다.

3

트럭을 내놔, 사부로 씨가 소리쳤다. 발판에 발을 딛고 손잡이를 잡고 몸을 끌어 올려 운전석에 올라타자, 스피커에서 사투리로 부르는 노래가 나오고 시트 구석에 앉은 여자가 보였다. 여자는 한창 화장을 하는 중으로 왼손에 조그만 거울을, 오른손에는 속눈썹에 색칠을 하기 위한 가늘고 작은 붓을 들고 있었다. 밖에서 일어난 일을 파악하지 못한 것 같았다. 허먼즈 모자는 비틀거리면서 달려가 모퉁이를 돌면 이제 곧 보이지 않을 판이었다. 사부로 씨와 나를 본 여자는 분홍색 잇몸을 드러내며 가까이 오지 말라는 의미로 침을 뱉고, 오디오 스위치를 껐다. 운전석에 앉은 사부로 씨가 부채꼴 운전대를 잡으면서 수동으로 운전할 수 있느냐고 나와 여자를 번갈아 보며 물었다. 여자는 얼굴을 찌푸렸다. 무슨 말을 하는지 전혀 이해가 안 간다는 표정이었다. 운전대 너머에 복잡한 계기와 스위치가 있고 그중 몇 갠가 깜박거리고 시동도 걸려 있지만, 어떻게 출발시키는지는 알 수 없었다. 나는 아버지에게 배운 자동차 구조와 기본 조작을 기억해내려고 했다. 제동기인 브레이크를 해제하고 자동 주행 스위치를 켜면 달릴 것이다. 하지만 스위치가 셀 수 없을 만큼 많았다. 어느 것이 자동 주행 스위치인지 알 도리가 없었다.

  누군가 운전석에 기어 올라왔다. 발목을 삔 드리머즈 모자였는데 모자는 쓰고 있지 않았다. 너희 모두 죽여버릴 거야, 하고 소리쳤다. 난간을 잡은 손에 나무에 붙어 있던 해조가 묻었고, 앞머리가 이마를 가렸다. 가느다란 눈에는 힘이 없었다. 본토 사람의 특징이다. 남자가 이대로 트럭에서 나가면 그냥 무마시켜주겠다는 의미의 말을 계속하자, 사부로 씨가 명령했다. 그 녀석을 떼어내버려. 어떻게 떼어내야 할지 몰라서 당황스러웠지만, 마침 시트 위에 굴러다니는 공구가 눈에 들어와 그걸로 남자의 얼굴을 내리쳤다. 그리스 건과 비슷한 크기의 공구였는데, 사람을 공격한다는 의식은 없고 장애물로서 길을 막고 있는 폐목이나 천 뭉치를 제거하는 느낌으로 때렸다. 남자의 얼굴에 공구가 박히는 감촉이 전해졌지만 폭력을 행사했다는 생각은 들지 않았다. 사부로 씨가 도로에서 네 명의 남자들과 맞선 순간부터 나는 현실감을 잃었다. 다른 세계로 흘러 들어온 것 같았다.

남자가 신음을 흘리며 발판에서 떨어져 땅바닥에 뒹굴었다. 내가 문을 닫자, 아직도 화장용 붓과 거울을 들고 있던 여자가 물었다. 뭐 하고 싶은 거야? 트럭을 출발시키고 싶습니다. 내가 말하자 여자는 갑자기 진지한 표정이 되어 내 얼굴을 빤히 쳐다보았다. 당신 누구야? 놀란 얼굴로 물었다. 이 트럭을 출발시키고 싶습니다만. 내가 한 번 더 말하자, 이거 말이야 하고 중얼거리더니 시트 옆 오 센티미터 정도 길이의 레버를 손가락으로 당겼다. 그리고 운전대 옆에 마름모꼴로 팬 파란색 부분을 눌렀다. 대형 동물의 포효 같은 소리가 트럭 내부에서 울리고 몸이 흔들리더니 앞 유리의 풍경이 뒤로 흘러가기 시작했다. 자동이어서 아무것도 하지 않아도 목적지까지 가는 거야? 사부로 씨가 물었지만 여자는 대답하지 않았다. 대신에 내 얼굴을 빤히 보면서 당신 누구야, 하고 한 번 더 중얼거렸다. 여자는 광택이 나는 빨간 보디슈트와 금속 메시 재킷을 입고 있었다. 밀랍 인형처럼 보이려는 의도로 몇 겹이나 화장을 하고, 몇 개의 다발로 올린 머리는 인상재印象材를 사용하여 딱딱한 돌기를 만들었다.

트럭이 신음을 올렸다. 운전석은 섬 자치 회관 이 층 베란다와 비슷한 높이로 주위가 내려다보였다. 오른쪽 전방에서 건너편 둔덕까지 다리가 직선으로 뻗어 있고, 내륙 쪽에는 약하디약한 불빛들이 무수히 이어져 있었다. 다리에 줄줄이 달린 노란 조명이 반사되어 번개무늬를 만드는 해수면을 보지 않았더라면 눈앞이 바다인 줄 몰랐을 것이다. 단순한 암흑이라고 생각했을지도 모른다. 아무것도 존재하지 않는 암흑. 차를 탄 것은 노인시설에 끌려갔을 때뿐인데, 대량의 조제 종합 신경안정제를 강제로 먹어서 정신이 몽롱한 상태였던 데다차는 상자 모양의 중형 자동차로 이렇게 큰 트럭이 아니었다. 운전석 시트는 세 사람이 앉아도 여유가 있었다. 키가 큰 어른이 편하게 누울 수 있을 정도의 공간이었다. 완만하게 곡선을 그리는 앞 유리로 보닛 아래쪽에 달린 곤충의 더듬이 같은 센서가 보였다. 도로 상태와 전방 상황을 제동기나 엔진이나 조작 기기에 전달하여 조종한다. 트럭은 앞에 도망쳐 가는 허먼즈 모자를 바로 따라붙었다. 남자는 도로 옆 철조망 쪽으로 몸을 피하려고 했지만, 오른쪽 범퍼에 부딪쳐 튕겨 나가더니 시야에서 사라졌다. 범퍼가 몸을 도려낸 것인지 앞 유리에 셔츠 조각과 피가 튀어 여자가 양손으로 입을 막았다. 사부로 씨는 표정 하나 바뀌지 않았다. 벌레를 죽인 거나 다름없었다. 나 역시 아무것도 느끼지 못했다.

4

검문소가 보이고, 사부로 씨가 이 트럭은 어디로 가는 거냐 물었지만 여자는 대답하지 않았다. 다리 바로 앞 검문소는 조그맣고 하얀 조립식 단층 건물로 바로 옆에 게이트가 있고 좌우로 개폐되는 철제 차단기가 가로막고 있었다. 두 사람의 경비 관리관이 나왔다. 재색 제복을 입고 헬멧을 쓰고 경비봉 말고는 무장한 것이 없었다. 느릿한 그들의 움직임을 보아하니 이상기류를 눈치채지 못한 것 같았다. 경비 관리관 주위에는 탐지 경계용 거미형 로봇이 몇 마리 어슬렁거렸다. 섬의 경비용 로봇은 구형으로 최루가스만 장비하고 있다. 검문소 바로 앞에서 트럭이 속도를 늦추었다. 개폐식 차단기에 센서가 반응하여 속도를 늦추도록 각 장치에 지시를 내린 것이다. 사부로 씨가 비닐 백에서 유탄을 꺼내 그리스 건에 장전하면서 더 속도를 올릴 수 없는지 물었다. 내게 물었는지 아니면 여자에게 물었는지는 모른다. 사부로 씨의 팔에 생긴 빨간 반점은 사라지지 않았다. 여자는 내게 기대듯이 하며 되도록 사부로 씨에게서 떨어지려 했다. 사부로 씨의 단정하고 반듯한 얼굴에는 긴 앞머리가 드리워져 있었다. 당신 누구야? 여자가 내게 몸을 딱 붙이며 또 물었다. 여자가 어째서 내가 누군지 궁금해하는지 알 수 없었다. 다나카 아키라라고 이름을 말했지만 반응이 없다. 여자가 궁금한 것은 이름이 아니었다.

사부로 씨가 그리스 건을 들고 오른쪽 창을 열려고 했다. 몇 개의 스위치를 눌러서 창을 열고 몸을 내밀어 그리스 건을 세웠다. 전방 정면에 있는 검문소가 가까워졌다. 경비 관리관들의 표정과 움직임에는 긴장이 없었다. 당신 정말로 존댓말을 쓸 줄 아느냐고 여자가 내 가슴에 얼굴을 기대면서 물었다. 인상재로 고정시킨 뾰족한 머리카락이 가슴과 목에 닿았다. 몇 겹이나 바른 화장이 벗겨져 내 셔츠에 묻었다. 노인시설에서 맡았던 것과 같은 종류의 냄새가 났다. 이 남자는 이름이 아키라, 아버지가 섬에서 서버 데이터를 관리하고 있다, 사부로 씨가 그리스 건을 든 채 이쪽을 보지 않고 말했다. 목덜미에 여자의 호흡이 느껴졌다. 여자는 사부로 씨의 분비물을 두려워하여 점점 내게 몸을 밀착시켰다. 재킷 아래에 느슨하게 짠 끈 셔츠를 입고 있었는데, 유방이 내 가슴에 닿아 찌부라지듯이 눌리는 게 느껴졌다. 수도관이 터지는 듯한 소리가 나더니 유탄의 백파이어 연기가 운전석에 가득 찼다. 유탄은 포물선을 그리며 검문소 옆 철조망 기둥으로 날아가 폭발했고, 로봇인지 철조망 파편인지가 날아오른 뒤로는 연기 때문에 아무것도 보이지 않게 되었다.

여자가 옷깃에 있는 동그란 반투명 터치 패널에 손가락을 대고 재킷에 내장된 전화로 누군가와 이야기를 시작했다. 트럭 엔진 소리에 잘 들리지 않아, 나는 여자의 이야기에 귀를 쫑긋 세웠다, 지루하던 차에 식당에서 만난 트럭 운전사가 유혹해서 섬에 따라갔다가 돌아오는 길에 섬사람들에게 습격을 당했다, 한 사람은 쿠치추이지만 다른 사람은 존댓말을 쓸 줄 아는 듯해서 연락하는 편이 좋을 것 같아 지금 전화를 하는데, 이 두 사람은 무장하고 있으며 지금 섬 검문소를 파괴하고 본토로 가려 한다, 그런 의미의 이야기를 재빠르게 지껄였다.

검문소 부근에는 반파되어 너덜너덜해진 로봇 부품과 철조망 파편, 콘크리트 덩어리, 산산조각이 난 목재 등이 흩어져 있었다. 경비 관리관의 모습은 보이지 않았다. 사부로 씨가 사용한 밀조 유탄은 국제조약을 무시하고 만든 것이라 폭발력이 굉장했다. 트럭은 폭발 후폭풍을 맞아 일단 정지했지만, 전화를 끝낸 여자가 패널 스위치를 눌러서 다시 달리기 시작했고 검문소의 잔해며 쓰러진 철조망이며 조명등을 넘어 더욱 속도를 높였다. 경비 관리관들은 차를 이동시켜 바리케이드를 만들려고 했던 것 같지만 타이밍이 맞지 않았다. 사부로 씨는 눈을 부릅뜨고 트럭이 검문소를 돌파하는 것을 지켜보았다. 경비 관리관이 트럭에 치이거나 튕겨 나가는 모습을 놓치지 않으려는 것이다. 사부로 씨의 팔 안쪽에 빨간 반점이 마치 불이 켜지듯이 늘어났다.

트럭은 다리로 들어섰다. 창으로 들어오는 세찬 바람과 등 뒤로 지나가는 경치가 지금까지 맛본 적 없는 흥분을 낳았다. 곧게 뻗은 다리는 포장되어 있어서 트럭은 매끄럽게 질주했다. 노란 조명등이 시야 끝에서 끝으로 미사일처럼 가로질러 갔다. 내 가슴팍에서 여자의 숨소리가 들려왔다. 마치 인공 폐를 넣은 노인이 된 것 같다고 생각했다. 트럭은 여자가 숨을 들이마실 때 다리에 들어서서 숨을 내뱉을 때는 이미 건너편 둔덕의 검문소가 눈앞에 다가와 있었다. 경비 관리관은 그제야 이상 기운을 눈치채고 달아나려고 했지만, 동작이 느린 한 사람과 로봇 두 기가 앞 유리 너머에서 좌우로 튕겨 나갔다. 미미한 충격이 있었다. 한 사람의 생명과 두 기의 기계가 파괴된 충격은 여자가 내쉬는 입김보다 작았다. 공격자의 힘이 강대하면 강대할수록 살상하고 파괴할 때의 충격은 적다.

트럭은 검문소 부근에 모여 있던 경비 관리관 몇 명을 치었고, 그중 두 사람은 거대한 차바퀴로 깔아뭉갰다. 사부로씨는 운전석 창을 열어둔 채 몸을 내밀고 경비 관리관들의 몸이 갈가리 찢기는 것을 바라보며 흥분과 감동에 찬 표정이 되었다. 우리는 이 갈기갈기 찢긴 경비 관리관들을 코앞에서 보고도 아무렇지 않았다. 몸이 반으로 찢긴 경비 관리관이 트램폴린에서 뛰어오르듯 허공에 떠올랐지만 전혀 현실감이 없었다.

## 5

다리를 건너고 검문소를 파괴한 뒤 트럭은 깎아지른 낭떠러지 길을 한참 달리다 이윽고 오른쪽으로 커브를 돌아 양쪽에 창고 같은 건물이 즐비한 넓은 도로로 나온 다음 계속해서 달렸다. 건너편에 다양한 높이의 빌딩들이 있었다. 여자는 또 전화를 했다. 트럭 시동 소리가 주위 건물에 반사되어 잘 들리지 않았다. 전화를 켜서…… 위치를 파악하고…… 경찰이 봉쇄해…… 세워서…… 이런 말이 드문드문 들렸다. 사부로 씨는 줄곧 주위 경치에 흘려서 창이 별로 없는 커다란 창고를 지날 때마다 그 방향으로 고개를 돌리고 낮은 환호성을 올렸다. 중환자의 탄식 같은 환호성이었다. 창고와 창고 사이에는 넓은 공터가 있고 곳곳에 영상간판이 서 있었다. 일반용 온천 휴양지를 광고하는 영상간판에는 수영복을 입은 여자가 지붕이 달린 침대에서 마사지를 받고 있는 모습이 비쳤지만, 스크린 한가운데가 크게 세로로 찢겨 있었다. 정말이라고…… 한 사람은 쿠치추고…… 다른 한 사람은 경어를 써, 여자는 옷깃에 달린 터치 패널을 잡아당기며 그런 이야기를 하더니 통화를 중단하고 사부로 씨를 향해 물었다. 이 녀석 어떻게 존댓말을 쓸 줄 아는 거야?

사부로 씨는 이쪽으로 몸을 움직여 왼손으로 여자의 뾰족
하고 단단한 머리카락을 잡고 오른손 손바닥을 여자의 얼굴
에 갖다 댔다. 여자가 비명을 질렀다. 이 사람을 이 녀석이라
고 부르지 마, 사부로 씨가 내 쪽을 턱으로 가리켰다. 아버지
가 섬에서 서버 데이터를 관리했던 사람이라고. 내뱉듯이 말
하더니 겨우 여자에게 손을 뗐다. 여자가 떨면서 머리에 손을
대려고 해서, 나는 말해주었다. 만지지 않는 편이 좋습니다.
머리카락은 딱딱한 인상재로 코팅되어 있어서 문제없지만,
사부로 씨가 잡았을 때 손바닥의 분비물이 묻었을 터이니 만
지면 위험하다. 쿠치추 분비물의 독성이 얼마나 강한지는 사
실 잘 알 수 없단다, 하고 아버지는 말했다. 개인차도 있었다.
초등교육소 후배 중에 쿠치추가 한 명 있었는데 독성이 약해
서 만져도 손가락이 잠시 저린 정도였다. 쿠치추의 독성은 전
압 같다. 몇 볼트짜리 건전지도 있고 몇만 볼트짜리 전압선도
있다. PD탄으로 사용될 만큼 특별하고 강한 독성을 가진 쿠
치추가 분비물을 방출할 때는 피부에 닿기만 해도 죽음에 이
른다고 아버지는 말했다.

　사부로 씨는 경치에 반해서 크게 숨을 내쉬었다. 섬에는
이렇게 큰 건물이 없고 풍경이 입체적이지 않다. 어디나 똑

같이 평면적이다. 서버 데이터 관리…… 그래, 아버지가 서버 데이터 관리…… 그래서 존댓말을 쓴대…… 다시 전화로 돌아온 여자는 그렇게 이야기하고 있었다. 문화경제효율화운동에 따라 존댓말이 사라진 지 반세기 가까이가 지났다. 한번 사라진 말은 기억하기 힘든 듯했다. 존댓말은 외우기가 어렵다. 문법적인 규칙성이 모호하기 때문이다. 창고 사이의 공터에 선 간판이 눈앞에 나타났다가 날리듯이 등 뒤로 멀어졌다. 호랑이가 초승달을 향해 우는 모습을 그린 연고 간판이 예뻤다. 그다음은 빡빡 민 옆머리에 시계 문자판을 문신한 유명한 개스킷 선수가 세 종류의 봉식을 먹고 있는 간판이었다. 전에도 본 적이 있었다. 사 년 전 노인시설로 끌려갔을 때 분명 같은 영상간판을 보았다.

6

창고 거리가 끝나고 내란으로 폐허가 된 운동 시설을 따라 넓은 도로로 나왔다. 전후좌우로 다른 차가 나타나 트럭은 감속과 가속을 되풀이했다. 잘 닦아놓은 유선형 승용차 차체에 머리 위 고속도로의 보라색 네온이 비쳤다. 고속도로 주행은 아무에게나 허락되는 게 아니다. 불법 투기 트럭은 물론 차들 대부분이 아래의 일반 도로에서만 달려야 한다. 운동 시설 내의 메인 스타디움은 제일차이민내란 때는 사체 안치소였고, 제이차이민내란 때는 강제 송환된 이민자들의 수용시설이었다고 하는데, 반파된 건물과 황폐해진 운동장에는 당시를 떠올릴 만한 건 아무것도 남아 있지 않았다. 아버지에게 내란이 뭐냐고 물은 적이 있다. 많은 아이들의 시체가 일상적으로 도로나 공터에 뒹구는 것이라고 했다. 운동장을 지나니 시야가 열리고 크기가 똑같은 직육면체 저층 주택가가 끝없이 이어지는 게 보였다. 도로 옆을 걸어가는 사람들이 있었다. 이런 곳을 걸어 다니는 이들은 아마 하층 주민일 것이다. 정부가 준비한 집합 주택은 단순한 직육면체 콘크리트 덩어리로 안에는 여덟 세대에서 열 세대의 가족이 살고 있다고 한다. 묘지 같군, 사부로 씨가 말했다. 나도 그렇게 생각했다. 콘크리트 벽에는 규칙적으로 같은 위치에 창이 있어 외관이 답답한 느낌이 들었다.

경찰…… 어디서…… 도망쳐…… 몰라…… 여자는 그런 말을 하고 있었다. 나한테 몸을 맡기듯이 기대 사부로 씨를 멀리하면서도 주위 경치를 자세히 보기 위해서인지 시트 끝에 걸터앉았다. 직육면체 주택들이 자로 그은 듯이 질서 정연하게 늘어선 가운데 지상과 고가에 두 개의 모노레일이 달리고 있었다. 모노레일은 병원과 학교와 관청과 직장과 영화관과 백화점과 식당가와 공원을 묶어서 달리기 때문에 편리하지만, 그 밖의 장소는 절대 가지 않는다. 이 주변 사람들은 모노레일이 운행하는 범위 내에서 살고 있다. 넉 대의 모노레일이 운행 중이었는데, 바로 앞의 한 대는 차체의 영상간판과 승객의 얼굴까지 자세히 보였다. 한밤중임에도 많은 사람들이 타고 있었다. 공장과 농장과 사무실에 근무하는 사람들이다. 아버지는 인공조명이 천장을 뒤덮은 최신 지하 농장의 데이터를 곧잘 보여주었다. 지하 농장은 꿈의 농원이라고 불렸다. 인공조명으로 하는 광합성에 위험은 없다지만, 노인시설에 있는 사람들은 지하 농장의 채소와 과일은 먹지 않는다고 한다. 고가 다리를 빠져나와 정차 중인 모노레일과 교차하듯이 스쳐 지나고 네온과 영상간판이 눈부신 도로로 나오자, 막다른 곳에 거대한 식품 쇼핑몰이 보이고 그 앞에 경찰이 봉쇄선을 치고 있었다. 트럭과 거의 같은 크기로 넓적한 장갑차량 두 대가 나란히 도로를 막았다. 한 대는 검고 한 대는 녹색이었다.

## 7

샛길은 없다. 트럭은 모노레일 고가 다리의 벽과 기둥 사이에 끼어 있어서 봉쇄선을 피할 수 없었다. 피할 수 없는 장소를 골라서 봉쇄선을 폈을 테지. 검문소 로봇이 파괴되기 전에 이상 사태를 알리는 신호를 자동으로 발신했을지도 모르지만, 어떻게 경찰이 우리의 불법 침입을 알았는가는 문제가 아니었다. 봉쇄선은 이미 눈앞에 있는 현실이었다. 트럭의 속도가 점점 느려졌다. 경찰이 트럭의 자동 주행 장치에 신호를 보내 속도를 조종하고 있기 때문이었다. 등 뒤에서도 장갑차량이 천천히 모습을 나타냈다. 트럭은 퇴로를 차단당했다. 운전석 스피커에서 경찰이 보내는 경고가 흘러나왔다. 공격을 멈춰라, 전투 기계로 응전하겠다, 정지하면 신호를 기다렸다가 차에서 내려라, 신호는 이십 초 간격으로 삼 회 보내겠다, 따르지 않을 경우에는 전투 기계가 공격한다, 그런 안내가 되풀이되었다. 전투 기계가 뭐냐? 사부로 씨가 물었지만 여자는 대답하지 않았다. 여자는 상공에 신경을 쓰고 있었다. 앞유리로 상공을 올려다보다가 사부로 씨에게 크고 작은 로터 로봇을 턱으로 가리키며, 빨리 창을 닫으라는 투의 말을 했다. 헬리콥터와 같은 방식으로 석 장인가 넉 장의 회전날개가 달린 다양한 크기의 최신예 원반형 로봇이 상공에 무리 지어 있었다. 눈에 띄는 것은 두 팔을 벌린 정도 크기의 중형 로봇으로, 아버지의 데이터베이스에 따르면 방사형放射形 전기 충격 총을 갖추고 내부에 마치 파리 같은 초소형 로터 로봇이 무수히 들어 있다. 초소형 로터 로봇은 차 안이나 건물 등 어디든 침입해서 내부 영상과 음성을 수집하고 송신하며, 최루 가스, 최면 가스, 독가스를 분사해 내부를 제압한다. 그 밖에 손바닥만 한 것과 화장실 변기만 한 것 그리고 대형 공격용 로터 로봇도 두 대 확인할 수 있었다. 공격용 로터 로봇은 승용차 크기에 회전날개도 매우 길었다. 조종사 탑승이 가능하고 기관총과 기관포와 로켓탄을 장착하고 있다고 한다.

사부로 씨는 창을 닫아야 하는 이유를 알 수 없다는 듯 불쾌한 얼굴로 여자를 보았지만, 초소형 로터 로봇 무리가 마치 모기떼처럼 전조등에 떠오르자 우울한 표정으로 열려 있던 창을 닫았다. 아직 해제 불가능해? 여자는 계속 전화를 붙잡고 있었다. 트럭이 경찰의 원격조종을 받아 감속을 계속했다. 후방을 봉쇄한 장갑차량은 일정한 거리를 지키면서 이쪽을 향해 왔다. 달아날 길이 없군, 사부로 씨가 중얼거렸다. 경찰은 봉쇄선 앞줄에 대형 로터 로봇과 장갑차량을 배치했다.

장갑차량의 강력한 서치라이트가 세 방향에서 트럭을 비추었다. 돔형 지붕의 식품 쇼핑몰 주차장에 경찰이 모습을 보였다. 거미형 로봇을 데리고 구경꾼들을 쫓고 있었다. 본토 경찰은 되풀이되는 크고 작은 내란과 폭동에서 많은 것을 배워 군중을 제어하는 데 능숙했다.

　양쪽으로는 모노레일 고가 다리의 콘크리트 벽과 기둥으로 막혀 있고 앞뒤로는 장갑차량과 로봇이 둘러쌌다. 트럭에서 내리면 로터 로봇이 일제히 공격할 것이다. 팔 안쪽의 붉은 발진이 사라지기 시작해서 사부로 씨는 침착한 표정이 되었다. 안도한 듯이 보이기도 했다. 나도 기묘한 안도감을 느꼈다. 섬사람의 특성으로, 뭔가에 도전하여 실패하거나 벌을 받게 되면 자신이 있어야 할 곳으로 돌아가는 느낌이 들어 기묘한 안도감을 느낀다. 아버지도 그랬다. 텔로미어 절단이라는 처벌이 결정됐을 때 처음에는 분노를 터트렸지만 이윽고 안심한 듯한 표정이 되었다. 체포도 처벌도 죽음도 상상하면 공포가 생긴다. 실제로 구속되어 의학적 처벌을 받아 죽음을 맞이할 때는 상상이 사라지고 받아들여야 하는 사실이 되어, 언젠가는 이럴 때가 찾아올 것이라고 그때까지 줄곧 불안에 떨고 무서워했던 것이 이제 드디어 현실이 되었구나, 하고 인생의 골인 지점에라도 당도한 듯한 기분이 드는지도 모르겠다. 우리는 섬에서 나가는 것은 허락되지 않는다, 생각도 해서는 안 된다는 식으로 배워왔다. 섬에 모든 것이 다 있는 건 아니지만, 봉식이라는 획기적인 식품이 중화요리부터 이탈리아, 북아프리카, 중동, 남아시아 등의 극히 진기한 요리의 맛까지 제공하고 자치 회관에 설치된 메모리악 영상 라이브러리에서는 세계의 풍경과 동식물 그리고 전통문화와 예술, 유적을 언제라도 추체험할 수 있어서, 평생 섬에서 나가지 못하는 게 아니라 나가지 않아도 된다고 배운 것이다. 현실 이외의 것을 상상하는 것은 무의미하며 때로는 유해하다고 철저하게 세뇌당하면 사람의 정신은 안정된다. 나와 사부로 씨는 섬을 떠난다는 사실에 현실에서 유리된 흥분도 느꼈지만, 본토에서 경찰에 포위당하자 마음이 편안했다. 내게 겨우 현실감이 돌아온 것이 그 증거였다.

트럭이 더욱 속도를 떨어뜨렸다. 전방에는 봉쇄선이 다가오고 앞 유리에는 초소형 로터 로봇이 빽빽하게 붙어서 꿈틀거렸다. 상공에서는 중형 로터 로봇이 정지하거나 빙빙 돌면서 트럭의 움직임을 쫓았다. 로터 로봇의 중심에는 작동 상황을 알려주는 라이트가 있었다. 그것이 켜졌다 꺼졌다 해서 보고 있는데, 클리어, 하고 여자가 큰 소리를 내며 운전대 옆에 있는 터치 패널을 조작하자 트럭 엔진 소리가 급격히 커졌다. 작동했어, 여자는 미소를 지으며 전화에 대고 말하더니 운전석 중앙에 있는 부채꼴의 운전대를 꽉 잡고, 안전띠를 매라고 내게 호통쳤다. 나지막하고 콧소리가 조금 섞였지만 강한 목소리였다. 젊은 여자가 그런 소리로 호통치는 것을 들은 것은 처음이어서 나는 영문을 모르고 멍하니 있었다. 안전띠를 매라고 했잖아! 여자가 다시 소리치며 몸을 내밀더니 안전띠 고리를 거칠게 건넸다. 거리가 없어. 중얼거리며 트럭을 후진시켰다. 뒤에 바짝 다가온 봉쇄선에 닿을락 말락 할 때까지 후진했다. 주위에 무리 지어 있던 로터 로봇이 신음을 내며 날아올랐다. 정지시켜! 조작을 자동으로 돌리고 정지시켜! 공격하면 전투 기계가 응전한다! 스피커에서 경찰의 경고가 들려왔다.

## 8

사부로 씨는 슬픈 얼굴이 되었다. 무슨 일이 일어났는지 모르겠지만 좋은 일은 아닐 거라는 표정이었다. 쇼핑몰로 돌진할 테니까 신호를 보내면 트럭에서 뛰어내려. 여자는 그렇게 말하고 부채꼴 운전대를 고쳐 잡더니 이를 악물고 오른발을 힘껏 밟았다. 트럭은 앞 유리에 붙은 작은 벌레 같은 로터 로봇을 헤치고 굉음과 함께 차바퀴를 끽끽거리며 전방 봉쇄선을 향해 맹렬한 기세로 달려 나갔다.

## 식품 쇼핑몰

### 1

여자는 운전대 옆에 있는 터치 패널로 연료 농도를 최대한으로 올렸다. 어떤 종류의 박테리아가 배출하는 메탄가스와 수소를 섞은 연료가 탱크에서 분출하는 소리가 들려오자, 여자는 또 'B, boost'라고 쓰인 오렌지색 터치 버튼을 짧게 두 번씩 건드려 가연제를 분사시킨 뒤 자신의 어깨 폭과 비슷한 크기의 운전대를 꽉 잡았다. 엔진이 붕붕거리고 차체가 가늘게 떨리기 시작하며 앞 유리 부근에 몰려 있던 극소 로터 로봇이 이변을 느꼈는지 후방으로 거리를 두고 떨어졌다. 스피커에서는 자동 운전으로 경고가 되풀이되었다. 돌려! 돌려!

탐조등이 차 안을 하얗게 비추었을 때, 엉덩이가 시트에 묻히더니 앞부분이 살짝 들린 트럭이 바퀴를 삐걱거리면서 가속을 개시했다. 연달아 세 기의 중형 로터 로봇이 앞 유리에 부딪쳐 어딘가로 튕겨 날아갔다.

스피커의 경고가 멈추고, 바로 두 발의 로켓탄이 낮은 탄도彈道로 오른쪽 대각선 방향에서 날아와 바퀴를 스치고 콘크리트 바닥에 튀어 모노레일 기둥과 벽에 각각 박혔다. 하지만 폭발하지는 않았다. 폭파하기 위한 것이 아닌 듯했다. 눈 깜짝할 사이에 전방 봉쇄선이 가까워지더니 장갑차량에서 또 여러 발의 로켓탄이 발사되어 여자가 머리를 낮추었다. 작살처럼 끝이 뾰족한 로켓은 둔한 소리를 내며 앞 유리를 때렸다. 금속섬유를 격자 모양으로 짠 앞 유리는 세 발의 로켓을 튕겨냈지만 적확한 각도로 명중한 마지막 한 발이 앞 유리에 박혔다. 모두 폭발은 하지 않았다. 다만 뾰족한 앞부분을 중심으로 하여 앞 유리에 그물 모양으로 금이 쫙 가고, 충격으로 트럭이 한차례 크게 흔들려 나는 천장에 머리를 세게 부딪쳤다. 사람 팔뚝만 한 굵기와 길이의 로켓 은색 끝 부분이 십 센티미터 정도 안쪽으로 들어와 박혀 있었다. 불발탄일까? 스프레이건! 스프레이건! 여자가 소리쳤다. 금속섬유를 보수할 때 쓰는 스프레이건을 말하는 건가? 나도 사부로 씨도 그게 어디 있는지 몰라서 멍하니 있으니, 여자가 허리를 구부려 발밑에서 노란색 통을 꺼냈다. 그리고 측면에 튀어나온 단추를 눌러서 박혀 있는 로켓 끝 부분에 안개 같은 것을 분사했다. 로켓에 쏟아진 안개는 이내 끈적끈적한 반고체형의 재색 막 같은 것으로 바뀌어 은색의 뾰족한 금속을 덮었다.

여자가 내게 스프레이건을 건네며 소리쳤다. 또 날아와! 유리에 꽂힌 로켓이 부자연스럽게 진동하더니 끝 부분이 눈에 보이지 않는 칼로 절단된 것처럼 달랑거렸다. 식품 쇼핑몰에는 휘황찬란한 불빛이 켜져 있고, 봉쇄선 너머의 넓은 주차장에는 사람들이 개미처럼 모여서 이쪽을 보고 있었다. 오른쪽 옆에서 또 로켓탄이 두 발 발사되었다. 차바퀴를 터트려 트럭을 세우려고 했지만 휠 캡과 범퍼를 스치고 좌우로 튕겨나갔다. 스프레이건! 내 손을 보며 여자가 소리치더니 유리를 뚫고 들어온 로켓 머리 부분을 턱으로 가리켰다. 축 늘어진 머리 부분에서 뭔가 기어 나오고 있었다. 새끼손가락 손톱만 한 크기의 허연 곰팡이 같은 것이 구멍에서 잇따라 나왔다. 물고기 내장에서 생겨 살을 뜯어 먹으며 성장한다는 기생

충을 닮았다. 하지만 그 곰팡이 같은 것은 머리카락보다도 가는 회전날개와 가시가 돋친 다리를 갖고 있었다. 로켓탄은 폭파용이 아니라 실내 제압용이었다. 극소 로터 로봇을 내장하여 목표물에 부딪친 뒤 나중에 토해내는 것이다.

스프레이가 묻어서 끈적끈적한 금속 표면에 다리가 걸리는데도 구멍에서 기어 나온 두 마리가 희미한 날갯소리를 내며 날아오르려고 했다. 그 두 마리를 향해 스프레이건을 분사했다. 한 마리는 분사액 범벅이 되어 기어 나온 구멍 속으로 떨어졌지만, 다른 한 마리가 허공에 떠서 반짝거리자 트럭 터치 패널 불빛이 꺼지려 했다. 전자파를 쏘는 것이다. 파워가 끊긴다! 여자가 소리쳤다. 사부로 씨는 오른손을 뻗어 모기를 죽일 때처럼 로터 로봇을 잡으려고 했지만 최루가스가 분사되어 얼굴을 가리며 비명을 질렀다. 차 안에 최루가스가 자욱했다. 사부로 씨가 순간, 로터 로봇을 입에 던져 넣고 씹어버렸다. 여자가 깜짝 놀란 얼굴로 사부로 씨의 입가를 보았다. 터치 패널에 다시 불빛이 켜졌다. 전방을 보니 앞 유리 가득 장갑차량의 탐조등이 퍼지고 충격이 내 몸을 감쌌다. 봉쇄선 전체가 이쪽을 향해 덤벼드는 것 같았다. 두 대의 장갑차량이 옆으로 쓰러지고 탐조등 빛기둥이 하늘 저편으로 튕겨

나갔다. 로터 로봇에서 새어 나온 최루가스가 차 안에 가득 차서 눈과 코가 따가웠다. 공중의 대형 로터 로봇이 전방으로 돌아 들어오려고 했지만 불가능했다. 트럭이 가속장치를 최대한 열었기 때문이다. 군중과 경찰이 혼란에 빠진 식품 쇼핑몰 대주차장 한가운데로 트럭이 돌진했다.

사부로 씨가 손으로 입가를 받치듯이 하고 앞으로 구부리더니 어깨로 숨을 쉬었다. 손가락 틈으로 부어오른 혀가 보였다. 전방에 식품 쇼핑몰이 떠올랐다. 거대하고 소박한 건물이었다. 반원기둥 모양으로 단순하게 디자인된 건물이 몇 개 조화를 이루고, 그 주위에 나무는 있었지만 별다른 장식물은 없었다. 섬에서나 본토에서나 문화경제효율화운동이 본격화된 뒤로 욕망은 인간에게 악이라는 세뇌 작업이 계속 되풀이되었다. 일본에는 신화시대부터 사치스러운 요리에 가치를 두지 않는 멋진 역사와 전통이 있다. 성욕은 말할 것도 없고, 필요한 영양소를 채우는 것 이상의 식욕은 건강에도 정신에도 나쁘다. 정부는 수입품인 상어 지느러미와 거위와 오리의 비대한 간과 바다제비집과 철갑상어알과 남아시아의 새우 등을 태워버리는 시위를 환경 축제라고 부르면서 몇 번이고 열었다. 상어 지느러미를 얻느라 필리핀 어부들은 손발을 잃었고, 바다제비집이나 철갑상어를 마구 잡느라 생태계를 파괴했고, 남아시아의 새우잡이는 맹그로브 숲을 절멸시켰고, 거위나 오리의 간을 비대하게 하는 것은 사람의 욕심과 교만 이외에 아무것도 아니었다. 간소한 식사가 장려되어 봉식이 탄생했다. 언론에서는 자주 정치가나 기업가가 나와 봉식을 주식으로 하겠다고 선언했다. 봉식에는 모든 영양소가 들어 있고 첨가물도 제한된다. 하지만 고기나 생선, 가공식품, 채소 같은 게 금지된 것은 아니었다. 봉식만 계속 먹어온 사람들 사이에 우울증 등 정신질환이 만연했기 때문이라고 아버지에게 들었다. 그래서 이제 모든 식품을 팔긴 하는데 사치스러운 것은 없다. 고기나 생선은 클론 공장에서, 채소는 지하 농장에서 제공되지만, 식욕은 필요악이라고 가르친다. 식품 쇼핑몰의 건축 디자인과 조명이 소박한 것은 그것을 강조하기 위해서였다.

2

식품 쇼핑몰 입구에는 높이 오십 센티미터 정도의 방지 턱이 있어서 여자는 그곳을 피하듯이 터치 패널로 트럭 진행 방향을 바꾸고, 커다란 유리 벽 쪽으로 향했다. 로켓탄 공격이 멈추었다. 트럭이 사람들이 많이 모인 대주차장으로 난입했기 때문이다. 주차장에 있는 차를 피하려고 여자는 부지런히 터치 패널을 조작했다. 그러나 트럭은 많은 승용차와 이륜차를 날리고 몇 명의 사람을 치었다. 사부로 씨는 금방이라도 쓰러질 것 같았다. 아무 말도 못 했다. 나는 스프레이건을 계속 분사했다. 초소형 로터 로봇을 내장한 로켓은 앞 유리에 박힌 채로였다. 머리 위에 있던 로봇 무리가 식품 쇼핑몰 건물 뒤로 사라졌다고 생각했을 때, 마른 소리가 울리며 충격이 전해졌다. 트럭은 유리 벽을 깨고 생화 매장 사이의 통로 같은 곳으로 돌진했다. 레지스터에서 현금을 꺼내려던 점원이 범퍼에 짓눌렸고, 색이 다른 공통엔과 규슈엔 지폐 수십 장이 공중으로 날아올랐다. 무수한 거미형 로봇이 모여들었다. 다만 미처 도망치지 못한 손님과 점원이 많아서 공격은 하지 않았다. 식품 매장으로 들어갔어…… 매장을 나와서…… 메인 복도를 빠져나왔어…… 식당가 건너편……. 여자가 옷깃에 박힌 전화로 보고를 했다. 사부로 씨의 뺨에 뚫린 구멍에서 하얀 것이 보였으나 치아인지 뼈인지 알 수 없었다.

트럭은 천 가지가 넘는 종류의 봉식이 진열된 선반을 밀어붙이고 냉동식품 통 위로 올라타는 바람에 균형을 잃었다. 깨진 유리창을 통해 쇼핑몰 안으로 들어온 중형 로터 로봇이 앞 유리에 섬광 로켓탄을 쐈다. 눈앞이 새하얗게 되었다. 여자가 전방을 보고 바로 자동 정지용 센서 패널을 두드리자, 트럭은 앞뒤로 몇 번인가 크게 흔들리다가 고기와 생선이 즐비한 벽 쪽 냉동 진열대 앞에서 급정지했다. 안전띠가 배와 가슴을 조였다. 섬광탄의 잔상으로 눈 안쪽에 불꽃이 튀었다. 안전띠를 매지 않았던 사부로 씨는 전방으로 튕겨 나가 앞 유리에 부딪쳐 그대로 아래로 떨어졌다. 여자도 정신을 잃은 것 같았다. 엔진이 멈추지 않아 트럭은 진동을 계속하고 있었지만, 거미형 로봇이 차바퀴 주위로 몰려들었다. 여자의 옷깃에 있는 전화에서 응답을 요구하는 작은 소리가 들려왔다. 트럭이 정지됐습니다. 나는 큰 소리로 대답했다. 존댓말을 쓰는 녀석이 너냐? 남자의 목소리가 들렸다. 앤은 죽었냐? 연거푸 물어서, 정신을 잃은 것뿐이라고 생각합니다, 바로 대답했더니 깨우라고 했다. 앤이라는 이름을 중얼거리면서 냄새를 더듬어 바닥에 떨어져 있는 극소 로터 로봇의 파편을 찾은 나는 그것을 손수건으로 주워 들어 여자의 얼굴에 갖다 댔다. 파편에는 아직 희미하게 최루가스가 남아 있어서, 그 자극으로 여자가 몇 번이나 움찔하고 몸을 젖히더니 눈을 떴다.

**노래하는 고래** 상

거미형 로봇이 차바퀴에 모여 있습니다. 나는 여자의 귓가에 대고 말했다. 여자는 나를 밀어젖히고 몸을 일으키더니 터치 패널을 손가락으로 몇 번 두드렸다. 그러나 차바퀴 헛도는 소리와 차축ᴴᴴ이 삐걱거리는 소리만 날 뿐이었다. 트럭이 흔들렸지만 움직인 건 아니었다. 거미형 로봇이 차체에 기어오르려 했기 때문이다. 상자 모양 짐칸의 작은 요철 위를 뾰족뾰족한 다리로 잡고 올라오고 있었다. 다리를 오므렸다 폈다 하여 몸을 끌어 올릴 때마다 차체가 흔들렸다. 앤이라는 이름의 여자는 다시 연료 농도를 올렸지만 오히려 공회전만 심해졌다. 타이어에는 금속섬유가 섞여 있어서 찢어지거나 구멍이 날 일은 없다. 거미형 로봇이 윤활용 물질을 흘리고 있는 것이다. 뭔가를 뿌려야 해, 여자가 중얼거렸다. 얼굴 반이 보라색이 된 사부로 씨가 시트를 붙잡고 몸을 일으켰다. 무슨 말인가 하려고 했지만 목소리가 나오지 않았다. 혀가 붓고 입술이 터지고 뺨에 구멍이 뚫려서, 그저 입이 이상한 모양으로 움직이기만 할 뿐이었다. 사부로 씨는 그리스 건을 들고 검지로 먼저 자신을 가리킨 다음, 운전석 바깥을 가리켰다. 가루나 종이 같은 것을 차바퀴 아래에 뿌려줘. 여자는 그렇게 말했고, 사부로 씨가 바깥으로 나간 것을 확인한 뒤에 운전대 옆 터치 버튼을 두드려 차 문을 닫았다.

파르스름한 형광등 조명 아래를 걷는 사부로 씨는 유령 같았다. 벽 쪽의 냉장, 냉동 진열대까지 가서 팩으로 포장된 고기 틈에 몸을 기댔다. 로봇은 온도와 움직임으로 목표물을 감지한다. 한데 지금 매장 안에는 트럭에 치이거나 쓰러진 진열대에 부딪치거나 깔린 손님이 수십 명이나 된다. 사부로 씨를 탐지하여 목표물이라고 인식하는 데는 시간이 좀 걸릴 것이다. 냉동 진열대 주위에도 피투성이가 되어 쓰러진 사람들이 있었다. 사부로 씨는 그리스 건에 유탄을 장착했다. 차바퀴에 무리 지어 있는 거미형 로봇을 날려버릴 생각일 것이다. ……눈은 떴어? ……트럭은 멈춰 있어? 전화에서 아까 그 남자의 목소리가 들렸다. 로봇이 윤활성 물질을 뿌려서 미끄러워…… 움직일 수가 없어서 쿠치추가 지금 트럭에서 내렸어…… 하고 앤이라는 여자가 대답했다. 앤이라는 여자는 날카롭게 생겼다. 섬에서는 절대로 볼 수 없는 용모다. 섬에는 이만 명 정도의 사람이 살고 있지만, 여자는 약 십 퍼센트다. 성범죄자와 살인범은 남자 쪽이 압도적으로 많다. 앤이라는 여자가 눈을 감았다. 그 얼굴에 오렌지색 빛이 지나갔다. 사부로 씨가 쏜 유탄이 지나간 빛이었다. 트럭이 흔들려 충격이 전해졌다. 사부로 씨는 바닥에 쓰러진 냉동 진열대의 금속 틀에 유탄을 터트려 그 폭발 후폭풍으로 거미형 로봇을 날려버렸다. 빨리 가루나 종이를 뿌려! 앤이라는 여자가 소리쳤다. 사부로 씨는 진열대에서 종이 기저귀와 생리용품, 휴지 상자를 닥치는 대로 내려 수북이 쌓일 때까지 차바퀴 주위에 마구 뿌렸다. 작업을 마친 사부로 씨가 문을 열고 운전석으로 올라오려고 하자 여자가 손을 내밀었다. 분비물이 나오는지 여자에게 도움을 받는 것이 싫은지, 사부로 씨는 고개를 저어 여자의 팔을 치우게 하고 스스로 운전석에 올라탔다.

차바퀴가 종이 상자 더미를 부수는 소리와 함께 트럭은 천천히 후진했다. 거미형 로봇이 차바퀴를 갉아 먹었는지 덜컹덜컹 흔들리긴 했지만 더 이상 공회전은 하지 않았다. 종이 상자뿐 아니라 진열대가 쓰러지며 바닥에 흩어진 여러 식품과 그 포장을 짓뭉개면서 다시 움직이기 시작한 트럭은 왼쪽으로 모퉁이를 돌려고 했다. 바로 눈앞에서 식품이 깔려 쓰레기가 되어갔지만, 식욕은 원죄에 가까운 것이라고 배우며 자라서 아무 느낌도 들지 않았다. 건조 식재료 매장 옆에서 여자아이를 꼭 껴안고 서 있던 노인이 트럭이 움직이는 것을 보고 뛰기 시작했다. 폭주하는 트럭을 피하려고 한 것인데, 그 뜻을 잘못 파악한 로봇이 공격을 가했다. 중형 로터 로봇이 여자아이를 안고 달리는 노인의 바로 위로 이동하여 경고

없이 침탄을 쐈다. 맞는 순간에 꽃잎 모양 날개를 펼치면서 바늘을 피부 밑에 심고 전류로 근육을 마비시키는 침탄이 노인의 어깨에 명중했다. 통증과 충격으로 얼굴이 일그러진 노인은 여자아이를 바닥에 내려놓은 뒤 실이 끊긴 꼭두각시 인형처럼 쓰러졌다. 근육이 풀려 쓰러진 채로 대변과 소변을 싸는 노인을 내려다보고 있던 여자아이가 로봇에 둘러싸여 울음을 터트렸다. 로봇은 키를 탐지하여 어린아이를 공격하지 않도록 세팅되어 있다. 트럭이 잠시 후진하여 멈추었다가 왼쪽으로 돌면서 다시 달리기 시작해서 거미형 로봇에 둘러싸인 여자아이의 모습은 이내 시야에서 사라졌다.

3

벽을 부수고 쇼핑몰 메인 복도로 나왔다. 여자는 또 전화로 보고했다. 콘크리트 바닥에 남태평양의 식물과 물고기 그림이 그려져 있었는데 곳곳의 페인트가 벗겨졌다. 복도 양쪽에는 옷 가게와 구두 가게와 전기용품점과 문방구와 화장품 가게와 서점과 스포츠용품점과 스테이크 식당과 게임 센터와 가방 가게와 철물점과 주방용품점과 장난감 가게와 액세서리점과 시계점과 술집과 안경 가게와 약국과 가구점 등이 있었다. 트럭은 복도 중앙에 군데군데 있는 쇼핑객을 위한 의자와 테이블을 치면서 굴곡이 있는 유리 천장을 스칠 듯이 아슬아슬하게 달려갔다. 많은 점원과 쇼핑객이 전방의 식당가를 향해 복도를 뛰어갔다. 벽이 무너지고 느닷없이 트럭이 나타나서 놀라 도망치는 것이었다. 천장 유리를 통해 하늘과 구름과 별과 로터 로봇이 보였다. 곧게 뻗은 복도 끝에 있는 식당가까지는 이백 미터 정도 거리가 있었다. 젊은 남자가 전기용품점 앞에 전시된 바이오라이트와 바이오텔레비전에 부딪쳐 굴렀다. 나중에 달려온 사람들이 그 남자에게 걸려 넘어지며 도미노처럼 쓰러졌다. 뒷사람에게 떠밀린 중년 여자가 트럭 앞에 몸을 던지는 꼴이 되어 튕겨 나갔다. 화장품 가게 앞에서 향기 나는 인상재 시연 서비스를 받던 몇 명의 소녀는 어중간하게 머리를 세운 채 도망쳤고, 한 사람이 서점에서 달려 나온 남자와 부딪쳐 복도에 뒹굴다 트럭 바퀴에 치였다. 앞 유리의 시야가 넓어서 소녀의 몸이 차바퀴에 절단되는 모습이 생생하게 보였다. 몹시 잔혹한 광경이었는데도, 현실감을 잃은 상태라 아무것도 느껴지지 않았다. 뒤를 쫓아온 거미형 로봇과 로터 로봇이 백미러에 비쳤지만, 이미 연료 농도를 최대한으로 높인 트럭을 따라오지는 못했다.

트럭은 여러 가지 것들에 부딪치고 여러 가지 것들을 날려 버리면서 전속력으로 달렸다. 나는 왼손으로 안전띠를 꽉 잡아 몸을 지탱하고 앞 유리를 뚫고 들어온 로켓 머리에 스프레이를 뿌렸다. 앞 유리는 사부로 씨의 피와 침과 고름으로 더러워졌다. 사부로 씨는 가방에서 소독용 연고를 꺼내 상처에 바르려고 했지만, 트럭이 흔들려서 쉽지 않아 보였다. 장난감 가게 앞에서 옛날 영화나 텔레비전에서밖에 볼 수 없는 사람 모양 로봇이 어색한 코미디언처럼 움직이고 있었다. 춤을 추는 것 같았다. 하얀 원통형 머리에 안테나가 세 가닥 꽂혀 있고, 빨갛게 빛나는 두 개의 눈이 있고, 가슴에는 골동품 같은 축전지를 장착했다. 장난감 가게에서 호객용으로 쓰는 이 사람 모양 로봇은 복도를 향해 계속 손을 흔들고 있었다.

4

메인 복도가 끝났어…… 여자가 전화에 대고 말했다. 복도에서 멈추지 말고…… 식당가에 돌진해서…… 메인 레스토랑에서 트럭을 버려…… 당장 메인 레스토랑을 나와서…… 서브에비뉴 끝까지 가…… 남자의 목소리가 들렸다. 트럭은 앞에 늘어선 인도의 사원과 프랑스의 철탑과 이탈리아의 사탑과 스페인의 투우장과 중국의 올림픽 기념탑과 한국의 통일 기념탑 등 여러 나라의 기념 건축물 모형을 받아버리고, 개스킷 프로 선수가 봉식을 먹는 광고가 나오는 자동 개폐형 영상 커튼 입구를 파괴하고 광대한 식당으로 돌진했다. 상상도 할 수 없을 만큼 넓은 곳으로 식당이 아니라 무슨 체육관 같았다. 새벽 한 시인데 손님이 천 명에 가까웠다. 본토에서는 노동자는 하루 삼교대제로 일하고 공장이나 농장은 스물네 시간 가동한다고 아버지의 데이터베이스에 나와 있었다. 봉식은 전 세계에서 사랑받는 효율식이다. 그렇게 쓰인 현수막이 천장에서 대롱거렸다.

여자가 터치 패널을 두드려 현수막 아래에 트럭을 세웠다. 식당 안에는 다양한 모양의 테이블과 의자가 고른 간격으로 줄지어 있고, 바닥과 벽 쪽에 인공 꽃들과 식물이 장식되어 있었다. 앤이라는 여자가 트럭 문을 열더니 내 손을 잡고 밖으로 이끌었다. 앤이라는 여자의 손은 차갑고 부드러웠다. 멈추지 않고 뛸 거야. 여자가 말했다. 사부로 씨도 트럭에서 내리려고 했지만 상처가 아픈지 동작이 느렸다. 사부로 씨를 두고 갈 수는 없었다. 거치적거려서 안 돼. 여자가 군중 속으로 들어가면서 말했지만, 나는 멈춰 섰다. 사부로 씨를 두고 갈 거라면 동행할 수 없습니다. 사부로 씨가 가방을 어깨에 메고 차에서 내려 우리 쪽으로 다가왔다. 앤이라는 여자는 걸어가면서 전화로 내가 한 말을 전한 다음, 할 수 없지, 중얼거리며 군중에 섞이듯 출구를 향해 달려갔다. 천장에 드리워진 무수한 현수막이 식당 전체를 덮고 있었다. 모두 손으로 쓴 글씨였다. 다양한 문장들이 있었다.

이탈리아 음식 맛이건 이집트 음식 맛이건 베트남 음식 맛이건 푸에르토리코 음식 맛이건, 어떤 맛이건 봉식은 필요한 기본 영양소의 보고寶庫야. 메인 레스토랑의 테이블과 의자는 일본 각지의 전통 가구 장인이 마음을 담아 만든 거지. 봉식은 전 세계 삼십억 명 이상의 사람들에게 사랑받고 있으며 유사 식품이 많이 등장하고 있어. 애정을 담아 이 현수막을 만든 것은 장애를 가진 사람들이야. 봉식은 맛과 재료뿐 아니라 씹는 느낌이나 식감 등도 선택할 수 있고, 전채 요리부터 디저트까지, 얼음처럼 차가운 것부터 뜨거운 흙 냄비까지 각양각색의 것을 갖추고 있어. 장식한 꽃들은 인공물이지만 생화에 가까운 것들뿐이지.

돌풍이 분 것처럼 현수막이 일제히 펄럭거리더니 중형 로 터 로봇 한 무리가 나타났다. 낮은 이명 같은 독특한 로터 소 리가 들리고 파괴된 입구를 통해 놈들이 잇따라 들어왔다. 다 음으로 뾰족한 금속이 콘크리트 바닥을 긁는 소리를 내면서 거미형 로봇이 식당으로 들어왔다. 공격용 로봇이 나타나자 군중의 공황 상태는 도가 심해졌다. 세 군데밖에 없는 출구로 전원이 모여들었다. 로봇은 군중에 섞여 이동하는 우리를 찾 아내지 못할 것이다. 천장에 드리워진 현수막 외에도 꽃과 국 기를 엮은 장식용 사슬이 무수히 걸려 있었다. 주위에 있는 사람들에게서 인공 토양과 비료 냄새가 났다. 제복은 입지 않 았지만 모두 옷깃에 옥수수와 토마토로 장식한 디자인의 배 지를 달고 있었다. 지하 농장에서 일하는 사람들이 단체로 식 사를 하러 온 것이다.

　몸을 서로 밀어대며 출구로 향했다. 사부로 씨의 얼굴을 보고 놀라는 사람은 없었다. 그 외에도 상처를 입은 사람이 많았기 때문이다. 누구도 이런 곳에 쿠치추가 있다고는 생각 하지 못할 테고, 본토 사람 중에는 쿠치추의 존재조차 모르 는 사람이 많다고 아버지에게 들었다. 출구까지 십 미터도 떨 어지지 않았지만 사람들이 밀어대서 좀처럼 앞으로 나아갈 수 없었다. 출구는 좁고 센서가 달린 자동 개폐식이어서 한 사람이 지나갈 때마다 닫혀버렸다. 이만큼 많은 본토 사람을 접하는 것은 처음이었다. 전원의 얼굴에 공통된 특징이 있었다. 남자도 여자도 젊은이도 노인도 수염을 깎고 비누로 방금 씻은 것처럼 반질반질한 얼굴이었다. 그 밖에는 특징이라고 할 만한 게 없었다. 더욱이 공황 상태인데도 표정이 온화했다. 앤이라는 여자는 뭐 하는 여자일까 생각했다. 앤이라는 여자는 이 식당에 있는 사람들과는 다르게 날카롭고 까칠한 분위기였다. 사부로 씨의 얼굴은 본토 사람과도 앤과도 다르다. 단정하지만 옆에 있는 것만으로 긴장된다. 금방이라도 정신적인 균형이 무너져 위험한 일이 일어날 것 같은 인상이다. 내 얼굴은 잘 모르겠지만 본토 사람과는 명확히 다르다. 내 얼굴은 반질반질하지 않다. 나와 사부로 씨와 앤이라는 여자의 얼굴에는 한 가지 공통점이 있었다. 불안이 서려 있다.

사부로 씨가 옆에서 무슨 말인가 하려고 했다. 입을 열려고 했지만 입술이 붓고 뺨에 구멍이 뚫려서 소리는 나오는데 말이 되지 않았다. 무슨 일입니까? 물었다. 사부로 씨는 재킷과 셔츠 소매를 걷어 올리고 팔 안쪽을 보여주었다. 빨간 반점이 막 생기려는 팔로 내 어깨를 가볍게 밀었다. 분비물이 나올 것 같으니 떨어져 있으라고요? 묻자, 구멍이 뚫린 뺨으로 끄덕였다. 사부로 씨는 셔츠와 재킷을 입고 있긴 했지만, 쿠치추는 목덜미나 손바닥에서도 분비물이 나올 때가 있다. 하지만 사부로 씨에게서 떨어지려고 해도 쉽지 않았다. 전후좌우로 사람에 치여 옴짝달싹할 수가 없었다. 왼쪽 옆에 사부로 씨, 앞에 앤이라는 여자 그리고 나, 세 사람의 몸은 딱 달라붙어 있었다. 오른쪽 옆에 있는 하얀 제복을 입은 남자에게서 썰어둔 채 방치된 채소 냄새가 났다. 요리사일 것이다. 그 옆의 젊은 남자는 먹다 만 봉식을 들고 있었다. 케첩과 기름기로 다른 사람의 옷을 더럽히지 않도록 오른손을 높이 쳐든 채였다. 사부로 씨는 어깨에 멘 가방이 주위 사람에게 거치적거리지 않도록 가슴 앞으로 껴안듯이 다시 들었다. 이렇게 많은 사람이 한 장소에 있는 걸 본 것은 처음이었다. 군중이라는 말을 체감했다. 군중은 세 군데 식당의 출구 부근에 모여 있고, 그 뒤에서 중형 로터 로봇이 공중에 정지해 있었다. 맨홀 뚜껑만 한 크기의 이 원반형 로봇들은 머리 꼭대기의 밥공기 모양으로 생긴 봉긋한 센서 부분을 빨갛게 깜박거리면서 공격하라는 지시를 기다렸다. 그걸 알고 있는 군중이 로터 로봇에서 되도록 떨어지려고 하다 보니 출구 부근의 혼란은 더욱 심해졌다.

## 5

천천히 꼭꼭 씹어 먹고 세계에 자랑하는 봉식을 맛보는 거야. 그렇게 쓰인 막이 머리 바로 위에 늘어져 있었다. 앤이라는 여자는 뾰족하고 딱딱한 머리카락 끝에 막이 걸려서 초조한 표정으로 몇 번이나 머리를 기울여 천을 피했다. 군중 속에는 다친 사람들도 있었지만, 점점 조용해지더니 이윽고 큰 소리를 내거나 비명을 지르는 사람이 하나도 없어졌다. 발을 밟힌 젊은 여자도 아, 얏, 하는 모양으로 입술을 움직일 뿐 소리는 내지 않았다. 옷깃이나 소매에 묻은 전화로 이야기를 하는 사람도 많았지만, 모두 속삭이는 소리였다. 아까부터 문이 닫힌 채여서 인파에 밀려난 사람들에게서 일제히 한숨이 새어 나왔다. 속삭이는 소리와 한숨 소리와 호흡하는 소리가 포개져 식당에 가득 찼다.

이상해. 앤이라는 여자가 돌아보며 말했다. 출구가 닫혀 있는 시간이 길어졌다. 사부로 씨가 이상할 정도로 입을 일그러뜨리며 무슨 말인가 하려고 했지만 역시 소리는 나오지 않았다. 앤이라는 여자가 사부로 씨의 입술 움직임을 읽었다. 범죄자가 일반인 군중에 섞여 있으면 저 녀석들은 전원을 체포

한다. 무차별 공격을 시작할 거야. 경찰이 메인 레스토랑 출구를 닫아서…… 나갈 수 없다…… 로봇이 모여 있다. 앤이라는 여자가 전화를 했다. 서브에비뉴 끝까지 와, 서브에비뉴 끝까지 오면 구조할 수 있다, 남자의 목소리는 그렇게 들렸다. 중형 로터 로봇의 머리 꼭대기가 옆으로 열리더니 그 틈으로 가늘고 긴 노즐이 나와 극소 로터 로봇을 토해내기 시작했다. 여섯 살 미만의 아이를 안고 있는 부모는 바닥에 아이를 내려놔라, 하는 중성적이고 늘어진 기계음 안내 방송이 되풀이되었다. 군중 속에는 아이도 있었다. 하지만 부모나 다른 어른들과 몸을 붙이고 있어서 칩탄을 난사하거나 근육 이완 가스를 분사할 수 없었다. 군중 한 사람, 한 사람에게 극소 로봇을 접근시켜 판별하게 해서 일정 키 이상의 어른만 공격할 것이다.

사부로 씨가 재킷 소매를 걷고 빨간 반점이 생긴 곳을 검지로 몇 번 문질렀다. 그 손가락으로 바로 앞 중년 여자의 목덜미를 쓰다듬듯이 건드렸다. 시큼한 냄새가 주위에 감돌았다. 중년 여자가 흠칫 놀라 등을 젖히고 뭐야, 소리를 지르며 돌아보려고 했다. 위생모를 쓴 머리에 크림색 바이오 섬유 스웨터와 스커트, 가슴에는 지하 농장 배지, 보청과 심실세동 대응 IC 칩을 체내에 주입했다는 표시인 액정 패널을 옷깃에 달고 있었다. 중년 여자는 이마에 잔뜩 주름을 짓고 부자연스럽게 눈을 깜박거리더니 곧 동공이 눈알 가장자리까지 급격하게 확장되었다. 가슴에 손을 대고 딸꾹질하듯 목을 떨다가 이윽고 양손으로 턱과 목을 긁어댔다. 관자놀이에 굵고 파란 혈관이 도드라졌다. 파열하는 게 아닌가 싶을 정도로 눈을 부릅뜬 여자의 벌어진 입술 끝에서 거품이 흐르더니 경련과 경직이 시작되었다.

눈초리에서 피가 뚝뚝 떨어지고 흐릿한 목소리가 목 안에서 새어 나왔다. 그 소리를 듣고 중년 여자의 이상한 낌새를 눈치챈 옆자리 젊은 남자가 한 걸음 떨어져 입을 멍하니 벌리고 섰다. 사부로 씨는 그 입속에 재빨리 검지를 넣었다. 남자가 무슨 말인가 하려고 했지만 이미 혀를 마음대로 움직일 수 없었다. 동공이 파문처럼 안구 테두리로 퍼지고 바로 온몸에 경련이 시작되었다. 주위 사람들이 상태가 이상한 두 사람을 발견하여 인파 사이에 틈이 생겼다. 사부로 씨는 그 틈으로 몸을 밀어 넣었다. 그대로 앞으로 가더니 와, 하고 턱으로 우리에게 신호를 보내 앤이라는 여자가 내 손을 잡고 그 뒤를 따랐다. 바로 눈앞에 유리문으로 된 출구가 보였을 때,

**노래하는 고래** ㊤

사부로 씨는 어깨에서 그리스 건이 든 가방을 내려 유리문을 향해 몇 번 크게 휘둘러 내리쳤다. 유리가 깨짐과 동시에 극소 로터 로봇의 날갯소리가 군중을 둘러쌌다. 사람들이 하나둘 바닥에 쓰러졌다. 사부로 씨는 한 번 더 가방을 휘둘러 창틀에 남아 있던 큰 유리 파편을 제거하고 식당을 나가서 이쪽을 보더니 달, 려, 하는 모양으로 입술을 움직였다.

출구 너머는 좁은 복도와 화장실이었는데, 이미 피난한 사람들로 가득했다. 사람들은 가족이나 친구와 헤어져 어디로 가야 좋을지를 몰랐다. 앤이라는 여자는 내 손을 잡고 틀만 남은 출구를 빠져나온 뒤, 전화에 대고 소리쳤다. 식당을 나왔어…… 나왔어……. 군중은 처음에 무슨 일이 일어났는지 몰라 멍하니 있다가 깨진 유리문을 바라보았다. 문화경제효율화운동 이후 본토 사람들은 폭력과 파괴를 경험한 적이 없다. 그러나 로봇이 무리 지어 오고 사람들이 포개지듯이 쓰러지고 근육 이완 가스를 맞은 사람의 배설물 냄새가 풍기기 시작하자, 군중은 공포에 휩싸여 일제히 움직이려고 했다. 사부로 씨가 얼른 앞으로 달려가 가방에서 그리스 건을 꺼냈다. 앤이라는 여자는 달리면서 옷깃의 전화에 대고 계속 소리쳤다. 쫓아와, 쫓아와, 로봇이 쫓아와, 로봇이 쫓아와……. 양옆

으로 화장실 문들이 늘어선 복도를 달렸다. 화장실은 흰색 벽
으로 칸막이가 되어 복도를 따라 길게 이어졌다.

복도를 오른쪽으로 꺾었다. 부채꼴의 광장 같은 곳이 나왔
다. 몇 개의 작은 가게가 있었다. 구운 과자나 사탕, 풍선 등
을 파는 가게였다. 막다른 곳에는 파라솔과 벤치와 의자가 놓
인 테라스 같은 공간이 있었다. 가게 손님과 종업원 들이 넋
을 잃고 서 있었다. 도망칠 시간이 없었던 것이다. 벌 떼처럼
한 덩어리가 되어 습격하던 극소 로터 로봇 일부가 바로 뒤
쪽 과자 가게에 침입하더니 계속해서 풍선 등을 파는 장난감
가게로 들어갔다. 근육 이완 가스로 쓰러진 젊은 여자 둘이
과자 가게 쇼윈도에 머리를 처박았고, 풍선을 양손에 든 남자
가 비틀비틀 장난감 가게를 나와 복도 벽에 기대듯이 주저앉
더니 움직이지 않았다. 로터 로봇은 꽃집으로 들어갔다. 앤이
라는 여자가 연신 돌아보며 큰 소리로 외쳤다. 서둘러! 달려!
그러나 사부로 씨는 뺨에 상처를 입었고, 나는 원래 달리기를
못한다. 태어나서부터 거의 달린 적이 없다. 섬에서는 체육이
나 운동을 전혀 배우지 않는다.

백팩이 흔들려 허리와 배에 닿아서 달리기 힘들었다. 테라

스 같은 공간에 기묘한 사람 그림자가 나타났다. 처음에는 실루엣으로 보였다. 머리 부분이 헬멧처럼 부푼 모양이어서 사람 모양의 옛날 로봇인 줄 알았다. 하지만 테라스 너머에는 광원이 없으니 실루엣은 아니었다. 전세기의 잠수부 같은 색다른 옷이 시야에 들어왔다. 저들은 누구일까? 그런 생각을 하고 있을 때, 목에 통증이 달려 얼른 손으로 누르자 작은 금속 덩어리가 만져졌다. 뿌리치려고 했지만 이미 손가락 끝에 힘이 들어가지 않았다. 벌레의 날갯소리와 똑같은 로터 소리가 귓가에 메아리치고, 머리 옆에서 극소 로봇이 나타나 눈앞을 둥둥 떠다녔다. 바로 앞을 달리는 사부로 씨가 이쪽을 보고 슬픈 얼굴이 되었다. 양손이 축 늘어졌다. 오른발을 앞으로 내밀려고 했지만 감각이 없었다. 발목 아래가 사라진 것 같았다. 혀가 차가워지고 목이 마르고 호흡이 괴로웠다. 앞으로 쓰러졌다. 이마가 콘크리트에 부딪치는 소리가 울렸지만 통증은 느끼지 못했다. 바지와 속옷이 젖어 들었지만 그 감각도 바로 사라졌다.

엎어져 있는 내 몸을 누군가 바로 눕혔다. 시력은 간신히 남아 있었지만, 천장 형광등이 안구를 찌르는 것 같아서 얼른 눈을 감았다. 검은 그림자가 내 위로 오더니 입을 벌리고 잇몸에 재색 가루 같은 뭔가를 바르는 듯했다. 이 녀석이냐? 목소리가 희미하게 들려왔다. 앤이라는 여자는 내 옆에 쓰러져 있었다. 시야가 한정되어 사부로 씨는 보이지 않았다. 가늘고 날카로운 날갯소리가 공명하면서 들려와 그쪽으로 시선을 옮기니, 극소 로터 로봇이 한군데로 모이고 있었다. 바닥에 쓰러진 한 남자의 머리 위였는데, 그 움직임이 이상했다. 공중에 정지해 있는 것도 아니고 또 어딘가로 날아가려는 것도 아니었다. 마치 얇은 꽃잎이 바람에 날려 무질서하게 떠도는 것 같았다. 로터 로봇 무리는 휘청휘청 힘없이 공중을 날다가 쓰러져 있는 한 사람의 등과 팔에 후드득 떨어지기 시작했다. 이윽고 검은 비가 내리듯이 일제히 떨어져 눈 깜짝할 사이에 남자의 온몸이 보이지 않게 돼버렸다. 흙을 쌓아 올려 만드는 옛날 무덤 같다고 생각했다. 더욱이 그 무덤은 마치 생물처럼 표면이 스멀스멀 움직였다. 로터 로봇은 한 사람에게 몰려가서 공격하는 법이 없다. 아마 제어장치에 탈이 난 것일 텐데, 몇천 개나 되는 로봇의 제어장치가 동시에 고장이 났을 리는 없다. 제어장치를 고장 나게 해서 한곳에 모이도록 누군가 방해를 한 것이다. 그러나 경찰 로봇을 방해한다는 것은 보통은 있을 수 없는 일이다. 일반 국민에게는 그런 지식도 의지도 없기 때문이다. 몇천 마리가 모여 서로 포개져서 와글와글 움직이던 로터 로봇이 천천히 멀어져갔다. 하지만 이동하는 것은 로터 로봇 무리가 아니었다. 내가 누군가에게 끌려가고 있었다. 표면이 우르르 무너져 내리는 고대 무덤 같은 광경을 보면서 나는 의식을 잃었다.

## 6

남자의 목소리가 들렸다. 내 목소리가 들리나? 남자는 그렇게 말하고 있었다. 나는 소리도 나오지 않고 고개를 끄덕거리는 것도 무리였다. 입을 조금 벌릴 수가 있었다. 들립니다, 하려고 했지만 입속은 얼어붙은 것처럼 감각이 없었다. 어디에 치아가 있고 어디에 혀가 있는지도 모르겠다. 눈을 뜰 수 있겠나? 물었다. 눈두덩이 돌이 된 것 같았다. 하지만 눈두덩이 돌처럼 무겁다는 걸 안다는 것은 감각이 남아 있는 거라고 생각했다. 감각이 남아 있는지 아니면 돌아오고 있는지는 의식을 잃고 있어서 불명확했다. 돌처럼 무겁다고 느낀 부분에 뭔가 닿아서 스위치가 켜진 것 같았다. 극장의 막이 천천히 말려 올라가듯이 시야가 밝아졌다. 들리나? 또 물었다. 들리긴 해도 그렇다는 것을 표현할 수는 없었다. 눈을 감으라고 해서 또 눈을 감으면 두 번 다시 뜰 수 없지 않을까 불안했지만, 소리가 들린다는 것을 전해야 한다는 생각에 눈을 감았다. 몇 초인가 센 뒤 다시 눈을 떴을 때, 시야가 제대로 있어서 안심하고 숨을 토했다. 숨을 토할 때 입속의 감각이 돌아온 것 같은 느낌이 들었는데, 그것은 착각으로 아직 혀와 치아의 위치는 알 수 없었다.

지금부터 내가 존댓말로 이야기할 테니 먼저 눈을 감아라, 남자가 말했다. 바르지 않은 존댓말 사용법이 들릴 때 눈을 떠라, 그렇게 말해서 나는 눈을 감았다. 나는 오늘 아침 일어나 세수를 했습니다, 남자는 이야기를 시작했다. 남자의 목소리는 낮고 매끄러워서 듣고 있으니 기분이 좋았다. 산책을 나갔다가 바로 옆에 살고 계시는 A 씨를 만났습니다. 남자가 옛날이야기를 들려주듯이 말하는 바람에 아버지 생각이 나 감정이 흐트러졌다. 지금까지 누군가 존댓말 사용하는 것을 들은 것은 사츠키라는 늙은 여자를 제외하면 아버지뿐이다. 사츠키라는 늙은 여자는 백스무 살이 넘었으니 존댓말을 사용하는 게 당연했다. 아버지는 아주 옛날에 존댓말로 쓴 메일을 서버 데이터 관리를 위해 매일 몇 시간씩 낭독하는 습관이 있었다. 나는 젖먹이 시절부터 그걸 듣고 자랐고, 데이터 분

류와 처리 등을 돕게 된 뒤로는 직접 존댓말을 접하게 되었다. 아버지는 존댓말은 소리를 내어 낭독하라고, 아름다운 존댓말을 낭독하면 마음이 맑아진다고 가르쳐주었다. 하지만 엄마는 내가 일을 돕는 것도 존댓말을 접하는 것도 반대했다. 엄마는 자궁에 병이 생겨 젊은 나이에 죽었다. 겁쟁이에 무지하고 촌스럽고 아름다운 사람이었다.

A 씨는 아주 건강하신 모습으로 애견이신 훌륭한 개를 데리고 나를 보고 미소를 지었습니다. 같은 어조로 남자는 이야기를 계속했지만, 나는 눈을 떴다가 이내 감았다. 한 번 더 천천히 이야기할 테니 존댓말이 틀린 부분을 들으면 눈을 떠라, 남자가 그렇게 말했다. A 씨는 아주 건강하신 모습으로 애견이신, 나는 눈을 떴다. 아무리 높은 사람이 키우는 개여도 애견이시라고는 말하지 않는다. 또 눈을 감으라고 했다. A 씨는 건강을 위해 매일 아침 체조를 하는 게 일과이십니다. 나는 A 씨 흉내를 내어 몸을 움직이는 것이 고작이었습니다. A 씨는 인격자로 나를 격려해주셨습니다. 이야, 당신 몸이 아직 한참 젊으시군요. 나는 천만의 말씀십니다, 하고 고개를 저었습니다. 나는 다시 눈을 떴다. 천만의 '말씀십니다'가 틀렸다.

시야를 덮고 있던 남자의 얼굴이 앤이라는 여자로 바뀌었다. 앤이라는 여자가 내 얼굴을 들여다보는 게 아니라 내 얼굴이 오른쪽으로 기울었다. 합격 같아, 들려? 옆의 앤이라는 여자가 물었다. 그러나 나는 아직 소리를 낼 수 없었다. 아버지는 냉동 동면에 사용하는 약제를 취급해, 앤이라는 여자가 말을 걸어왔다. 아버지라는 건 아까 내게 존댓말 테스트를 한 남자인가? 냉동 동면은 법률로 금지되어 있다. 어째서 그런 극비로 해야 할 이야기를 내게 하는 건지 이상했지만, 설령 비밀을 알아도 섬의 탈주자인 내가 경찰에 신고할 리 없으니 그냥 심심해서 이야기하는 것일 거라고 단순하게 생각했다. 불법 장사라 거래 상대가 존댓말을 사용할 줄 아는 사람밖에 신용하지 않는데 존댓말을 사용할 줄 아는 동료가 죽어서 인원을 보충해야 되거든, 여자는 그렇게 말했다. 나는 무슨 이야기를 하는지 이해하지 못했다.

7

목 근육의 감각이 돌아오고 있었다. 신경이 희미한 진동을 느꼈다. 이 공간은 엄청난 빠르기로 이동하고 있다는 것도 알

왔다. 차인지 기차인지 항공기인지 종류는 모르지만 아주 빠른 탈것이다. 앤이라는 여자는 담요 같은 것을 덮어쓰고 누워 있었지만 상반신은 알몸이었다. 하얀 가슴이 봉긋하게 솟은 게 보였다. 너 내 가슴 보고 있지? 여자가 물었다. 나는 아무 대답도 하지 못했다. 너희는 아직 애들이니 성적 행위를 하는 거 아냐, 앤이라는 여자가 웃으면서 말했다. 너희라는 말을 듣고 나는 사부로 씨도 이 탈것을 타고 있는 게 아닐까 생각 했다.

터널

# 1

시야는 좁고 흐릿하다가 이따금 캄캄해졌다. 시야라고 해야 앤이라는 여자의 옆얼굴과 그 너머의 벽뿐이지만, 아까부터 그 좁은 시야 끝에서 뭔가 깜박거렸다. 벽에 있는 조그만 창이었다. 처음에는 무엇인지 몰랐다. 뇌가 창이라고 인식한 것이 아니다. 대상이 신호를 보내왔다. 삼차원적으로 정리된 신호였다. 신호가 도착한 순간, 내 감각은 창이라는 이미지에 점령되었다. 창이라는 이미지 이외의 모든 정보를 신호가 날려버린 것 같았다.

극소 로터 로봇이 주입한 근육 이완 가스 때문에 몸은 아직 움직이지 못하고 손가락, 발가락의 감각도 없다. 목 언저리의 피부만이 차가운 금속 바닥과 그 희미한 진동을 느끼고 있었다. 존댓말 테스트를 받은 뒤 내가 눈을 뜨고 있는지 감고 있는지 확실히 알게 되었다. 눈을 뜨면 부옇고 좁은 시야가 열렸다. 눈을 감으면 막이 내리듯이 어둠이 나타났다. 어둠에는 깊이가 있고 시야는 매우 좁고 답답했다. 시야를 받아들이면 사물을 이해해야 한다는 부담감이 생겨 눈알이며 다른 부분이 아파서, 나도 모르게 눈을 감아버렸다. 거기에 비해 어둠은 부드러운 검은 천에 싸인 것처럼 처음에는 편안했지만 평형감각이 없어지다가 곧 속이 울렁거렸다. 내 몸이 아래를 보고 있는지 위를 보고 있는지 알 수 없어졌다. 그래서 바로 눈을 떴다. 그런 반복 중에 창을 발견했다. 창은 앤이라는 여자의 뾰족한 머리카락 끝 쪽에 있었다. 원근감이 불확실해서 어느 정도 떨어져 있는지 모르겠지만, 작고 네모나고 탄탄한 창이라는 것은 알았다. 창이란 걸 알자 몸 어딘가 따뜻해졌다. 신호에 반응한다는 사실에 안심이 되었다.

신호가 창 모양으로 전해진 것도 아니고 신호가 전해진 뒤에 창 이미지를 만든 것도 아니었다. 신호가 전해졌을 때, 내

기억이 뇌 속 창고 같은 곳에 보관되어 있다는 것을 알았다. 신호는 창에 관한 이미지 전부를 자극하여 가동시켰다. 기억의 창고에 보관되어 있던 창 이미지 전부에 일제히 빛이 들고, 그것들은 한 덩어리가 되어 뇌를 점령했다. 저것은 창이다, 소리는 나오지 않았지만 마음속으로 중얼거렸다. 창틀은 굵고 탄탄하게 만들어져 있었다. 메모리악 체험 영상으로 항공기 창을 보지 않았더라면 그것이 창임을 몰랐을 것이다. 창 너머를 정확한 리듬으로 파란 빛이 달렸다. 앤이라는 여자가 이쪽을 보고 있었다. 근육 이완 가스 탓에 눈에 힘이 없다. 그러나 나보다 회복이 빨랐다. 숨쉬기가 괴로운지 입을 벌리고 있어 딸기 같은 혀끝이 보였다. 혀끝과 속눈썹이 일정한 간격으로 희미하게 떨렸다. 그 리듬은 창밖을 스치는 빛 같았다. 목 언저리 피부와 허리와 오른손 검지와 그 밖에 몇 군데 감각이 되살아나면서 바닥의 진동이 느껴졌다. 전부가 하나의 리듬에 따르고 있음을 알 수 있었다. 진동과 빛을 통해 이동이라는 이미지가 머리 한구석에 생겨나서 되살아나고 있는 감각 전체로 침투해가더니, 갑자기 청각이 완전히 돌아와 금속이 굉장한 속도로 공기를 찢을 때 나는 마른 소리가 들렸다.

존댓말 테스트를 한 남자가 근육 이완제의 길항제를 놓아준 것 같았다. 그리고 극소 로터 로봇이 사용하는 근육 이완 가스는 주사를 놓은 부분과 거기에 흡수된 양과 개체의 차이에 따라 손상의 크기와 종류가 달라진다고 가르쳐주었다. 사부로 씨는 심장정지 상태여서 길항제 외에 심근 자극제도 맞아야 했다. 사부로 씨를 살려준 것은 방치해두면 경찰에 끌려가서 기억을 스캐닝받아 앤이라는 여자가 드러날 위험성이 있기 때문이었다. 나는 거북이 등껍질처럼 보이는 모양의 차에 타고 있었다. 뒷자리에 짐칸을 붙인 범용차였다. 범용차는 쇠바퀴가 달린 자기부상열차 레일과 통상적인 도로 양쪽을 다 달릴 수 있도록 만든 대형차로, 제이차이민내란 때는 군용으로 사용되었다. 일본 자위대와 반란이민군 양쪽이 모두 사용했다. 차 안에는 존댓말 테스트를 한 리더를 포함하여 여섯 명의 남자가 있었다. 감각이 돌아온 나는 의자에 앉아 머스터드와 버터빵 맛의 봉식을 주며 먹으라고 하기에 먹었다. 먹으면서 말했다. 이런 범용차가 아직도 남아 있는 줄 몰랐습니다. 그것이 남자들에게 내가 처음 한 말이었다. 남자들은 얼굴을 마주 보더니 이내 서로 고개를 끄덕였다. 앤이라는 여자가 만족스러운 표정을 지었다.

발음가 좋고 억양을 거의 완벽하지? 리더인 남자의 말에 다른 다섯 명의 남자가 고개를 끄덕였다. 리더의 말투가 이상하게 들려서 아직 내 청각이 이상하구나 생각했다. 사부로 씨는 차 뒷좌석에 누워 있었다. 심장 기능은 회복했지만 아직 의식이 돌아오지 않았다. 중추신경 자극제를 놓으면 심근이 경련을 일으켜 다시 심장정지에 빠진다. 이대로 식물인간이 될지 어떨지는 체력에 달렸다. 의식이 돌아오지 않으면 사부로 씨는 어딘가에 버려질 것이다. 식물인간의 뇌는 스캐닝되지 않는다. 개조 범용차는 한동안 터널을 달려간 뒤 자동차 전용도로로 들어섰다. 운전석 옆에 표시된 내비게이션에 따르면 동쪽으로 가고 있었다. 모니터를 물끄러미 보고 있으니, 또 이상한 말투로 물었다. 어디을 가는지 걱정되나? 고개를 끄덕이자, 피치 보이라고 가르쳐주었다. 피치 보이는 모르는 고유명사다. 마치 외국 휴양지 이름 같았다. 국내입니까? 물었더니, 모모타로를 모르냐며 모두 웃었다. 혼슈의 히로시마 현과 오카야마 현의 경계 부근에 있는 환락가라고 했다. 오카야마는 복숭아 산지로 유명하다. 아버지가 관리했던 데이터베이스를 통해 그 사실은 알고 있었다.

모모타로는 누구나 아는 유명한 동화의 주인공이었다. 영어로 피치 보이라고 번역되는 것 같다. 제이차이민내란에서 외국인 노동자 무장 조직은 서일본의 산악 지대를 아지트로 했다. 기후가 온화하고 먹을 것도 풍부했기 때문이다. 특히 오카야마와 히로시마 북부로 이어진 지역에는 원래 아시아나 중남미에서 이민 온 사람이 많이 살고 있어서 몇 년간 무장 조직의 거점이 되었다. 일본 자위대가 몇백 번이나 대규모 토벌을 실시했지만, 무장 조직은 여자나 아이가 살해되는 영상을 흘려 국제 여론에 호소했고, 결국은 유엔이 조정에 나섰다. 정전停戰이 되고 주요 전투 지역이었던 주고쿠 지방에 감시 위원회와 유엔군이 주둔하게 되었다. 반테러 목적으로 세계 기업 수십 개 사가 창설한 GCA, 즉 글로벌 시빌 아미, 국제시민군이라고 불리는 군대가 유엔군의 중심이었다. 그 밖에는 중국군과 통일한국군, 호주군이 소규모 부대 편성에 더해졌다.

　　정전이 된 후에도 사소한 싸움은 끊이지 않아서 시민군은 정전 감시 위원회 관할 아래 주둔을 계속했다. 오카야마와 히로시마의 현경 부근 매립지에는 별도로 통신 서버가 설치되어 일본 정부의 조정이 미치지 않는 특별 통치 구역이 되었다. 세계 기업은 시민군을 이용하여 세토 내해 연안에서 다양한 사업을 했는데, 어느 곡물 상사와 에너지 회사가 주고쿠 지방의 풍요로운 수자원에 눈독을 들였다. 그리고 대량의 물을 싼값으로 사들여 수자원이 고갈된 나라나 지역에 팔아서 막대한 이익을 얻었다. 일본 정부는 묵인했지만, 수자원 착취에 반발한 그 지역의 반란이민군과 시민군의 충돌이 일어나 치안이 악화되었다. 수자원에 대한 권리를 얻기 위해 범죄 조직을 포함한 여러 개인과 그룹이 뛰어들어 용병을 고용하거나 민병을 조직했다. 유엔군은 머잖아 철수했지만, 오카야마와 히로시마 현경 부근의 산간 지역과 매립지 일부는 일본 경찰력이 미치지 않는 지역으로 남았다. 피치 보이라는 환락가는 그 지역에 있었다. 유엔군 통치 시절에 세워진 십여 곳의 고층 호텔 일대를 가리키는 것이라고 한다.

남자들 중에 잘 떠드는 사람이 있었다. 봉식을 준 삼십 대 중반 정도의 몸집이 작은 사람으로, 이름이 사가라라고 했다. 먹고 힘이 내지 않으면 몸을 약해져서 면역력가 떨어져 전염병은 걸려 폐렴을 되면 기침가 계속 나고 혈담가 토하고 폐에 물을 차서 호흡할 때마다 아프고 마지막은 암을 걸려, 젊어서 진행가 빨라 합병증를 일으켜서 바로 죽어. 봉식을 주면서 무표정한 얼굴로 그가 한 말이다. 역시 이해하기 어려운 말투였다. 조사가 이상했다. 집중해서 듣지 않으면 무슨 말인지 알 수 없었다. 조사가 이상한 것은 사가라라는 사람뿐이 아니었다. 반항의 의사표시로 일부러 조사를 엉터리로 말하는 이민이 있다고 아버지에게 들었다. 사가라라는 사람은 귀와 눈이 크고 턱이 뾰족했는데, 하여간 줄기차게 떠들었다. 줄곧 누군가에게 말을 걸거나, 전화를 하거나, 음성 입력 패널에 대고 이야기를 하거나, 혼잣말을 하거나 중 하나였다. 나는 사가라라는 사람의 이야기에서 여러 가지 정보를 얻었다. 앤이라는 여자는 아버지인 야가라는 이 그룹의 리더에게 섬에 간 사실을 질책당했다고 한다. 존댓말 테스트를 한 이가 바로 야가라라는 사람인데, 앤이라는 여자는 아버지라고 했지만 친딸은 아니었다. 앤이라는 여자의 부모는 이 그룹의 일원이었으나 경찰에게 살해당했다. 앤이라는 여자는 여섯 살 때 야가라라는 사람에게 맡겨졌다.

　그룹 전원이 반란이민의 후손이어서 정부가 지급한 ID가 없었다. 외부에서 스캐닝을 해도 발각되지 않도록 위조 ID 칩을 옷에 달고 다니지만, 바이오칩 조회로 위조 ID라는 게 들통 나 체포되면 형무소로 끌려가 텔로미어를 절단당한다고 한다. 바이오칩은 그 사람의 유전정보를 실리콘칩 위에 기록한 것으로 ID에 반드시 들어 있다. 사가라는 사람은 세 나라, 야가라라는 사람은 네 나라의 피가 섞여 있다. 사가라라는 사람은 생김새가 어딘가 중동이나 남유럽 쪽 같았고, 야가라라는 사람은 키가 크고 코가 오뚝하여 중앙아시아나 인도 사람 같았다. 야가라라는 사람의 아버지가 냉동 보존할 인체에 주입하는 부동액과 환원제 사업을 시작했다. 화학에 대한 지식이 있었던 모양이다. 야가라라는 사람은 존댓말을 사용하긴 했지만 성인이 된 뒤 받은 학습이어서 완전하지는 못했다. 나는 젖먹이 시절부터 자연스럽게 존댓말을 배웠다. 언어는 어릴 때 배우지 않으면 익히기가 쉽지 않다.


## 3


범용차는 십 인승으로 뒷부분에 탄소섬유 유리로 칸막이를 한 공간이 있었다. 부동액과 환원제를 보관하기 위한 공간이었다. 부동액과 환원제는 밀봉하고 완충재로 고정시켜 대형 컨테이너만 한 공간에 빈틈없이 빼곡하게 쌓아두었다. 나와 앤이라는 여자는 그 앞에 누워 있었다. 앤이라는 여자가 상반신 알몸이 된 것은 분사된 근육 이완 가스를 씻어낼 필요가 있었기 때문이다. 내 옷에는 분사제가 묻지 않았다. 금속이 그대로 다 드러나 있는 범용차 내장은 수수한 편이었다. 벽에 그리스 건과 폭발물 등 무기가 걸려 있었지만, 무기를 사용하는 사태가 일어나면 전원이 죽을 때라고 한다. 중요한 것은 경찰에 발각되지 않는 것이다. 그러기 위해서는 경찰의 정보를 알아내야 하고 이쪽의 정보를 경찰에 넘겨서는 안 된다.

조종석과 조수석에 앉아 범용차를 조작하는 이는 오구라라는 사람과 고즈미라는 사람으로 둘 다 네 개 나라의 피가 섞였다. 주행 조작을 담당하는 오구라라는 사람은 눈이 가늘고 코가 낮은 몽골계 얼굴로 앤이라는 여자와 마찬가지로 인상재로 머리카락을 뾰족하게 만들었지만, 그 스타일을 좋아해서가 아니라 요즘 젊은이들 사이에 유행하는 머리를 함으로써 일반 도로에 설치된 카메라에 찍혀도 눈에 띄지 않게 하기 위해서였다. 고즈미라는 사람은 아주 짧은 머리로 머리 표면이 울퉁불퉁하고 입술이 두껍고 눈이 장난스럽게 생겼다. 운전석 바로 뒷벽에 나란히 걸려 있는 연산 기기나 통신용 서버로 외부와 연락하면서 주행 루트를 정하는 것은 미코리라는 사람과 미쿠바라는 사람이었다. 두 사람은 내 아버지가 사용했던 것보다 몇 세대 새로운 기기와 서버를 사용하고 있었다. 초창기에 인터넷은 거미줄에 비유되었지만, 지금은 작은 핵에 실을 둘둘 감아서 배구공만 해진 구체라는 비유를 곧잘 쓴다.

전자정보는 무수히 분화하고 서로 겹쳐 그물 모양으로 펼쳐진 수만, 수십만 개의 주요 아카이브에 보관, 유지되며 매초 수억, 수조 개의 항목이 추가된다고 아버지에게 들었다. 소거 정보도 속칭 구멍이라고 불리는 폐기 시설에 쌓이며, 전 세계에 전문 처리업자가 있다. 정부는 접속 제한으로 사람들을 지배하고 조종한다. 그러나 세계 각지에 정부의 영향력이 미치지 않는 루트 서버라는 중계 기지가 여러 군데 있다. 일본과 국교가 없는 나라에도 루트 서버가 있고 지구 궤도를 도는 위성 몇 개와 대륙붕, 해저, 산맥의 암반 속, 심지어 화성의 이전 식민지 유적에도 루트 서버가 감춰져 있어서 반란 조직은 그것을 이용한다고 사가라라는 사람이 말해주었다.

연산 기기 조작 담당인 미코리라는 사람은 다섯 개 국가의 피가 섞였고, 눈과 코를 덮는 투명한 수지 마스크를 쓰고 있었다. 망막이 선천적으로 약한 데다 코뼈가 복잡골절 되었다. 미쿠바라는 사람은 네 개 국가의 혼혈로 독수리나 매를 연상시키는 이목구비에 빡빡 깎은 머리의 관자놀이 뒤쪽으로 가느다란 머리카락을 등 뒤까지 늘어뜨리고 있었다. 그룹의 여섯 명 전원이 독특하게 생겼다. 섬사람들과도 다르고 식품 쇼핑몰이나 식당가에 있던 본토 사람들과도 달랐다. 까칠하고 날카로운 느낌이 얼굴에 서려 있다. 어떤 표정에도 온화한 인상이 없다. 이 그룹이 밀매하는 부동액과 환원제는 뇌와 인체의 저온 유지에 사용된다. 초저온 보존은 정확하게는 유리화라고 부르는 것 같다. 한 세기 전부터 불사의 방법으로 주목받았지만 부동액이 불완전했다. 생체 시스템을 초저온으로 보존하려는 생각은 이론적으로는 틀리지 않다고 아버지의 데이터베이스에 나와 있었다.

생물학적 죽음은 심장이 멈추는 게 아니라 세포 구조와 화학반응 시스템이 망가져 복구 불능 상태가 되는 것이니, 심장정지 후 육십 분 이내에 인체를 초저온 상태로 만들면 이론적으로는 생체를 그대로 유지할 수 있다. 그러나 인체의 수분이 얼음 결정으로 변하면 세포벽을 짓눌러 찢어지게 하므로, 나중에 인체를 재생할 때 세포 속의 수분이 밖으로 흘러나와버린다. 즉, 세포가 파괴되어 재생되지 않는 것이다. 그것을 막기 위해 초기에는 원시적인 기계용 부동액을 사용했는데, 화성 식민 계획 과정에서 물로 환원하기 쉽고 독성도 적은 획기적인 물질이 개발되었다. SW 유전자가 발견된 뒤에도 뇌나 인체를 유리화하여 보존하는 방법을 시도하는 등 불사를 이루려는 시도는 사라지지 않았다. 사고 등으로 심한 상처를 입고 심장정지 상태에 빠진 사망자에게는 SW 유전자가 아무런 도움이 되지 않았고, 애초에 SW 유전자를 받을 수 있는 사람들은 극히 일부에 지나지 않았다. 그래서 심장이 정지된 뒤 의사가 사망을 선언한 사람의 뇌나 인체를 장래에 되살릴 수 있는 유리화 보존법은 지금도 대단히 인기가 많아서 부동액과 환원제 수요가 매우 높다. 그러나 냉동 보존한 뇌나 인체에서 사람이 재생된 예는 아직까지 없다. 계약자의 뇌를 몸과 결합해 재생하는 기술이 완성되지 않았기 때문이다. 자기磁氣를 이용해 물 분자의 유동성을 유지하면서 냉동하는 기술이 개발되긴 했지만 인체 같은 복잡한 조직에 적용하기는 매우 어렵다고 아버지의 데이터베이스에 나와 있었다.

# 4

　농담 정도가 아냐, 하는 것이 사가라라는 사람의 입버릇이었다. 꼭 까랑까랑한 목소리로 이 단골 대사를 읊으며 끼어들었다. 이 녀석은 만약 존댓말이 얘기하지 못했더라면 어쩔 셈이었어, 농담 정도가 아냐. 앤가 하필 섬까지 가서 이 녀석은 주위 오다니 아무조차 몰랐네, 농담 정도가 아냐. 섬사람가 동료라니 듣지도 못했어, 도무지 농담 정도가 아냐. 나는 농담이라는 말이 그렇게 사용되는지 몰랐다. 실제로 누군가 농담을 하려는 것도 아닌데, 사가라라는 사람은 혼자 떠들면서 마치 스스로에게 맞장구를 치듯이 끼워 넣는 것이다. 농담 정도가 아냐. 농담이라는 말은 섬에서도 쓰는데 실제로 누군가 농담 같은 말을 하는 경우에 한해서였다. '농담이 아냐'라는 말은 있지만 그것은 단순히 누군가 한 말은 진지한 이야기이지 농담이 아니라는 의미였다. 사가라라는 사람의 말은 리듬이 신선하여 듣고 있으면 기분이 좋고 몸속이 따뜻해지는 느낌이 들었다.

　너, 뭐를 우습냐? 사가라라는 사람이 말했다. 줄곧 사가라라는 사람을 눈으로 좇으면서 미소 짓고 있었다는 사실에 나

스스로도 놀랐다. 웃고 있지만 조금 힘을 돌아온 거겠지, 내 비게이션 모니터를 보면서 고즈미라는 사람이 낮은 목소리로 중얼거렸다. 고즈미라는 사람도 조사가 이상하다. 고즈미라는 사람은 이야기를 하거나 시선을 옮기거나 모니터를 응시할 때 얼굴 근육의 움직임을 따라 두피가 미묘하게 움직였다. 사가라라는 사람은 잡무와 연락을 담당하고 있어서 차 안을 왔다 갔다 했다. 미코리와 미쿠바라는 전자 기기 담당 두 사람 바로 옆에 리더인 야가라라는 사람이 있었다. 야가라라는 사람은 미쿠바라는 사람을 통해 항상 어딘가와 연락을 취했다. 그리고 미코리라는 사람에게 새로 들어온 정보를 전하고 범용차의 코스와 속도를 계산하게 하여 조종석의 두 사람에게 지시를 내렸다. 남자들의 얼굴과 몸의 움직임을 보고 이야기하는 것을 듣고 있으니 심장 고동이 격렬해지고 몸이 따뜻해졌다. 너 이름을 있냐? 조종석의 오구라라는 사람이 물어서, 있습니다, 대답했더니 전원이 움직임과 조작을 멈추고 내 쪽을 보았다. 다나카 아키라라고 합니다. 그랬더니 야가라라는 사람이 가르쳐주었다. 섬 ID는 본토에서 무효이고 다나카인지 나카타인지 아키라인지 아라키인지 그건 별명이나 부호이지 정말은 너로부터 이름이 아냐. 야가라라는 사람의 조사도 이상했다. 존댓말 테스트 때는 보통으로 이야기했는데 지금 조사가 엉망인 것은 동료들끼리의 암호인가 생각했다. 트럭에서 앤과 전화로 이야기할 때도 조사는 틀리지 않았다. 어쩌면 그것은 분명 반란이민 후손임을 모니터링당할까 봐 조심했던 건지도 모른다.

　이름 따위를 아무래도 상관없지, 농담 정도가 아냐. 일본가 관리하는 이름 따위 사용하는 놈을 개미야, 농담 정도가 아냐. 그런 놈밖에 개미야, 농담 정도가 아냐. 너 개미 알아? 모른다고 고개를 젓자, 곤충 개미는 영어로 'ant'라고 쓰는 듯 사가라라는 사람이 경멸하는 사람들도 통칭 'ant'로 'automatic negative thought'의 약자였다. 당연한 것조차 사물을 비관적으로 생각하는 사람를 말하는 거지, 사가라라는 사람은 그렇게 말했다. 종합신경안정제가 'ant'를 낳았다고 한다.

　종합신경안정제은 가벼운 우울 상태를 낳는다니까, 농담 정도가 아냐. 종합신경안정제를 개발된 거은 언어학자와 정보신경뇌학자이 협력해서 감정이나 이성과 연결하는 곳을 차단하고, 주고받는 말 신호를 걸러서 자극을 반응하지 않도록, 충동적으로 행동하지 않도록 만드는 건데, 농담 정도가 아냐. 강한 안정제은 병이 되는데, 심장이나 폐나 근육이나 기능을 떨어져 병이 되는데, 종합신경안정제가 뇌혈관과 뇌 관문가 통하니까 뇌에만 작용하게 하는 거야, 농담 정도가 아 냐. 우리은 제대로 된 말을 사용하면 뇌 신호가 불꽃을 터트 릴 때조차 지배당하는 듯한 느낌가 들어서 종합신경안정제 를 만든 정보신경뇌학자들도 언어학자들도 생각했을 거야, 농담 정도가 아냐. 언어는 좌반구 전두엽에서 조종하니까 저 녀석들 같은 언어를 이야기하면 좌반구 전두부터 심부 변연 계까지의 연결은 자동으로 차단되고 말지. 정상적인 말은 말 만 해도 기분을 자동적으로 가벼운 우울 상태에 만들어, 농담 정도가 아냐. 마음이 가라앉는데, 기분은 우울한데, 결국 감 정는 폭발하지 못하고 말 뿐이야. 분노나 기쁨 아무것도 느 끼지 못하는 사람가 돼버렸으니까, 농담 정도가 아냐. 우리은 종합신경안정제 먹지 않았어. 우리은 언어를 바꾸고 의식에 맑게 하기 위해 이름 바꿨어. 그러니 너를 이름 바꿔.

사가라라는 사람은 한번 지껄이기 시작하면 멈출 줄 몰랐 다. 점점 말이 빨라지며 조사도 점점 더 엉망으로 사용했다. 그 러나 이제 익숙해져서 의미는 대충 이해할 수 있었다. 뇌로 들 어오는 이물질의 침입을 막는 뇌 관문이라는 게 있는데, 이것 을 역으로 이용해 뇌에만 작용하고 심장이나 폐 등에 미치는 영향은 최소한으로 제한하는 종합신경안정제는 정보신경뇌학자와 언어학자가 공동 개발한 것이다. 이것은 말과 밀접한 관계가 있기 때문에 이 그룹 사람들은 일부러 조사를 틀리게 사용한다는 이야기였다. 사가라라는 사람의 조사 사용법은 엉터리지만 오해하지 않도록 배려를 하고 있었다. 그의 엉터리 조사는 오해나 혼란이 목적이 아니었다. 종합신경안정제는 평소에 일본어를 말할 때 자동적으로 감정을 억제하도록 작용하고 감정을 담당하는 변연계와 통합을 담당하는 전전두엽을 떼어놓는 효과도 있는 것 같다. 그래서 이 그룹은 엉터리 조사를 쓰고 의식을 맑게 하기 위해 이름도 바꾸었다는 얘기다.

언젠가 이름을 바꾸는 것은 괜찮습니다만 지금은 무리입니다, 나는 말했다. 사가라라는 사람의 영향으로 조사가 이상해지는 것 같아 수정하면서 말해야 했다. 말은 바로 타인에게 영향을 미친다. 그 타인이 자신의 생사를 좌우하는 힘을 갖고 있는 경우는 더욱 그렇다. 그룹의 남자들 전부와 자리에서 일어나 속옷과 셔츠를 입고 있는 앤이라는 여자도 함께 이쪽을 보았다. 모두 실망하고 화가 난 표정이었다. 미간에 잔뜩 주름을 지으며 턱을 내밀고 왜냐고 묻는 듯한 얼굴로 빤히 노려보았다. 이름 바꾸기를 거부하는 건 동료가 될 생각이 없기 때문이라고 판단한 것이다. 부동액과 환원제 거래에 존댓말이 필요하니 살해당할 일은 없겠지만 분위기가 좋지 않았다. 미코리라는 사람이 저 녀석가 뭘 모르니 손가락이 한 개씩 잘라버려, 하자 사가라라는 사람이 고개를 끄덕이면서 발목에 찬 칼집에서 칼을 꺼냈다. 손톱이 뽑는 정도로 되지 않아? 앤이라는 여자가 그렇게 말했지만, 사가라라는 사람은 내 왼손 손목을 잡아 금속 선반 위에 손바닥을 누르고 칼날을 검지에 대려고 했다.

아버지는 사흘 전에 의학적 처벌을 받아서 지금쯤은 이미 조로증으로 돌아가셨을 겁니다, 나는 이야기를 시작했다. 또박또박 이야기하려고 애를 썼다. 어린 여자아이와 성적 행위를 했다는 억울한 죄를 뒤집어쓰고 아버지는 그렇게 됐습니다. 내 이야기에 모두가 불쾌한 표정을 지었다. 그들을 불쾌하게 한 것이 어린 여자아이와의 성적 행위인지 억울한 죄인지는 알 수 없었다. SW 유전자에 관한 중대한 비밀을 노인시설에 있는 어떤 인물에게 전해야 합니다만 여기서 이름을 바꿔버리면 그 사명을 잊게 되겠지요, 나는 그렇게 설명했다. 미쿠바라는 사람이 휴대용 스캐너를 던지자 사가라라는 사람이 받아 들어 내 몸을 탐색했다. 발목에 심은 베리칩이 반응하여 오렌지색 불빛이 모니터에 깜박거렸다. 발목을 잘라 칩을 꺼내면 비싸게 팔 수 있겠는걸, 미코리라는 사람이 말했다. SW 유전자의 비밀이 숨겨진 베리칩을 빼앗기면 아버지의 죽음이 허무하게 된다.

부디 이해해주십시오, 나는 한마디 한마디를 또렷하게 모두의 얼굴을 보면서 되도록 낭랑한 목소리로 말했다. 이 칩에 담긴 정보는 사회 전체를 뒤집을 만큼 아주 중요한 내용입니다. 그래서 큰 권력을 지닌 동시에 자유로운 사고방식을 가진 인물에게 건네지 않으면 의미가 없습니다. 그런 인물은 노인 시설에 있는 요시마쓰라는 사람밖에 없다고 생각합니다. 언론이나 인터넷에 공표해봐야 효과도 없고, 정보의 중대함에 두려움을 느껴서 누가 사지도 않을 것입니다. 노인시설 사람들은 중개자를 통해 비밀리에 섬에서 소년이나 소녀를 성 노예로 사 갑니다. 나도 다른 소년 소녀들과 함께 중개자가 조제한 종합신경안정제를 먹고 차에 타고 노인시설에 끌려가서 사츠키라는 늙은 여자의 성적 행위 상대를 했습니다만, 그때 요시마쓰라는 인물 이야기를 들었습니다. 요시마쓰는 SW 유전자를 삼십 번대로 주입한 권력자로서 이 사회에 남은 몇 안 되는 자유주의 투사라고 들었습니다. 그를 만나는 것이 텔로미어를 절단당하고 처벌받은 아버지가 내게 맡긴 사명입니다. 여러분 그룹의 일원이 되는 것에 저항하느라 개명하지 않는 게 아니라 단지 조로증으로 살해당한 아버지의 유언을 잊고 싶지 않아서일 뿐입니다. 물론 아무 의미도 없겠지만, 다나카 아키라라는 시시한 이름을 우선 계속 쓰도록 허락해주셨으면 합니다.

요시마쓰라는 이름에 야가라라는 사람이 놀란 얼굴로 무슨 말인가 하려다가, 성 노예라는 말이 나오는 순간 불쾌한 표정이 되어 입을 다물었다. 이야기가 끝났을 즈음 사가라라는 사람은 내 팔을 놓았다. 의자에 앉아 있는 내 무릎에 몸이 닿을 정도로 가까이 있었지만, 한 걸음 뒤로 물러나 손에 들고 있던 칼을 발목의 칼집에 도로 넣었다. 요시마쓰는 이민 반란을 종지부가 찍었다. 요시마쓰은 일본과 우리을 맺어줄 수 있는 인물이다. 유일한 희망에 요시마쓰다. 이 녀석가 요시마쓰에게 찾아가는 것 같다. 도움에 될지도 모르잖아. 야가라라는 사람은 혼잣말처럼 그렇게 말하고, 다른 동료를 둘러보며 물었다. 지금부터 동료가 될 테지만 불만을 없나? 그 녀석이니까 동료야, 농담 정도가 아냐. 사가라라는 사람이 말하며 눈을 크게 뜨고 내 쪽을 보자 남은 전원이 고개를 끄덕였다. 야가라라는 사람이 내 얼굴을 들여다보며 진지한 표정으로 말했다. 우리은 너를 신뢰할 테니까 절대 우리를 거짓말하지 마라. 알겠습니다. 대답한 뒤, 나는 물었다. 바깥을 내다봐도 좋습니까? 허락해주었다.

5

범용차는 거의 소리를 내지 않았다. 에어컨과 전자 기기 팬 돌아가는 소리만이 차 안에 조용히 울릴 뿐이었다. 이쪽은 오면 좋겠는데, 앤이라는 여자가 조종석 옆에 있는 A4 크기의 직사각형 창을 가리키며 나를 불렀다. 조종석 주변에 다른 창은 보이지 않았다. 범용차는 군용으로 만들어져서 조종석 전방에는 창이 없었다. 오구라라는 사람은 차체 앞부분에 달린 여러 개의 카메라 센서가 비추는 삼차원 모니터를 보면서 터치 패널을 두드려 제트기 조종간과 비슷하게 생긴 레버를 조작했다. 모니터에는 전방과 후방, 좌우 영상 외에 도로 경사나 상태, 같은 차선을 달리는 차와 마주 오는 차의 속도와 위치와 움직임, 시시각각으로 변하는 날씨, 노면의 마찰력 등이 독립된 브라우저에 표시되었다. 자동차전용도로에는 커브 반경을 나타내는 발신 장치가 완비되어 있기 때문에 조종은 반자동이었다. 차선 변경이나 급격한 속도 변경, 추월 시에는 수동으로 보조 조작을 했다. 완전 수동일 때는 스코프 고글을 통해 카메라 센서에서 직접 시야를 얻어 조종한다. 이제 곧 산간 고속도로는 들어간다, 고즈미라는 사람이 말했다. 도로 경사가 가팔랐다. 나는 창에서 가까운 좌석에 앉아 안전띠를 맸다. 네가 아키라지만 이름이 아키라라고 불러도 돼? 앤이라는 여자가 물어서 고개를 끄덕였다. 그랬더니 너를 나는 앤이라고 불러도 돼, 하고 옆자리로 옮아와 앉았다.

바깥은 하얗고 뭉글뭉글한 것으로 흐렸다. 물방울이 차창을 타고 뒤편으로 날아갔다. 도로를 덮은 안개가 움직이고 있었다. 가로등에 비쳐 우윳빛으로 부옇게 보이는 안개는 산과 숲과 초원과의 경계를 모호하게 했다. 마치 짙은 녹색 물에 푼 하얀 그림물감 같았다. 범용차가 안개에 빨려 들자 풍경이 사라지고 우윳빛 세계가 되었지만, 그 농담은 미묘하게 변화했다. 짙은 구름을 닮은 무거운 질감이 한참 계속되는가 싶다가 다시 섬세하고 얇은 원래의 모습을 되찾은 안개는 마치 레이스 커튼처럼 어두운 산들을 비쳐 보이며 어둠 속에서 흔들렸다. 차창에 이마를 대고 계속 변화하는 우윳빛 그러데이션에 눈과 마음을 빼앗기고 있노라니, 내가 어디에 있는지 알수 없어졌다. 안개는 산들을 몇 겹이나 둘러싸고 너울너울 움직이며 끊어졌다 이어졌다 했다.

그 신기한 리듬에 어딘가로 유혹되어 가는 듯한 느낌이 들다가 문득, 아버지의 이미지가 눈앞 풍경과 포개졌다. 하루에 십오 년씩 경과하도록 처치받은 아버지의 피부는 볼 때마다 갈라지면서 말라가고, 미생물이 증식하듯이 가지치기를 하면서 주름이 늘어났다. 시야를 덮었다가 또 갑자기 끊어지는 우윳빛 안개는 분명 아버지의 죽음을 알리는 거라고 생각했다. 아버지가 쓸쓸하고 아름다운 다음 세계로 여행을 떠난다는 것을 이 풍경이 가르쳐주는 거라고 믿었다. 슬픔이 너무 깊어서 눈물도 나오지 않았다. 마음 한 곳에서는 이미 조로증이 진행된 아버지를 가여워할 필요는 없다는 포기도 생겨났다. 노화를 시키는 의학적 처치만큼 잔혹한 처벌은 없다. 친한 사람의 생명이 무서운 속도로 닳아간다. 마치 빨리 감기 영상을 보는 것처럼 노쇠와 죽음이 사람을 덮친다. 그걸 그저 보고만 있어야 한다. 무력감과 허무함으로 꼼짝도 할 수 없었다. 아버지의 죽음은 슬프지만 아버지는 더 이상 노화하는 일은 없을 것이다.

# 6

왜 그래? 앤이 물어서, 나는 대답했다. 아버지가 죽었어요. 앤은 어떻게 알았냐고 묻지 않았다. 친아버지를 죽었을 때 나한테로 지금 아버지가 이렇게 말했어, 앤은 속삭이듯이 이야기했다. 영어의 주어와 술어, 이를테면 'I'와 'have' 사이에는 아무것도 없지만, 일본어에는 몇 종류의 조사가 있다. '나'와 '가진다'만으로는 의미가 통하지 않는다. 나는 가진다, 내가 가진다, 나를 가진다, 나만 가진다, 나니까 가진다, 나여서 가진다, 각각 의미가 다르다. 조사는 한 세기도 전부터 이민의 일본어 실력을 판정하는 데 사용되었다. 조사는 익히기 어려워서 일본어 숙달 정도를 판단하기에 편리하다. 일본어는 동사와 명사 각각 조사의 사용법이 다르다. '갈 거니까'처럼 동사일 때는 '거니까'를 쓰지만, '피아노니까'처럼 명사일 때는 '니까'를 붙인다. '갈니까' 하는 식으로 써서 틀리는 이민이 많다고 아버지는 말했다.* 이민들이 일본어 조사를 일본의 상징으로 생각하여 반항의 표시로 일부러 파괴하기 시작한 것은

---

* '니까'는 우리말 어법상 '어미'에 해당하지만, 일본어 문법에서는 이유를 설명하는 조사로서 명사에는 'だから', 동사에는 'から'를 붙인다. 참고로 원문은 다음과 같다. '行くからね, と動詞のときは, からね, を使うが, ピアノだからね, と名詞のときは, だからね, を使う.'

제일차이민내란 후부터였다.

　앤의 목소리는 창밖의 안개와 비슷했다. 여자치고는 낮은 목소리로 약간 걸걸하다. 우리가 너는 신뢰하니까 절대 우리를 거짓말하지 말라고 아까 아버지는 말했지? 아버지한테 내가 딸로 할 때 이런 말을 들었어. 누구보다 너하고 신뢰한다, 어떨 때조차 너를 도울 테니까, 절대로 거짓말이 하지 마라, 아버지를 그렇게 말했어. 그게 감동스러워서 아버지와 딸가 되기로 마음먹었지. 나를 마리코라는 이름이었지만 일본가 준 이름이어서 아무래도 상관없었어. 이름는 혼을 담는 거니까, 아버지는 이름을 지어준 내 혼이 나를 구하고 나를 다시 태어나게 한 것이니까. 왜 아키라은 널 마음이 들었는지 알아?

　모른다고 대답했다. 내가 그의 마음에 들었다는 것도 몰랐고, 마음에 든다는 게 무슨 의미인지도 몰랐다. 아버지의 데이터를 보아서 마음에 든다는 말의 뜻은 알고 있다. 긍정적인 뉘앙스의 말이긴 한데, 구체적으로 어떤 것인지는 모른다. 마음에 든다는 말을 섬에서는 들은 적이 없다. 어릴 때부터 너희는 살아갈 가치가 없는 인간이라고 배워온 터라 그런 종류의 말과는 거리가 멀다. 그래서 그때는 사가라라는 사람에게 손가락을 잘리지 않아서 다행이었다고 생각했을 뿐이다. 나는 이 그룹 사람들의 마음에 든 것 같았다. 마음에 들었다는 의미는 여기 있어도 좋다는 것으로 이해했다. 아키라를 우리 마음에 든 건 말이야, 앤이 말했다. 아버지가 필요 이상의 돈으로 원하지 않기 때문에 아키라가 체내 칩 따위 관계없어. 우리를 무엇이 소중히 하고 있는가를 생각해보면 좋다고 생각해. 그 사람은 얼마나 일본에 반항하고 있는가, 반란이 가담하고 있는가. 반항이라고 할까, 그것만을 신뢰의 기준이 돼버렸어. 그것만큼은 신뢰를 기준이 되어 있어. 그것만큼은 신뢰를 기준이야. 알겠지? 아키라를 자신이 반항하고 있다는 걸 제대로 이야기해서 우리를 그것이 들었잖아. 그래서 우리가 아키라가 마음에 들었어.

  앤은 몸에 딱 붙는 빨간 셔츠를 입고 있었다. 옷자락이 엉덩이를 전부 가릴 만큼 길다. 프리온이 만든 단백섬유 셔츠로 영상 광고나 사진으로 본 적은 있지만 실제로 본 것은 처음이었다. 그것은 프리온 셔츠입니까? 물었더니, 아키라가 잘 아네, 하고 앤은 그냥 웃었다. 크로이츠펠트 야코프 병의 원인이 프리온 단백질로 밝혀졌을 때, 나노 사이즈의 섬유를 배양액만으로 만들 수 있는 방법을 연구자가 우연히 발견했다. 프리온 단백섬유는 양털보다 훨씬 질이 좋고 크기가 분자 수준이어서 매미나 게가 탈피한 뒤에 남은 허물처럼 그 사람의 몸에 딱 맞는 옷을 만들 수 있었다. 이 프리온 셔츠로 속옷을 필요 없어. 봉긋한 가슴 꼭대기에 작은 돌기가 있었다. 곡물 크기만 한 돌기를 무심히 보고 있는데, 정말로 작은 여자아이를 섹스하는 것 좋아해? 앤이 물어서, 나는 대답했다. 늙은 여자하고밖에 해보지 않았습니다. 어떤 것만 했어? 앤이 셔츠와 같은 색 봉식을 먹으면서 물었다. 봉식에서 딸기 냄새가 풍겼다. 성적 행위를 설명했더니 다시 물었다. 그 늙은 여자 이름을 뭐야? 사츠키였다고 대답하자, 흥미진진해서는 또 물었다. 사츠키라는 여자를 엉덩이 하얘? 사츠키라는 여자는 백 살이 훨씬 넘었습니다만 엉덩이는 하얗고 빨간 반점도 보라색 얼룩도 없었던 것 같습니다, 하고 대답했다. 그 여자의 만나보고 싶네, 앤은 빨간 봉식을 혀로 핥으면서 말했다.


## 7


가로등이 줄어들고 도로 양쪽은 깎아지른 절벽과 언덕으

로 바뀌었다. 앞뒤에도 맞은편 차선에도 다른 차는 보이지 않았다. 검문소에서 앞으로 십 킬로미터, 미코리라는 사람이 말했다. 범용차는 천천히 속도를 늦추고 자동차전용도로에서 폭이 좁은 일반 도로로 내려왔다. 주변에 폐허 같은 풍경이 펼쳐졌다. 공장인가 창고 같은 건물이 즐비한데, 지붕은 여기저기 뚫리고 벽은 부서졌으며 유리가 깨진 창틀만 남았다. 콘크리트나 철골, 비닐 시트 같은 잔해가 길바닥에 뒹굴고, 유해 폐기물임을 가리키는 영상간판이 그 가운데 서 있었다. 영상간판 이외에는 불빛이 없다. 경찰에 스캐닝당해도 괜찮습니까? 도로 옆에 스캐너를 갖춘 감시 카메라가 있어서 물었더니, 미쿠바라는 사람이 통신기기 모니터를 보면서 대답했다. 이 주변이 로봇에서 들어오지 않아. 여기저기에 방사성폐기물이 묻혀 있기 때문에 전자 기기 부분의 코팅이 얇은 경비·공격 로봇은 오작동을 일으켜서 쓸 수 없게 돼버린다고 했다.

꺾인 첨탑이 있는 건물을 지났을 즈음 샛길로 들어갔다. 범용차의 속도가 점점 느려졌다. 오구라라는 사람이 헬멧 모양의 스코프 고글을 쓰고 조종을 완전히 수동으로 바꾸었다. 미쿠바라는 사람이 터치 패널을 두드리고, 야가라라는 사람이 무전기로 그 내용을 확인하면서 조종석 모니터를 보고 숫자와 문자의 조합을 키보드로 쳤다. 완만한 커브 길이 시작되었을 때, 밖에서 갑자기 삐걱거리는 모터 소리가 들려왔다. 규칙적으로 깜박거리는 영상간판의 불빛 위로 기묘한 것이 떠올랐다. 마치 땅 깊숙이 묻혀 있던 괴물이 일어나는 것처럼, 왼쪽 대각선 방향으로 전방의 땅이 솟아올랐다. 진동으로 범용차가 희미하게 떨려 나도 모르게 안전띠를 꽉 잡았다. 커브를 돈 범용차의 전조등이 솟아오른 지면 쪽을 비추자, 그곳에는 지하로 가는 입구가 열려 있었다.

미끄러지듯이 내려갔다. 등 뒤에서 금속이 끽끽거리는 소리가 들리고, 철과 콘크리트로 된 개폐 장치가 닫혔다. 유압과 모터를 이용해 거대한 콘크리트 판이 열리고 닫히는 구조라고 했다. 주변과 전방에 파르스름한 불이 켜졌다. 센서가 있어서 차가 들어올 때만 일정한 범위에 형광 관이 켜지는 듯했다. 급경사를 내려가자 이윽고 수평이 되더니 좁고 긴 공간이 나왔다. 대형차가 간신히 지나갈 정도의 폭이었다. 제이차이민내란 때 일본 정부는 전술핵무기를 사용하겠다는 협박을 했다고 아버지에게 들었다. 유엔이 개입하여 결국 사용하지 않았지만, 반란이민군은 오카야마 북부의 본거지에 핵 공격에 견딜 수 있는 방공호를 만들었다. 몇백 명이 피난할 수 있고 일 년 치 식량과 물과 의약품을 보관할 수 있는 터널형 방공호였다. 그 후에도 야마구치에서부터 오카야마에 걸친 산간 지역과 연안 지역 일부에 이곳과 같은 터널형 방공호를 수십 군데 만들었다. 터널형 방공호는 길면 일 킬로미터, 짧으면 십 미터 남짓으로 반드시 일반 도로에 연결되었다. 몇 군데 출입구 부근은 실제로 다양한 방사성폐기물로 방호벽을 쌓아서, 자위군과 경찰은 반란이민군의 후손이 터널형 방공호로 도망치면 추적이나 공격을 멈추었다. 오카야마에서 히로시마에 걸친 산간 지역과 연안 지역에 반란자들을 가두고, 다른 지역으로 침입하는 것을 막기로 방침을 바꾼 것이다.

이 터널형 방공호는 중간 정도의 규모로 사냥물을 삼킨 뱀처럼 생겼다. 한가운데 불룩한 부분이 주차 구역이었다. 중앙에 둥글고 작은 광장이 있고 주위에 나무 벤치가 다섯 개, 그 바깥쪽은 대형차 열 대 정도를 주차할 수 있는 공간이었다. 주차 공간 옆에 사방을 둘러싸기만 한 좁고 긴 건물이 있었다. 비가 올 일은 없기 때문에 건물에 지붕은 없었다. 환기를 위한 파이프가 천장을 향해 뻗어 있었다. 여기서 거래를 하느냐고 앤에게 물었지만 아니었다. 피치 보이까지 가기 위한 중계소 같은 곳으로, 경찰의 경비나 도로 상황 등 최신 정보를 얻을 수 있고 간이침대가 있는 휴게소, 간단한 식사가 가능한 식당 그리고 화장실이 구비되었다. 연료도 보급할 수 있었다. 범용차는 광장 주차 구역 중 한 곳에 섰다. 여기서 무엇을 합니까? 물었더니, 야가라라는 사람이 대답했다. 교대로 두 시간씩 눈를 붙이고 연료 전지가 보충한다. 범용차 문이 열렸다. 고즈미라는 사람과 미쿠바라는 사람은 차 안에 남았다. 이 지하 공간을 이용하는 것은 반란이민의 후손뿐이지만, 그중에는 반항 의지를 버리고 단순한 범죄 그룹으로 전락한 사람도 있어서 경계가 필요하다고 했다.

　범용차에서 내려 밖으로 나왔다. 공기는 습하고 서늘했다. 범용차 모양은 밖에서 보니 거북이 등껍질이라기보다 바퀴벌레에 가까웠다. 광택이 없는 재색 차체 여기저기에 흠집이 났고 창이 없는 앞부분에는 죽은 벌레들이 비좁게 붙어 있었다. 좌우 여섯 개씩 열두 개의 바퀴가 달렸고 자기부상열차용 쇠바퀴는 제거되었다. 앞부분 양쪽에 로켓탄 발사구가 있었다. 로켓탄을 쏜 적이 있는가 물었더니 오구라라는 사람이 대답했다. 이 무기을 쓸 때는 누군가는 죽을 때야. 석 달 전에 경찰과 교전을 벌여 그룹의 한 사람이 희생되었다고 한다. 그 한 사람이 존댓말을 사용했냐고 묻자, 아니라고 야구라라는 사람이 말했다. 존댓말 쓰는 사람을 죽은 것을 노쇠야, 존댓말 쓰는 사람는 전투를 참가한 적 없어.


## 8


바닥이 돌로 된 광장에는 먼저 온 사람들이 네 팀 있었다. 벤치에 앉아 있는 남녀 노인, 서로 껴안고 있는 젊은 남녀, 공을 차는 세 명의 소년, 거기에 벤치 옆에 앉아 있는 거지 모녀다. 광장이라고 해봐야 삼십 초면 이 끝에서 저 끝까지 걸어갈 수 있을 만큼 좁고 천장도 낮았다. 하지만 바닥이 부채꼴이어서 걸어가는데 기분이 좋았다. 여기 들어올 때가 언제나 욕망이 끓어올라. 아키라 어때, 그런 기분 들지 않아? 앤이 광장을 가로지르면서 물었다. 앤의 말로는 이 속에는 방사능을 차단하는 장치와 촉매가 있는데 어찌 된 이유인지 그것이 사람의 다양한 욕망을 자극한다고 한다. 어쨌든 여기 오면 욕망가 커져. 그렇습니까, 하고 내가 진지하게 놀라자 모두 웃음을 터트렸다. 아키라은 순진해. 아키라은 무엇에도 다 믿어.

그런 말을 하면서 큰 소리로 웃었다. 나는 그런 웃음소리를 들은 적이 없었다. 뭔가 파열하는 듯한 웃음이었다. 섬에는 그렇게 웃는 사람이 없다. 아키라 속았다, 농담 정도가 아냐. 방사능에 차단하는 장치와 촉매가 정말이지만, 이성을 알몸을, 키스나 섹스를 생각하는 것이 이 안은 해방구여서야, 농담 정도가 아냐. 이 터널 안에 일본이 아냐. 그러니까 욕망을 해방시키는 거야. 사가라라는 사람이 말했다.

벤치에 앉아 있는 남녀 노인은 손을 서로의 무릎에 놓고 미소 띤 얼굴로 조용히 이야기를 나누다가, 우리가 지나가자 손을 흔들어 인사했다. 무엇이 먹을 거라면 오늘 밤을 멕시코 요리로 매운 나초가 권하네, 하면서. 서로 안고 있는 젊은 남녀는 이제부터 헤어져서 각자 다른 곳으로 가야 하는 듯했다. 나를 엄마에게 가지 않으면 안 되는 것을 너도 알고 있을 거야. 집 지붕이 수리하잖아. 남자가 말했다. 알고 있으므로 외로워. 여자가 과장스럽게 쓸쓸한 표정을 지어 보이며 또 몸을 붙이고 입술을 포갰다. 지붕 수리를 큰일이지, 하고 사가라라는 사람이 두 사람에게 말을 걸었다. 시끄러우므로 상관 마요. 여자가 입술 사이로 혀를 날름 내밀어 보였다. 나는 그런 행동을 처음 보았다. 절대 고상하다고는 말할 수 없지만 매력적인 몸짓이었다. 나는 흉내 내려다 혀를 깨물고 말았다. 무엇이 하고 있어? 앤이 물어서 입술 사이로 혀를 내미는 걸 하고 싶습니다, 그랬더니 루주를 바르지 않은 입술과 분홍색 혀로 시범을 보여주었다. 앤은 입을 크게 벌리고 혀를 이쪽으로 쏙 내밀었는데, 그때 나는 뭔가 내 속에서 큰 변화가 일어나고 있다는 걸 깨달았다. 뭔가 무너지는 것 같기도 하고 태어난 것 같기도 했다. 마음의 주름 같은 부분이 술렁술렁 떨리고 심장의 고동이 빠르고 격렬해졌다. 하지만 그것이 무엇인지는 알 수 없었다.

소년들은 공을 다루는 데 능숙했다. 낮은 천장에 닿지 않도록 잘 조절하며 공을 찼다. 소년들이 어느 나라에서 온 이민 후손인지는 모른다. 셋 다 비슷한 나이 같았는데, 한 명은 얼굴 생김이 동양계지만 눈이 파랗고, 또 한 명은 얼굴이 갸름하고 코가 높고 눈이 동아시아 사람처럼 가늘고, 나머지 한 명은 곱슬머리지만 피부는 투명할 정도로 하얗다. 나는 나초는 먹을래, 미코리라는 사람이 그렇게 말하면서 강화플라스틱으로 사방을 둘러싼 건물로 달려갔다. 우리여도 갈래, 그러면서 앤은 내 팔을 잡고 건물 쪽으로 끌고 갔다. 나는 혼란스러웠다. 내 속에서 무슨 일인가 일어나고 있고, 그것은 분명 무서운 일 같은 느낌이 들었다. 너, 자신을 실수하지 마. 파란 눈의 소년이 광장 한복판에서 소리쳤다. 우리가 다가오는 걸 보고, 무릎을 꿇고 엎드려 있던 거지 여자가 바닥에 머리를 비비듯이 몇 번이나 조아리며 바로 옆에 있는 아이에게 신호를 했다. 예닐곱 살쯤 돼 보이는 여자아이는 고개를 끄덕이며 엄마인 듯한 여자와 같은 몸짓을 했다.

　나는 그 여자아이를 보고 퍼뜩 등과 목과 팔꿈치 안쪽이 서늘해지는 위화감을 느끼고, 소매를 걷어 확인하니 오돌토돌한 것이 잔뜩 나 있었다. 추워? 소름이 돋은 것을 눈치 챈 앤이 물었다. 조금요. 나는 거짓말을 했다. 식당에 들어가면 따뜻해. 앤은 그렇게 말하면서 건물 쪽으로 걸어갔다. 나는 팔꿈치 안쪽에 생긴 작은 돌기를 만지며 또 구걸하는 모녀 쪽을 보았다. 여자아이가 미소를 지었다. 몇 번이고 몇 번이고 머리를 조아리고 주위 사람을 향해 웃음을 보였다. 나도 모르게 멈춰 서버릴 만큼 묘하게 귀여운 얼굴이었다. 여자아이에 비하면 엄마 쪽은 구토가 나올 만큼 추했다. 거지 모녀에게 나는 지금까지 느낀 적 없는 감정을 느꼈다. 나이가 다른 그 두 여자에게 관여하고 싶다, 뭔가를 하고 싶다는 강한 감정이었다. 앤이 혀를 내밀 때 느낀 마음속의 변화가 계속되는 거라고 생각했다. 뭔가 생겨난 것 같기도 하고 무너진 것 같기도 하고, 심장의 고동이 빠르고 격렬해졌다. 이것이 성욕일까? 그렇다면 나는 저 추한 엄마와 귀여운 여자아이 어느 쪽에, 아니면 둘 다에게 성욕을 느낀 건가?


## 9


건물 안은 사람들로 꽉 차서 이야기 소리와 담배 연기와 김과 버터와 향신료 냄새가 넘쳐났다. 테이블과 의자가 따로 없고, 손님들은 카운터에서 먹고 마셨다. 두꺼운 나무로 만든 카운터는 요리와 음료를 주문하는 곳으로 중앙과 벽 쪽으로 세 군데 있었다. 사가라라는 사람이 맥주를 주문해서 입술에 거품을 묻히며 조금씩 마셨다. 아키라가 콜라 마실래? 앤이 물었다. 콜라는 섬에서도 본토에서도 건강에 나쁘다고 금지되어 있다. 중앙 카운터에는 맥주를 마시면서 최초의 이민 반란이 어떻게 시작됐는지 지겹게 늘어놓는 노인들이 있었다. 우리 할아버지를 움직인 것이 외국에서 온 세계 기업 공작원이었어, 최초 이민들을 강도를 권하고, 돈이 빼앗은 뒤를 산속에서 촌락에서 숨기고, 그것이 공작원은 경찰까지 통보하고, 그 뒤 공작원은 경찰보다 먼저 촌락까지 가서 지금부터 경찰은 오기 때문이지만, 나를 무기가 너희에게 줄게, 너희 싸울래, 아니면 체포될래, 지금 여기서 결정해, 그렇게 말하고 무기가 대량 건네줬지, 이민들이 오랜 동안 심한 차별에 고생하고 있어서, 모두 할 수 없이 무기을 들고 모두 오백 명 정도로, 체포를 온 경찰은 여덟 명 정도로, 이민들이 경찰가 모두 죽였지, 그것을 내란이 시작된 거였어.

　노인들의 이야기를 들으며 앤이 건네준 이상한 음식을 먹었다. 딱딱하고 연한 유백색 전병 같은 것으로 짓이긴 녹색 콩을 떠서 먹었는데, 혀가 아리고 뇌에 구멍이 날듯이 매워서 얼른 콜라를 마셨다. 톡톡 쏘는 자극이 관자놀이까지 올라왔다. 이것을, 하고 나는 큰 소리로 말했다. 이것을 맵습니다. 그 말을 들은 앤이 웃고 야가라라는 사람도 사가라라는 사람도 다른 두 사람도 웃었다. 이것을 아주 매워, 이것이 먹을 줄 알지만 몹시 매워, 이것을 맵지만 맛있지만 나를 좋아해, 이것을 정말보다 맛있기 때문에 이런 맛있는 것이 내가 먹은 적 없어, 이것이 내가 맵지만 맛있지만 좋아해. 그런 말을 마음속으로 중얼거리고 있는데 불안이 기쁨으로 바뀌는 것을 느꼈다. 이 안을 자유구나. 나는 또 소리 내지 않고 중얼거렸다.

이곳을 자유야. 그렇게 중얼거리니 날개가 달린 것처럼 마음이 가벼워졌다. 저기, 와플이 먹은 적 있어? 앤이 야가라라는 사람에게 물었다. 노인들은 세계 기업의 공작원이 최초의 반란자를 고를 때 일부러 이민들을 화나게 만들어서 대항하는 사람을 골랐다는 이야기를 했다. 공작원이 이민들에게 우리 엄마는 창녀다, 그런 말을 하게 해서 화나게 해놓고 때리려고 덤비는지 어쩌는지 지켜보다가 덤비는 녀석들은 반란군으로 고른 거야. 아드레날린이 도망 쪽으로 작용할지 공격 쪽으로 작용할지 확인한 거지. 앤, 나는 이름을 불렀다. 앤이 이쪽을 돌아보았다. 나는 앤의 귓가에 입을 대고 말했다. 앤, 나를 자유야.

중남미의 나초라는 매운 요리 때문에 입술과 목이 뜨거웠다. 야가라라는 사람과 그 동료는 맥주를 마시면서 큰 소리로 이야기했다. 나는 식사하면서 이야기를 한 적이 없다. 섬에서는 누구도 먹으면서 이야기를 하지 않는다. 해서 안 된다고 배웠다. 야가라라는 사람과 그 동료는 내가 지금까지 한 번도 들어본 적이 없는 이야기를 했다. 그중에는 성적인 것도 포함되었다. 예를 들면 사가라는 사람은 피치 보이 주위에 성적 행위를 돈 받고 파는 여자나 남자가 사는 다세대주택이 있는데, 그곳에서 불도그라는 종류의 개를 안고 있는 스물세 살짜리 여자를 만났고 그녀는 왼손이 거꾸로 달려 있더라는 이야기를 했다. 하지만 옆에 있는 사람이나 특정한 누구에게 이야기하는 게 아니라 공간에다 말을 던지는 듯한 느낌이었다. 어떤 사람에게서 어떤 사람에게로 정보를 전하는 게 아니라, 양동이 물을 쏟아버리듯이 건물 전체에 목소리가 울리고 그 쏟아지는 물을 뒤집어쓴 듯이 모두 같이 웃는다. 불도그라는 개를 떠올리려고 했지만 잘 생각나지 않았다. 자극이 너무 많아서 뇌가 활동을 하지 않았다. 하지만 식당에 있는 것이 고통스러운가 하면 그렇지는 않았다. 내 바로 옆에는 앤이 있었다.

불도그라는 개 종류는 들은 적이 있지만 모습이 생각나지 않았다. 알고 있는 개 종류를 떠올려보려고 했지만 여러 가지가 동시에 눈과 귀에 들어와서 불가능했다. 손님은 네 팀 있는 것 같았다. 노인들, 젊은 여자들뿐인 그룹과 가족 동반, 청년들 그룹이었는데 그림자가 포개져서 확실하지는 않았다. 노인 하나가 미코리라는 사람과 지인인 듯 이쪽으로 와서 이야기에 합류했다. 맥주 거품과 음식물 찌꺼기가 카운터에 흩어졌다. 여러 가지 음식과 소스와 후추 등의 냄새가 섞이고 담배를 피우는 사람도 있었다. 투명한 탄소섬유 벽으로 칸막이가 된 식당 안은 음식을 만드는 소리와 냄새와 담배에서 나는 연기와 사람들의 이야기 소리와 웃음소리로 가득 차서 숨이 막힐 것 같았지만, 불쾌하지는 않았다. 다만 이런 환경은 처음이어서 가슴이 벌렁거렸다. 사가라라는 사람은 사고로 왼쪽 손목이 절단되어 다급하게 복원하려고 하다가 손바닥을 뒤집어 붙여버린 여자 이야기를 계속하고, 노인 하나가 그 여자가 사는 다세대주택 주소를 끈질기게 묻고, 젊은 여자 셋이 뭔가를 올려달라고 계속 주문하자 올려줘, 하고 오구라라는 사람이 큰 소리를 내고, 그 소리가 실내에 크게 울리고, 중남미 음식을 입에 물고 있던 앤이 몸을 뒤로 젖히며 의미 없는 소리를 질렀다.

젊은 여자 셋이 카운터에 손을 올리고 허리를 빼고 앉아 좌우로 흔들고 있는 모습이 시야 끝에 들어왔다. 사가라라는 사람은 불도그를 키우는 여자 이야기를 계속하고, 나는 사방의 구석마다 달린 모니터를 보았다. 모니터에는 반란이민군 신병 모집이라는 은색 글자가 깜박거리고, 사지에 로봇이 장착된 옛날 전투 슈트 차림의 젊은 남자가 전차를 향해 삼 연발 로켓 런처를 들고 발사하는 모습이 비쳤다. 그것이 끝나자 수영복 차림의 외국인 여자들이 열대 섬의 모래사장을 달리는 영상이 나왔다. 멍한 모습으로 모니터를 보고 있는데 누가 어깨를 쳐서 돌아보자, 앤이 아래에서부터 훑듯이 나를 보더니 세 명의 젊은 여자와 같은 움직임으로 허리를 좌우로 흔들었다.

식당 안에 있는 사람들은 이따금 소리의 크기에 리듬을 맞추듯이 발을 기묘한 모양으로 벌렸다 오므렸다 하거나 가볍게 깡충거렸다. 음악의 일종이라는 걸 아는 데는 시간이 걸렸다. 문화경제효율화운동이 시작된 뒤 서구의 고전음악이나 유행가나 동요 등 마음을 움직이는 음악은 원칙적으로 금지되었다. 예쁜 선율의 반복이나 지저귀는 새소리나 파도 소리, 피리 같은 간단한 악기로 조화를 이룬 온화한 음악만 허락되었다. 불법 음악 다운로드 서비스가 있긴 하지만 이용한 것이 들통 나면 무거운 벌을 받는다고 들었다. 나초라는 중남미 음식을 다 먹은 앤이 오른손에 콜라병을 든 채 젊은 여자 세 명 쪽으로 다가가서 잠시 같이 허리를 흔들더니 다시 내 옆으로 돌아왔다. 음악에는 통신 노이즈를 크게 키운 듯 귀에 거슬리는 소리와 문을 세게 두드리는 것 같은 규칙적인 소리가 섞여 있었다. 그 소리가 하복부에 울려 머리가 깨질 것 같았지만, 이내 음악의 박자란 걸 알았다. 폭력적인 소리였다. 옆방에서 누군가 맞고 있는 듯한 소리라고 생각했는데, 앤에게 어깨를 잡혀 박자에 맞추듯이 몸을 흔들다 보니 마치 무더위에 옷을 벗은 것도 같고 뭔가 머리에 달라붙어 있던 것이 떨어져 나가는 것 같은 기분이 들어 어느새 불쾌감이 사라졌다.

나초라는 중남미 음식은 지금까지 경험한 적 없는 맛으로 씹는 감촉과 혀나 잇몸이나 입 점막의 감촉도 봉식과는 달랐다. 봉식은 입에 넣어도 씹어도 삼켜도 감각을 자극하지 않는다. 단순히 연료를 보급하는 느낌이다. 문화경제효율화운동에서 식사는 원래 쓸데없는 것이라고 배웠다. 근래 들어 식사를 즐기는 것은 나쁜 일이 아니라고 해석되고 있지만, 그래도 감동을 느껴서는 안 된다. 중남미 음식은 입안을 뜨겁게 자극했다. 곡물로 만든 것 같은 얇은 껍질로 잘게 다진 야채 등을 싸서 먹는데, 봉식과는 달리 각각의 식감과 씹는 감촉이 달라서 씹거나 삼키는 동안 감동이 생겨나는 듯했다. 입에 넣어 혀로 어금니 쪽으로 굴리기만 해도 어딘가 자극되고 뭔가 분비되는 게 느껴졌다. 단순히 공복을 채우는 것이 아니라 자신과 주위를 긍정하고 싶은 감정이 생겨나 감동이 되었다. 긍정적인 감동 때문인지 식당에 들어온 뒤로 몇 번이나 그 거지 모녀가 머리에 떠오르고 심장 고동이 격렬해져 나는 발기했다.

거지 모녀의 어느 쪽에 성적 욕구를 느낀 것일까? 묘하게 귀여운 여자아이는 여덟 살 정도고 추한 엄마 쪽은 나이를 알 수 없었지만, 나는 그 두 사람 어느 쪽엔가 어떤 형태로든 상관하고 싶은 강한 욕구를 느꼈다. 추한 성인 여자이건 귀엽고 어린 여자아이건 지금까지 누군가 타인에게 상관하고 싶다는 감정 같은 건 느껴본 적이 없고, 그것이 무엇이건 타인에게 어떤 욕구를 가진 적조차 전혀 없는데. 하지만 그 모녀와 구체적으로 어떻게 관계하고 싶은지는 알 수 없었다. 모녀의 꼬질꼬질하고 여기저기 뜯어진 셔츠를 찢고 싶은지, 머리카락을 만지고 싶은지, 잠자코 바라보고 싶은지, 그 여자아이의 손을 잡고 싶은지, 입술을 맞추고 서로의 혀를 핥고 싶은지, 목을 조르고 싶은지…… 딱딱해진 성기가 바지에 닿는 것을 느끼며 그런 생각들을 하는데, 앤이 어깨를 잡고 몸을 흔드는 사이 거지 모녀의 이미지가 사라졌다. 이것을 춤이야. 앤이 웃었다. 춤은 잘 추지 못했지만 나는 불쾌하지 않았다.

# 제한구역

## 1

차로 돌아왔지만, 사부로 씨는 아직 의식이 회복되지 않았
다. 뺨에 뚫린 구멍에 재생용 인공 피부인 배양 진피가 붙어
있었다. 사가라라는 사람이 이대로 터널 출구에 버리고 가자
고 말했지만, 야가라라는 사람의 판단으로 한 시간만 더 기다
리기로 했다. 사부로 씨 옆에 쭈그리고 앉아 지켜보고 있으
니, 앤이 다가와 말했다. 소리가 내지 말고 말 걸어주면 좋아.
의식이 돌아오지 않을 때는 뇌 이외의 장기나 근육세포가 소
생하려는 힘에 문제가 있으니, 식물도 말을 걸어주면 반응하
여 생기가 도는 것과 마찬가지로 소리라는 신호를 보내주는

것이 좋다는 것이었다. 어떤 신호는 보내야 좋을까? 물었다. 나는 터널 휴게 시설의 식당에서부터 줄곧 조사를 엉터리로 쓰고 있었다. 말을 이런 식으로 써서 존댓말로 필요할 때 괜찮을까요? 야가라라는 사람에게 묻자, 스위치는 온을 오프를 바꾸니까 괜찮아, 하고 가르쳐주었다. 외국어로 이야기하는 사람은 외국인을 대할 때 단어나 문법을 일일이 떠올리는 게 아니라 다른 장소에 불을 켜듯이 스위치를 끄고 켜는 거라고 했다.

범용차는 터널을 나가 한동안 산속을 누비듯이 달리다가 남쪽으로 향하는 자동차전용도로에 들어섰다. 잠들어 있는 사부로 씨에게 건강해졌으면 좋겠다고 계속 중얼거렸다. 같은 대사를 줄곧 중얼거리니 말이 단순한 음의 조합이 돼버렸다. 의미를 잃어버린 말을 되풀이하는 것은 외국 종교의 기도와도 비슷해서 마음이 차분해졌다. 터널 휴게 시설 식당에서는 그렇게 시끄럽더니 야가라라는 사람도 앤도 나머지 다른 사람들도 범용차로 돌아오자 태도와 대화가 이내 원래대로 돌아갔다. 그렇지만 나는 달랐다. 흥분과 감동이 남아 있어서 여전히 심장박동이 빨랐다. 그래서 사부로 씨의 근육세포를 향해 보내는 신호는 나 자신이 침착함을 되찾는 데 도움이

됐다.


## 2


　현 경계가 제한구역이 들어가. 미코리라는 사람의 목소리가 어딘가 먼 곳에서 들려오고 창밖 풍경이 흘러갔다. 나도 모르게 잠깐 잠이 들었던가 보다. 나는 사부로 씨 옆의 벽에 기댔다. 입술 끝에 침이 흘러 셔츠 자락으로 닦고 일어서려는데, 조종석 쪽에서 신음이 들려오고 사가라라는 사람이 조수석의 고즈미라는 사람에게 달려가는 것이 보였다. 심장 발작인가? 야가라라는 사람이 물었다. 아까 터널에서 고즈미를 식사는 삼키기 어려운 것 같았어. 미쿠바라는 사람이 말했다. 야가라라는 사람이 몸을 앞으로 구부린 고즈미라는 사람의 두 어깨를 잡고 조심스럽게 일으키려고 했다. 고즈미라는 사람은 몇 번이고 고개를 흔들며 앞으로 구부린 자세를 바꾸지 않으려 했다. 하지만 야가라라는 사람은 천천히 고즈미라는 사람의 상체를 조수석 등받이에 기대게 하고, 조종석의 오구라라는 사람에게 말했다. 약이야. 오구라라는 사람이 고즈미라는 사람의 셔츠 아래 목걸이를 잡아당겨 동전 모양의 목걸이 뚜껑을 열고 약이라고 생각되는 것을 찾더니 중얼거렸다. 한 알뿐이야. 사가라라는 사람이 서둘러 이쪽으로 와서 벽에 부착된 해치 같은 정사각형 구멍에서 투명한 유리 수지 통을 확인하고는 말했다. 니트로글리세린 제제 재고를 없어. 나는 발밑의 사부로 씨가 눈을 뜨고 있는 것을 알아챘다.

  야가라라는 사람이 지시를 내려 범용차는 자동차전용도로를 벗어났다. 같은 모양과 크기의 빌딩이 도로 양쪽에 질서 정연하게 늘어서 있었다. 문화경제효율화운동으로 세워진 집합 주택이다. 디자인도 크기도 전부 똑같고, 외관에 장식도 없고 방 숫자도 넓이도 가구도 통일되었다. 입주 자격은 아이를 한 명 이상 가진 성인 남녀로, 국적은 묻지 않지만 ID에 사회보험 번호가 입력되어 있어야만 한다. 이민은 반세기 전에 이미 사백만 명을 넘어 여러 가지 문제가 발생했다. 정부는 범죄 전과가 없는 양질의 노동자에게 사회보험 번호를 부여하는 것으로 차별화를 꾀했다. 그러나 사회보험 번호를 얻은 이민 노동자는 전체의 십 퍼센트뿐이어서, 결과적으로 병이 나거나 다쳐도 치료를 받지 못한 이민의 불안이 내란으로 이어졌다. 규격화한 집합 주택은 문화경제주택이라 불리며 전국에 약 육십만 동이 지어졌는데 어디나 입지 조건이 나빴다.

바깥 기온이 겨울에는 섭씨 사 도 이하, 여름에는 삼십삼 도 이상이 되지 않으면 냉난방이 작동하지 않도록 제어하였고, 십이 층짜리 고층 빌딩이면서 엘리베이터도 없었다. 문화경제기업군이라고 이름 붙인 국영 회사 중 한 곳이 건설공사와 보수를 했기 때문에 십 년 만에 콘크리트가 부식하기 시작하더니, 결국 대부분이 폐허나 다름없는 상태가 되었다.

사부로 씨가 입을 벌려 무슨 말인가 하려 했지만 소리가 나오지 않았다. 들립니까? 귓가에 대고 묻자, 턱이 희미하게 움직였다. 이제 곧 감각이 돌아오니 안심하십시오, 그렇게 말한 나는 앤에게 화장용 스펀지를 빌려 물을 적신 다음 입에 물방울을 떨어뜨려주었다. 내가 의식이 돌아왔을 때 이상하게 목이 말랐기 때문에 사부로 씨도 물을 원할 것 같았다. 이럴 때를 하필 쿠치추 의식으로 돌아왔군. 사가라라는 사람이 귀찮다는 듯이 말하며 우리 앞을 지나갔다. 쿠치추가 역시 터널이 버렸으면 좋았을걸. 오구라라는 사람이 그렇게 말하면서 나와 사부로 씨를 번갈아 보았다. 신경이 쓰지 마. 앤이 말을 걸어주었다. 우리를 제한구역이 들어가기 때문이야. 문화경제주택 주변을 제한구역이라고 부르는 것 같았다. 폐허나 마찬가지가 되어 치안이 악화되자 행정조직은 다른 데로 이

전하고 민간 경비 회사에 치안을 담당하게 했다. 공적인 의료나 교육 시설도 없고 경찰도 소방서도 없다. 경비 회사에는 체포, 기소, 형 집행까지 재량권이 있었다. 경비 회사는 또한 경찰에서 무상으로 로봇을 인수했다. 로봇으로 하는 경비와 감시와 체포는 비용 면에서 효율적이었다. 당시 정부의 문화·경제 자문 위원이었던 요시마쓰가 중심이 되어 추진한 문화경제효율화운동은 전통과 역사와 문화보다 효율을 우선하는 운동이었다. 식량 위기와 내란으로 사회가 취약해져 사람들이 모든 주의, 주장에 거부반응을 보이던 때라 효율화라는 사고방식은 널리 받아들여졌다. 제한구역의 인구는 계속 늘었다.

3

같은 간격으로 늘어선 문화경제주택 너머로 은색의 거대한 원기둥이 보였다. 가스탱크인 줄 알았더니 아니었다. 이년 전에 완성된 새 개스킷 경기장라고 앤이 가르쳐주었다. 섬에서는 개스킷을 볼 수 없지만 그런 명칭의 스포츠가 있다는 것은 대부분의 주민이 알고 있었다. 다만 구체적으로 어떤 게

임인지는 아무도 몰랐다. 프로 리그가 있고 삼차원 공간에서 공을 서로 뺏는 게임이라는 것 외에는 나도 모른다. 개스킷은 국민 스포츠다. 그러니까 어떤 스포츠인지는 잘 몰라도 섬 아이들은 그런 게임이 있다는 것을 알고 있다. 하지만 개스킷에는 특별한 경기장과 장비가 필요하기 때문에 섬사람과는 거리가 먼 이야기다. 그 경기장이 만든 것은 팍스야. 거의 서로 뺨을 붙이듯이 하고서 나와 앤은 범용차 창밖을 보고 있었다. 팍스라는 것은 옛날 유럽 말로 평화라는 뜻이다. 이 제한구역을 통치, 운영하는 경비 회사 이름이었다. 팍스가 그 은색 경기장을 만든 것이다. 개스킷 프로 리그에는 열 개 팀이 참가하는데, 팍스는 그중 한 팀의 오너다. 팍스는 제한구역 내에서 무한한 힘을 갖고 있다.

고즈미라는 사람은 심장이 나쁘다. 니트로글리세린 제제가 떨어져서 범용차는 자동차전용도로를 벗어났다. 미쿠바라는 사람에 따르면 고즈미라는 사람이 봉식을 씹어 삼키는 걸 괴로워했다고 한다. 야가라라는 사람은 협심증 발작의 전조라고 판단했다. 의약품은 엄중하게 관리된다. 정부가 주도하는 의료 시스템은 지난 세기 초에 파산했고, 허가를 받은 의료 복합기업이 비즈니스로 이를 재건했다. 의료 복합기업

의 성공은 SW 유전자의 발견과 관계가 있다고 아버지에게
들었다. 평등이 선善이라는 상식이 SW 유전자로 인해 무너
졌다. 불로불사의 SW 유전자는 사람에게 등급을 매겨 최고
와 최저를 명확하게 했다. 최고 등급의 하나가 노벨상 수상자
이고, 최저 등급은 어린아이를 범하여 죽인 범죄자다. 평등한
의료와 교육 서비스라는 원칙을 파기하는 데는 최고와 최저
의 인간을 보여주는 것으로 충분했다. 의료와 교육이 비즈니
스로 인정받고 지불 능력에 따른 격차가 생기는 것은 당연하
게 여겨졌다. 의료 복합기업은 유통, 경비 회사 등과 제휴하
여 의료 서비스와 의약품을 관리하면서 질서와 치안 면에서
도 도움이 된다고 자화자찬했다. 경제력을 가진 층은 양질의
최신 의약품을 무제한으로 구입할 수 있기 때문에 사람들의
향상심과 노동 의욕을 높일 수 있고, 진료 기록과 의약품 매
매를 엄격하게 관리하고 있어서 반사회적 조직의 적발에도
도움이 된다는 것이었다.

야가라라는 사람이 전화를 하고 있었다. 약을 사고 싶다
고 상대에게 말하고 가격을 흥정한다. 설하정舌下錠과 니트로
탭과 스프레이의 상품명을 말했다. 야가라라는 사람은 전화
를 끊은 뒤, 이백 배라고 하면서 고개를 저었다. 약값이 정가

의 이백 배라는 것 같았다. 고즈미라는 사람은 등받이에 매달리듯이 조수석에 앉아 있었다. 범용차가 문화경제주택 단지를 벗어나 상점가 같은 곳으로 들어섰다. 거리는 차도 인적도 드물어 쓸쓸해 보였다. 팍스는 이익과 성공을 감추고 있다고 앤이 말해주었다. 문화경제주택의 노후화로 주민이 떠나는 바람에 인구가 급격히 줄어서 공장과 상점이 폐쇄되고 실업자와 범죄가 급증하여 거리는 황폐해졌다. 그러나 팍스는 가혹한 방법으로 범죄자를 적발하고 이주자를 맞아들여 경제활동 규제를 풀어줌으로써 거리를 다시 살렸다. 최초로 이주와 사업 허가를 받은 것은 어느 양봉업자였다. 연안 지역에서 몇 킬로미터 떨어진 곳에 양봉에 적합한 토지를 얻어 옛날 방식으로 양봉하고 싶다는 업자의 이주가 허락되었다. 문화경제효율화운동은 비싸고 희소가치가 있는 것의 생산을 규제하고 있었기 때문에 명목상으로는 고가 수제품을 제조할 수 없었다. 육가공업자나 농가나 축산업자나 과자 공장 등이 옮아와서 몰래 고급품을 만들었다. 유리그릇이며 칠기, 가구, 조명 기구, 옷, 장신구, 차와 건강 기구 등의 디자이너와 기술자, 첨단 의료와 광학기기와 화장품 연구자도 이주해 왔는데, 팍스는 너무 눈에 띄면 정부도 묵인하지 않게 된다는 이유로 경제활동의 성과를 철저히 숨겼다. 그 상징으로

거리에는 문화경제주택이 세워진 무렵의 낡은 전철이 아직
도 달리고 있다.


## 4


　범용차가 거리 한 모퉁이에서 멈추었다. 바로 앞에 노란색
건물이 있었다. 야가라라는 사람이 해치를 열고 나가 앤에게
따라오라고 했다. 제한구역에는 ID를 체크하는 센서가 없었
다. ID가 아니라 언동이나 행위를 적발하여 치안을 지켰다.
위법행위 대응에 능숙한 팍스는 경고 없이 연행하여 가혹한
처벌을 내렸다. 야가라라는 사람은 반란이민의 후손인 데다
불법 약제를 파는 범죄 조직의 리더이지만, 구역 내에서 위법
행위를 하지 않는 한 체포되는 일은 없다. 야가라라는 사람
은 이 거리 어딘가에서 니트로글리세린 제제를 통상보다 비
싼 가격으로 팔기만 할 뿐이다. 왜 나를 가는 겁니까? 범용차
에서 내리며 물었더니, 야가라라는 사람이 긴장한 표정으로
말했다. 아무 말이 하지 마. 문화경제주택을 세운 당시의 거
리가 그대로 남아 있었다. 네덜란드나 독일의 도로를 흉내 내
어 만들었는지 인도에 마름모형 벽돌이 깔려 있었다. 야가라

라는 사람은 건물 입구로 이어지는 계단을 올라갔다. 돌계단에도 노랗게 칠한 벽에도 낙서가 있었다. 살아 있는 것은 늑대이고 죽은 것은 돼지라는 낙서가 눈에 들어왔다. 그 밖에 성적 행위에 대해, 어떤 여자의 이름과 그 여자가 어떤 종류의 성적 행위를 받아들였는지를 천박하고 유치한 그림과 함께 끼적여놓은 것도 있었다. 너무 노골적이어서 왜 지우지 않는지 궁금했지만, 아무 말도 하지 말라고 해서 말없이 계단을 올라갔다.

내 키의 두 배 정도나 되는 문은 두꺼운 나무로 만들어져 있었다. 야가라라는 사람이 문 앞에서 멈춰 섰다. 바로 뒤에선 앤이 같이 멈춰, 나도 그 옆에서 발을 멈추었다. 내 오른발은 낙서 속 여자의 엉덩이를 밟고 있었다. 어째서 문 앞에서 멈췄는지 몰랐지만 질문은 할 수 없었다. 야가라라는 사람은 문을 노크하지도 소리를 내지도 않고 그저 부동자세로 현관 앞 좁은 공간에 우두커니 서 있었다. 건물 옆에 풍향을 알려주는 새 장식품이 달린 아주 옛날 스타일의 시계탑이 있었다. 시계 문자판에는 바늘이 하나뿐이었고, 그나마도 중간이 구부러져서 긴 바늘인지 짧은 바늘인지 알 수 없었다. 상공에서 희미한 바람이 부는지 새가 천천히 돌고 있었다. 내 손목시계를 보았다. 오후 한 시였다. 앤은 고개를 들고 무표정하게 문을 바라보았지만, 프리온 단백섬유인 빨간 셔츠에 싸인 가슴의 움직임이 컸다. 긴장하고 있는 것이다. 갑자기 멀리서 동물의 울음 같은 새된 소리가 들려와서 움찔 놀랐다. 발치가 가볍게 진동하는 느낌이 들었다. 소리는 가까워질수록 금속성으로 바뀌었다. 문득 왼쪽으로 시선을 돌리자 규칙적으로 늘어선 네모난 유리창이 흘러가듯 이동하는 것이 보였다. 네모난 유리창은 오른쪽에서 왼쪽으로 그리고 등 뒤로 이동했다.

몇 개의 유리창 너머에 사람 얼굴이 나란히 있는데, 그것이 무엇인지 몰라 공황 상태에 빠질 것 같았다. 앤이 그런 기미를 눈치챘는지 내 옆구리를 가볍게 찌르며 소리 내지 않고 입 모양으로 '전차'라고 가르쳐주었다. 노면전차는 상당한 빠르기로 움직였지만 몇 사람의 얼굴은 또렷이 보였다. 귀에 이어폰을 꽂은 한 여자가 입술 화장을 고치고, 어떤 아이는 조그만 책을 읽고, 한 남자는 이쪽을 빤히 보고 있었다. 나는 노면전차를 처음 보기도 했고 또 승객의 얼굴이 또렷이 보여서 흥분했다. 전차는 위쪽에 신기한 모양의 안테나 같은 것이 달려 있었다. 차체는 칙칙한 녹색이었는데 역시 온통 낙서로 뒤

덮였다. 고요가 감도는 거리에 금속음이 울리고, 유리창 너머로 보이는 승객은 플래시백으로 되살아난 기억이나 풍경의 단편을 닮았다. 매일 저런 걸 타는 아이는 어떤 기분이 들까 생각하고 있는데, 현관 옆 창으로 남자가 얼굴을 내민 것이 눈에 들어와 깜짝 놀랐다. 남자가 턱으로 들어오라는 듯이 문을 가리키자, 야가라라는 사람이 고개를 끄덕이며 손잡이를 돌렸다.

건물 안은 어두컴컴했다. 현관홀 높은 천장에 꽃다발을 거꾸로 매달아놓은 듯한 모양의 조명 기구가 달려 있었지만 불은 켜져 있지 않았다. 복잡한 무늬의 주단이 바닥 전체에 깔렸고 벽에는 인물화가 몇 장 걸렸으며, 안쪽에는 층계참에서 좌우로 나뉘지는 계단이 있었다. 한 남자가 홀 창가의 책상 뒤에서 낮은 소리를 냈다. 말이 아니라 신호 같은 소리였다. 그러자 홀 왼쪽에서 두 사람의 젊은 남자가 나타나 금속 틀을 들고 왔다. 폭 오 센티미터 정도의 좁고 긴 틀로 딱 어른이 몸을 구부리지 않고 빠져나갈 정도의 크기였다. 젊은 남자들은 받침대에 틀을 설치한 뒤 바로 물러났다. 광택이 없고 얇은 금속제 틀을 앞에 두자 야가라라는 사람이 긴장하는 것을 알았다. 나무 의자에 앉은 남자가 이리로 오라고 손가락을 까

딱거렸다. 표정이 없고 반지르르한 얼굴에 위아래로 갈색 양복을 입고 있었다. 야가라라는 사람이 뜻을 굳힌 듯이 몸을 조금 구부리고 틀을 통과해서 저쪽으로 나갔다. 소리나 빛도 나지 않고 아무 일도 없었다. 남자는 다음으로 나를 가리켰다. 앤이 불안한 듯이 나를 보았다. 틀이 무엇인지 묻고 싶었지만 아무 말도 해서는 안 된다고 했기 때문에 그대로 앞으로 나아갔다.

<br>

5

틀을 빠져나와 잠시 후, 주단 위에 이상한 것이 있는 걸 알아챘다. 처음에는 무늬의 일부인가 생각했지만 아니었다. 주단에는 뒤틀리고 꺾이고 꼬부라지면서 서로 포개진 몇 종류의 나뭇가지와 잎 무늬가 들어 있었다. 바탕색은 짙은 파랑이고 나뭇가지와 잎은 빨강에 금색 테두리가 있었다. 그것은 이미터 정도 떨어진 곳에 뒹굴고 있었다. 자세히 보니 구불구불 움직였다. 좁고 긴 용수철을 닮았다. 이윽고 그것이 무엇인지 알았을 때, 나는 비명을 지를 뻔했다. 구불구불 움직이는 그것은 검은색과 흰색 털로 덮여 있었다. 고양이 꼬리였다. 나는 터져 나올 것만 같은 비명을 필사적으로 억눌렀다. 꼬리 뿌리에는 피가 엉겨 붙어 있고, 그 너머에 엉덩이가 피투성이가 된 채 신음하는 흰색과 검은색의 얼룩 고양이가 나뒹굴었다. 순간, 주위에 데지마의 아이들이 나타났다. 그들은 고양이 다리와 꼬리를 목걸이처럼 목에 걸고 다녔다. 그 속에 어린 시절의 나도 있었다. 그 틀은 메모리악이었다. 기억 재생 장치다. 겨드랑이에서 땀이 분출했다. 틀로 된 메모리악은 본 적이 없다. 어떻게 기억을 환기시켰는지 알 수 없었다. 섬의 자치 회관에 있던 메모리악은 상당히 큰 상자 모양의 기기로 전용 고글을 쓰고 눈으로 신호를 입력하여 기억 뉴런을 자극하는 것이었다. 틀 모양의 메모리악은 섬에서 고양이 꼬리나 발을 자르고 놀던 기억을 환기시켰다.

왜 약을 사는 값이 이백 배나 되는지 아나? 남자의 목소리가 들려오자 기억의 영상이 희미해져가고 야가라라는 사람의 뒷모습이 보였다. 야가라라는 사람은 등을 곧게 편 채 양손을 허벅지에 딱 붙이고 반지르르한 얼굴의 남자 앞에 서 있었다. 나는 네가 아는지 묻고 있다. 야가라라는 사람이 예, 하고 대답했다. 너희는 이 일본에서 가장 천한 사람이니 필요한 약도 정가의 이백 배라는 돈을 내야 하는데, 너희 자신은 그 사실을 알고 있는가 말이다. 야가라라는 사람의 어깨가 떨렸다. 고양이 꼬리 영상이 사라졌다. 옆에 있는 앤은 울음을 터트릴 것 같은 얼굴이었다. 앤에게는 어떤 기억이 환기된 걸까? 알고 있다, 야가라라는 사람이 대답하고 반지르르한 얼굴의 남자가 한 말을 세 번 복창했다. 우리는 일본에서 가장 천한 사람이어서 이백 배나 되는 돈을 낸다. 남자는 책상 서랍에서 폭이 좁고 긴 종잇조각을 석 장 꺼내 야가라라는 사람에게 건네고, 언제나 그랬듯이 너희를 약국에 안내할 수는 없다고 말했다.

이번에는 개스킷 스타디움인 팍스 자포니카에서 약을 전달하고 싶다. 이유는 흥분한 관중 속이라면 눈에 띄지 않을 것이기 때문이다. 이 표를 사라. 입장권이다. 팍스 자포니카에 아무리 개스킷 팀을 보러 가고 싶어도 이 표가 없으면 입장할 수 없다. 너희는 세 명이니 표를 석 장 사야 한다. 네가 주문한 약을 갖고 있는 남자가 옆자리에 앉을 것이다. 그 남자에게 팔십만 공통엔을 지불하기 바란다. 시합은 홀리즈 대 라스칼즈다. 푯값 역시 정가의 이백 배로, 석 장이니 육십만 공통엔이다. 지금 여기서 지불해라.

## 스타디움 그1

### 1

범용차로 돌아와 보니 사부로 씨가 누웠던 장소에 고즈미라는 사람이 웅크리듯 누워 있고, 발작이 나면 바로 대응할수 있도록 사가라라는 사람이 그 옆에 앉아 있었다. 사람들에게서 떨어져 혼자 벽에 기대앉은 사부로 씨는 오른손에 봉식을 들고 있었다. 아직 시야가 몽롱하고 식욕도 없는 것 같았다.

다만 배양 진피 덕분에 뺨의 구멍은 막혔고 상처 자리도마르기 시작했다. 쿠치추는 면역력이 강하다고 아버지에게 들었다. 범용차 안은 분위기가 좋지 않았다. 어디가 전달받는 거야? 오구라라는 사람이 묻자, 야가라라는 사람은 잠시 입을 다문 채 고개를 숙이고 있다가 낮은 목소리로 지시를 내렸다. 스타디움으로 향해라. 봉식을 든 채로 축 늘어져 있는 사부로 씨에게 다가간 나는 말해주었다. 먹지 않으면 회복이 안 됩니다. 그가 무슨 말인가 하려고 해서, 다시 귓가에 속삭였다. 아직 말을 하지 않는 편이 좋습니다.

틀 모양의 메모리악에서 어떤 기억이 재생되었는지 앤에게 물어보려다 그만두었다. 그 메모리악은 떠올리고 싶지 않은 기억을 파헤치도록 장치되어 있었다. 손님의 의욕과 활력을 빼앗아 교섭을 유리하게 진행하기 위해서인 것 같지만, 그 반지르르한 얼굴의 남자는 단순히 불쾌하게 만들고 싶었던 것뿐일 거라고 생각한다. 그때 앤은 울음을 터트릴 것 같은 표정이었다. 떠올리고 싶지 않은 것을 영상으로 본 것이다. 그런 악몽 같은 기억은 의식과 무의식의 중간에 영상으로 자리하고 있어서 스캐닝하여 검색하기가 그리 어렵지 않다고 아버지에게 들었다. 외국어 단어나 고유명사나 특정한 숫자 등의 정보 기억 쪽이 훨씬 까다롭다고 했다. 오야마에 만났어? 사가라라는 사람이 앤에게 묻고 있었다. 그 반지르르한 얼굴의 남자 이름이 오야마인 듯했다. 팍스를 하급 간부를 오야마였나? 사가라라는 사람이 한 번 더 묻자 그래, 하고 앤은 표정을 바꾸지 않고 대답했다. 오야마 같은 남자는 팍스 안에 많다고 한다. 체포하거나 고문하거나 처형하기보다 반정부 조직의 경제력을 빼앗는 쪽이 합리적이고 효율적이라고 팍스는 생각한다. 반란이민의 후손들이 항상 그런 식으로 의약품을 입수하는 것은 아니었다. 오카야마에서 규슈 북부에 걸친 산간 지역에 반란이민 후손들의 거점이 몇 군데 있어서, 거기에 약 재고가 있는 듯했다. 그러나 피치 보이에서 거래가 있으니 되돌아갈 수는 없다고, 사가라라는 사람이 나와 앤의 얼굴을 번갈아 보면서 혼잣말처럼 중얼거렸다.


## 2


저 너머로 보이는 은색 경기장은 좀처럼 가까워지지 않았다. 너무 거대하기 때문이었다. 도로는 혼잡과 정체를 피하기 위해 소용돌이 모양으로 만들어졌다. 소용돌이의 중심에 위치한 스타디움은 수용 인원 십만 명으로, 팍스 자포니카라고 불렸다. 일본의 평화라는 뜻인데 팍스가 지은 이름이다. 도로는 점점 혼잡해졌다. 대부분의 차가 대형 버스였다. 사부로 씨가 봉식을 아주 조금 물어서 입에 넣고 아직 아픈지 얼굴을 찡그렸다. 야가라라는 사람은 지폐를 세고 있었다. 나는 오야마라는 남자의 방에서 처음으로 공통엔을 보았다. 섬에는 없었다. 유통되는 것은 규슈엔뿐이다. 한참 옛날 일이지만, 일본은 여덟 개의 블록으로 나뉘어 경제적인 독립성을 갖고 각각의 지역에서 규슈엔, 산요엔 등으로 부르는 통화를 발행했다. 하지만 제일차식량위기로 각 지역 간의 이해가 대립되어 쌀이며 유제품이며 사료 곡물을 둘러싸고 홋카이도와 도호쿠 그리고 긴키와 도카이에 자위군이 출동하는 사태가 벌어져서 블록제는 파탄했다. 그 뒤 새롭게 공통엔이 발행되고 나서도 지역 엔은 유통되었다. 기업이 임금을 지역 엔으로 지불했기 때문이다. 규슈엔은 환율이 가장 낮아서 공통엔의 오분의 일 가치밖에 되지 않는다. 내 지갑에는 손때로 더러워지고 금방이라도 찢어질 것 같은, 사이고 다카모리라는 가고시마의 옛날 정치가가 그려진 만 엔짜리 규슈엔이 넉 장, 규슈 정치가 이타가키 다이스케가 그려진 천 엔짜리 규슈엔이 여덟 장 들어 있다. 아버지의 전 재산으로 몰수당하기 전에 받은 것이다.

만 엔짜리 공통엔 지폐는 일본 최초의 SW 유전자 주입자인 도고 세이키치라는 이름의 노벨물리학상 수상자가 그려져 있고, 크기는 규슈엔보다 약간 작지만 디자인이나 인쇄 기술이 비교가 안 될 정도로 훌륭했다. 개스킷 입장권은 정가가 천 공통엔이지만 야가라라는 사람은 석 장분으로 육십만 공통엔을 지불했다. 약을 사기 위해 또 팔십만 공통엔이 필요하다. 터널 안의 식당에서 야가라라는 사람은 음식값으로 만 엔짜리 공통엔 지폐를 두 장 주고 잔돈을 받았다. 아버지의 직업은 공무원이었고 데이터베이스 관리는 교양이 없으면 못하는 일이지만, 한 달 임금은 팔천 규슈엔이었다. 야가라라는 사람은 만 엔짜리 공통엔 지폐를 열 장씩 다발로 묶듯이 해서 봉투에 넣었다. 팔십만 공통엔이라는 금액은 나로서는 상상도 할 수 없는 큰돈이다.

이마에 땀이 나 셔츠 자락으로 닦았다. 차 안 온도가 올라간 것 같았다. 뜻밖의 큰돈이 필요해져 연료를 절약하는 것이거나 아니면 냉방이 심장에 안 좋기 때문인지도 모르겠다. 아까 고즈미라는 사람은 가슴에 통증이 밀려와 마지막 알약을 혀 밑에 넣었다. 차 안 분위기가 더욱 날카로워졌다. 고즈미라는 사람의 증세가 좋지 않아 괜한 시간과 돈을 쓰게 되었고, 대신에 사부라는 성가신 녀석은 다시 살아났고, 리더인 야가라라는 사람은 약을 손에 넣기 위해 팍스의 하급 간부를 만나 모욕을 당했고, 차는 느릿느릿 나아가고 있었다. 그런데 누구를 개스킷 보러 가는 거야? 사가라라는 사람이 물었다. 나를 아키라를 앤이다, 하고 야가라라는 사람이 대답하자 오구라라는 사람이 노골적으로 불쾌하다는 표정을 지으며 큰소리로 혀를 찼다. 한 장에 이십만 엔이나 하는 개스킷 게임이 너를 계집애를 섬 촌놈을 보다니 웃기지도 않네. 오구라라는 사람은 그렇게 말하며 코웃음을 쳤다. 너희로 다른 관중이 싸움을 된다. 야가라라는 사람은 나와 앤을 데려가는 것은 소동을 일으키지 않기 위해서라고 설명했다. 나는 섬사람이어서 공격성이 없고 앤은 젊은 여자여서 경계를 당하지 않는다. 개스킷 시합은 많은 사람들이 보러 온다. 지하 농장과 공장에서 단순 작업에 종사하는 노동자 중에 무결근 모범 노동자들에게 초대권을 주고, 또 다양한 상품에 초대장이 걸린 추첨권이 붙어 있다.

자기를 딸이니까 데려가는 거 아냐, 하는 오구라라는 사람의 말에 야가라라는 사람의 안색이 바뀌었다. 조종석에 다가가 인상재로 뾰족하게 만든 오구라라는 사람의 머리카락을 잡고 소리쳤다. 너를 나는 맛본 굴욕을 알아! 그리고 노란색 건물에서 무슨 일이 있었는지를 이야기했다. 메모리악으로 부모의 내장이 흩어져 있는 모습을 본 데다 나는 가장 천한 사람이라고 세 번이나 말해야 했다고 하자, 오구라라는 사람이 잘못했다고 사과했다. 앤이 눈물을 글썽였다. 사부로 씨는 대체 무슨 일이 일어났는지 몰라 지루한 얼굴로 봉식을 입에 밀어 넣었다. 사가라라는 사람이 싸움은 그만해야 한다고 말했다. 굴욕이라는 단어는 알고 있지만 의미는 모른다. 섬에서 스스로를 가장 천한 사람이라고 인정하거나 말하는 것은 착한 일이다. 일상적인 일이기도 하다. 굴욕을 받았을 때 화를 내면 체포된다. 굴욕을 참고 견디다 보면 반항심이 약해진다. 팍스는 그 점을 노리고 이용해서 지금까지 성공한 거라고 앤이 눈물을 글썽거리며 말했지만, 나는 굴욕의 의미를 몰라서 제대로 이해할 수 없었다. 사부로 씨가 주위를 둘러보면서 이쪽으로 와달라는 듯이 고갯짓을 했다. 여긴 뭐야? 사부로 씨가 희미한 목소리로 물었다. 우리를 살려주었습니다. 내가 알려주었다. 그러냐, 하고 사부로 씨는 또 봉식을 조금씩 씹어 먹었다.

미쿠바라는 사람이 개스킷 입장권을 스캐닝하여 소유자

인증 번호가 없는 것을 확인하고, 사부로 씨를 턱으로 가리키며 말했다. 이 녀석이 팔아치우자. 쿠치추 독은 원하는 제약 회사가 팔아버려. 그러나 야가라는 사람이 미간을 찡그리며 우선을 고즈미다, 일이 하나하나씩 정리해가는 거다, 하고 말하자 모두가 고개를 끄덕였다. 앤에게 굴욕의 의미를 물었더니 누군가에게 굴복하여 창피함을 느끼는 거라고 가르쳐 주었다. 창피는 알아? 앤은 그렇게 말하고 잠시 나를 흥미로운 표정으로 바라보았지만, 창피가 뭔지도 나는 몰랐다. 부끄러움은 알아? 다시 묻기에 고개를 끄덕였다. 부끄러움은 좋지 않은 것을 말하거나 나쁜 짓을 했을 때 자신의 마음에 대해 느끼는 감정이라고 섬에서도 배웠다. 부끄러움을 개똥이라고 한다면 창피는 누군가 몸에다 그 똥을 처바르는 거야. 앤은 비유를 들어 창피를 설명하고는, 벽에 기댄 채 봉식을 먹고 있는 사부로 씨에게 물었다. 너희 굴욕도 창피가 모르는 거야? 사부로 씨는 무슨 소린지 모르겠다는 표정을 지을 뿐이었다. 너희를 동물이나 마찬가지네, 하며 앤이 슬픈 눈길로 우리를 번갈아 보았다. 아픈가 아프지 않은가, 추운가 더운가, 배가 고픈가 부른가, 무서운가 무섭지 않은가, 그것뿐이네, 너희은. 중얼거리는 앤을 사부로 씨가 물끄러미 보더니, 아니야, 하고 약하디약한 소리를 냈다. 우리는 슬픔과 기쁨을 알아, 그렇게 말했다. 하지만 그 소리를 들었는지 어쨌는지는 모른다. 앤은 이미 창밖으로 시선을 옮기고 있었다.

슬픔과 기쁨이라는 감정은 무엇이 일어날지 모르는 미래에 대처하기 위해 사람이 손에 넣은 것이라고 아버지에게 들었다. 미래가 불확실하다는 것이야말로 절대적인 진리라는 걸 배우기 위해 감정이 필요했다는 것이다. 태고의 인류가 천재지변이나 재해가 일어나고 생각지도 못한 행운이나 불행이 일어나는 것이 당연하다고 배울 때, 기쁨과 슬픔이라는 감정이 필요했다. 동물은 기쁨과 슬픔을 표현하는 일은 있지만 자각은 못한다고, 아무리 섬사람이라 해도 동물과는 다르다고 아버지에게 배웠다. 그러나 아버지에게 굴욕이나 창피라는 말을 들은 적은 없다. 굴욕이 누군가 내게 개똥을 처바르는 것이라고 한다면 섬에는 굴욕이 없다. 굴욕이라는 개념에는 전제가 있는 듯했다. 대등이니 평등이니 하는 환상적이고 향수를 불러일으키는 말이 그런 전제에 포함되는 것이다. 야가라라는 사람은 몸까지 떨며 가장 천한 사람이라고 복창했는데, 대체 왜 그러는지 이해가 가지 않았다. 천하다는 건 별말도 아니고, 팍스처럼 힘 있는 계층에서 말하라고 명령하면 나나 사부로 씨는 몇만 번이라도 할 것이다. 설령 개똥을 처바르더라도 텔로미어를 절단당해 죽는 것보다는 훨씬 낫다. 죽지 않도록 해야 한다. 그것이 최우선이다. 섬에서는 어린아이도 그 정도는 알고 있다.

3

경비봉을 든 젊은 남자가 옆길을 가리키며 범용차를 주차장으로 유도했다. 야가라라는 사람이 지폐 다발이 든 봉투를 셔츠 안주머니에 신중하게 넣은 뒤 범용차 문을 열었다. 섬에 있는 운동장의 몇백 배나 되는 공간이 펼쳐지고 시선 끝까지 차량 행렬이 이어졌다. 상공에는 경비 로봇이 천천히 돌고 있었다. 식품 쇼핑몰이 생각나 불안해졌지만, 앤이 말했다. 괜찮아, ID가 체크하지 않고 난폭한 사람가 체크하니까. 믿을 수 없는 숫자의 사람들이 주위를 걸어 다녀 현기증이 났다. 나는 해치에서 밖으로 점프하여 내리며 야가라라는 사람에게 물었다. 역시 여기서도 말하지 않는 게 좋습니까? 맘대로 해. 아까 이야기하지 말라고 한 것이 동료끼리 대화가 하면 위기감과 긴장을 덜해져서 상대에 대항하는 힘가 약해지기 때문이야. 등 뒤에서 누군가 해치를 닫는 소리가 들리고 앤의 옆얼굴에 잿빛이 드리워져 문득 얼굴을 드니 나무숲 너머가 은색으로 물들어 있었다. 경기장은 아직 오백 미터 이상 떨어져 있는데도 주변 풍경을 압도하여 마치 공기가 은빛으로 변한 것 같았다.

바로 사람들의 흐름에 빨려 들었다. 게이트로 향하는 곧은 가로수 길을 걸었다. 사람들에게 묻혀 주위가 보이지 않았다. 야가라라는 사람이 앞에 걸어가고 앤이 뒤를 이었다. 인상재로 고정한 앤의 뾰족한 머리를 올려다보면서, 바람을 타고 떠도는 새싹과 꽃의 향기를 맡았다. 앤도 나보다 키가 크고 야가라라는 사람도 머리 하나는 더 크다. 한 무리가 되어 스타디움을 향하는 사람들 대부분이 나보다 키가 커서 주위의 풍경이 띄엄띄엄 보일 뿐이었다. 포장되지 않은 길에서 흙먼지가 풀풀 나 공기가 갈색으로 부옇다. 길 폭이 어느 정도인지는 확실하지 않지만 적어도 수천 명의 군중이 사방에 깔려 있었다. 수목은 지금까지 본 적 없는 종류였다. 동그란 열매가 가지에 매달려 있었는데, 먼지로 부예진 시야에는 가로수 전체가 실루엣으로만 보였다. 로터 회전음이 울리고 상공의 경비 로봇이 빙빙 돌면서 이따금 인파 가까이로 다가왔다.

스타디움이 눈앞에 다가왔지만 게이트는 좀처럼 나오지 않았다. 스타디움 벽은 여러 층으로 나뉘었고, 끝이 둥근 지붕의 네 귀퉁이를 두꺼운 파이프 같은 원기둥이 받치고 있었다. 그러나 너무나 거대하기 때문인지 인공 건조물로 보이지 않았다. 산이나 섬이나 구름 같은 그런 자연을 향해 다가가는 느낌이었다. 오른쪽 옆에 있는 남자들은 말레이 곰을 의인화한 라스칼즈의 모자를 쓰고 파란 유니폼을 입었다. 왼쪽 옆의 무리는 역시 라스칼즈의 모자를 쓰고 유리섬유로 만든 감색의 싸구려 작업복을 입고, 어째서 자신이 입장권 추첨에서 당첨됐는지 아직 모르겠다고 아까부터 줄곧 같은 말을 주고받으면서 소리 내어 웃고 있었다. 앤 주위의 사람들은 스트로를 꽂은 플라스틱 용기에 든 음료를 마시고 손에 든 봉식을 먹었다. 군중의 머리나 어깨나 등이나 팔이 포개져 추상적인 무늬처럼 보이기도 했다. 이렇게 많은 사람을 본 것은 처음이다. 어디서 이렇게 많은 사람이 나타났는지 모르겠다. 그 식품 쇼핑몰 안의 메인 레스토랑에도 사람이 많긴 했지만, 이 인파에 비교하면 물방울과 바다 차이다.

정체된 군중을 피하려고 가로수 길 옆 둑을 내려가 잡목 사이로 뛰어가는 여러 명의 남자들에게 경비 로봇이 내려와

톤 높은 경고음과 함께 칩탄 발사구를 들이대며 위협했다. 남자들은 깔깔 웃으면서 도로로 되돌아갔다. 스타디움 중앙부에 투명한 튜브가 뻗어 있는 게 눈에 들어왔다. 튜브 안으로 뭔가 이동하고 있었다. 음료수에 꽂은 스트로 속으로 액체가 올라가는 것 같았다. 움직이는 것은 상자 모양의 탈것으로 그 내부에 검은 점들이 있었다. 사람의 머리였다. 중요한 사람들을 나르는 거로구나, 생각했다. 그 투명한 튜브는 특별한 사람들이, 스타디움까지 인파를 이루며 걸어가는 사람의 무리를 구경하며 이동하도록 만들어진 것이었다. 단순히 혼잡 속을 걷는 일이 고통스럽다면 지하 통로로 스타디움까지 가면 된다. 그 팍스의 하급 간부 같은 오야마라는 남자는 의자에 앉아 야가라라는 사람을 빤히 보고 있었다. 터널 안 해방구에 있던 거지 모녀에게 성적인 망상을 품었던 것은 내가 그녀들을 빤히 보고 있었기 때문이다. 보는 것에 뭔가 있다.

게이트 앞에서 라스칼즈를 응원하는 사람들이 어깨동무를 하고 모자를 흔들면서 단조로운 리듬으로 같은 구호를 되풀이하는 주문 같은 노래를 부르며 플라스틱 통으로 무릎을 치면서 박자를 맞추고 있었다. 지지 않아, 라스칼즈! 승리한다, 라스칼즈! 지이지이 아안아아, 하고 음을 빼서 단숨에 토하듯이 소리친다. 라스칼즈! 그들에게 호응하듯이 인파도 같은 구호를 외치기 시작하자 대형 경비 로봇이 나란히 늘어섰다. 야가라라는 사람이 답답한 듯이 돌아보며 앤과 내게 입장권을 건넸다. 섬의 자치 회관 옆에 역사적인 건조물 모델로 본토에서 기증받은 신사神社라는 건물이 있고 그 부지 내에 도리이라고 부르는 특이한 모양의 문이 있는데, 스튜디오 게이트가 그 문을 닮았다. 게이트는 스타디움 둘레에 같은 간격으로 몇 개나 있었다. 그리고 대형 로봇이 그것을 감시 중이었다.

　대형 로봇은 원래 전투용으로 만들어진 것으로 거미나 전갈을 합쳐놓은 듯한 기묘한 모양에다 크기는 공사용 차량만 했다. 무수한 마디를 가진 여섯 개의 다리가 동체를 지탱하고, 캐터필러가 달린 동체 위에는 밥공기 모양의 전 방위 센서가 달린 전차의 포탑 같은 머리 부분이 있고, 몇 개의 관절이 있는 더듬이 같은 팔 끝에는 크고 작은 센서가 붙어 있었다. 사람들이 입장권을 얼굴 앞에 들었다. 앤도 같은 동작을 해서 나도 따라 했다. 입장권을 갖고 있지 않은 이가 몇 명 잡혔다. 입장권도 없이 입장하려고 한 것이 아니라 잃어버린 것이다. 쭈그리고 앉아 허둥지둥 표를 찾는 사람의 머리 위로 중형 경비 로봇이 내려오더니 팔을 뻗어 남자의 귀 부근을 자극해서 인파에서 떼어놓고 바닥에 무릎을 꿇게 했다. 양팔과 머리를 축 떨어뜨린 채 게이트 옆 모래 바닥에 무릎을 꿇은 그들을 아무도 거들떠보지 않았다.

게이트에서는 입장권만 체크했을 뿐, ID는 조사하지 않았다. 십만 명의 ID를 조사하려면 입장에 너무 시간이 걸리기 때문이다. 블록제 시절의 재정파탄법에 의해 각 블록 간의 이동은 금지되었다. 재정이 파탄한 지역에서 다른 곳으로 이주하려는 사람을 규제하기 위해서였는데, 제한구역 주변에는 그 시절의 ID를 갖고 있는 사람이 많아서 일일이 확인하여 체포하려면 그것만으로도 무섭게 시간이 걸린다. 위조가 만연했기 때문에 ID 형식이 수도 없이 갱신되어 많은 지역에서 혼란이 일어나고 있다고 아버지에게 들었다. 체내에 주입하는 식인 본토의 나노칩 ID에는 수만 항목의 정보가 적혀 있어서 형식이 달라질 때마다 갖가지 혼란이 생겼다. 경비 로봇에 모든 데이터를 다운로드하는 것만으로 막대한 경비가 든다. 괜찮아, ID가 조사하지 않아. 앤이 돌아보며 말했다. 스타디움 내에는 게임의 흥분을 고조시키기 위해 메모리약을 구비해두었다. 흥분해서 소란을 일으키는 사람들이 있어서 경비 로봇이 그들을 경계하는 거라고 했다.

게이트를 빠져나와 'WEST'라고 적힌 거대한 원기둥 아래에 도착했다. 전체 모습을 드러낸 스타디움이 하늘을 절반쯤 뒤덮으며 솟아 있었다. 거대한 원기둥은 철골과 강화 아크릴판과 콘크리트 재질로, 나선계단이었다. 중앙부가 기둥이고 그 주위로 나선계단이 소용돌이치듯 위로 뻗어 올라가는데, 채광을 위한 것인 듯 폭 삼십 센티미터 정도의 창이 하나 있었다. 섬의 어떤 건물보다도 넓어서 수십 명이 나란히 함께 오를 수 있었다. 계단 벽에 'WEST 1F'라고 적힌 것이 보였다. 관중석은 일 층에서 구 층까지로, 우리 자리는 팔 층인 것 같았다. 콘크리트 계단은 단 사이의 높이가 아주 낮았다. 하지만 각 단이 안쪽으로 깊어서 키가 별로 크지 않은 나는 다리를 최대한 벌리지 않으면 올라갈 수가 없었다.

나는 범용차에서 내려 걷기 시작한 뒤로 주위 광경은 생각하지 않기로 했다. 몇만이 넘는 인파를 보고 사고가 멈추었다. 모래 먼지와 발소리와 사람들의 훈기에 기가 질렸다. 몇만이라는 군중은 벌레 같고 그들을 수용하는 스타디움은 벌레 집 같다는 생각이 들었지만, 몇 걸음 걷다가 그런 비유를 포기했다. 군중과 스타디움과 나 자신의 관계를 생각하면 기절할 것 같았다. 나 자신이 너무 초라했다. 야가라라는 사람도 앤도 말없이 걷고 있었다. 군중 속에 여자는 얼마 되지 않았다. 앤에게 주목하는 남자는 별로 없었다. 앤은 빨간 프리온 단백질섬유 재킷과 엉덩이에 착 붙는 재색 바지를 입고 있어서, 그 다리며 반듯한 이목구비며 솜씨 좋게 인상재로 굳힌 헤어스타일을 흘끗거리는 남자는 몇 명 있어도 주목을 받지는 못했다. 아까 배웠지만 욕망은 보는 것에서부터 시작된다. 남자들은 다른 흥밋거리에 지배당해 있었다.

반쯤 올라갔을 때 야가라라는 사람이 크게 숨을 토하며 걸어가는 속도를 늦추었다. 끝없이 계단을 걸어서 숨이 차고 다리가 아팠던 것이다. 많은 사람들이 벽에 기대 쉬고 있었다. 호흡이 거칠어진 앤은 뺨이 빨개지고 이마와 콧등에 땀이 송골송골했다. 어느새 나는 야가라라는 사람과 앤과 셋이 나란히 서서 계단을 올라가고 있었다. 야가라라는 사람이 놀란 얼굴로 나를 보았다. 나는 피곤하지도 않았고 땀도 흘리지 않았다. 섬사람이 본토 사람보다 체력이 더 나은 것은 아니다. 체력도 지식도 정신력도 모든 면에서 보통보다 떨어지는 사람들이라고 섬에서 늘 배웠다. 그리고 사람이 차이가 나는 것은 당연한 일이지 나쁜 게 아니라고 배우며 자랐다. 열등한 사람이라고 해서 슬프다는 감정을 가질 필요는 없다고 세뇌받은 섬 아이들은 본토 아이들과 체력과 지식을 비교해본 적도 없었다. 나는 모든 면에서 본토 사람에게 뒤떨어질 것이다. 호흡이 흐트러지지 않고 다리에 피로를 느끼지 않는 것은 인파에 섞인 뒤 감각이 둔해졌기 때문이다. 어딘가 마비되었다. 누군가 조종하는 것처럼 다리를 번갈아 움직이고 있었을 뿐이다.

5

'WEST 8F'라고 적힌 곳에서 나선계단을 빠져나와 고가다리 같은 연결 통로를 건넜다. 통로는 투명한 강화 아크릴로 덮여 있었는데 가장자리로 가서 아래를 내려다보니 너무 높아서 현기증이 났다. 스타디움 주위의 인파가 구멍으로 들어가려는 개미처럼 작아 보였다. 문득 음악 소리와 환호성이 들려와 그쪽으로 얼굴을 돌렸다. 연결 통로 너머에 완만한 커브를 그리는 복도가 있고, 벽면 일부가 딱 쪼개지듯 벌어져 네모나게 뚫린 사이로 스타디움 관중석과 경기장이 보였다. 나는 숨을 삼켰다. 원근감이 이상해졌다. 무엇에 마실까? 야가라라는 사람이 물었지만, 관중석과 경기장에 마음을 빼앗겨 질문의 의미를 알 수 없었다. 화장실이 시합을 시작하기 전부터 지금이 좋아. 앤이 말해서 머리가 긴 여자의 실루엣 마크가 붙은 여자 전용 화장실 같은 곳에 갔다. 복도에는 화장실 외에 라스칼즈, 홀리즈와 다른 여러 팀의 모자와 유니폼, 사진 등을 파는 가게와 음료수와 봉식을 파는 가게, 보건 센터가 있고 천장에는 소형 로봇이 빼곡하게 붙어 있었다.

　야가라라는 사람이 긴 줄에 서서 종이 용기에 든 달콤하고 차가운 탄산음료를 사다 주었다. 나는 층층의 중간에 있는 돔 모양 휴식 시설에 넋을 잃었다. 구 층과 팔 층 그리고 팔 층과 칠 층 사이의 공간에 마치 허공에 뜬 것처럼 만들어진 그 시설은 투명한 반원형으로, 그 안의 사람들은 종이 용기가 아니라 유리잔으로 뭔가를 마시고 있었다. 손에 든 잔이 빛을 반사해서 유리란 걸 알았다. 자세히 보니 휴식 시설에서부터 스타디움 본체까지 투명한 튜브가 뻗어 있었다. 휴식 시설을 지탱하는 그 튜브는 스타디움까지의 연결 통로이기도 했다. 그 소형 돔 안에는 유리잔으로 음료수를 마시는 특별한 사람들이 있었다. 하지만 바깥을 구경하기 위한 것이 아니다. 그것은 그들 자신이 특별하다는 걸 과시하기 위한 시설이었다.

　야가라라는 사람에게 음료수를 받아 들고 화장실에서 돌아온 앤과 함께 관중석 쪽으로 걸어갔다. 앤은 걸으면서 개스킷 규칙에 대해 이야기했다. 들어가는 문에 WEST 8F SECTION 45-46이라고 표시돼 있었다. 야가라라는 사람의 지시로 입장권을 들고 지나갔는데 여기서도 ID는 검사하지 않았다. 입장권에 기록된 좌석 번호와 관중석 섹션이 일치하는지를 확인할 뿐이라고 했다. 관중석은 거의 가득 찼다. 한 사람 한 사람의 얼굴과 복장에 초점을 맞춘 뒤 전체를 둘러보니 현기증이 나서 나 자신이 사라져버릴 듯한 느낌이 들었다. 경기장과 초록색 잔디와 펜스와 구 층 관중석은 끝없이 이어지는 것 같은 착각을 일으키는 반면, 천장의 철골이나 조명, 파이프나 강화 아크릴은 확실히 외부와 단절되었음을 깨닫게 했다. 야가라라는 사람 옆에는 아직 아무도 앉지 않았다. 야가라라는 사람은 옆에 앉을 남자에게서 고즈미라는 사람의 심장 약을 사야 한다.

# 6

선수들이 정렬하기 시작했다. 몸에 딱 붙는 유니폼과 짧은 바지에 맨발 차림이었다. 장내 아나운서가 선수를 소개하기 시작했다. 환호성이 특히 큰 선수가 있었다. 나는 선수를 아무도 모른다. 한 팀당 아홉 명이 시합하는 것 같았다. 선수들에게서 조금 떨어진 곳에 세 사람의 심판이 공중에 떠 있었다. 앤이 경기장에는 중력을 아주 약하게 만든 공간이 세 군데 있다고 알려주었다. 빨강과 흰색 줄무늬 옷을 입은 주심이 공을 들고 있었다. 부심은 검정과 흰색이다. 빛이 나는 실로 짠 여름귤만 한 공이 주심의 손 안에서 유유히 반짝거렸다. 경기장 모양은 꽃잎이랄까, 혹은 아메바 같은 원생동물과 비슷했다. 중앙에 지름 삼십 미터 정도 되는 원이 있고, 그 바깥쪽에 불규칙한 물결무늬 곡선이 그려져 있어 그것이 꽃잎처럼 보였다. 꽃잎은 전부 열 장 정도로, 각각 크기가 달랐다. 우리 좌석은 WEST인데, 반대쪽 EAST 관중석에 면한 꽃잎이 더 컸고 사령부를 의미하는 영어로 'headquarter'라고 불렀다. 한층 큰 그 꽃잎에는 HQ라는 약자가 입체 영상으로 떠올라 있었다. WEST, NORTH, SOUTH에도 비교적 큰 꽃잎이 있어서, 그 부분은 DMZ 즉 비무장지대라고 불렀다.

개스킷은 아홉 명씩 두 팀으로 나눠 싸우는 경기다. 공격 팀은 HQ에서 출발해 바깥쪽 꽃잎 부분을 원을 따라 나아간다. 키맨이라고 하는 선수가 공을 갖고 원을 한 바퀴 돌아 다시 HQ까지 돌아오면 득점이 되고, 공격을 계속할 수 있다. 수비 선수는 전원이 원 안에서 바깥쪽 꽃잎 부분을 이동하는 적을 저지한다. 공격 선수는 원 안으로 끌려 들어가거나 꽃잎 바깥으로 밀려 나가면 'dead', 죽음 상태가 되어 퇴장한다. 또 원을 한 바퀴 돌기 전에 키맨이 공을 빼앗기면 거기서 공수가 교체된다. EAST에서 SOUTH에 걸쳐, 또 WEST에서 NORTH에 이르는 부분에 아주 작은 꽃잎 넉 장이 나란한 구역이 세 곳 있다. 'front line', 전선이라는 이름이 붙은 그곳은 원과의 거리가 거의 없기 때문에 원 안의 수비 선수가 팔을 내밀어 좁은 꽃잎을 건너는 공격 선수를 밀어낼 수 있다.

수비 팀은 기본적으로 원을 나갈 수 없지만, 전선 구역 꽃잎 바깥쪽에 'remote island', 외딴섬이라고 불리는 공간이 역시 세 곳 설치되어 있어서, 그 부분에 한해 원 안을 떠나는 것이 허락된다. 외딴섬에 있는 전선 구역에서는 수비가 유리하게 싸운다. 원 안과 외딴섬 양쪽에서 공격 팀 선수를 협공할 수 있기 때문이다. 외딴섬은 권투 링과 비슷한 면적으로 타원형이었다. 전선과 외딴섬 구역은 중력을 약하게 해놓아서 선수들이 수십 미터 높이까지 점프할 수 있다. 외딴섬에 들어가는 것은 공격도 수비도 두 사람까지이고, 십 초 이상 머물 수 없다. 수비 선수는 원 안에서 끌려 나오거나 외딴섬에서 바깥으로 밀려 나가면 죽음을 맞아 퇴장한다.

한 회 공격에 주어진 시간은 이 분. 키맨이 이 분 이내에 원을 한 바퀴 돌아 공과 함께 HQ로 돌아오지 못할 경우에도 공수가 교체된다. 경기는 구십 분 동안 중단 없이 이어진다. 키맨은 발끝으로 차거나 머리와 어깨로 튕기면서 공을 나른다. 손은 쓸 수 없다. 키맨 이외의 선수는 손을 사용하여 키맨과 공을 주고받을 수 있지만 이 초 이내에 손에서 놓아야 한다. 득점할 수 있는 것은 키맨뿐이다. 수비는 키맨을 상대로 신체적인 접촉을 포함한 공격이 불가능하다. 공을 향해서, 그것을 빼앗기 위한 공격만 허락된다. 등 번호 10번을 단 키맨은 경기 전략도 담당한다. 각 팀은 앞장서서 공을 받는 몸집이 작고 민첩한 네 명의 선수와 수비 측 공격으로부터 키맨을 지키는 네 명의 몸집이 큰 선수로 나뉜다. 작은 네 사람은 등 번호가 홀수이고 탄두라는 뜻의 영어인 'warhead'를 줄여서 WH라 부르는데, 수비 시에는 키맨에게서 공을 빼앗는 역할을 맡는다. 짝수 등 번호를 단 덩치 큰 선수는 방어벽이라는 뜻인 'fire wall'의 약자로 FW라고 부르고, 수비 시에는 접촉 플레이 공격을 담당한다. 라스칼즈의 키맨은 스토백이라는 애칭을 가진 국민적인 영웅으로 이 년 전에 SW 유전자를 주입받았다고 한다.

# 7

스타디움에 들어선 스토백이 손을 흔들어 환호에 응답하자, 관중석 조명이 꺼지고 경기장에 셀 수 없는 스포트라이트가 켜지면서 라스칼즈의 선 공격으로 경기가 시작되었다. 세 명의 WH가 경기 시작을 알리는 소리와 동시에 HQ를 뛰어나와 첫 번째 전선을 빠져나가려 했다. 전선 구역의 중력이 약해서 WH의 움직임은 눈으로 좇을 수 없을 정도로 빨랐다. 도움닫기로 외딴섬을 향해 점프한 홀리즈의 공격수가 상대편 등 번호 11인 WH의 팔을 잡아 돌리면서 배를 차 꽃잎 바깥으로 날렸다. 그러나 다른 두 명의 WH가 최초의 전선을 빠져나가고, 이어서 스토백이 두 FW의 보호를 받아 허벅지와 발과 어깨로 공을 차올리면서 HQ를 나갔다. 그것만으로 스타디움에 환호성이 터졌다. 스토백은 FW가 적의 공격수와 전선에서 접촉했을 때 몇 개 앞의 DMZ 꽃잎에 있는 WH를 향해 급격하게 오른쪽으로 돌아 공을 찼다. 수비 측 WH가 외딴섬으로 옮겨 그것을 빼앗으려고 했지만 예측한 궤적과 달라서, 공은 뻗은 팔 끝을 빠져나가 라스칼즈의 등 번호 7번 WH에게 갔다. 그사이 FW의 보호를 받으며 외딴섬으로 건너온 스토백이 등 번호 7번 WH가 다시 던진 공을 어깨로 받은 다음 위로 차올려 공은 순간 시야에서 사라졌다. 관객도 선수도 스토백의 시선을 따라, 머리 위 저 높은 곳으로 반짝반짝 빛을 발하면서 올라가는 공을 좇았다.

  스토백이 발을 빼고 공을 탄환 같은 빠르기로 차올리는 잔상과 천장 가까이에서 점점 속도를 늦추면서 파르스름하게 깜박거리며 회전하는 공의 영상이 포개지자 한 덩어리가 된 관객의 한숨이 스타디움을 가득 메웠다. 멋진 킥이라는 소리가 관중석 여기저기에서 들려왔다. 스토백은 곧장 머리 위로 차올린 것이 아니었다. 삼십 미터 가까운 높이까지 올라간 공이 정점에 이르렀다가 떨어져 내렸는데, 어느 포인트에 떨어질지는 몰랐다. 이미 라스칼즈 WH와 FW가 두 사람씩 두 군데 외딴섬에서 홀리즈의 공격을 견제하며 공을 잡을 자세를 취하고 있었다. 그러나 외딴섬에 떨어질 거라는 보장은 없었다. DMZ 안의 어느 포인트에 떨어지고 그것을 스토백이 직접 받아 단숨에 원을 돌지도 모른다. 수비는 생각할 수 있는 모든 경우에 대처해야 하기 때문에 외딴섬에 있는 라스칼즈의 WH에게만 공격을 집중할 수 없다. 미묘한 각도로 차올린 공은 낙하 도중에 약중력 공간에서 벗어나기도 하고 다른 약중력 공간으로 들어가기도 해서 낙하 속도가 일정하지 않았다.

스토백은 첫 번째 외딴섬에 있다가 떨어지는 공을 몸으로 받을 준비 자세를 취했다. 그걸 본 수비 WH가 외딴섬으로 점프하려고 했지만, 공중에서 라스칼즈의 FW에게 목을 잡혀 경기장에 쓰러졌다. WH는 목이 부자연스럽게 뒤틀린 채 쓰러져서 움직이지 않았다. WH 선수 중에는 범죄자가 많다고 한다. 중상을 입어도 상관하지 않겠다는 계약을 한 뒤 형을 면제받아 선수로 등록한다고 앤에게 들었다. 스토백은 외딴섬에서 비스듬히 위로 점프했다. 그리고 약중력 공간에서 살짝 벗어난 포인트에서 공을 오른쪽 어깨로 잡아, 그대로 공중에서 WEST와 SOUTH 중간의 DMZ 꽃잎에 있는 FW에게 헤딩으로 패스했다. 관중석에서 환호성이 터졌다. 스토백은 정확한 킥으로 원 둘레 약 삼분의 일 포인트까지 진입했다.

스토백의 킥이 '30초 경과, 22점 득점'이라는 표시와 함께 입체 영상으로 재현되었다. '22'라는 숫자는 원을 시계로 보아서 키맨의 위치를 초 단위로 나타낸 것이다. 스토백은 초침이 이십이 초를 가리키는 위치까지 나간 셈이었다. 스토백의 패스를 받은 등 번호 8번 FW는 배로 공을 안고 적의 공격을 막으려고 몸을 꺾은 자세를 취했고, 등 번호 5번과 7번의 두 WH가 그 바로 앞을 거의 동시에 달려 나갔다. FW는 재빨리 손을 내밀어 두 사람의 WH 중 한쪽에 공을 건네려 했다. 두 사람 다 공을 받을 자세로 꽃잎에서 꽃잎으로 달렸다. 쓰러뜨려! 둘 다 쓰러뜨려! 홀리즈의 FW가 소리치는 것이 집음 마이크를 통해 들려왔다. 달리는 두 사람 중 누가 다시 스토백에게 패스를 할지, 아니면 계속 달려서 주회 거리를 벌지, 그것도 아니면 등 번호 8번 FW가 누구에게도 공을 넘기지 않고 아직 감추고 있는 건지, 수비가 그 모든 경우의 수에 대응하기에는 미묘하게 인원수가 부족했다. 공을 안은 자세를 한 두 사람과 외딴섬에 있는 등 번호 8번 FW에게 공격을 걸면 스토백이나 다른 공격 선수를 자유롭게 해주는 게 된다.

홀리즈가 공격 대상을 정하지 못한 채 몇 초가 지나 스토백이 WEST와 NORTH 사이에 있는 외딴섬으로 옮기면서 오른손을 번쩍 들어 신호를 보내자, 등 번호 5번 WH가 홀리즈의 공격에서 빠져나와 감추고 있던 공을 던졌다. 스토백은 그 공을 발로 차는 척하더니 그대로 경기장에 떨어뜨려 이 미터 정도 굴리며 뛰다가 공을 날려서 전방에 뛰어가는 등 번호 3번 WH에게 패스했다. 라스칼즈의 WH 중 등 번호 7번이 WEST와 NORTH 사이의 전선에서 홀리즈의 FW에게 잡혀 원 안으로 끌려 들어가 죽음을 맞았다. 원 안에 끌려 들어간 공격 선수는 반격이 허락되지 않는다. 퇴장자로 기어서 원을 나가야 한다. 수비 측 선수들은 퇴장하려는 WH에게 사정없이 고통을 가한다. 심판은 선수들이 라인을 넘었는지 어떤지만 판정할 뿐 육체적인 접촉에는 관여하지 않는다. 굴욕적인 자세로 원에서 퇴장하는 공격 선수는 지네라고 불리며 관객들에게 경멸과 야유를 받는다. 필사적으로 기어서 원을 나가려 하는 등 번호 7번 WH는 손발을 어찌나 빠르게 움직이는지 정말로 지네처럼 보였다. 관객은 몸을 뒤로 젖히기도 하고 배꼽을 잡기도 하고 옆 사람의 어깨를 치면서 웃고 난리가 났다. 야가라라는 사람과 앤은 웃지 않았다. 나도 웃을 수 없었다. 기어서 원을 나가려 하는 등 번호 7번 앞을 상대편 FW가 막아섰다. 등과 머리를 마구 짓밟고 얼굴과 다리를 찼다.

스토백의 포물선 패스를 받은 등 번호 3번 WH는 WEST 와 NORTH 사이의 전선을 빠져나가려고 했다. 홀리즈 FW 두 사람에게 팔을 잡힐 뻔했지만, 뿌리치고 경기장에 앞으로 고꾸라지며 달려온 등 번호 5번에게 사타구니 사이로 공을 던졌다. 등 번호 3번과 5번의 WH에게 휘둘린 꼴이 되어 스토백을 경계하던 홀리즈 각 선수의 움직임이 순간적으로 멈추었고 키맨은 자유가 되었다. 스토백은 외딴섬에서 나와 전선을 달렸다. 등 번호 5번은 뒤로 돌며 공을 원 바깥으로 던졌다. 홀리즈 선수도 관객도 그 플레이는 실패라고 생각했다. 적 FW에게 쫓기던 등 번호 5번이 자포자기한 것처럼 보였고, 공은 꽃잎이나 외딴섬을 넘어 경기장 바깥까지 날아갈 것 같은 기세였기 때문이다. 그러나 외딴섬의 약중력 공간에 들어가 가속이 붙은 공은 공간을 벗어나며 감속했다. 정확하게 그 포인트에 점프한 스토백이 발끝을 높이 뻗어 공의 진행을 멈추게 했다. 그리고 공이 경기장에 떨어지기 직전에 WEST 와 DMZ 꽃잎에서 대기하고 있던 FW에게 일단 공을 돌려주고, 자신은 자세를 가다듬고 HQ 쪽으로 달려갔다.

죽음을 선고받아 기어서 퇴장하던 등 번호 7번이 아직 원 안에 있어서 입체 영상으로 그 모습이 확대되었다. 얼굴은 피투성이가 되고 한쪽 무릎 아래가 흐물흐물해진 등 번호 7번은 홀리즈를 응원하는 관객에게는 물론 라스칼즈를 응원하던 관객에게조차도 계속 조소를 받았다. 앤은 복잡한 표정으로 입체 영상을 바라보았다. 문득 옆을 돌아보았을 때, 야가라라는 사람 옆에 젊은 남자가 앉아 있는 것이 눈에 들어왔다.

## 스타디움 그 2

### 1

　홀리즈의 수비는 HQ로 향하는 스토백의 움직임을 쫓으면서 공을 빼앗으려고 했다. 지시를 내린 것은 홀리즈의 키맨으로 그는 삼십 대 후반의 베테랑 선수였다. 동유럽에서 온 이민 후손이지만 뛰어난 운동 능력과 전술로 십 년 이상 인기 팀의 키맨으로 활약하고 있었다. 홀리즈 선수 전원이 스토백의 패스를 경계하여 격렬하게 돌아다녔기 때문에 죽음을 선고받고 원 안에서 고통 받던 등 번호 7번은 간신히 해방되었다. 게다가 남은 시간이 얼마 되지 않아 관중의 흥미도 라스칼즈가 득점을 할 수 있느냐 없느냐로 옮아가버렸기 때문에, 패배자는 마치 처음부터 그곳에 없었던 것처럼 무시당한 채 한쪽 다리를 질질 끌면서 경기장 조명 뒤의 어둠 속으로 기어나갔다. 등 번호 7번을 눈으로 계속 좇고 있는 것은 나뿐이었는지도 모른다. 라스칼즈에 허락된 시간은 십여 초로 앤은 두 손을 꽉 쥐고 경기에 넋을 잃고 있었지만, 야가라라는 사람은 옆에 앉은 젊은 남자에게 말을 걸려 하고 있었다. WEST의 DMZ 꽃잎에서 공을 받은 라스칼즈의 FW는 스토백에게 패스하는 척하면서 곧장 발로 공을 굴렸다. 전방에 있던 등 번호 3번 WH가 번개처럼 방향을 바꾸어 달려와서 그것을 줍자 바로 홀리즈 FW가 공격을 걸어 쓰러뜨렸다. 하지만 등 번호 3번은 쓰러짐과 동시에 공을 전방으로 굴렸고 라스칼즈 등 번호 4번 FW가 몸으로 그 공을 덮쳤다.

등 번호 4번은 쓰러진 채 마치 벌레를 쫓는 듯한 동작으로 한 팔로 공을 띄웠다. 라스칼즈가 펼치는 일련의 플레이는 홀리즈의 압박 수비에 대응해 그 자리에서 즉흥적으로 나오는 것 같았다. 도저히 전술에 따르는 움직임으로는 보이지 않았다. 이미 라스칼즈는 공격의 최종 국면을 맞이했다. WH와 FW 들이 꽃잎 바깥으로 밀려나거나 경기장에서 깔려 죽음을 선고받았기 때문에, 남아 있는 선수는 스토백을 포함하여 네 명이었다. '109초 경과, 39점 득점'이라는 입체 영상 표시가 뜨자, 앞으로 남은 십 초로는 득점이 불가능하리라는 실망의 한숨이 스타디움에 가득했다. 그러나 그때, NORTH와 EAST 전선에서 훌쩍 뛰어든 스토백이 그대로 경기장을 박차고 뒤로 쓰러질 듯한 자세를 취하는가 싶더니, 공중제비를 돌듯이 몸을 회전하여 물구나무서기 자세에서 발끝으로 공중의 공을 건드려 HQ 쪽으로 붕 띄웠다. 어떤 동물도 새도 곤충도 닮지 않은 그 춤추는 듯한 움직임이 너무나도 아름다워서, 나는 시선을 빼앗기고 감정이 흔들렸다. 몸 어딘가에 불이라도 붙은 것 같았다. 정신을 차리고 보니 나는 목청껏 소리를 지르고 있었다.

등 번호 5번이 허공에 뜬 공을 향해 달려들자 홀리즈의 키맨이 소리쳤다. 그 녀석은 속임수야! 하지만 공중제비를 돈 후 NORTH의 네 번째 외딴섬에 착지한 스토백은 홀리즈의 공격수보다 더 빨리 공을 쫓아가서 어깨로 받아, 그대로 가슴으로 올리더니 HQ로 달려들었다. '114초 경과, 60점 득점'이라는 표시 뒤에 'survival', 생환이라는 입체 영상 문자가 경기장 가득 떠올랐다. 라스칼즈는 첫 번째 공격에서 득점을 올렸다. WEST와 SOUTH와 NORTH를 메운 관객들이 일제히 일어나 펄쩍펄쩍 뛰고 있어서 스타디움 전체가 흔들렸다. 흔들림에 심장 고동까지 더해져 나는 또다시 소리를 지를 뻔했다. 하지만 야가라라는 사람과 젊은 남자와의 교섭을 걱정스럽게 바라보고 있는 앤이 눈에 들어와, 그대로 소리를 삼켰다.

　저 남자는 물리지폐<sup>物理紙幣</sup>을 받지 않아. 앤이 내게 그렇게 말했지만 무슨 말인지 알아들을 수 없었다. 경기장에서는 스토백이 관중에게 손을 흔들고, 퇴장한 양 팀 부상자를 대신할 교체 선수가 꽃잎 주위에 모이고 있었다. 야가라라는 사람이 연신 말을 걸었지만 옆에 앉은 젊은 남자는 고개를 저을 뿐이었다. 젊은 남자가 고즈미라는 사람을 위한 니트로글리세린 제제 값은 전자화폐가 아니면 안 된다고 하는 것 같았다. 은행도 없고 개인 계좌도 허락되지 않는 섬에는 전자화폐가 존재하지 않기 때문에 어떤 것인지 상상이 되지 않았다. 앤이 ID 인증과 은행 계좌가 연결된 신용거래라고 가르쳐주었다. 반란이민 후손들은 ID가 없어서 공적으로 전자화폐를 사용할 수 없다. 그런 건 거래 상대인 젊은 남자도 알고 있으면서 약값을 더 올리려는 거라고 앤이 말해주었다. 앤은 또 오야마라는 팍스의 하급 간부가 지시한 액수보다 훨씬 많은 돈을 지불해야만 약을 손에 넣을 수 있을 거라고 슬픈 표정으로 말했다. 야가라라는 사람은 여분의 현금을 갖고 있지 않았다. 젊은 남자는 둥그스름하고 굵은 어깨에 풀색 작업복을 입고 유선형 렌즈의 안경을 끼었는데, 긴 머리를 마치 여자처럼 쓸어 넘겼다. 아주 오래된 디자인의 안경이었다.


## 2


뭔가 경기장 안에서 반짝거린 것 같았다. 라스칼즈의 키맨 스토백이 높이 차올린 공의 바늘땀이 조명에 반사되어 빛날 때와 비슷했다. 누가 소형 카메라의 플래시를 터트렸나 싶기도 했지만, 카메라는 반입이 금지되었다. 스타디움은 경기장의 꽃잎과 그 주위만 밝았다. 빛이 보였다면 그 바깥쪽의 어두컴컴한 부분일 텐데, 아무리 둘러보아도 광원은 어디에도 없었다. 빛의 잔상이 눈두덩에서 몇 번 깜박거렸다. 어떤 감각이 밀려오는 것을 느꼈다. 뭔가를 찾던 중에 다른 것을 우연히 발견했을 때처럼 놀라움과 기쁨, 거기에 희미한 불안과 갈등이 섞인 감각이 생겨났다. 메모리악이 뇌에 작용할 때 같은 독특한 감각이었다. 메모리악에서 뇌로 보낸 자극이 감각기와 의식에 피드백되어 어리둥절함과 기쁨과 기대와 희미한 불안이 섞인 감각이 생겨난 것이다. 시합의 흥분을 고조시키기 위해 메모리약을 작동한 걸까? 뾰족한 바늘로 살을 찌르듯이 전자파가 뇌를 자극하는 게 느껴졌다. 섬의 강 후미 영상이 끊어졌다 이어졌다 하며 떠올랐다. 섬 주위는 콘크리트 제방으로 둘러싸여 있는데, 생태계를 지킨다는 이유로 두 곳만은 모래와 바위로 후미를 만들어놓았다.

앤이 내 손을 잡았다. 앤의 손은 땀으로 축축했다. 강 후미의 기억이 끊어질 것 같았다. 강 후미에는 아이들이 모여 놀고 그 주위 바위밭에는 무수한 갯강구가 있었다. 메모리약으로 관중의 감정을 탐지하고 집계하여 다음 공격에 등장할 선수를 정하는 거라고 앤이 말해주었다. 메모리약의 자극은 약했다. 후미의 영상이 자꾸 끊겼다. 현실의 풍경도 사라지지 않았다. 자극이 약해서 기억 재생이 끊어지는 것은 감정과 의식을 환기시키는 메모리약 본래의 기능과 다른 목적에 쓰이는 때문일 것이다. 스타디움에 설치된 메모리약은 기억을 재생시키려는 것이 아니라 관중의 감정을 집계하여 라스칼즈의 다음 공격에 출장할 선수를 결정하기 위한 것이라고 했으니까. 관중의 기호를 검색하여 데이터화하고 편집하여 출장선수 선정에 반영하는 것이다. 스포트라이트가 경기장 안을 이동하여 가로로 정렬한 서른 명가량의 선수 중에서 각각 네명씩 WH와 FW를 고르게 되어 있다. 나는 어떤 선수가 있는지 모르니 내 감정이 수집될 일은 없었다. 그냥 약한 자극에 따라 끊어졌다 이어졌다 하면서 기억이 재생되고 있을 뿐이었다.

뇌 어딘가에 장기 보존된 기억 하나하나를 핀포인트로 알아낼 수 있는 것은 아니라고 아버지에게 들었다. 다만 검색은 할 수 있다. 검색한 방대한 신경세포가 데이터로 정리되고, 뇌의 기억 부위를 어느 정도 특정할 수 있게 되었을 때 메모리약의 제품화가 이루어졌다. 이 메모리약을 약해. 나는 앤의 귓가에 속삭였다. 앤이 고개를 끄덕였다. 강 후미의 기억이 현실을 지우지도 않고 드문드문 이어졌다. 갯강구가 일제히 이동하자 아이들이 소리를 지르며 손에 든 돌로 짓이기려고 했다. 그리운 풍경이었다.

3

아나? 멀리서 느닷없이 남자의 목소리가 들려와 누가 말을 거는가 하고 주위를 둘러보았다. 야가라라는 사람은 줄곧 안경을 낀 젊은 남자와 교섭하고 있었다. 아나? 그 소리가 되풀이되었다. 나는 네가 만나러 올 거란 연락을, 네가 아버지라고 생각하는 남자에게 받았지만, 내가 지시한 것이니 당연히 알고 있었다. 나는 완전한 접근권을 갖고 있어서 섬을 나간 뒤 줄곧 영상과 소리로 너를 쫓고 있었는데, 네가 쿠치추인 연상의 친구와 뾰족하게 세운 머리카락의 여자와 함께 재색 차를 탄 뒤로 놓쳐버렸다. 팍스 제한구역 감시 장치에서 네 영상을 발견했을 때는 정말 기뻤다. 실제로 만난 적은 없지만 나는 네 이름도 알고, 그 이름이 아키라라는 것도 알고, 내 친구인 여자와 너의 성적 행위를 영상으로 본 적도 있다. 그 성적 행위는 내게 지옥이기도 했고 오랜만의 쾌락이기도 했다.

너는 내 유일한 희망이고 또 희망의 반대 개념을 몸으로 상징하면서도 생명 기능을 아직 유지하고 있는 단 한 명의 사람이다. 나는 팍스 자포니카의 메모리악을 통해 네게 말을 걸고 있지만 네가 제대로 듣고 있으리라는 걸 안다. 그 외에도 내게는 여러 가지 지식이 있는데, 내가 이야기하는 것들이 너로서는 기묘할 것이다. 그건 내가 다른 말을 알고 다양한 표현도 알기 때문이지만, 네가 존댓말을 습득할 수 있도록 다방면으로 지시를 내려 네가 아버지라고 생각하는 남자를 섬에서 유일하게 데이터에 접근할 수 있게 만든 사람이 나라는 것, 그것만이라도 알아주면 좋겠다. 이 통신은 네가 지금 있는 곳 팍스 자포니카의 메모리악이 작동하는 동안만 네게 전달된다. 그러니 그동안 되도록 많은 정보를 주겠지만, 너를 잃은 뒤 처음으로 네게 말을 거는 터라 내가 흥분해서, 또 너무 많은 정보를 갖고 있어서 두서가 없더라도 이해해주기 바란다.

나는 섬에 있던 구식 메모리악으로 네가 유아 때 네 무의식에 지식을 심었는데, 너는 자각이 없을 것이다. 그러나 너는 나의 작품이다. 그리고 작품이라는 것은 혁신적이면 혁신적일수록 처음에는 아름다움과 거리를 두어 금기의 범주에 멈춰 있는 법이지. 경비나 감시, 공격 로봇 그리고 감시 장치만 있으면 너를 추적할 수 있지만, 놓쳐버린 후 줄곧 모든 단말기에 검색을 걸어두었다가 팍스 거리에서 너를 발견했을 때는 기쁨이 한층 컸다. 팍스 놈들은 비즈니스에는 뛰어나지만 정치에 둔해서 네가 팍스 자포니카까지 오도록 수배하는 것은 간단했다. 복잡한 정치 공작 따위 필요 없었지. 간단한 네트워크로 그 정도는 할 수 있으니까.

　나도 위성 영상으로 그 팍스 자포니카 경기를 같이 보면서 메모리악이 작동하는 동안에 이렇게 약 오천 단어에서 만 단어의 신호를 네게 보낼 생각인데, 하고 싶은 말을 모두 전할 수 있을지 어떨지는 모르겠다. 너로서는 이해할 수 없는 일이 많겠지만 내가 하는 말을 들어야만 한다. 왜? 이것은 중요한 일이니까. 거듭 말하는데 네가 유일한 희망이고, 또 유일하게 희망과는 반대의 개념을 나타내는 언어의 산 상징이며, 동시에 그것을 체현할 아마도 단 한 명의 살아 있는 사람이기 때문이다. 네 친구가 된 반란이민의 후손인 듯한 남자를 보고, 다음으로 그 옆에 있는 팍스 직원이 소개한 남자를 봐라. 그 땅딸막한 남자가 뾰족하게 머리카락을 세운 아가씨와의 성적 행위를 요구한 것은 알 것이다. 물론 공공장소에서 성적 행위를 할 수 없으니 땅딸막한 남자는 뾰족 머리 여자의 손을 먼저 잡으려고 할 것이다. 나는 그런 것들을 예측하는 게 아니다. 연출하고 있는 것도 아니다. 알고 있는 것이다. 땅딸막한 남자는 내 시나리오에 따라 팍스 자포니카에 있지만 그 자신은 그런 줄을 모르고, 나 역시 그자가 니트로글리세린 제제의 값을 올려 성욕을 채우려고 할 줄은 생각지 못했다. 모순이다. 그러나 모순된 현상에는 항상 진실이 숨어 있지.

　네가 나를 알아주었으면 하는 바람이 있지만 나중으로 미루자. 더 중요한 것이 많다. 아, 내 나이만큼은 알아야 한다. 백일흔여섯 살이다. 나는 이십 세기 중반에 간토 지방의 바닷가 마을에서 태어났다. 그래서 전세기에 발견된 생물학적, 유전학적, 뇌 신경학적 지식을 갖고 있고, 그 은혜와 징벌을 모두 누렸다. 나는 일본과 캐나다의 대학에서 정신의학을 공부한 뒤 문학과 철학을 독학하고, 어느 때부터 정치계에 몸을 던져 국가적 규범을 만드는 작업을 담당했다. 그리고 그 공적을 인정받아 비교적 조기에 SW 유전자를 주입받는 영광을 누렸다. 물론 그런 것은 영광이 아니라 뚝뚝 떨어지는 염소 똥에 지나지 않지만, 당시의 내게는 전략이 있었다. 국가는 위험한 길을 걸어가고 있었다. 가치관의 고정화와 정신적 폐쇄가 심해지고, 세련미를 꽃피우는 대가로 경제가 위축되면서 국가적 희망이 사라지고, 중앙정부도 지방자치단체도 재정 위기에 빠졌다. 그와 동시에 미국 경제의 쇠퇴를 계기로 세계적인 경제공황이 불어닥친 가운데 엔화의 신뢰마저 흔들리면서 외환 보유고가 급격히 줄어들고 수입 식품과 연료가 부족해지자, 당시 정부는 국제적인 안전보장과 국내 치안

유지를 위해 경찰국가로 향해 가는 법을 잇따라 만들었다. 이제 별로 시간이 없다. 이제 곧 메모리악은 꺼질 것이다.

　나는 사람의 공격성과 성욕에 대해 줄곧 생각했다. 당시 이 나라에서는 성인 남자의 성범죄가 급증하고 이민이 급증함과 함께 사회불안이 고조되었다. 한 남자의 이야기를 하마. 그 남자는 감각기와 몸의 일부 기능에 약간 장애가 있어 사회적 약자로서 국가로부터 보호를 받았지만, 거주하는 지역의 쇼핑몰에서는 변태로 유명한 존재였다. 나이는 이십 대 후반으로 사건이 발각됐을 때는 서른 살이었는데, 처음에는 쇼핑몰 여성용 속옷 매장에 나타나 여자 친구에게 선물하기 위해서라며 적당한 속옷을 골라달라고 담당 판매원에게 의뢰했다. 여성용 속옷을 들고 그것이 어떤 속옷인지 설명해달라고 하고 색이나 재질은 물론 그 속옷이 어느 정도 살을 가리는지 등등 구체적으로 알고 싶어 했다. 그 남자는 두 시간이고 세 시간이고 속옷에 대한 설명을 요구하고, 설명을 듣는 동안 쾌감을 노골적으로 드러냈다고 한다. 한참 뒤에는 사실 여성용 속옷은 선물이 아니라 자기가 입을 거라고 고백했지만, 여성용 속옷을 남자가 착용하면 안 된다는 법률은 당시에도 없었고 묘하게 지금도 없기 때문에, 또한 판매원들은 손님이 왕이라는 획일적인 지도밖에 받지 않았기 때문에, 그 남자가 어울리는지 어떤지 가르쳐달라며 시착실에서 이런저런 여성용 속옷을 입어보고 품평을 요구하는 것을 거부하지 못했다.

  남자는 매장 안에 장애물이 많아서 걷기가 힘들다며 판매원들에게 양옆을 부축해달라고까지 요구했다. 두 명의 판매원과 신체를 접촉한 채 걸으면서 가게를 나올 때까지 남녀를 불문하고 판매원의 아랫배와 엉덩이 그리고 노출된 팔 등을 계속 만졌다. 언제나 그 역할을 맡았던 것은 최연소 여자 판매원이 있었는데, 이 여자는 어느 날 그 젊은 변태의 뒤를 밟아 행동을 감시하여 상사나 동료에게 보고하기로 마음먹었다. 이상 범죄를 발각한 것은 그때였다. 중간층 주택에 살고 있었던 그 남자는 쇼핑몰에서와 같은 방법으로 근처를 걷던 여자에게 길 안내를 부탁하여, 자택에 데리고 가서 심한 성적 고문을 가한 뒤 살해하여 사체를 토막토막 잘라 손가락, 귀, 코, 성기 등 특정 부위나 기관을 알코올에 담가서 유리병에 보관하고 있었다. 여자 판매원은 남자가 안내를 부탁한 아래층 여자에게 집에 맛있는 초콜릿이 있는데 감사의 뜻으로 당신한테 주고 싶다며 데리고 가는 것을 목격했다. 그 뒤 그 여자가 행방불명된 것을 보도를 통해 알게 되어 동료와 상사에게 상담한 끝에 경찰에 신고했고, 경찰은 남자의 자택을 수색하여 열네 구의 토막 낸 여자와 아이의 사체를 지하실에서 발견하였다. 체포 후 뇌자계腦磁界로 남자의 뇌 신경세포 활동을 조사했지만 편도체와 전두엽의 차단은 보이지 않았다. 요컨대 그 남자는 뇌 기능이나 대사에는 이상이 없었다.

그 남자는 텔로미어를 절단당하고 처형되었는데, 통계적으로 그자와 비슷한 범죄자가 전세기 말부터 급증하기 시작하여 많은 유아와 어린이가 희생되었다. 나는 아이에 대한 폭력과 성욕을 이해한다. 하지만 그런 경향을 용서할 수는 없으며 실제로도 처벌해왔다. 너에게 하는 실험은 그런 내 의문에 어울리는 회답을 갖다 줄 것이다. 내 사고가 잘못됐거나 네가 내가 생각하는 사람이 아니라면 우리 둘 다에게 죽음이 찾아올 것이다. 사람에게는 근본적인 모순이 있다. 지금 너로서는 이해하지 못할 문제겠지만, 나는 이 사실을 네 정신에 새겨놓아야 한다. 우리 사람은 두 가지 중요한 점에서 동물과 다르다. 하나는 불분명한 발정기이고 다른 하나는 장기간의 미성숙기이다. 이것들은 각각 강한 번식력과 언어 및 사회성을 배우는 시간을 얻기 위한 진화의 압력에서 나타났고, 그 대가로 얻은 것이 사회화다. 사람이 언어를 중심으로 한 복잡한 문화를 탄생시키기 위해서는 발정기 상실과 장기간의 미성숙기라는 희생을 치러야 했는데, 그것을 보완하기 위한 방법이 사회화였다는 이야기다. 사회화 과정은 주로 언어를 통해 일어났다. 사람은 성적 상상 및 행위를 제어할 필요가 있었고, 그러기 위해 정신 발달에 맞는 금기 목록을 작성하고 종교나 도덕 등을 이용하여 성적 상상이나 도착倒錯적 행동을 금지하는 장치를 고안했지만, 사회의 성숙 정도가 포화 상태에 이르렀을 때 그 시스템 자체에 제도적 피로가 생겨난 것을 몰랐다.

시간이 얼마 안 남았다. 앞으로 몇십 초 정도다. 메모리악이 꺼지고 잠시 후면 나의 신호는 네 의식 아래로 미끄러져 들어갈 것이다. 너는 그 데이터를 검색하거나 편집하거나 치환할 수 없지만, 데이터 자체가 갑자기 네 의식을 사로잡는 것은 가능하다. 어쨌든 좀 더 이야기를 해두어야겠다. 너는 갈등을 알게 되고 괴로워할 것이다. 네 무의식에는 다른 모든 사람들과 마찬가지로 공격성과 이상성욕이 잠들어 있다. 너는 그 정동靜動의 노예가 되어서도 안 되고 주인이 되어서도 안 된다. 머리카락을 뾰족하게 세운 여자가 옆자리 젊은 남자에게 성폭력을 당할 것이다. 너는 반응하겠지. 너는 먼저 여자가 성적으로 치욕 당하는 것을 보고 흥분하고, 남자를 공격하여 남자가 상처 입는 걸 보고 흥분할 것이다.

그것들을 해석해서는 안 된다. 모든 것에서부터 도망쳐야 할 것이다. 이 멋지고 굴욕으로 가득한 세계를 여행하라. 그리고 살아남아서 반드시 내게로 와야 한다.

## 스타디움 그 3

### 1

지금 내가 보고 있는 광경을 알겠나? 나는 우주 속의 완전히 밀폐된 방에서 지구의 새벽을 보고 있는데, 네게 꼭 보여주고 싶다. 너는 여기까지 올 수 있을까? 여기까지 올 수 있을 리 없다는 생각과 꼭 와주었으면 좋겠다는 생각이 내게는 낮과 밤이 완전히 분리된 지구의 새벽 모습이 눈앞에 포개진 것처럼 느껴진다. 내게는 그렇게 느껴진다. 느껴진다. 누군가의 목소리가 들리지만 점점 멀어져간다. 무슨 광경을 보여주고 싶다는 말 같았는데, 누구에게 보여주고 싶은 건지 모르겠다. 누가 말을 걸고 있는지도 모르겠다. 환호성이 터지고 여덟 명의 멤버가 결정되어 라스칼즈의 이 회전 공격이 시작되려고 했다. 키맨인 스토백만 그대로 남았다. 그의 유니폼은 경기장에 쓰러졌을 때 묻은 풀로 더러워졌지만, 그는 그것을 몹시 자랑스러워하는 것처럼 보였다.

왼쪽 어깨가 앤에게 닿았다. 앤이 일어서려고 하니 야가라라는 사람이 말렸다. 앤의 표정이 바뀌었다. 야가라라는 사람과 앤이 몸을 앞으로 구부린 채 이야기를 했다. 야가라라는 사람과 앤 사이에 마치 두 사람의 틈에서 자라난 식물처럼 앉은 안경 낀 젊은 남자가 긴 머리를 연신 쓸어 넘겼다. 유선형 안경이 빛을 반사하여 각도에 따라 스펙트럼처럼 색이 바뀌었다. 젊은 남자는 살이 쪄서 불룩한 뺨 언저리가 부풀어 올라, 일곱 가지 색으로 변하는 좁고 긴 모니터가 얼굴 복판에 묻힌 것처럼 보였다. 스타디움이 더운 건 아닌데 젊은 남자는 이마에 땀을 흘리고 있어서 불룩한 뺨 윗부분 살에 고였던 땀이 단번에 턱까지 흘러내렸다. 잠시 이쪽이 보지 않는 편가 좋아. 앤이 이상한 표정으로 말했다. 앤의 그런 표정은 처음이었다. 불안해하는 것 같기도 하고 놀란 것 같기도 했다. 야가라라는 사람이 그 제한구역 내의 석조 건물에서와 같은 눈을 한 채 고개를 숙였다. 야가라라는 사람은 굴욕을 느끼고 있었다. 젊은 남자가 등을 동그랗게 말고 뭔가를 주우려는 듯이 손을 아래로 뻗쳐 앤의 발목을 자기 쪽으로 가져갔다. 그리고 가죽 구두에 싸인 앤의 발을 자기 허벅지 위에 올렸다.

    라스칼즈의 이 회째 공격이 시작되어 관중석의 조명이 꺼지고 주위가 어두컴컴해지자 앤의 발이 잘 보이지 않았다. 앤은 오른발을 젊은 남자의 허벅지에 올려놓았다. 앤의 구두는 검정과 재색 가죽을 번갈아 짠 짧은 부츠였다. 발등 부분에 끈이 지나가는 구멍이 양쪽으로 여러 개씩 뚫려 있었는데, 젊은 남자는 그 부분을 만졌다. 경기장에서는 스토백이 공을 차올려 양 팀 선수들이 꽃잎을 따라 복잡하게 움직이기 시작했다. 꽃에 몰려들어 꿀을 모으려는 벌레 같았다. 섬의 교정 시설에서 아이들과 근처 공원 화단에 심었던 보라색 꽃과 그곳에 모인 벌레를 관찰한 생각이 났다. 벌레는 까칠까칠한 다리로 얇은 꽃을 잡고 꽃잎 안쪽으로 들어가려고 했다. 앤이 내지르는 소리가 들렸다. 스토백이 삼십 미터 가깝게 점프하여 환호성이 터졌지만, 앤은 내 쪽으로 얼굴을 돌리고 소리를 질렀기 때문에 잘 들렸다. 라스칼즈의 15번 WH가 HQ 근처의 외딴섬으로 달려가려다 상대 FW의 수비로 쓰러졌다. 조명이 비치는 꽃잎 테두리에 두 마리의 벌레가 기어가는 것 같았다.

# 2

섬의 공원 화단에 있는 보라색 꽃에 모인 벌레들은 얇은 꽃잎 테두리를 따라 기어 다니다가 안쪽으로 들어갔다. 포개진 여러 겹의 꽃잎을 들추는 것처럼 보이기도 했다. 앤이 또 소리를 질렀다. 어두컴컴한 조명 속에서 젊은 남자가 앤의 구두를 벗기려 하고 있음을 알았다. 짧은 부츠 끈이 풀렸다. 뒤틀린 앤의 어깨 너머로 젊은 남자의 얼굴이 보였다 가려졌다 했다. 나는 희미하게 떨리는 앤의 어깨와 야가라라는 사람의 옆얼굴과 젊은 남자가 내밀고 있는 혀를 번갈아 보면서 보라색 꽃잎에 무리 지어 있던 벌레를 떠올렸다. 숨쉬기가 괴로워서 새하얗게 떠오른 경기장의 꽃잎으로 시선을 옮겼다. 그러면서 나 자신의 내부에서 막이 벗겨지는 듯한 감각을 맛보았다. 그 화단의 보라색 꽃잎이 벌레들에게 들춰지는 것을 보았을 때처럼 광택이 나는 스타킹을 찢으려고 하는 젊은 남자의 손톱을 보았다. 남자는 왼손으로 앤의 발을 잡고 오른손 엄지손톱으로 스타킹을 찢었다. 콩깍지가 벌어지고 솜털에 싸인 예쁜 콩들이 나란히 나타나듯이 앤의 발가락이 드러나고, 젊은 남자는 거기에 입을 가까이 가져갔다. 남자가 발을 더 높이 치켜들자 앤은 내게도 기대듯이 하여 몸을 지탱했다. 젊은 남자의 타액이 앤의 발가락에 흐르는 것이 보였다.

경기장에서 스토백이 머리 바로 위로 점프하여 정점에 달했다가 떨어지는 공을 어깨로 받으려는 참이어서 스타디움에는 환호성이 소용돌이쳤고, 젊은 남자가 스타킹에서 노출된 앤의 발을 입에 물고 있는 것을 눈치챈 사람은 아무도 없었다. 야가라라는 사람은 여전히 고개를 숙인 채였다. 스토백이 내려오면서 공을 오른쪽 어깨로 가볍게 팅기고는 그대로 후방으로 돌면서 더욱 높이 차올렸다. 거대한 잡음 같은 환호성 틈으로 앤의 목소리가 내 귀에 닿았다. 경기장의 꽃잎을 따라 외딴섬으로 달려드는 양 팀 선수들이 벌레를 연상시키고, 벌레의 까칠까칠한 다리로 들춰진 보라색 꽃잎이 되살아나더니 머리에 그려진 꽃잎 중심에서 문득 사츠키라는 여자의 얼굴과 몸과 목소리가 떠올랐다.

3

사츠키라는 여자와의 성적 행위를 감추고 싶던 의식의 막 같은 것이 젊은 남자의 손톱에 찢기는 앤의 스타킹과 비슷한 느낌으로 찢어졌다. 메모리악의 기억 환기와는 달랐다. 신경 세포가 자극받는 것이 아니라 뇌 속에 묻혀 막으로 덮여 있던 기억이 걸쭉한 덩어리가 되어 녹아내리는 것 같은 감각이었다. 사츠키라는 여자의 방은 노인시설 안의 개인용 주거로 구석에 지붕이 달린 침대가 있고, 거대한 영상 모니터와 책장과 대리석 테이블과 가죽과 캔버스지와 통나무로 짠 현대적 디자인의 의자와 소파가 있고, 중앙에는 좁고 기다란 인공 연못이 있었다. 수로 같은 연못에는 수초가 떠 있고, 내부에도 조명이 있어 온몸이 분홍색이고 큰 비늘로 덮인 남미 관상어와 수서 파충류가 보였다. 사츠키라는 여자의 몸은 피부가 얇아서 바늘로 찌르면 터질 것 같았다. 나는 강제로 큰 화면 모니터에 되풀이해 흐르는 영상을 보면서 사츠키라는 여자의 몸 일부를 항상 입에 물고 있도록 명령받았다. 그것은 유방일 때도 있고 성기 일부일 때도 있고, 귀나 입술이나 혀나 발가락일 때도 있었다. 방 한쪽 벽 전체를 차지하는 모니터에는 세 개로 나뉜 화면에서 관객을 앞에 두고 고기를 먹은 뒤에 옷을 벗는 여자의 영상이 각각 반복해서 흘렀다.

사츠키라는 여자는 웃으면 안 된다고 몇십 번이나 내게 명령했다. 나는 한 번도 웃지 않았는데, 웃음은 진지함을 빼앗는 것이라고 몇십 번이나 같은 말을 하면서 사츠키라는 여자는 별나게 매끄러운 피부로 압박했다. 화상 흉터 같은 피부라고 생각했다. 모공이 없었다. 침대에는 나 외에도 두 명의 남자아이가 나처럼 알몸으로 있었다. 둘 다 고무벨트로 고정된 채 발기되는 약과 감각을 혼란시키고 흥분시키는 약을 맞았다. 사츠키라는 여자는 앞으로 열두 시간에 걸쳐 남자아이 둘을 사정시키고 그들이 태어나서 처음으로 배출하는 정액을 한 방울도 남김없이 먹거나 몸에 바를 거라고 기쁜 듯이 귓가에 속삭였다. 사츠키라는 여자는 성적 행위에 가장 어울리는 음악을 직접 골라서 화면과 침대의 상황에 맞게 편집했다. 아주 예쁘고 절실한 느낌이 드는 곡이어서 누구 작곡입니까, 물었다. 십팔 세기 이탈리아 음악가가 만든 아다지오. 사츠키라는 여자는 그렇게 대답하고, 감정이 흘러넘쳐 진심으로 눈물을 자아내게 한다며 정말로 눈물을 흘렸다.

저 여자는 웃지 못하도록 재갈을 물렸어. 사츠키라는 여자는 아홉 살짜리 남자아이의 매끈매끈하고 새하얀 성기와 고환 주머니를 핥으면서 말했다. 한가운데 모니터 화면에 나오는 여자 이야기였다. 여자는 치과 의사가 사용하는 확장기로 입이 크게 네모나게 벌려진 채 무대 같은 대리석 위에 서 있고, 그 앞의 인공 연못 주위에는 십여 명의 남녀 관객이 기다란 잔에다 발포성 술을 마시고 있었다. 사츠키라는 여자는 자기도 발포성 술을 마시고 냄새가 독한 담배를 연신 피워대면서 재갈 문 여자가 비치는 모니터 화면을 가리키며 말했다. 저 여자는 많은 사람에게 볼거리가 되어 부끄럽다는 개념을 배우는 거야. 화면 속 십여 명의 남녀 중에는 지금보다 젊은 시절의 사츠키라는 여자의 모습도 있었다. 여자가 서 있는 대리석 테이블에 어떤 특징이 있고 연못도 있는 것으로 보아 화면의 방이 사츠키라는 여자의 개인용 주거란 것을 알았다. 저건 사십 년도 전의 영상이야. 나 이외의 관객은 조작한 입체 영상이지. 그것도 내가 만든 영상이야. 사츠키라는 여자가 발포성 술을 내게 먹이면서 말했다.

<br>

## 4

그런데 사실은 전부 만든 거야. 실제 영상은 전 세계 어디를 뒤져도 없지. 그렇다고 해서 화면에 비친 사람들이 현실성이 없는 건 아냐. 사츠키라는 여자는 그런 말을 했다. 훨씬 이전 사회에는 무지가 횡행하여 공공 텔레비전 방송에서도 사람이 음식을 먹는 모습을 당연한 듯이 영상으로 내보냈다고 이야기해주었다. 지금은 공공 식당 이외의 장소에서 음식 먹는 모습을 타인에게 보여주는 것은 가장 수치스러운 일 중 하나란 걸 누구나 알지. 지금부터 저 여자는 볼거리가 되어 음식 먹는 것을 타인에게 보여줘야 해. 사츠키라는 여자가 그렇게 말하자, 정장을 한 연배의 남자가 타원형 쟁반을 들고 대리석 테이블에 올라가 여자의 재갈을 풀었다. 정장을 한 남자는 여자를 의자에 앉히고 눈앞 테이블에 타원형 쟁반을 올렸다. 쟁반에는 구운 닭고기로 생각되는 것이 접시에 담겨 있었고, 그것을 먹으라는 명령이 떨어졌다. 여자가 입에 가져가기를 주저하자 정장한 남자는 욕을 했다. 소리가 윙윙거려 또렷이 알아듣진 못했지만 욕을 하는 건 틀림없었다. 여자가 주어진 연필 크기의 끝이 뾰족한 금속 꼬치로 고기를 찌르려고 했다. 정장한 남자는 턱을 들고 얼굴이 잘 보이는 자세를 하라고 요구했다.

　반세기 전의 영상으로, 허리가 가늘어 보이는 갈색 스커트와 짙은 감색 셔츠와 베이지색 재킷이라는 촌스러운 의상이었지만 얼굴 생김이나 화장은 보통인 여자였다. 아시아나 중동에서 온 이민은 아니고 그 후손도 아니었다. 여자가 떨리는 손으로 금속 꼬치에 고기를 찔러 입으로 가져갔다. 오랫동안 재갈을 물고 있었던 탓인지 입가에 침이 흘러 턱 쪽으로 흘러내렸다. 입술이 말려 올라가고, 위아래 이가 드러나고, 혀에 다갈색 고기를 올린 여자는 아래턱을 당겨 입안에 고기를 넣기 위한 공간을 벌렸다. 스커트에서 실을 당기듯이 침이 아래턱 끝에서 늘어지고, 온몸을 달달 떨고 있는 여자 자신도 그 침이 가는 막대기 모양이 되어 흔들리는 것을 알았을 것이다. 고기를 입에 넣기 전에 혀로 아랫입술을 핥고 거의 알아들을 수 없는 작은 목소리로 말했다. 내 입 주변의 고기가 녹는 걸 봐요. 주위 남녀가 그 말을 듣고 소리 내어 웃었다. 젤리 모양의 음식을 빨아 먹는 소리를 내며 남자아이의 성기를 입에 문 채 화면을 보고 있던 사츠키라는 여자도 하얗고 가느다란 채소 같은 성기에서 입을 떼고 즐거운 듯이 큰 소리로 웃어댔다. 침이 흐르고 입속에 사정한 정액이 흘러내렸다. 음식이나 음료를 입에서 흘릴 때는 꼭 저런 식으로, 입 언저리에 고기가 녹는 걸 보세요, 하고 슬픈 목소리로 호소해야 되지. 사츠키라는 여자는 내게 말했다.

　고기가 녹는다는 표현을 생각한 인물이 누군지 모르겠지만 입 주위가 더러워진 사람을 경멸하는 데는 맞춤한 말이어서 이렇게 정해진 대사로 남겨둔 거야. 봐라, 저 여자는 음식을 먹는 모습을 지금부터 모두에게 보여주게 돼. 사츠키라는 여자는 또 아홉 살짜리 남자아이의 성기를 빨면서, 내가 모니터를 제대로 보고 있는지 어떤지 확인하려고 했다. 고동색 고기가 여자의 아랫입술을 비비듯이 미끄러져 위아래 이 사이로 들어갔다. 생물이 생물의 고기를 자신의 살 틈으로 넣는 것을 봐. 사츠키라는 여자가 중얼거렸다. 화면 속의 여자는 기름기가 번들거리는 닭고기를 위아래 앞니로 씹으려고 했지만 껍질 부분만 벗겨졌다. 그것은 오돌토돌한 돌기가 있는 조그맣고 일그러진 모양의 갈색 피부 같았다. 여자는 혀와 입술로 닭 껍질을 입속에 넣었다. 몸의 피부가 벗겨져가는 모습을 거꾸로 돌린 영상처럼 보인다고 했더니, 사츠키라는 여자가 기뻐하며 말했다. 너는 역시 다른 아이들하고는 다르구나. 그리고 나를 끌어당겨 머리카락 냄새를 맡았다. 다른 아이는 지푸라기 인형 같아서 처음으로 정액을 쌌다는 것 말고는 아무런 매력도 없어. 사츠키라는 여자는 그런 말을 되풀이해서 중얼거리고는, 그것이 나를 죽이지 않는 이유라고 속삭이며 모니터로 시선을 돌렸다.

　화면 속의 여자는 닭 껍질을 어금니 쪽으로 밀어 넣은 뒤, 입술을 오므리고 위아래 각각 네 개의 앞니로 고기를 뜯었다. 네모난 여자의 앞니 네 개가 고기에 파고들더니, 이윽고 치열과 같은 곡선의 단면이 드러나고 고기가 입술에서 떨어져 나갔다. 네 개의 앞니 틈에 걸린 고기의 섬유가 마치 잇몸에서 자란 부드러운 가시나 촉수처럼 흔들렸다. 여자는 혀를 이용해 치아 틈에서 고기 섬유를 제거하고 좌우 어금니 교대로 고기를 씹었다. 걸쭉한 유동물이 되어가는 고기 사이로 피부가 비치는 것 같은 느낌이 들었다. 여자는 계속해서 턱을 움직였다. 사츠키라는 여자가 길게 기른 손톱으로 화면 속 여자의 턱을 가리키며, 사람의 턱은 옛날 화석연료 기관의 크랭크처럼 작동 부분이 두 군데 있다고 설명해주었다. 이것은 나이프나 포크가 없던 원시시대의 흔적으로, 고깃덩어리를 입속에 넣기 위해 턱을 크게 벌리는 구조로 되어 있다고 했다. 여자의 목이 물결치고, 여자는 유동물을 씹으면서 다시금 금속꼬치로 찌른 넓적한 고기를 구강의 점막 안쪽에 넣고 입술 끝에 묻은 기름기를 혀로 닦아냈다.

여자는 입을 다문 채 씹고 있었지만 이따금 침에 섞여 유동물이 되어가는 반고체의 고기가 입술 틈으로 보였다. 세 입째에 금속 꼬치에서 고기가 빠져버려 고깃덩어리가 입에서 비어져 나왔다. 여자는 다시 꼬치에 고기를 꽂아서 먹으려고 했지만 잘되지 않았다. 입속에 어린아이 손바닥만 한 크기의 닭고기가 들어서, 여자는 입을 한껏 벌리고 모든 이를 사용해 몇 개의 조각으로 나누려고 했다. 왼쪽 앞니로 자른 나머지가 입에서 튀어나와 그대로 떨어질 것 같았는데, 여자는 혀를 내밀어 받아 입술 안으로 되돌려놓았다. 고기 양이 많아서 뺨이 불룩했다. 여자는 입을 다물지 못했다. 잘게 씹은 고기가 점막이나 잇몸에 달라붙기도 하고 떨어지기도 하면서 입속을 이동하는 것이 보였다. 일부만 씹어 삼킬 수는 없다. 전부를 유동물로 하지 않으면 목으로 넘어가지 않는다. 고깃덩어리를 자르고, 자른 조각에 침을 더해 잘게 섬유 상태로 다져서 혀로 앞니 안쪽으로 가져간 뒤 다른 조각을 어금니 쪽으로 밀어준다. 여자는 양쪽 어금니를 사용했다. 섬유 상태의 고기가 몇 번이나 입에서 쏟아질 뻔했다. 정장을 한 남자가 물이 든 잔을 여자에게 건넸다. 잔이 여자의 아랫입술에 닿았다. 잔이 기울고 물이 반고형의 고기를 목으로 넘겼다. 여자가 입술에서 떼어낸 잔은 유동물의 기름기로 지저분했다. 테이블이 옆으로 치워지고, 정장을 한 남자가 재갈을 가리키자 여자는 일어서서 턱을 크게 벌렸다. 치아 사이에 낀 고기 찌꺼기를 보이며 입술이 일그러진 직사각형으로 벌려진 채 고정되었다. 직사각형이 된 구멍 안에 뾰족한 혀끝이 보였다. 여자가 고개를 숙이려고 하면 정장한 남자가 턱을 잡아 얼굴을 위로 쳐들었다. 여자가 구두를 벗었다. 스타킹은 신지 않았다. 애벌레 같은 발가락을 말이야, 하고 사츠키라는 여자가 화면에서 나오는 음성에 맞춰 똑같은 대사를 말했다. 여자가 양쪽 발을 포개며 발가락을 감추려고 해서 관객들의 웃음소리가 터졌다.

6

젊은 남자는 앤의 발가락을 계속 빨고 있었다. 화면 속 볼거리가 된 여자는 옷을 벗기 시작했다. 앤이 내 쪽을 돌아보며 말했다. 도와줘. 잔뜩 주름을 지은 미간, 콧등에는 땀이 송골송골하고 오른쪽 발끝은 젊은 남자의 입속에 숨어버렸다. 화면 속 여자는 재킷과 스커트를 벗어 옆 테이블 위에 놓은 뒤 속옷도 벗고 알몸이 되었다. 정장 남자가 채찍으로 그녀

등과 유방을 사정없이 때리기 시작했다. 여자는 재갈을 문 채 스스로 성적 행위를 관객에게 요구하지 않으면 안 된다. 몸을 비틀며 남자의 성기를 갖고 싶다고 말하려 하지만 재갈 때문에 소리가 되어 나오지 않았다. 나는 앤이 알몸이 되어 채찍을 맞고 스스로 성적 행위를 요구하는 모습을 상상하다가 정액 덩어리가 성기에서 분출할 것 같은 상태가 되었다. 나는 앤의 엉덩이를 채찍으로 때리고 성기를 삽입하고 싶은 동시에 젊은 남자를 죽이고 싶었다. 성욕과 살의는 같은 거라고 사츠키라는 여자가 아홉 살 남자아이의 정액을 손가락으로 찍어서 핥으며 말했다.

주위의 풍경이 의미를 잃고 그때까지 느껴본 적 없는 감정이 솟구쳐 올랐다. 심장과 성기에서 감정이 분출하여 뇌로 몰려 머릿속이 부어오른 것 같은 불안정한 상태였다. 그러나 불안하지도 불쾌하지도 않았다. 도와줘, 하는 앤의 말이 마음속에 울려 퍼졌다. 성욕과 공격성과 살의가 같은 것인지 어떤지 모르겠지만, 신경에 불을 붙인 것은 시선과 말이었다. 앤의 다리는 부자연스러운 형태로 뒤틀려서 그 끝이 젊은 남자의 입속에 들어가 있었다. 젊은 남자의 입 주위는 침으로 범벅이 되었다. 앤의 하얀 발을 먹고 있는 것처럼 보였다. 앤의 헐떡임과 젊은 남자의 거친 숨소리가 들렸다. 그러나 정말로 들리는 건지는 확실하지 않았다. 내 망상이 소리가 된 것뿐일지도 몰랐다. 스타디움은 환호에 싸였고 사방이 박수와 휘파람과 구호로 소용돌이치고 있어서 마치 소리의 벽처럼 느껴졌다. 그런 가운데 앤의 희미한 신음이 들리겠는가? 뭔가 돌이킬 수 없는 일이 일어났다. 아홉 살짜리 남자아이가 사정하기 직전의 얼굴을 보며 그렇게 생각했다. 그 사실을 사츠키라는 여자에게 말했더니 표현력이 좋다고 칭찬했다. 그 뒤에 나와 사츠키라는 여자는 교대로 성기를 접촉시켜 아랫도리를 연결했다. 나는 사츠키라는 여자에게 말했다. 저 남자아이는 자신이 죽는 것을 거울로 보고 있는 듯한 표정을 지었습니다. 안도감과 절망이 뒤섞인 표정이라고 생각했기 때문이다. 이따금 고개를 돌리는 듯한 몸짓을 하고 어느 순간에 실루엣이 되어버린 앤의 얼굴이 보였지만, 사정하기 직전의 남자아이와 같은 표정인지 어떤지는 알 수 없었다.

반사회성 인격 장애 범죄자는 스스로의 공격성을 자각하는 것 같다. 지난 몇 년 동안 천 명이 넘는 반사회성 인격 장애자가 텔로미어를 절단당했다. 나는 젊은 남자를 죽이는 상상을 하고, 상상하는 자신을 의식했다. 반사회성 인격 장애자는 타인의 마음을 이해하지만 동정은 하지 않는다. 섬사람들도 동정을 모른다. 동정하고 동정받는 것을 이해하지 못한다. 아버지의 데이터베이스에서 동정이란 말을 알았다. 그 의미도 아버지에게 몇 번 들었다. 타인의 슬픔과 괴로움을 자신의 것처럼 느끼고 가엾게 생각하는 것이다. 섬에는 그런 개념이 없다. 타인의 슬픔과 괴로움은 길게 가지 않는 오락이다. 자신의 슬픔과 괴로움을 보고 누군가 타인이 비슷한 생각을 품을 거라는 상상은 농담이고 오락이다. 부모 자식 사이여도 동정은 없다. 그런 것이 있다면 섬에서 살아갈 수 없다. 매우 풍부한 지식을 갖고 존경받는 본토 지식인 대부분이 섬사람은 전부 반사회성 인격 장애라고 지적했다고 한다. 나는 아버지가 처형당할 때 슬펐다. 그러나 동정인지 뭔지는 모르겠다. 반사회성 인격 장애자는 뇌에서 감정을 담당하는 부분과 판단과 사고를 담당하는 부분의 연결이 부족한 사람을 말한다.

마치 산불처럼 몸 여기저기의 신경이 발화하는 것을 느꼈다. 어디선가 달콤하고 코를 찌르는 불쾌한 냄새가 떠돌았다. 처음에는 누군가 당밀糖蜜이 든 봉식을 먹는가 생각했지만 아니었다. 당밀 냄새는 단순히 달기만 할 뿐 관자놀이가 마비될 듯한 불쾌감은 주지 않는다. 냄새는 내 몸에서 나는 것 같았다. 손가락 끝으로 여기저기를 문질러 냄새를 맡아보았다. 얼굴도 목도 아니고 겨드랑이에서 나는 냄새였다. 섬에 양과 소고기를 파인애플 과즙에 재워서 부드럽게 한 뒤 구워 먹는 관리관이 있었다. 여름에는 파인애플에 절인 고기가 썩었는데, 내 겨드랑이에서 나는 냄새가 그것과 똑같았다. 나는 셔츠 깃 사이로 오른손을 찔러 넣어 겨드랑이에 고인 땀을 슬쩍 닦았다. 코끝에 갖다 대니 고기가 썩는 듯한 냄새가 났다. 앤의 등 뒤로 가만히 돌아가서 젊은 남자의 얼굴 앞에 오른손 손가락을 들이밀었다. 내 손가락 바로 아래에 앤의 하얀 발이 있었다. 냄새를 알아챈 젊은 남자가 앤의 발가락에서 입을 떼고 무표정하게 나를 보았다. 야가라라는 사람이 어깨를 잡고 나를 말리려고 했다. 뭐야, 너는? 남자가 침투성이인 입을 열었다. 나는 남자에게 최대한 가까이 가서 귓가에 대고 말했다. 나는 신데지마에서 왔습니다.

# 7

나는 신데지마에서 온 사람입니다. 그리고 나는 쿠치추입니다. 쿠치추라는 존재를 아십니까? 쿠치추를 아십니까? 분명 아시겠지요. 내 이 손가락 끝에 묻은 액체 냄새를 맡아보시겠습니까? 달콤한 냄새가 나죠? 썩은 고기 냄새도 날 겁니다. 지금부터 말입니다, 내 손가락에 묻은 이 끈적끈적한 액체를 당신 얼굴에 처바르려고 합니다. 당신은 신경을 다치고 손발에 경련을 일으키면서 죽어가게 됩니다. 존댓말을 들은 젊은 남자는 어안이 벙벙해서 몸을 젖히며 내게서 떨어지려고 했다. 존댓말은 무엇보다도 불길한 것이고, 신데지마라는 고유명사와 쿠치추라는 명사는 금기의 상징이었다. 본토 사람에게 신데지마는 입에 올리는 것도 더러운 장소다. 그중에서도 쿠치추는 가장 추악하다. 본토 사람이 절대 상관해서 안 되는 존재다. 젊은 남자의 얼굴이 변해갔다. 남자는 겁에 질렸다. 남자는 얼굴을 일그러뜨리며 앤의 발을 놓더니 고개를 들어 천장 쪽의 경비 로봇을 턱으로 가리켰다. 경비 로봇이 공격할 거라고 말하고 싶은 거겠지만, 나는 뺨의 근육에 가늘게 경련을 일으키며 급기야 기묘한 형태로 입을 벌리고 머리를 앞뒤로 흔들면서 소리를 냈다. 웃음소리였다. 경비 로봇은 쿠치추 따위 모르지 않습니까? 나는 그렇게 말하면서 발가락을 몇 번이나 손수건으로 닦고 있는 앤의 몸을 가로질러 젊은 남자에게 다가갔다. 누구나 알지만 존재하지 않는 걸로 되어 있어서 본토에는 쿠치추에 대한 자료 자체가 없죠. 따라서 경비 로봇은 쿠치추의 독에 반응하지 못합니다. 젊은 남자가 도망치려고 해서 야가라라는 사람이 팔을 잡았다. 비명을 지르면 정말로 내 분비물을 당신 얼굴에 바를 수밖에 없습니다. 내 입은 여전히 기묘한 모양으로 벌어져 있었다. 앤이 놀란 얼굴로 나를 보았다. 네모난 재갈을 문 채 알몸으로 채찍을 맞는 여자의 얼굴이 머리에 떠올랐다가 이내 사라졌다. 약이 내놔라. 야가라라는 사람이 말하고 젊은 남자의 풀색 노동복 안주머니를 뒤졌다. 약은 하얀 종이봉투에 들어 있었다. 야가라라는 사람은 니트로글리세린 제제 수를 확인하고 팔십만 공통엔 지폐 뭉치를 젊은 사내의 노동복 안에 쑤셔 넣었다.


8


　우리은 나가자. 야가라라는 사람이 자리에서 일어섰다. 앤은 부츠를 신고 끈을 다 묶어가던 참이었다. 목에서 같은 간격으로 파열음이 밀려 올라와 입으로 새어 나왔다. 개가 혀를 쪽 빼고 헉헉거리는 소리 같았다. 나는 파열음 같은 웃음소리를 내면서 젊은 남자에게 오른손을 내밀었다. 안경요. 이리 주십시오. 그렇게 말하자, 남자는 비명이 터져 나올 것 같은

지 손으로 입을 막았다. 야가라라는 사람이 귓가에 속삭였다. 나가자. 구두끈을 다 묶은 앤이 젊은 남자에게서 안경을 빼앗아 내 손바닥에 올렸다. 안경이 벗겨지자 남자의 불룩한 눈두덩에 고여 있던 땀이 단숨에 뺨으로 흘러내렸다. 나는 안경을 콘크리트 바닥에 던지고, 앤에게 밟아서 렌즈를 깨라고 시켰다. 앤은 잠시 내 얼굴을 바라보더니 부츠 바닥으로 렌즈를 깼다. 젊은 남자의 표정을 확인했지만, 자신의 죽음을 안경으로 보고 있는 듯한 얼굴이 되었는지 어떤지는 알 수 없었다.

# 환락가 그 1

## 1

　괜찮나? 주차장으로 돌아와 범용차를 출발시킨 뒤에야 야가라라는 사람이 물어서 괜찮다고 고개를 끄덕였다. 스타디움을 나와 범용차로 돌아올 때까지도 좀처럼 웃음이 멎지 않았다. 사가라라는 사람이 정신이 안정된다는 약을 주었다. 야가라라는 사람은 젊은 남자가 앤의 발가락을 핥은 부분만 빼고 스타디움에서 무슨 일이 있었는지를 이야기했다. 고즈미라는 사람의 약을 손에 넣기도 하여 범용차는 밝은 웃음소리로 싸였지만, 나는 아직 흥분이 계속되어 호흡과 맥박이 격렬했다. 주차장으로 돌아오는 중에 겨드랑이에서 나던 냄새가 사라졌다. 손가락 끝에 아직 남은 냄새를 사부로 씨에게 확인했는데 쿠치추는 아니라고 했다. 고기 냄새라고 가르쳐주었다. 양이나 염소 고기를 계속 먹으면 겨드랑이에서 달짝지근한 냄새의 땀이 난다고 했다. 나는 그런 것을 먹지 않았다. 드물게 어른이 될 때 겨드랑이에서 그런 냄새의 분비물이 나는 경우도 있다고 했다. 사부로 씨는 살해당하지도 버려지지도 않고 범용차에 남았다. 동행이 허락된 게 아니라 고즈미라는 사람의 약을 입수하는 것이 먼저였으므로 처치가 뒤로 미뤄졌을 뿐이다. 환락가에 도착하면 쿠치추로서 팔릴지도 모르지만 당장은 냉동 보존용 부동액과 환원제 장사가 우선이었다. 고즈미라는 사람의 약을 입수하느라 예정에 없던 길을 돌아왔기 때문에 예정이 크게 어긋난 듯했다.

야가라라는 사람에게 웃음을 멈추는 심호흡이라는 기술을 배웠다. 짧게 숨을 들이마시거나 내뱉거나 하지 않고 숨을 크게 들이마셨다가 내뱉는 것이다. 스타디움을 나온 후 몇 번이나 멈춰 서서 심호흡을 했더니 겨우 웃음이 멈추어서, 나는 흥분을 경험했구나 하는 걸 알았다. 야가라라는 사람에게 그 말을 들었다. 감정이 고조되어 의식으로 조절하는 것이 어려워지는 상태로, 그 말은 아버지의 데이터베이스에서 보아서 알고 있었지만 실감을 한 것은 처음이었다.

범용차는 시속 삼백오십 킬로미터로 자동차 전용 고가도로를 달려 피치 보이라는 곳으로 향했다. 앞으로 세 시간 뒤에 도착할 예정인 듯했다. 피치 보이에서 야가라라는 사람은 뇌나 인체의 냉동 보존용 부동액과 환원제를 판다. 앤은 창가 자리에 앉아서 새 스타킹을 신다가 나와 눈이 마주치자 오므린 입술을 내미는 시늉을 했다. 나는 아직 흥분이 완전히 식지 않아서 입속과 안구와 관자놀이가 뜨거워진 채 앤의 발이 반투명 스타킹에 싸이는 모습을 보았다. 스타킹에 싸인 발목과 발등과 발가락, 거기다 허벅지는 동물적이기도 하고 또 식물적 이미지이기도 했다. 손에 들고 핥기도 하고 바라보기도 하고 조리해서 먹기도 하고 보존하기도 하면 좋을 것 같다는 생각이 들었다.

고워마. 앤이 말했다. 감사를 표하는 '고마워'를 변형한 이민풍의 말이었다. 존댓말과 방언이 금지되기 훨씬 전에 이민법과 국적법이 개정되어 이민이 급증하자 바로 이 말이 널리 통용되었다. 어느 나라에서나 이민이 제일 먼저 기억해야 할 말은 감사 표현이다. 자동차 수리공에서 프로 격투기 스타가

된 이란인 이민이 일부러 '고마워'를 '고워마'로 틀리게 말한 뒤로 일본 사회에 대한 반감을 상징하는 말로 이민자들 사이에서 유행하다가 정착했다. 섬에서는 그런 말투가 금지되어 고마워라는 정통 단어를 하루 몇 번씩 말하게 하는 자치회 운동도 있었다.

고워마. 뭐라도 사례는 하고 싶은데 키스를 돼? 스타킹을 다 신고 난 뒤 앤이 다가와서 내 뺨에 오므린 입술을 갖다 댔다. 뺨을 타는 것처럼 뜨겁네. 앤이 미소 지으며 말했다. 우리 아버지가 묻어준 칩을 사람들이 눈치채지 못하도록 스캐닝 해줘. 내가 부탁하자, 안조라는 전직 관리관이 도모나리라는 가명으로 환락가 서쪽 변두리에 있는 양* 버스에 살고 있다고 정보 단말기를 읽어주었다. 양 버스라는 것은 예전에 시민군이 썼던 경장갑 트레일러하우스로, 몇십 대 규모로 이동하며 내란을 진압하는 것이 무리 지어 이동하면서 목초를 먹어치우는 양과 같다 해서 그런 이름이 붙었다. 내란 후에 국내 피난민의 임시 주택용으로 해안 구릉지에 모였지만, 노후화가 심해지자 범죄자와 반란이민 후손이 살게 되어 지금은 하층민들의 주거로 쓰인다. 아까 사부로 씨가 창밖을 바라보며 노인시설에는 언제 가냐고 물었다. 사부로 씨 뺨의 상처는 배양 진피로 덮여 거의 완치되었다. 쿠치추가 신기하리만치 강한 면역력을 갖고 있다는 건 정말일지도 모른다. 노인시설에는 쉽게 갈 수 있는 게 아니다. 먼저 전직 관리관을 만나야 한다. 안조라는 이름의 전직 관리관으로 안조가 섬 아이들을 노인시설에 알선했다. 그런 사실을 알려주자 사부로 씨는 실망했다는 듯이 고개를 저었다.


## 2


이제 곧 바다를 보일 거야. 앤이 말했지만, 아직 창밖에는 나무가 울창한 산밖에 보이지 않았다. 환락가에는 경비 로봇이 있겠지? 사부로 씨가 내 쪽을 보았다. 그러면 성가신데, 하고 고개를 숙이며 중얼거린다. 식품 쇼핑몰에서 경비 로봇에게 습격받았던 기억을 떠올린 듯했다. 경비 로봇을 없어. 니트로글리세린 제제로 안색이 돌아온 고즈미라는 사람이 말했다. 환락가에는 범죄자와 반란이민과 그 후손이 많이 사니까 출입구를 봉쇄하는 것은 간단할 텐데 어째서 그렇게 많은 차들의 출입을 허락하는 거지? 사부로 씨가 물었다. 교통과 물류를 막으면 경제 전체가 파탄이 나기 때문입니다. 내가 대답하자 미코리라는 사람이 놀란 얼굴로 내 쪽을 보았다. 상당히 지식을 있구나.

　정부는 내란 전후에 여기저기에서 도로와 통신을 봉쇄했다. 하지만 그것은 폭격과 포격에 따른 파괴보다 훨씬 큰 경제적 손실을 낳았다. 자본과 상품과 정보의 이동이 멈춘 나라의 경제는 점점 활기를 잃어가고 그러다 범죄자나 반란자, 경찰이나 군이 통행료나 뇌물을 받게 되어 부패가 만연하고 치안도 잃게 된다. 그렇게 설명하던 중에 내가 어떻게 그런 지식을 갖고 있는지 의문이 생겨서 이야기를 중단했다. 아버지에게 들은 적도 없고 데이터베이스에도 없는 내용이었다. 흥분 상태가 가라앉았을 때 기묘한 감각이 되살아났다. 마치 내 몸에 아주 작은 크기의 다른 사람이 살고 있어서 말을 걸어오는 것 같은 불안정한 감각이었다. 기억이 되살아나는 것이 아니라 주사약을 넣을 때처럼 정보를 주입당하는 느낌이었다.

　흥분 상태의 잔해가 온몸에 퍼져갔다. 젊은 남자에게 발을 빨리고 있는 앤의 표정을 보고 사츠키라는 여자에 대한 기억이 되살아났다. 성욕과 공격성을 자각했다. 나는 유선형 안경을 낀 젊은 남자가 겁먹는 것을 보고 그때까지 느껴본 적 없는 기쁨을 맛보았다. 표정을 만드는 근육이 제어를 잃어서 난 생처음 소리를 내어 웃었다. 어찌 된 이유인지 나는 알고 있었다. 나는 언젠가 소리 내어 웃으면서 사츠키라는 여자의 방에서 본 영상과 같은 짓을 할 것이다. 나는 이상한 모양으로 입을 벌리고 파열음 같은 웃음소리를 내면서 누군가를 상처 입히고 누군가를 죽일 것이다. 분명 나는 언젠가 앤을 범한 다음 죽일 것이다. 성욕과 공격성이 뒤섞인 환희에는 저항을 할 수 없다. 그 광경은 기시감과 함께 이미 입력된 것으로 마치 다른 누군가 이미지를 심어놓은 것 같았다.


3


전방에 노을을 반사하는 바다가 보였을 때, 범용차 안은 환호성으로 가득 찼다. 사부로 씨와 나는 바다를 지겹게 보아서 아무런 느낌이 없었는데, 어째서 야가라라는 사람과 앤 등 다른 사람들이 기뻐하는지 이해가 되지 않았다. 주로 지하나 터널에서 생활해왔기 때문에 바다를 보면 해방감이 느껴져서 기쁜 거라고 앤이 가르쳐주었다. 불법 투기 트럭을 타고 섬에 간 것도 바다를 보고 싶어서였다고 했다. 이윽고 도로가 오르막길이 되었다. 바다는 일단 시야에서 사라지고 오렌지색 햇살이 차 안으로 들어왔다. 오카히로 특별구의 등록 ID를 달고 오카히로 특별구 시내를 드라이브하자는 거대한 영상간판이 도로 옆 산 중턱에 있었다. 오카히로 특별구라는 것은 구 '오카야마 히로시마 특별 자치구역'의 약칭으로 환락가인 피치 보이는 그곳의 속칭이었다. 영상간판에는 웃는 얼굴로 식탁을 둘러싼 다섯 명의 가족이 비치고 있었는데, 각각 인종이 달랐다. 아버지는 중동계, 어머니는 라틴아메리카계, 장남은 블랙아프리카계, 장녀는 동아시아계, 차녀는 아기로 인도 파키스탄계였다. 먼바다에 요트가 떠 있고 가족은 새하얀 모래사장으로 튀어나온 발코니에 테이블을 둘러싸고 앉아 있다. 발코니는 나무와 타일 붙인 돌로 만든 아라비아풍 디자인으로, 주위에 남국의 식물과 선명한 파라솔이 배치되어 있고, 가족은 봉식이 아니라 꼬치에 찌른 고기를 먹고 있었다. 그 옆에는 털이 길고 하얀 개와 온몸이 까맣고 큰 개가 꼬리를 흔들며 뒹굴고 있었다.

거대한 영상간판 옆에 가로수가 늘어선 샛길이 있고 그 안쪽으로 원뿔 네 개를 조합한 것 같은, 중세 유럽의 성을 연상시키는 건물이 있었다. 건물 옥상의 폭이 좁고 긴 영상간판에

'오카히로 특별구 상호이익공유 유니온 센트럴 종합병원'이라는 장식 문자가 가로로 깜박거리며 흐르는 것이 멀리서도 또렷하게 보였다. 샛길 입구에는 콘크리트로 만든 소형 요새 같은 초소가 있고 중형 로봇과 무장한 몇 명의 수위가 경비를 서고 있었다. 상류층을 위한 병원 같았다. 병원을 지나자 도로는 다시 내리막이 되어 눈 아래 바다와 피치 보이 시내가 펼쳐졌다. 완만하게 커브를 그리는 해안선을 따라 초고층 빌딩이 즐비하고, 그 뒤편의 경사지에는 중층 빌딩과 주택지가 비좁게 들어서 있고, 그 너머로 내해에 뜬 크고 작은 섬들이 희미하게 보였다. 의외로 환락가는 소규모구나 생각했다. 더 거대한 시내를 상상했는데. 그 은색 스타디움의 인상이 강렬했던 탓인지도 모른다.

고속도로를 내려와 편도 일 차선인 내리막길을 달렸다. 범용차 안의 움직임이 활발해졌다. 길이 좁아지며 앞뒤로 차가 늘어난 가운데 오구라는 사람이 시내 중심을 향해 범용차를 달렸다. 미코리라는 사람이 밀매 장소인 듯한 건물을 모니터로 몇 번이나 확인하고, 야가라는 사람은 사가라라는 사람에게 메모를 받아 들고 연신 전화를 걸었다. 피치 보이에 도착이 늦어졌기 때문에 거래 장소가 변경된 것 같았다. 빌딩과 주택이 밀집한 지역 바로 앞에 사용하지 않는 철로와 폐허가 된 역이 위치해 차가 밀리고 있었다. 불에 탄 낡은 차량이 방치된 역 앞 광장에 장애물을 세워놓은 검문소가 있고, 중형 로봇과 무장한 민병이 검문 중이었다. 야가라라는 사람이 거래 상대인 듯한 사람에게 인증 코드를 물어서 정보 단말기에 입력한 뒤 범용차의 문을 열고 중형 로봇 복부에 있는 스캐너에 제시했다.

위장복을 입고 소총과 로켓 런처를 든 민병들이 열린 문으로 범용차 내부를 들여다보았지만, 나와 사부로 씨에 대해 별 반응도 없고 아무 말도 하지 않았다. 민병들에게는 일본인의 흔적이 전혀 없었다. 범용차 안의 야가라라는 사람은 반란이민의 후손이지만 어딘가 일본인의 흔적이 있었다. 사부로 씨는 쿠치추 특유의 가지런한 이목구비이고, 나와 앤은 본토 주민과는 생김새가 다르지만 그래도 일본인의 특징이 아직 남아 있다. 내 경우는 검은 눈동자와 머리와 눈썹, 광대, 가늘고 긴 눈이 그렇다. 그러나 범용차를 무표정하게 들여다보고 바로 멀어져 간 민병들은 완전히 외국인의 얼굴이었다. 앤에게 그 이야기를 했더니 아키라의 무슨 말인지 모르겠다, 하고 고개를 저었다. 환원제와 부동액을 넣은 금속 케이스를 확인하던 사가라라는 사람이 말했다. 반세기 전부터는 이곳에서 외국이야. 국제시민군으로 불리는 외국 군대가 만든 거리였다.

역광이 비쳐 민병들의 얼굴 특징은 알아볼 수 없었다. 내해에 뜬 섬들이 짙은 실루엣이 되어 노을로 가라앉으려는 참이었다. 블랙아프리카계 민병의 눈 흰자위만이 범용차 차내등에 떠올랐다. 그는 수류탄 발사장치가 붙은 자동소총을 가슴 높이로 들고 차 안을 둘러보았다. 민병은 전원이 침착했다. 통제가 잘된 듯했다. 전투복은 미채색迷彩色이 바래고 여기저기 다시 꿰매긴 했지만 청결했고, 탄소섬유로 짠 신발도 낡긴 했지만 깨끗했다. 차 안을 들여다보는 동남아시아계 민병과 눈이 마주쳤다. 검붉은 피부와 긴 머리와 눌린 코와 치켜 올라간 눈의 몸집이 작은 남자 민병이 휴대용 단말기를 차 안에 대고 스캐닝하더니, 옆에 있는 동유럽계 동료와 뭔가 짧은 말을 나누었다. 옷차림새나 동작이나 대화에 군더더기가 없었다. 자동소총에는 구경口徑이 다른 수류탄 발사관이 두 개 붙어 있었다. 그들의 임무는 예방 검문이 아니라 상거래를 보호하여 피치 보이에 돈을 쓰는 데 질서를 확보하는 것이다. 상거래를 한다는 인증 코드를 확인하고 무장 검문으로 압박하는 걸로 충분하다. 이윽고 민병들은 범용차를 떠나 철골과 콘크리트 덩어리를 조합해서 만든 검문소로 돌아갔다. 그중 한 사람이 휴대용 단말기의 키를 누르자 대형 컨테이너만 한 크기의 입방체 콘크리트 덩어리 두 개가 각각 좌우로 밀리듯이 이동했다. 콘크리트 덩어리 바닥에는 캐터필러가 달려 있어 날카로운 마찰음이 들렸다.

## 4

구불구불한 언덕길을 내려가는 동안에 주위가 어두워졌다. 경사지에는 주택과 상점이 밀집해 있고 그것들은 복잡한 골목길로 연결되었다. 도로와 골목길에 사람들이 넘쳐났다. 일을 마치고 돌아오는 사람과 쇼핑하는 사람 또는 다른 지역에서 이 거리를 방문한 사람 등이 빠른 걸음으로 차들 틈을 빠져나가 길을 건넜다. 자전거와 모터바이크가 한 덩어리가 되어 서로 부딪칠 듯이 달리고 있었다. 범용차는 아주 천천히 나아가야만 했다. 뒷자리 짐칸에 높다랗게 짐을 쌓은 자전거가 눈에 띄었다. 짐칸에 쌓은 자루가 트럭 범퍼에 닿아 찢어지며 검은 콩 같은 것이 쏟아져 도로에 흩어졌다. 자전거로 자루를 나르던 젊은 남자가 욕설을 했지만, 트럭 운전사는 전혀 동요하지 않고 무시했다. 도로를 건너던 중년 여자가 손을 잡고 가는 꼬마에게 흩어진 콩에 미끄러지지 않도록 주의를 시켰다. 어디선가 잿빛 새 한 무리가 춤을 추며 내려와 도로에 흩어진 콩을 먹기 시작했다. 트럭과 승용차가 옆을 지날 때마다 새들은 공중으로 날아올랐지만, 이내 다시 돌아와 바쁘게 콩을 쪼았다.

모터바이크는 구조가 간단해서 두 발을 올리는 상자형 구동 부분에 막대 모양의 로드핸들이 달렸는데, 특히 폭이 넓은 바퀴가 달린 일인용이 눈에 띄었다. 사람과 모터바이크가 사정없이 다가와 범용차는 조종을 수동으로 바꾸고 시야를 확보하기 위해 문을 연 채로 달렸다. 언덕길 양쪽에는 구시대의 건물들만 늘어서 있었다. 피치 보이 주변 지역은 내란 때도 전투 지역이 아니었고 국제시민군이 주둔한 적도 있어서 치안이 잘된 덕분에 건물들이 파손을 면했다. 대부분 일 세기 이상 된 옛날 건물로 중층 콘크리트 빌딩과 저층 모르타르 빌딩에 기와지붕의 목조 가옥까지, 다른 지역에서 볼 수 없는 진기한 것이 많았다. 가로등과 조명도 옛날 것을 그대로 쓰고 있어서 천장에다 남국의 과일 모양 전구를 달아둔 상점도 보였다. 말린 생선을 파는 가게, 중동풍 커피나 차를 제공한다는 네온사인을 달아놓은 카페 레스토랑, 옷과 장식품을 천장까지 높이 쌓아 올린 가게, 수제 봉식을 그 자리에서 조리하고 가공하여 파는 간이식당, 한국과 중국 등 동아시아 식료품 가게, 다양한 나라의 인형과 장난감을 파는 가게 등 마치 외국에 와 있는 것 같았다. 사부로 씨도 처음 보는 거리 풍경에 눈을 빼앗기고 있었다.

오가는 사람들은 인종이 다양하면서도 서로 잘 녹아 있었다. 검문소 민병들과 같았다. 여러 인종이 다른 인종과 손을 잡기도 하고 담소도 나누면서 걸어 다녔다. 블랙아프리카계끼리, 동유럽계끼리인 집단이나 커플이 없었다. 도로나 골목길에 넘쳐나는 사람과 속도를 늦추지 않고 달리는 무수한 자전거와 모터바이크 탓에 범용차는 몇 번이나 가다 서다를 반복하고, 사거리마다 긴 시간 정지했다. 그러나 범용차를 조종하는 오구라라는 사람은 지금까지처럼 주위에 욕설을 퍼붓지 않았다. 야가라라는 사람은 거래처라고 생각되는 상대와 계속 연락을 취했다. 피치 보이 분위기에 완전히 녹아들어 이곳의 규칙에 따르겠다고 마음먹은 것처럼 보였다. 느릿느릿 언덕길을 내려가 사거리에서 멈춰 섰다. 자전거와 모터바이크 무리가 신호와 관계없이 무리 지어 달려가는 바람에 멈추지 않을 수 없었다. 정류장에 버스가 서고 바퀴 달린 여행 가방을 든 남자 승객 두 명이 내렸다. 그들은 모퉁이에 채소 가게와 시계점이 있는 골목으로 걸어갔다. 대중적인 호텔가 같았다. 저층 호텔의 기와지붕에서 샤워, 욕실, 에어컨이 갖춰져 있음을 알리는 작은 영상간판이 바람에 흔들렸다. 얇은 구식 모니터를 사용한 깃발형 영상간판으로, 깜박거리며 회전하는 문자는 핑크나 보라색 등의 화려한 색깔이었다.

각각 갈색과 재색 재킷을 입은 두 남자는 골목길 안쪽으로 걸어갔다. 둘 다 아시아계로 한 사람은 머리에 터번 같은 것을 두르고 있었다. 두 남자는 기와지붕 아래 '식당 있음'이라는 영상간판이 달린 호텔에 들어가더니 잠시 후 다시 나와서 맞은편에 있는 긴 나무 의자에 앉았다. 호텔 종업원인 듯한 여자가 김이 나는 원추형 식기를 두 사람에게 갖다 주었다. 남자들이 자리에서 일어나 종업원에게 깊숙이 머리 숙여 인사를 했는데, 터번을 두른 쪽은 가슴에 양손을 없는 듯한 몸짓으로 감사의 마음을 표시했다. 그들의 머리 위에서 노란빛 전구가 대롱거렸다. 터번을 두르지 않은 남자가 한쪽 손에 식기를 든 채 여행 가방을 열고 서류처럼 보이는 종이 다발을 꺼내려고 했다. 터번을 두른 남자는 식기를 왼손에 들고 오른

손으로 포크를 잡았다. 그리고 김이 나는 식기에 담긴 하얗고 가는 끈 같은 음식을 포크로 둘둘 감더니 뜨거운지 입술을 오므리고 후후 불면서 입으로 가져갔다. 터번을 두르지 않은 남자가 식기를 의자에 내려놓고 서류 다발을 불빛에 비춰 보면서 뭔가 열심히 이야기를 했다. 그러나 터번을 두른 남자는 상대 이야기를 가로막듯이 포크를 휘두르고는 긴 의자 위의 식기를 가리키며 빨리 먹어, 하듯이 계속 턱을 움직였다. 하얀 실 같은 음식에 흥미가 생겼지만, 범용차 안은 다들 바쁜 것 같아서 물어볼 분위기가 아니었다.


5


점점 경사가 완만해지다가 큰 커브를 돌자 넓은 사 차선 도로가 나왔다. 시야가 확 트였다. 어느새 주위에 있던 모터바이크 무리와 밀집한 건물이 사라지고 현대적인 디자인의 가로등이 고른 간격으로 늘어선 광대한 공간이 전방에 펼쳐졌다. 사 차선 도로에는 이따금 차가 지나갈 뿐 걸어 다니는 사람은 아무도 없었다. 그 너머에 금속과 유리로 만든 벽이 솟아 있었다. 해안선을 따라 늘어선 초고층 호텔이었다. 무수한 격자무늬의 빛이 모자이크 같은 모양을 만들었다. 금방 지나온 경사지의 구시대 호텔과 주거와 상점과는 분위기가 달랐다. 무기적이고 차가웠다. T자로 부근의 콘크리트로 만든 반원형 초소에 십여 명의 민병과 중형 로봇이 경비를 서고 있었다. 초고층 호텔 바로 앞의 넓은 공간에는 남국의 수목을 심어놓은 화단이 잘 정비되어 있고, 화단 둘레의 돌을 따라 형광 관이 깔려서 잔디의 파란색이 선명하게 떠올랐다. 파란 잔디 색과 창의 불빛은 등 뒤에 펼쳐진 어둠을 두드러지게 했다. 창으로 불어오는 바람이 기분 좋았다. 피치 보이에 들어온 뒤 처음으로 밤을 실감했다. 흥청거렸던 경사지는 사람과 차가 너무 많아서 계절이나 시간 감각을 느낄 수 없었다.

범용차가 사 차선 도로 바로 앞에서 섰다. 도로 옆에 있던 아랍중동계 민병이 손바닥을 이쪽으로 향하고 멈추라는 지시를 내렸기 때문이다. 야가라라는 사람이 열려 있는 문으로 몸을 내밀고 인증 코드를 보냈다. 아랍중동계 민병은 휴대용 단말기로 야가라라는 사람의 신호를 확인했지만, 안 된다는 듯이 고개를 갸웃거리며 손바닥으로 밀어내는 동작을 했다. 진입은 허락되지 않았다. 초고층 호텔이 즐비한 지역에는 특별한 허가 증명을 가진 사람과 차량만 들어갈 수 있는 것 같았다. 야가라라는 사람이 다시 한 번 확인해달라고 모니터를 가리켰지만 민병은 그저 고개만 저을 뿐이었다. 다른 병사가 이쪽으로 달려왔다. 동유럽계 백인 민병이었다. 병사는 몸을 숙인 채 달려와서 자동소총의 총구를 이쪽으로 겨누었다. 경고 포인트 빔이 총신에서 뻗어 나와 야가라라는 사람의 이마에 닿았다. 백인 민병은 열려 있는 문으로 다가와 자동소총 방아쇠에 손가락을 걸며 말했다. 돌아가. 기계적인 동작이었지만, 지시를 따르지 않을 경우 재차 경고 없이 바로 총을 쏘겠다는 의지가 공기를 통해 전해졌다. 그 민병은 친구에게 일상적인 인사를 하듯이 안색 하나 바꾸지 않고 야가라라는 사람의 머리를 자동소총 탄환으로 날려버릴 거라고 차 안의 모두가 생각했다.

호텔에 안 가. 호텔에는 안 간다고. 야가라라는 사람이 양손을 머리 뒤로 깍지 끼고 큰 소리로 말했다. 범용차 내부가 긴장에 휩싸였다. 앤은 숨을 삼키고 야가라라는 사람과 민병의 대화를 지켜보았다. 사부로 씨는 그리스 건이 든 가방에서 손을 빼 양손을 잘 보이게 놓고 민병들에게 저항을 포기했음을 알렸다. 자동소총을 든 민병들은 표정이 없었을 뿐 아니라 가면을 쓴 것처럼 인상도 없었다. 그들로서는 늘 하는 일을 단순히 반복하는 것이니 표정에 변화가 없을 수밖에. 우리는 T쇼에 간다. 야가라라는 사람이 하늘을 향해 큰 소리로 말하면서 연신 단말기를 가리켰다. 그 말을 들은 아랍중동계 민병은 단말기를 다시 한 번 확인하고, 도로를 달리는 차를 저지하면서 백인 민병 쪽으로 다가갔다. 두 병사가 잠깐 말을 나눈 후, 지나가라는 듯이 팔을 몇 번 흔들었고, 아랍중동계 민병이 도로 끝을 가리키며 말했다. T쇼라면 호텔 카사블랑카와 앰배서더 호텔 앞에서 하고 있다. 야가라라는 사람은 거기서 거래 중개자와 만나기로 한 것 같았다. 인체 초저온 보존용 부동액과 환원제를 살 사람이 서지구 경사지에 있는 건물을 거래 장소로 지정했다고 말했다. 아까 지나온 사람 많은 경사지는 중지구이고, 피치 보이에는 그 밖에도 다섯 개의 지구가 있었다. T쇼 장소에서 중개자를 만나 서지구로 가기 위해서는 초고층 호텔이 늘어선 사 차선 도로를 한참 달려야 했다.

  도로에는 중앙분리대가 있었다. 포장도로를 걸어가는 사람은 아무도 없고 스쳐 지나는 차도 적었다. 유명한 환락가인데 비해 쓸쓸한 느낌이 들었는데, 사가라라는 사람이 말했다. 아직 시간이 이르니까. 좀 전처럼 민병들이 잘 훈련되어 있어

통제가 잘되기 때문에 이 거리에는 범죄를 저지르는 사람이 없습니까? 내가 물었더니 사가라라는 사람은 웃음을 터트렸고, 다른 사람도 몇 명 따라 웃었다. 이곳을 전체적으로 범죄자에 거리야. 앤이 말했다. 일본 정부의 룰은 지키지 않지만 이곳의 룰을 어기는 사람은 없다는 의미 같았다. 사부로 씨는 열린 창으로 몸을 내밀듯이 하고 초고층 호텔들을 바라보았다. 어떤 호텔은 옥상이 왕관 모양이었다. 조명으로 전체의 색이 시시각각 변하는 호텔, 두꺼운 책을 펼친 모양의 호텔, 마디 있는 벌레를 닮은 호텔, 벽면에서 폭포처럼 물이 떨어지는 호텔, 돔형 호텔 등이 있었다. 어느 곳이나 입구는 울창한 수목으로 차단되어 보이지 않았다. 사부로 씨가 저 큰 건물에 사람이 사느냐고 내게 물었다. 섬사람은 호텔이라는 것을 모른다. 돈을 내고 방에 머물기도 하고 살 수도 있습니다. 가르쳐주었지만, 고개를 갸웃거리며 중얼거렸다. 이 동네에는 집 없는 사람이 많은가.


6


　돌로 만든 사막의 성을 본떠 설계한 듯한 호텔과 낮은 층계 주위를 나선형 회랑이 빙 두르고 있는 호텔 사이의 광장 같은 곳에서 T쇼, 즉 비행자동차 전람회가 열렸다. 비행자동차는 일 세기 전에 개발되었지만 상품화가 늦어져 약 반세기 전에 대량생산을 시작했는데, 전 세계적으로 평이 좋지 않아 일찌감치 제조가 중지되었다고 아버지의 데이터베이스에 나와 있었다. 비행자동차가 보급되지 않은 것은 조종이 까다롭고 이동의 쾌감이 적었기 때문이다. 열 대 정도의 비행자동차가 전시 중이었다. 통로가 넓어서 걷거나 차로 구경할 수 있었다. 차로 구경할 경우, 제한속도를 십 킬로미터 이하로 낮추라는 깃발형 영상간판 안내문이 걸려 있고, 기묘한 복장을 한 여자가 입구 부근을 돌아다녔다. 챙이 넓은 은색 모자를 쓰고 은색 조끼와 짧은 바지에 은색 부츠를 신고, 허리를 흔들면서 왔다 갔다 하는데, 얼굴은 줄곧 웃고 있었다. 회장 여기저기에 비슷한 여자들이 보였다. 모두 키가 컸다. 회장은 개스킷 경기장보다 넓었지만, 구경꾼이 적고 그나마도 노인뿐이었다. 비행자동차 디자인은 하나같이 비슷했다. 몸통은 유선형, 두 개 또는 네 개의 프로펠러, 접이식이나 격납식 주날개 그리고 후방에 꼬리날개가 있었다.

야가라라는 사람은 범용차를 천천히 이동시키며 중개자

를 찾았다. 직접 중개자에게 연락을 취하려고 했지만 호텔가 일대에 방해전파를 걸어놓아서 단말기로 신호를 보내지 못하는 것 같았다. 저 녀석들에게 옛날이 T퀸이야. 사가라라는 사람이 줄곧 웃는 얼굴로 여자들을 턱짓하듯 가리키며 말했다. 일 세기 전 최초로 비행자동차를 개발한 것은 미국 동부 해안의 오래된 마을에 사는 대학생들인데, 일 호기는 트랜스폼이라고 이름 붙였다. 대량생산을 시작한 제조 판매 회사는 몸집이 큰 여자들을 고용하여 광고를 위한 쇼를 개최하고, 개발자에게 경의를 표하느라 트랜스폼 쇼, 줄여서 T쇼라는 속칭으로 부르고 여자들은 T퀸이라고 불렀다. 그것을 재현하는 것이었다. 전시장의 여자들은 예전에 T쇼에 출연한 여자들과 같은 복장을 하고 똑같이 웃고 있었다. 빨간 가죽 보디 슈트로 온몸을 감싼 중년 여자가 새빨갛게 칠한 사기통 터빈 비행자동차 옆에 서서 빨갛고 큰 우산을 휘두르고, 한 노파가 그 모습을 구식 대형 카메라로 촬영하고 있었다. 노파가 셔터를 눌러 플래시가 터질 때마다 빨간 가죽옷 여자는 우산의 위치와 얼굴 각도를 바꾸며 입술을 더욱 크게 벌리고 웃는 얼굴을 강조하려 했다.

그 뒤에는 오렌지색 기체에 앞쪽과 중간 부분 각각 주익이 두 장씩 달린 일본제 비행자동차가 있었다. 중앙부 주익은 끝이 격자형으로 난기류에 대응하기 위한 것이라는 설명이 깜박거리는 영상간판을 거의 반라의 여자가 몸에 감고 있었다. 빨간 보디슈트를 입은 여자도 영상간판을 두른 반라의 여자도 결코 얼굴에서 웃음을 지우지 않았다. 옷자락이 복사뼈까지 내려오는 잠옷 같은 옷을 입은 여자, 호랑이인지 표범인지의 동물 모피로 유방과 성기를 감춘 여자, 전 세계 국기를 피부에 붙인 여자, 동화 속 등장인물처럼 꽃다발 바구니를 안고 유방과 성기 위에 꽃을 꽂은 여자, 두 세기 전 비행사 차림을 한 여자, 머리카락과 어깨와 팔과 가슴과 허리에 분홍색 리본을 묶은 여자, 피부에 그림을 그린 것처럼 보이는 아주 얇은 탄소섬유 옷을 입은 여자, 금속 가시가 달린 가죽으로 엉덩이와 유방을 가린 여자…… 그녀들은 모두 줄곧 웃는 얼굴이었다. 사부로 씨가 그녀들을 흥미진진하게 바라보면서 물었다. 저 여자들은 어디를 보고 있는 걸까? 웃기는 것을 보고 웃고 있다고 생각한 것이다. 사부로 씨는 웃는 얼굴을 보인 적이 없다. 나는 아버지의 웃는 얼굴을 떠올릴 수 없다. 섬사람은 거의 한 번도 웃지 않은 채 평생을 마친다. 젖먹이나 유아는 부모의 웃는 얼굴을 보고 웃는 법을 학습한다. 몇 세대에 걸쳐 웃지 않은 사람은 웃는 근육이 퇴화하는 것 같다.

옛날에는 저렇게 웃기지도 않은 일에 웃는 사람이 많았지만, 문화경제효율화운동에 따라 조용한 미소를 제외하고 의미나 근거 없이 웃는 것은 해악이라 하여 금지되었습니다. 나는 사부로 씨에게 설명해주었다. 문화경제효율화운동 전에는 주로 광고 영상 속에서 많은 사람이 이유도 근거도 불확실하게 웃고 있었다. 아버지의 데이터베이스로 많은 사람이 웃고 있는 유제품 광고 영상을 처음 보았을 때, 나는 현기증과 구토를 느꼈다. 아이들도 해악이란 걸 알았다. 웃는 얼굴은 행복의 상징이다, 웃는 얼굴이 없으면 불행하다, 이 상품과 서비스를 사면 누구나 웃으며 행복해질 수 있다는 세뇌 의도는 해악 이외의 아무것도 아니었다. 웃는 얼굴 광고를 금지한 것은 문화경제효율화운동의 중심 테마로 널리 받아들여져, 영상부터 시작해서 이윽고 사회 전반적으로 무의미하게 웃는 얼굴이 사라져갔다. 넌 어떻게 그리 잘 아는 거야? 사부로 씨가 물었다. 나는 아버지가 관리했던 섬의 유일한 데이터베이스 이야기를 하려 했지만, 광고 영상의 웃는 얼굴이 문화경제효율화운동으로 금지되었다는 것을 정말로 아버지의 데이터베이스에서 알았는지 어떤지 확실하지 않았다. 유제품 광고 영상에서 불쾌한 기분을 느끼긴 것은 사실이어도 문화경제효율화운동과 웃는 얼굴 금지를 아버지의 데이터베이스에서 본 기억은 없었다.

아버지의 데이터베이스에서 얻은 것이 아니라면 어떻게 지식을 획득했는지 모르겠다. 스타디움에서 젊은 남자가 앤의 발가락을 핥는 것을 보고 공격성과 성욕에 지배되어 사츠키라는 여자의 방에서 일어난 일을 선명하게 떠올렸는데, 그것과 관계가 있을까? 옛날, 메모리약이 생기기 전에 전자기 신호를 뇌에 보내거나 뇌에서 전자기 신호를 수신하는 연구가 행해졌다. 신경을 전자기 신호로 자극하여 환청이나 환시를 일으키는 실험도 있었다. 시각 피질에 보내는 신호는 이십오 헤르츠, 운동 제어 피질은 십 헤르츠 등으로 전기 공명 주파수를 파악해서 뇌 신경을 달리는 미약한 전류를 언어나 영상이나 음성으로 전환하는 실험도 했다. 그러나 장기 기억을 코딩하는 신경세포가 전두엽에 무질서하게 분산하여 존재한다는 사실이 밝혀지고 메모리약이 개발되면서 그런 실험은 의미를 잃었다. 메모리약의 구조에 대해서는 아버지에게 들었다. 미립자보다 더 작은 사람이 뇌에 들어가서 기억을 심기도 하고 기억이 잠든 신경세포를 자극하는 것을 상상해보렴, 하고 아버지는 비유를 써서 설명해주었다. 마치 동화 세계 같지만 신기한 현실감을 동반했다.

아키라에게 이상하게 아는 게 많네. 앤은 검은 기체의 비행자동차 옆에 있는 T퀸을 물끄러미 바라보며 그렇게 말했다. 검은 망으로 된 보디슈트를 입어 그물망 틈새로 유두가 삐져나와 있었다. 성형 수술 흔적이 변형되어 눈꺼풀과 볼살이 혹처럼 달린 얼굴이었지만 앤은 애써 입술을 일그러뜨려 웃는 얼굴을 지으려 했다. 문화경제효율화운동이 시작된 뒤 단순하게 웃는 얼굴과 행복을 연결 짓는 습관은 없어졌다. 우스운 것도 없는데 웃는 사람이 없어지다가 섬에서는 웃는 얼굴 자체가 사라졌다. 중개자를 어디서 있는 거야? 고즈미라는 사람이 시계를 보면서 야가라라는 사람에게 물었다. 방해전파로 모든 통신수단가 사용할 수 없어. 미쿠바라는 사람은 그렇게 불평하면서 야가라라는 사람을 향해 소리쳤다. 더 이상 우리를 거래에 늦어서 용서하지 않겠어.

티타늄 재질의 회색 비행자동차 옆에 있던 동아시아계 여자가 이쪽으로 다가왔다. 굵은 실로 짠 재킷에 통이 좁은 프리온 섬유 바지를 입고 있었는데, 키가 아주 작은 걸로 보아 T퀸은 아니었다. 게다가 웃지도 않았다. 양 갈래로 묶은 긴 머리에 동물의 뼈인지 물고기 이빨인지로 만든 목걸이를 하고 비행자동차가 그려진 풍선을 든 채 담배를 피우고 있었다.

여자는 범용차로 다가와서 열린 문에 기대 있던 사부로 씨를 빤히 바라보다가, 뭐라도 물어봐, 하고는 담배 연기를 차 안에 뿜었다.

야가라라는 사람은 어안이 벙벙해서 여자를 보았지만, 이윽고 여자가 하는 말이 암호란 걸 알아차린 듯했다. 당신에게 질문해서 좋은 거지? 확인하듯이 물은 뒤, 다시금 단어를 끊어서 질문했다. 어째서 T퀸, 같은 시시한, 행사가, 이 거리에서 열린, 거지? 이 거리 주민들이 정말로 좋아하니까. 동아시아계 중년 여자는 그렇게 대답하고, 문에 기대 있던 사부로 씨를 노려보며 말했다. 비켜. 사부로 씨가 옆으로 비키자, 손잡이를 잡은 다음 발판을 딛지 않고 점프하듯이 가볍게 범용차에 올라타서 조종석 쪽을 향해 쌀쌀맞은 어조로 명령했다. 서지구로 가. 여자는 몸집이 아주 작고 나이를 가늠할 수 없었다. 가늘고 작은 눈은 주름과 구분이 되지 않았고 얼굴의 다른 기관도 전부 작아서 끈으로 조종하는 인형 같았다.

여자는 범용차 내부와 안에 타고 있는 사람들을 둘러보고는 사부로 씨와 앤과 나를 향해 기묘한 표정을 지었다. 처음에는 웃는 얼굴인가 했지만 아니었다. 단순히 얼굴 피부를 수

축시킨 것뿐이었다. 여자가 들고 있던 풍선을 앤에게 건넸다. 고워마, 하고 앤은 풍선을 받아 들려고 했다. 중개자의 비위를 거스르면 안 된다고 생각한 것 같았다. 하지만 여자는 앤의 얼굴 앞에 풍선을 들이대고 담뱃불로 터트렸다. 그러고는 다시 얼굴을 수축시키고 어깨를 흔들며 웃음 비슷한 귀에 거슬리는 소리를 냈다.

## 환락가 그 2

### 1

　동아시아계 여자는 담뱃불을 범용차 바닥에다 비벼 *끄고*, 터트린 풍선의 고무 조각을 늘였다가 손가락에 감았다가 입을 뾰족하게 내밀었다가 하더니 작은 소리를 냈다. 신음이거나 속삭임이거나 혹은 허밍처럼 들리기도 했지만 누군가에게 이야기를 하는 것은 아니었다. 여자는 절대 한곳에 시선을 고정하지 않았다. 여자의 체취와 입 냄새가 범용차 안을 떠돌았다. 딱딱한 껍데기를 두른 곤충의 체액 같은 냄새였다. 눈앞에서 풍선이 터졌을 때 앤은 깜짝 놀라 몸을 떨며 뭐라고 말하려다 그만두었다. 동아시아계 여자는 이미 앤과 풍선을

잊은 것처럼 보였다. 당신을 어디 나라 사람이야? 사가라라
는 사람이 여자에게 물었다. 너희 말은 도무지 못 알아듣겠지
만, 어쨌거나 할 수 있는 말은 내가 수컷 원숭이와 퉁구스 만
추리안 여자의 혼혈이란 거야. 여자는 사가라라는 사람이 아
니라 나를 보고 말했다. 범용차 안의 모든 사람이 여자 쪽을
보았다. 사부로 씨가 숨을 삼키며 중얼거렸다. 원숭이……

원숭이뿐 아니라 다른 동물 종과 사람의 유전자 합성은 옛
날이나 지금이나 비합법이다. 그러나 원숭이와 사람의 DNA
는 99.9퍼센트 동시 배열로, 반세기쯤 전에 세계 몇 군데 지
역에서 유전자 합성에 따른 교배 실험을 했다는 기록이 아버
지의 데이터베이스에 들어 있었다. 유전자나 장기의 매매를
위해 동아시아와 중앙아시아 및 서아프리카의 저개발국 과
학자들이 실험했지만 성공 사례는 보고되지 않았다. 동아시
아계 여자가 정말로 원숭이와의 혼혈인지 아니면 거짓말을
한 건지는 모른다. 다만 확실히 체취와 구취, 체형, 옷차림 그
리고 치아의 생김새와 크기가 독특하여 보통 사람과는 좀 달
라 보였다. 이름가 뭐냐? 사가라라는 사람이 묻자 여자는 이
를 드러내며 으르렁거릴 뿐 아무 대답도 하지 않았다. 치아
틈으로 새어 나오는 고음, 거기에 고양잇과 맹수가 목을 울리

는 듯한 저음이 섞여 있었다. 신기한 소리였다. 이름가 없는 거냐, 아니면 이름조차를 말할 수 없는 거냐? 사가라라는 사람이 한 번 더 느긋한 말투로 물었지만, 여자는 목 울림을 더 크게 발할 뿐 말은 하지 않았다. 어쩌면 그 소리가 언어인지도 모르지만, 아무도 해독하지 못했다. 퉁구스 만추리안이라는 것은 현재 동북 중국 일부에 사는 종족이다.

## 2

범용차는 해안선을 따라 도로를 달려 초고층 호텔가를 벗어났다. 초고층 건물이 끊어질 즈음에 민병이 상주하는 검문소가 있었지만 호텔가에서 나온 차량은 검문하지 않았다. 오른쪽으로 바다와 제방을, 왼쪽으로 철로와 잡목림 경사면을 보면서 달렸다. 도로 여기저기에 아스팔트가 벗겨져 범용차가 흔들렸다. 동아시아계인 여자가 바닥을 기듯이 사부로 씨에게 다가가 얼굴을 갖다 대며 말했다. 네가 쿠치추란 걸 난바로 알았지. 너한테라면 내 이름을 가르쳐줘도 되지만 너는 내가 누군지 몰라. 하지만 분명 너도 내 이름을 알고 싶을 거야. 그러고는 입술을 뒤집었다. 얼굴에 비해 별나게 큰 치아가 전부 드러났다. 독특한 구취가 내게까지 풍겨 왔지만 아무도 신경 쓰지 않았다. 다들 어떤 악취에도 익숙한 것이다. 냄새에 신경 쓰는 사람은 살아갈 수 없다. 이름을 알고 싶을 거라는 말에 사부로 씨는 고개를 갸웃거리더니 눈을 게슴츠레하게 뜨고 동아시아계 여자의 얼굴을 빤히 바라보며 고개를 끄덕였다.

네기달이 내 첫 번째 이름이야. 두 번째와 세 번째 이름도 있지만 지금도 첫 번째 이름을 쓰기 때문에 나는 네기달이야. 여자는 그렇게 말하고, 아기의 것 같은 손바닥을 사부로 씨 얼굴에 가져가 뺨을 쓰다듬는 시늉을 했다. 실제로 뺨을 만지는 게 아니라 쓰다듬듯이 손바닥을 움직였다. 네기달. 사부로 씨가 그 이름을 중얼거렸다. 우리 퉁구스 만추리안 사람은 전원이 네기달이라는 이름이지만 나만 그 이름을 실제로 사용하지. 아버지 원숭이도 어머니 사람도 그 이름이었어. 어쨌든 내 이름은 네기달로 좋아. 줄곧 그렇게 불렸으니 너도 그렇게 부르면 돼. 하지만 나는 언제나 대답을 하진 않아. 여자가 바닥을 기듯이 이동하면서 말했다. 사부로 씨에게 이름을 말할 때, 여자는 순간 부끄러운 표정을 지었다. 피부가 검어서 잘 알아보기 힘들었지만 확실히 부끄러워하는 미소를 짓는 것 같았다.

　네기달이라고 자신을 소개한 여자가 어떻게 이동하는지 알 수 없었다. 쭈그리고 앉은 채 손과 발을 민첩하고 기묘하게 움직여 마치 거미처럼 움직였다. 여자는 열린 문 옆에 쭈그리고 앉아 침착하지 못하게 범용차 내부를 두리번거리더니 사부로 씨 얼굴을 잠시 바라보다가 또 시선을 다른 데로 옮겼다. 범용차는 상당한 속도로 달리고 있어서 커브를 돌 때는 크게 기울고 이따금 울퉁불퉁한 길을 달릴 때는 흔들리기도 했지만, 네기달이라는 여자는 어디를 잡고 있는 것도 아닌데 균형을 잃지 않았다. 초고층 호텔가가 끝나고 불빛이 사라졌다. 범용차 전조등 너머로 곳곳에 금 간 도로와 잡초에 덮인 철로와 어두운 바다가 보였다. 바다는 한 줄기 띠가 되어 달빛을 반사하고 있었다. 네기달이라는 여자가 재킷 주머니에서 담배를 꺼내 피우겠느냐고 묻듯이 사부로 씨에게 내밀었다. 사부로 씨는 고개를 저은 다음, 물었다. 아버지 말인데, 어떤 원숭이였어? 네기달이라는 여자는 동물 뼈로 만들어진 머리핀을 성냥으로 사용해서 담배에 불을 붙이고 나서 대답했다. 크지만 민첩한 원숭이였던 것 같아. 정자와 체세포를 채취당한 뒤 바로 살해당해서 나는 아버지 원숭이를 만난 적이 없지만 보고 싶다고 생각한 적도 없어.


# 3


오른쪽으로 보이는 넓은 공간에 지붕과 기둥뿐인 건물이 있고, 부근에서 생선 냄새가 났다. 길가 울타리에는 노란 그물이 널려 있었다. 긴 더듬이를 가진 커다란 새우를 잡는 그물이구나 생각했지만, 내가 어떻게 그런 것을 아는지 알 수 없었다. 그 새우는 고급스러운 식재료로 지금은 극히 일부의 선택받은 사람밖에 먹지 못한다. 나는 그런 지식이 떠오를 때마다 지식을 심어주는 아주 작은 사람이 내 뇌에 살고 있다는 상상을 했다. 담배 연기가 차 안에서 춤을 추다가 열린 창을 통해 바깥으로 흘러 나갔다. 왼쪽 언덕으로 드문드문 건물의 불빛이 보이기 시작했다. 서지구로 들어왔는데, 어디로 가야 하는지 알려주지 않겠나? 야가라라는 사람이 네기달이라는 여자에게 물었다. 네기달이라는 여자는 사부로 씨를 향해 담배 연기를 뿜으면서 왼쪽 전방의 영상간판을 마른 나뭇가지 같은 검지로 가리켰다. 금색 돼지와 녹색 고추가 빨간 빛이 깜박이는 등롱 둘레를 빙글빙글 도는 영상이었다. 고추가 벌어져 씨가 흩어지고 돼지가 춤을 추기 시작하면 왼쪽으로 돌아. 네기달이라는 여자가 명령했다.

범용차는 영상간판 바로 앞에서 일단 멈추었고, 네기달이라는 여자가 말한 대로 고추가 빨갛게 돼서 씨가 날리고 돼지가 일어서서 발을 교차시키며 춤을 추는 듯한 몸짓을 할 때 천천히 좌회전했다. 정말 이 길인가? 오구라라는 사람이 비명에 가까운 소리를 질렀다. 수직으로 솟은 게 아닌가 싶을 정도로 가파른 언덕길이었기 때문이다. 게다가 엄청나게 좁았다. 양쪽에는 처마를 이어 붙인 것처럼 기와지붕이 나란히 있고, 언덕길을 다 올라왔을 즈음에는 원색 벽으로 둘러싸인 사원 같은 건물이 몇 개 보였다. 이 길만을 있냐? 오구라라는 사람이 네기달이라는 여자에게 물었지만 목 울림만 낼 뿐 대답은 없었다. 나는 그 소리가 아까와 다르다는 걸 깨달았다. 역시 언어가 아닐까? 언덕길은 끝없이 이어졌다. 도로 폭이 점점 좁아지다가 이윽고 각 단의 높이가 이십 센티미터 가까이 되는 돌계단으로 바뀌어 범용차는 정차했다.

전방은 계단으로 막혔고 양쪽은 기와지붕과 흙벽, 등 뒤는 마치 낭떠러지 같은 급경사인 탓에 범용차가 크게 기울어져서 뭔가를 잡고 있지 않으면 뒤로 굴러갈 것 같았다. 노면에서 미끄러지지 않도록 오구라라는 사람이 제동장치를 모두 썼지만, 차바퀴가 콘크리트를 긁는 소리가 나고 차체가 조금씩 뒤로 미끄러졌다. 이 도로를 아닌 거가 아닐까? 지금까지는 보통으로 이야기하던 야가라라는 사람이 다른 모두와 마찬가지로 엉터리 조사를 써서 네기달이라는 여자에게 확인하듯 물었다. 거래 중개인에게 동료끼리의 은어를 쓰는 건 실례라고 생각했는지, 지금까지 야가라라는 사람은 이상한 조사를 붙이지 않았다. 그런데 주위 풍경을 보고 자기도 모르게 늘 사용하던 언어로 돌아가버린 것이다. 안색도 파랗게 질리고, 넋을 잃은 표정으로 물끄러미 범용차 바닥을 보고 있었다.

너희가 울든 웃든, 무슨 뜻인지 모를 말을 쓰든 말든, 이것은 누가 봐도 도로야. 크기만 하고 성능이 나쁜 이런 차를 타고 다니는 게 어리석은 거지. 난 이 일대에서는 항상 주행이 아니라 비행을 해서 관계없지만. 약속 장소는 바로 저기 근처 골목 안이니까 선택의 여지는 없어. 길이 이게 뭐냐고 묻는다면 걸으라고 대답할밖에. 네기달이라는 여자는 그렇게 말한 다음 열린 문으로 차에서 뛰어내려 언덕길을 올라가다가 이

내 샛길로 들어갔다. 여자의 움직임은 개스킷의 WH를 연상시킬 정도로 매끄럽고 민첩했다. 어떻게 하라는 거야? 사가라라는 사람이 야가라라는 사람에게 큰 소리로 물었다. 오구라라는 사람은 차바퀴를 뭔가로 받쳐놓지 않아서 오르막길에서 미끄러지고 말 거라고, 제동장치를 켠 채 소리쳤다. 이 일대은 전파방해를 강해서 센서가 잡을 수 없어. 미코리라는 사람이 표시가 꺼진 계기를 가리키며 말했다.

앤은 크게 기운 범용차 바닥에 널브러져 앉아 나른한 얼굴을 하고 있었다. 이 상황이 지루한 듯했다. 사부로 씨는 무표정하게 네기달이라는 여자의 모습이 사라진 골목을 바라보았다. 이것을 뭔가는 이상해. 고즈미라는 사람이 주위를 둘러보며 말했다. 농담 정도가 아냐, 되돌아가는 것을 좋아. 사가라라는 사람은 그렇게 말하고 뇌와 인체 냉동 보존용 부동액과 환원제의 금속 용기를 뭔가로부터 지키겠다는 듯 양팔로 껴안았지만 패닉에 빠진 건 아니었다. 여기까지 와서 거래부터 하지 못하면 돌아가는 길을 연료조차 사지 못해. 야가라라는 사람이 조용히 말했다. 큰돈을 지불하여 고즈미라는 사람의 약을 산 부분은 언급하지 않은 채, 어쨌든 이 서지구에서 부동액과 환원제를 팔아 돈을 손에 넣지 않으면 돌아갈 때

연료도 사지 못해 결국 어디선가 꾸물거리다가 경비 로봇에 탐지되어 공격당하고 전멸할 거라는 현실을 야가라라는 사람은 모두에게 확인시켰다.

선택의 여지가 없다는 것을 누구나 알고 있었다. 위험을 감지해도 달리 선택할 방법이 없으므로 그 개념은 의미를 잃고, 이윽고 개념 자체도 사라진다. 체포나 죽음은 상상하는 것이 아니라 강가의 돌멩이처럼 늘 옆에 있는 현실이다. 그것도 어느 순간 불쑥 찾아오는 현실이다. 앤이 지루한 듯 보이는 것도 그 사실을 알기 때문이다. 상상이 불안과 공포를 낳는다. 확실하게 찾아올 체포와 죽음은 귀찮고 나른한 일일 뿐이다.

## 4

사부로 씨가 골목 쪽을 가리켰다. 네기달이라는 여자가 벽과 벽 틈으로 얼굴을 내밀고 손짓했다. 그 옆에는 역시 동아시아계로 보이는 몸집이 작은 노인이 있었다. 모피 모자를 쓴 하얗고 긴 턱수염의 노인은 눈을 가늘게 뜨고 입을 반달 모양으로 벌린 웃는 얼굴로 손을 가볍게 흔들면서 발치에 있던 네 바퀴 손수레와 함께 이쪽으로 왔다. 노인은 옷깃과 소매에 모피가 달린 재킷을 입고 있었다. 광택이 나는 옷감에 목부터 가슴과 배에 걸쳐 단추가 무수히 달린 색다른 디자인의 빨간색 재킷이었다. 바지도 같은 옷감이었지만 색은 검정이었다. 노인의 등 뒤에서 비슷한 몸집에 나이는 제각각인 남자들이 우르르 나타났다. 전원 네 바퀴 손수레를 갖고 있었다. 네바퀴 손수레는 꼼짝 못 하고 있는 범용차와 좌우의 기와지붕 건물 사이로 귀신같이 들어왔다. 땅의 형태와 경사를 센서로 파악하여 전후좌우 차바퀴 높이를 자동으로 조절해서 어떤 경사에도 수평을 유지하는 구조에, 아이 한 명 정도 들어갈 부피의 탄탄한 바구니가 붙어 있었다. 노인은 범용차로 다가와서 부동액과 환원제가 든 두랄루민 통을 턱으로 가리키고 손수레 바구니에 쌓으라는 듯이 주위 남자들에게 중국어인 듯한 말로 지시를 내렸다.

남자들은 모두 동아시아계로 하나같이 몸집이 작고 키도 사부로 씨나 야가라라는 사람의 가슴 정도밖에 되지 않았다. 그러나 같은 동아시아계라고 해도 네기달이라는 여자보다는 키가 크고 얼굴도 일반적이었다. 눈과 주름의 구별이 없다든가 입에 비해 치아가 몹시 크다든가 그런 게 없었다. 검은 셔츠와 바지에 고무 제품 샌들을 신고 목갑에 든 긴 칼을 허리에 찬 남자들이 범용차 문손잡이에 발을 걸치고 차례로 타서 부동액과 환원제가 든 통으로 모였다. 사가라라는 사람은 상품을 지키듯이 두랄루민 통 앞에 쭈그리고 앉아 있었지만, 검은 셔츠 남자들의 허리에 흔들리는 칼을 보더니 고개를 저으며 일어서서 자리를 비켜주었다. 노인이 야가라라는 사람에게 말을 걸었다. 네기달이라는 여자가 통역을 했다. 내가 당신들의 새로운 거래 상대네. 서로 협력하에 이렇게 물건을 잘 가져왔으니 거래는 성공이군. 그래 몹시 행복하여 우리 가게에서 축하를 하고 싶으니 꼭 참가해주기 바라네. 결제는 그곳에서 하는 게 규정이니 축하 자리에 참가하는 것 말고 당신들이 서지구에서 달리 할 일은 없다네.

　네기달이라는 여자는 마치 노인이 직접 이야기하는 것처럼 쉰 목소리로 통역했다. 동아시아계 남자들이 일단 차바퀴 밑에 적당한 돌을 받쳐 범용차가 뒤로 밀리지 않도록 한 다음, 차 안으로 들어와 부동액과 환원제 통을 차례차례 옮겼다. 야가라라는 사람을 비롯한 반란이민 후손들은 멍하니 바라보고 있을 뿐이었다. 사가라라는 사람은 힘이 빠진 듯이 바닥에 주저앉았다. 눈에서 빛이 사라졌고, 연료가 다한 기계 같았다. 검은 셔츠의 남자들은 이인일조가 되어 솜씨 좋게 움직였다. 두랄루민 통을 둘이서 안고 샌들 소리를 울리며 바깥에 있는 동료에게 건네주면 그 동료들이 손수레에 통을 실어 골목 쪽으로 날랐다. 절대 미소를 잃지 않는 노인이 손짓하여 우리를 골목 안으로 불렀다. 그가 중국어로 뭐라고 말하자 네기달이라는 여자가 통역해주었다. 자, 이제 여기에도 차에도 볼일은 없으니 여러분 모두 부디 우리 가게로 와주시오.

야가라라는 사람이 제일 먼저 범용차에서 내렸다. 다른 사람도 뒤를 이었다. 검은 셔츠의 남자들은 허리에 찬 칼자루에 위협적으로 손을 대고, 반란이민의 후손들이 차에서 뭔가를 갖고 내리는 것을 금지시켰다. 야가라라는 사람도 다른 사람도 입은 옷 그대로 차에서 내려야 했다. 검은 셔츠의 남자들은 부동액과 환원제를 계속 날랐다. 앤이 팔짱을 끼고 걷고, 사부로 씨가 숄더백을 어깨에 메고 범용차에서 내리려는 참이었다. 검은 셔츠 남자 중 한 사람이 백을 보고 칼을 빼서 사부로 씨의 얼굴 앞에 칼끝을 들이밀었다. 길이가 십 센티미터쯤 되는 칼은 끝으로 갈수록 날이 굵어지고 폭도 넓어졌다. 칼이 아니라 손도끼였다. 검은 셔츠의 남자 세 사람이 사부로 씨를 둘러싸고 손도끼를 들이댄 채 가방을 안을 조사했다. 그리스 건을 발견했는지 손짓을 주고받으며 소리를 지르던 남자들이 손도끼를 치켜들었지만, 네기달이라는 여자가 손가락 휘파람을 불자 노인이 골목에서 얼굴을 내밀고, 그 녀석은 괜찮아, 하는 식으로 검은 셔츠 남자들에게 고개를 끄덕여 보였다. 반란이민의 후손들은 골목길로 들어가기 전, 잠시 멈춰서서 뭔가 포기한 듯한 표정으로 상품을 하나 둘 꺼내고 있는 범용차 쪽을 바라보았다.

<h1 style="text-align:center">5</h1>

골목길은 사람이 스쳐 지나가려면 몸을 옆으로 비틀어야 할 정도로 좁고, 빛이 없어 어두웠다. 앞장선 노인이 이따금 돌아보며 손에 든 막대 모양의 손전등으로 뒤에 오는 사람의 발치를 비춰주었다. 양쪽으로는 낮은 기와지붕이 압박하는데다 곳곳에 무너져 흩어진 벽의 잔해에 걸려 엎어질 뻔했다. 골목은 십 미터쯤 나아갈 때마다 두 갈래로 나뉘었다. 마치 미로 같았다. 우리는 어두운 골목을 걷고 돌계단을 올라갔다가 내려갔다가 했다. 벽이 반파된 곳은 건물 내부가 들여다보

였다. 범용차 반도 안 되는 좁은 방에서 가족인 듯한 십여 명의 사람들이 몸을 붙이듯이 모여 식사를 하고 있었다. 둥근 식탁 위, 커다란 용기에 곡물 낱알 같은 것이 담겨 있고, 그것을 각자 수저로 떠서 손에 든 작은 용기에 옮겨다가 입으로 가져갔다. 하얀 속옷 차림의 중년 여자가 바구니 옆의 용기에서 검은 국물을 떠 곡물에 뿌렸다. 생선 내장을 졸인 음식인지 주변에 비린내가 진동해, 스타디움에서 봉식만 약간 먹었을 뿐 그 뒤로 아무것도 먹지 않았다는 사실이 떠올랐다. 하지만 공복감은 느끼지 못했다. 야가라라는 사람을 비롯해서 반란이민 후손들의 모습이 이상했기 때문이다. 그들 모두는 방심 상태로 어슬렁어슬렁 골목을 걷고 있었다.

기와지붕 틈으로 하늘을 향해 뻗은 나무의 실루엣이 보였다. 어디로 데려갑니까? 나는 걸으면서 야가라라는 사람에게 물었다. 함정이었어. 저 중국인을 속았어. 나를 무슨 짓 한 거지? 이제 우리은 끝이야. 야가라라는 사람은 그렇게 중얼거리다가 내게 몸을 바짝 붙이고 귓가에 속삭였다. 앤은 부탁해. 너를 존댓말 쓰니까 괜찮으니 앤이 부탁해. 앤이 도와줘. 앞장선 노인이 기와지붕 너머로 보이는 탑 같은 건물을 가리키며 뭐라고 말하자 네기달이라는 여자가 통역해주었다. 목적지는 저기니까 곧 도착할 거네. 이윽고 시야가 트이고 바닥에 한자漢字가 새겨진 하얀 돌을 깔아놓은 네모난 정원이 나왔다. 아직 완성되지 않았는지 노란 셔츠를 입은 다섯 살에서 열 살 사이의 아이들이 스무 명 남짓 쭈그리고 앉아 바닥에 크고 작은 하얀 돌을 놓는 작업을 계속하고 있었다. 건물 창으로 새어 들어오는 불빛과 처마에 매달린 빨간 등롱 불빛으로 한자를 읽을 수 있었다. 日的反亂分子 是熱烈歡迎, 接待如疾風怒濤, 電腦是情知袋. 제작 중인 마지막 한자는 아이들에게 가려져 보이지 않았다. 합장이라는 글자만 눈에 들어왔다. 사오 층쯤 되는 가타카나 고ㅋ 자 모양의 건물이 정원을 둘러싸고 있었다. 골목에서 바라보았을 때 탑인 줄 알았던 것은 건물이 위층으로 갈수록 좁아진 때문이었다. 제일 위층은 감시대인 듯, 무기를 든 검은 셔츠의 남자 둘이 이쪽을 내려다보고 있었다.

　노인이 모습을 보이자 건물 안과 정원의 아이들에게서 박수가 터졌다. 노인도 멈춰 서서 박수를 치고, 우리 쪽을 돌아보며 박수를 치라는 몸짓을 했다. 야가라라는 사람을 비롯해서 반란이민 후손도 앤도 사부로 씨도 나도 박수를 쳤지만, 네기달이라는 여자만은 노인의 지시를 무시하고 건물 안으로 쏙 들어가버렸다. 건물은 중국풍 식당으로, 정면에 입구가 있고 노선루라는 영상간판이 벽에 걸려 있었다. 안으로 들어가자 천장까지 뻥 뚫린 로비와 이 층으로 이어지는 계단이 보였다. 네기달이라는 여자가 뛰듯이 계단을 올라가고 있었다. 로비의 커다란 접수대에 앉은 구식 로봇이 눈알을 빨갛게 깜박거리면서 아주 옛날 전자음으로 인사했다. 어서 오십시오. 노인이 선두로 계단을 올라갔다. 딱딱해 보이는 목재로 만들어진 계단은 몹시 오래되었는지 발을 디딜 때마다 삐걱거리는 소리가 났다. 벽에 표구가 걸려 있었다. 글씨가 흐느적거려서 뭐라고 적혀 있는지 알아보기 어려웠는데, 영상화한 글씨로 누군가 붓을 움직이는 것처럼 글씨가 튀어나왔다 사라졌다 했다. 계단을 올라가는 노인의 움직임은 나이를 느낄 수 없는 것이었다. 골목에서는 어두워서 그 사실을 깨닫지 못했다. 노인은 난간을 잡고 있지도 않은데 그 주위만 중력이 사라진 게 아닌가 싶을 정도로 가볍게 계단을 올라갔다.

이 층은 넓은 식당이었지만 손님도 직원도 없고 접시와 항아리와 요리 찌꺼기만 테이블과 바닥에 흩어져 있었다. 항아리에서 아직도 김이 올라왔다. 손님과 직원이 급히 도망친 것 같은 분위기였다. 노인은 계단을 더 올라가서 삼 층 객실로 우리를 안내했다. 네기달이라는 여자는 벌써 의자에 앉아 있었다. 유리구슬을 주렁주렁 엮어 장식한 조명 기구가 천장에 매달려 있고, 커다랗고 둥근 주홍색 테이블 주위로 의자들이 가지런히 놓여 있었다. 노인은 입구에서 먼 창가 자리를 가리키며 야가라라는 사람에게 의자를 권했다. 야가라라는 사람 옆에 사가라라는 사람이 앉고 반란이민 후손들은 번호대로 자리에 앉았다. 고즈미라는 사람은 심장 발작이 재발한 게 아닐까 싶을 정도로 안색이 창백했다. 미쿠바라는 사람은 어깨 언저리가, 미코리라는 사람은 입술이 달달 떨리고 있었다. 앤이 야가라라는 사람 옆에 앉으려 하는데, 네기달이라는 여자가 자기 옆에 오라고 손을 흔들며 의자 등을 툭툭 쳤다. 테이블에서 얼굴만 보이게 입구 가까운 곳에 앉은 네기달이라는 여자는 앤을 오른쪽 옆으로, 사부로 씨를 왼쪽 옆으로 앉히고 기쁜 듯이 낮은 목 울림을 냈다. 나는 사부로 씨와 노인 사이에 끼여 앉았다. 야가라라는 사람과 노인은 거의 정면으로 마주 보는 자리였다.

노인의 옆얼굴이 손이 닿을 만큼 가까이에 있었다. 노인은 호흡과 같은 리듬으로 얼굴 근육을 조절하여 웃는 얼굴을 하고 있다가 전원이 자리에 앉은 것을 확인하더니 모피 모자를 벗고 의자에 깊숙이 앉았다. 그리고 턱수염을 쓰다듬으며 뭐라고 말했다. 네기달이라는 여자가 통역한 바에 따르면 잘 왔다, 환영한다는 뜻이었다. 장소는 식당인 듯한데 요리도 그릇도 나와 있지 않았다. 노인이 입구에 대고 소리를 지르자 분홍색 셔츠를 입은 남자 세 명이 나타나 테이블보를 펼쳤다. 벽 한 면을 차지한 영상간판에 한자가 떴다가 지워졌다가 했다. 창가 쪽 벽에는 초상 사진과 서명이 든 작고 네모난 영상간판이 줄줄이 걸려 있었다. 과거에 이 식당에 식사하러 왔던 유명인이나 정치가 등 훌륭한 인물의 방문 기념일 것이다. 그런 기념 초상 영상간판을 나는 아버지의 데이터베이스에서 본 적이 있다.

6

그 네모난 영상간판을 보고 있는데 노인이 뭐라고 말을 걸었다. 너는 존댓말을 사용할 줄 아느냐? 네기달이라는 여자가 통역해주었다. 나는 그렇습니다, 하고 대답했다. 노인이 만족스러운 듯 고개를 끄덕였다. 한데 그때, 눈앞 풍경이 한가운데서 뚝 잘려 사라지고 눈부신 빛으로 앞이 캄캄해지더니 다음 순간 전혀 다른 광경이 나타났다. 야가라라는 사람도 다른 반란이민의 후손도 앤도 사부로 씨도 아무도 없고, 그 대신 중국인들이 큰 소리로 떠들고 웃으면서 접시에 가득 담긴 요리를 먹고 술 같은 것을 마시고 있었다. 맞은편에 앉은 사람은 수염을 기른 그 노인이 분명했지만 나이가 젊었다. 방 안 모습도 달라졌다. 테이블은 주홍색이 아니라 보라색이었고, 벽에는 영상간판이 아니라 종이를 끼운 네모난 액자가 걸려 있었다.

　메모리악이 작동할 때의 느낌, 뭔가를 찾다가 다른 인상 깊은 것을 우연히 발견했을 때 같은 당혹스러움과 기쁨과 기대가 뇌와 내장에서 동시에 솟구쳤다. 그 네모난 영상간판이나 혹은 이 방 전체에 메모리악 장치가 숨겨져 있을지도 모른다. 괜찮아, 아키라. 너는 살아난다. 소리가 들려오고, 어딘가 먼 곳으로 이동되는 느낌이 났다. 반란이민 후손들은 앞으로 몇 분 뒤에 손도끼로 작살나서 살해되겠지만, 너는 존댓말을 사용하기 때문에 내가 자치대신한테 부탁해서 허락을 받았어. 네 친구인 쿠치추와 함께 너는 내가 도와주겠지만, 머리카락이 뾰족하고 손발이 긴 여자는 머리를 조작한 뒤에 성노리개로 팔아버릴 텐데 그건 내가 도울 수 있을지 어떨지 모르니까 상황을 잘 파악해서 발언하고 행동해. 네기달이라는 여자의 목소리가 머릿속에서 울렸다.


# 7


　중국인인 듯한 동아시아계 사람들이 둥근 테이블을 둘러싸고 앉아 커다란 접시에 담긴 요리를 각자 접시에 옮겨서 입에 넣고 있었다. 기름 범벅이 되어 번쩍거리는 파란 채소, 뒤집히거나 뒤틀린 작은 생선, 작은 동물의 다리처럼 보이는 잘게 썬 고기, 반달 모양의 만두 같은 것, 재색과 노란색 가루, 매끄러운 줄 같은 면, 본 적 없는 요리뿐이었다. 좀 전까지 눈앞에 있던 방과 그 구조나 창의 위치가 같았다. 테이블도 같은 모양이었지만 이쪽은 새것이다. 주홍색이 아닌 보라색으로 광택까지 나서 천장에 매달린 조명 기구의 빛을 반사했다. 조금 전 광경에는 살풍경한 인상이 있었다. 방 크기에 비해 사람이 적고 야가라라는 사람도 다른 모두도 입을 꾹 다물고 이야기를 하지 않았기 때문이다. 지금 내가 보고 있는 것은 메모리악 영상이지 현실이 아니다. 아마 야가라라는 사람도 다른 반란이민 후손들도 앤도 사부로 씨도 비슷한 과거의 영상을 체험하고 있을 것이다.

눈앞에 보이는 것은 많은 동아시아계 사람들로, 테이블을 둘러싸고 언쟁이라도 하듯 하나같이 흥분해서 몸짓 발짓을 섞어가며 이야기하고 있었다. 서로 욕을 하는 것 같았다. 실제로 누군가를 가리키면서 공격이라도 할 것처럼 팔을 휘두르며 고함치는 사람도 있었다. 차례로 나오는 음식의 김과 담배 연기가 소용돌이치듯 섞이고 유리창이 부예졌다. 말소리도 냄새도 없는 영상이었지만 이따금 효과음 같은 인상적인 소리가 들려왔다. 파도, 바람, 에어컨의 잡음 같은 종류의 배경음이었다. 방에는 사람들이 넘쳐났다. 의자가 부족해서 테이블 뒤에 선 채로 마시고 먹는 사람도 있었다. 눈앞의 광경 속에 나는 없다. 나는 다만 체험하듯이 그 광경을 바라보고 있다. 마치 카메라가 된 듯한 느낌이었다.

오십구 년 전이다. 말소리가 머릿속에 울렸다. 처음 그 소리를 느꼈을 때는 네기달이라는 여자의 것이라고 생각했는데, 지금은 다른 것 같았다. 벽에 걸린 색지를 봐라. 말소리가 또 울렸지만 귀에 들린 것은 아니었다. 신호는 머릿속에서 울렸다. 색지라는 것이 무엇인지 모르지만 아마 벽에 걸려 있는 액자에 든 네모난 종이일 거라고 생각했다. 거기에는 '忠義卽自己犧牲'이라는 한자가 쓰여 있었다. 조금 전 방의 벽에는 네모난 영상간판이 몇 개나 걸려 있었다. 그 영상간판에 메모리악이 내장되었는지도 모르겠다. 오감을 지배하는 메모리악이 아니라 어떤 신경에 작용하여 영상만 환기시키는 구형으로, 촉각과 후각에는 변화를 일으키지 않는다. 방에 넘쳐나는 사람들은 아기에서 노인까지 연령대가 다양했다. 대가족이 몇 개 모인 것인지도 모른다. 그렇다, 네가 생각한 대로 창가 벽에 걸려 있는 것이 색지다. 다시 소리가 머릿속에서 울렸다. 네기달이라는 여자의 목소리가 아니었다. 색지라는 것은 색깔이 있는 종이를 말한다. 그게 뭔지 모르면 안 되는데, 아키라 너는 알까? 나는 기도하는 마음으로 이 말을 보내고 있다.

아키라 지금 네가 보고 있는 중국인 거리의 식당 객실 벽에 걸린 색지에는 놀라운 정보가 내장되어 있어서, 앞으로 너는 시간대가 다른 세 가지 사실을 알게 될 것이다. 그 준비를 해두어야 한다. 현재에서는 여기까지 너를 데려와준 반란 이민 후손들이 살해된다. 원숭이와 사람의 혼혈이라는 여자가 있을 텐데, 그 여자가 정말로 원숭이와 사람의 혼혈인지 아닌지는 본인조차 모르지만, 어쨌든 여자는 쿠치추가 마음에 들어서 도울 생각인 것 같다. 그리고 너도 살해될 일은 없다. 반란이민 후손들이 서지구의 송문과 연락을 취한 것을 알고 네 이야기를 송문에게 전했다. 원숭이와 사람의 혼혈인 여자에게도 이야기해두었다. 송문이라는 사람은 환락가 서지구에 있는 중국인 거리의 리더인데, 제멋대로 자치대신이라는 있지도 않은 직책을 내세울 뿐 아니라 불법으로 SW 유전자를 입수하여 주입하고 있다. 나보다는 훨씬 연상이다. 요컨대, 반란이민 후손들은 송문에게 살해당한다. 거래 상대에게 배신당하는 것이다. 원래 거래 상대가 반란이민들이 약속 시간보다 훨씬 늦어지자 불안해서 거래 자체의 권리를 송문에게 팔았다. 송문은 백만 공통엔으로 거래권을 사서 뇌와 인체의 초저온 보존제와 환원제와 범용차를 그 몇 배의 값에 팔 것이다. 반란이민 후손들에게는 절대 동료를 버리지 않는다는 전통이 있다. 그것은 미덕이자 강점이기도 하지만, 그 때문에 역사적으로 몇 번이나 위기에 빠져 많은 사람들이 목숨을 잃었다. 그 일이 환락가 서지구에서 되풀이될 것이다.

8

아키라, 너는 반란이민 후손들이 살해당하는 모습을 보지 않아도 되도록 원숭이와 사람의 혼혈인 여자에게 내가 이야기해두었으니 색지로 역사를 배운 뒤 도망가면 된다. 아니, 도망가야만 한다. 그러나 도망이 간단하지는 않을 것이다. 송문은 배신한다. 나를 두려워하니까 너를 살해하지는 않는다. 그렇게 약속했기 때문이다. 하지만 목숨은 살려준다 해도 놓아주지 않고 구속하려들지도 모른다. 송문에게 잡히면 존댓말을 쓰는 노예라는 공포의 운명이 기다린다. 옛날에 송문은 존댓말을 사용하는 노예를 구해서 도망치지 못하도록 양쪽 발을 절단한 적도 있다. 혀와 성대만 있으면 되니까. 그렇게 변명했다고 들었다. 원숭이와 혼혈이라고 자칭하는 여자는 송문과 계약한 프리랜서 비행가 겸 연락원으로 쿠치추 남자를 보호하는 대신 너를 죽이지 않기로 약속을 주고받았다. 어떻게 하면 구속되지 않고 쿠치추와 함께 그곳에서 도망칠 수 있을지 열심히 생각해서 직감이 아니라 논리로 이끌어낸 방법으로 탈출해야 한다. 그것이 어떤 방법일지는 모르겠지만, 또 그것을 실행하지 못하면 애초에 너는 나를 만나러 올 자격이 없었다는 게 되어 슬프겠지만, 나는 그런 현실을 받아들이는 데 익숙하니 포기할 것이다.

만약 성공적으로 도망치면 자동적으로 안조에게 가게 될

것이다. 원숭이와의 혼혈을 자청하는 여자랑은 이미 얘기가 돼 있다. 그런 유의 여자는 진정한 권력에 민감하여 나 같은 사람과의 계약을 절대 배신하지 못하니 도망만 친다면 안심해도 좋다. 그러나 앞으로의 체험은 전체적으로 극히 불쾌하고 위험할 것이다. 원숭이와의 혼혈을 자청하는 여자에게는 안조가 있는 곳으로 도망치게 하라는 명령을 내렸다. 안조는 도모나리라는 가명으로 서지구 외곽에 있는 양 버스 중 한 곳에 살고 있다. 네가 다나카 아키라라고 소개하면 놀라서 겁을 먹고 용서를 구하겠지만 거기에 반응할 필요는 없다. 망설이지 마라. 나는 식당의 객실 색지에 내장된 메모리악을 통해 너에게 이야기하고 있다. 지금 네가 보고 있는 것은 오십구 년 전의 영상으로, 송문 일행은 비극적인 과거를 잊지 않도록 색지에 기록해서 식당을 방문하는 사람들에게 문화경제효율화운동이 어떤 것이었나를 강제로 추체험하게 하고 있다.

송문은 두 번에 걸친 이민내란과 문화경제효율화운동에서 살아남은 몇 안 되는 사람 중 하나로 열일곱 개 국어를 하지만 평생 중국어만 쓰기로 마음먹었지. 내게는 송문을 죽일 기회가 네 번 있었다. 하지만 냉혹 무비해서 일체의 감정을 봉인하고 웃는 얼굴밖에 짓지 않는 이 위대한 남자는 절대로 죽지 않았다. 송문은 두 번의 내란과 문화경제효율화운동으로 수만 명의 동포를 배신하고 수십만 동포의 생명을 구했다고 도 하고, 수십만 동포를 죽게 버려두고 수백 명의 동포를 구했다고도 하지만, 리더라는 것은 그런 것이니까 놀랄 건 없고 어느 쪽이든 옳다. 예나 지금이나 항상 목숨을 위협받고 있지만 신봉자들이 지키고 있어서 아마 앞으로도 거의 영원히 살아남을 것이다. 송문이 문화경제효율화운동에서 살아남을 수 있었던 것은 문화경제효율화운동의 본질을 이해했기 때문인데, 그런 사람은 일본인이든 중국인이든 거의 없었다. 지금부터 너는 상징적인 광경을 볼 것이다. 식사가 끝난 뒤에 의식 같은 것이 시작된다. 그들은 나를 숭배하는 민병들에게 박해받은 끝에 일본에 대한 극단적인 충성을 맹세하고 도망치려 했다. 물론 거짓이었지만, 충성이란 건 맹목적이어서 진위 같은 건 어찌 되든 애초에 상관없다. 즉 거짓이고 진실이고 간에 단순히 충성이라는 바보 같은 개념이 있을 뿐이다.

9

　나는 목소리를 듣고 있는 것이 아니었다. 소리가 머릿속에서 울리듯이 느껴졌지만, 공기의 파장인 음성이 들어와서 청각이 그것을 풀어 옮겨주는 식은 아니었다. 메모리악은 신체 내부의 IC 칩을 통해 감각신경을 자극하여 음성이나 영상을 전하거나 환기시킨다. 전세기 초, 중국 산둥성의 한 대학에서 마이크로 전극을 뇌에 장착한 비둘기에게 비행과 선회와 회귀 명령 신호를 보냈던 실험이 메모리악의 원형이라고 한다. 지금 나는 메모리악을 통해 신호를 받고 음성을 조립하고 있다. 머릿속에 키보드와 모니터가 있고 마치 자동피아노처럼 키가 멋대로 움직여 문자가 줄줄이 떠오르는데, 나 자신이 그 문법과 의미를 건져 올리면서 소리 내지 않고 읽는 느낌이었다. 그래서 때로는 네기달이라는 여자의 목소리로 들리기도 하고 때로는 다른 누군가의 목소리로 들리기도 했다. 식사가 끝나고 의식 같은 것이 시작된다는 신호가 도착한 직후, 실제로 제복 입은 여자들이 아직 요리가 남아 있는 크고 작은 접시를 치웠고 모두들 서로 몸을 기대듯이 하며 일어섰다.

문화경제효율화운동이 시작되고 나서 몇 년이 지나자 내가 제창한 다양한 철학과 윤리성과 합리성은 상식화하여 단순한 교양으로 변했고, 비과학적이고 비합리적이고 어리석은 행동에 흡수되어 통제 불가능한 선까지 추락해갔다. 머릿속에서 신호가 울리고 눈앞에 펼쳐진 광경의 중심에는 보라색 테이블의 한복판을 가리키는 젊은 송문이 있었다. 젊은 시절의 송문은 현재와 마찬가지로 광택 나는 빨간 중국옷을 입고 있었지만 웃는 얼굴 대신 긴장과 고뇌로 가득한 표정이었다. 송문은 깊은 한숨을 쉰 뒤, 젖은 천으로 테이블을 몇 번이나 닦아서 깨끗하게 했다. 그리고 바로 옆의 중년 남자에게 삼각대에 올린 비디오카메라를 준비하게 한 다음, 그 앞에서 중국옷을 벗어 가슴을 노출하더니 손에 든 동그란 금속 조각을 방에 있는 모든 사람에게 보여주었다. 천 공통엔 동전만 한 크기의 배지였다. 배지 표면에서 문경효율최선이라는 극세형광 관 문자가 깜박거렸다. 송문은 그 배지의 핀을 옷이 아니라 가슴에 천천히 꽂았다. 거무칙칙한 유두 언저리에서 한 줄기 피가 배 쪽으로 흘러내렸다.

송문은 비디오카메라를 향해 피가 흐르는 자신의 가슴을 보이고 눈물을 글썽이며 뭔가를 간절히 호소했다. 방 안의 모두에게 손짓 몸짓을 섞어가며 필사적으로 외치고 있었다. 젊은 여자가 한 걸음 걸어 나와 의자 위에 서더니 셔츠 단추를 풀고 가슴을 드러냈다. 송문이 여자에게 비디오카메라 쪽을 향하도록 명령하고 배지를 건넸다. 여자가 유방의 살을 움켜쥐듯이 하고 핀을 꽂았다. 나는 그런 영상을 보고 싶지 않았다. 그러나 얼굴을 돌리지도 고개를 숙이지도 눈을 감지도 못한다. 뇌 속에서 환기되는 영상이어서 바꾸거나 끌 수도 없다. 다른 사람들도 잇따라 가슴을 드러내고 배지를 꽂았다. 송문은 손을 흔들면서 계속 소리쳤다. 하지만 송문의 소리에 응하지 않는 사람들이 있었다. 그들은 방구석에 모여서 옷 위로 가슴을 감싸듯이 누른 채, 배지를 꽂는 걸 거부했다. 송문이 위협하듯 소리치기도 하고 눈물을 흘리며 애원하듯 양손을 모으고 되풀이해서 절하기도 했지만, 방구석에 몸을 기대고 모여 선 사람들은 겁먹은 표정으로 고개만 절레절레 흔들었다. 이윽고 포기했는지 한동안 천장을 바라보던 송문이, 좀 전에 유방에 배지를 꽂은 머리 긴 여자에게 무언가 귓속말을 했다. 여자는 고개를 끄덕이고, 등 뒤에 있던 두 살쯤 되는 어린아이를 안아 테이블에 올려놓았다.

송문도 테이블로 올라가 책상다리를 하고 앉더니, 아이의 옷을 벗겨 알몸으로 만들어놓고 조그만 분홍색 유두 바로 옆에 배지를 단번에 찔렀다. 배지의 무게로 아이의 가슴살이 처지고 피가 솟구쳐 사람들이 비명을 질렀다. 손으로 입을 막은 그들의 모습은 송문에게 그러지 말라고 호소하는 것 같았다. 여자들이 울음을 터트렸다. 아이는 놀라서 우는 것도 소리를 내는 것도 잊은 듯이 멍하니 입을 벌리고 눈을 동그랗게 뜬 채 송문을 빤히 바라보고 있었다. 송문이 아이의 다른 쪽 가슴에 두 번째 배지를 꽂았다. 아이의 온몸이 달달 떨리고 가슴에서 처진 배지가 달랑거리며 천장의 불빛을 반짝반짝 반사했다. 송문은 아이를 손가락으로 가리키면서, 방구석에 웅크리고 있는 사람들에게 눈물로 뭔가를 호소했다. 아이의 가슴살이 비디오카메라로 클로즈업되었다. 두 개의 배지에 찔린 부분에서 핏방울이 부풀어 올라 처마 끝 빗방울 떨어지듯 금방이라도 떨어질 것 같았다.

주먹을 내밀며 뭐라고 외치던 송문이 배지를 한 개 더 꺼낸 다음, 아이의 뒤통수를 왼손으로 누르고 오른손 엄지로 아이의 눈을 가리켰다. 그리고 핀 끝을 눈알로 가져갔다. 송문의 손이 부들부들 떨렸다. 방구석에 한 무리가 되어 있던 사람들 사이에 잔물결처럼 동요가 번졌다. 한 젊은이가 뭐라고 울부짖더니 고개를 저으며 엎드려 사죄했다. 양손을 모아 뭔가를 내밀고, 무릎으로 기듯이 다가가 송문의 발에 매달려 울었다. 이윽고 다른 사람들도 송문에게 몰려들어 발에 매달리고 팔로 막으며 아이를 떼어놓았다. 사람들은 양손을 모아 절을 하고, 자발적으로 옷을 벗고 일제히 배지를 들어 각자의 가슴에 꽂기 시작했다.


## 10

색지는 전부 마흔세 장이다. 다시 음성신호가 내부에서 울렸다. 네 앞에 보이는 장면은 문화경제효율화운동을 상징하는 배지를 옷에 다는 것을 허락하지 않았던 송문 등 중국계 이민들이 당국에 충성심을 나타내고자 살에 직접 배지를 꽂고 그것을 기록하여 정부에 제출한 영상이다. 살에 배지 핀을 꽂는 것은 아픔과 수치를 동반하는 행위로 이민들 중에는 거부하는 사람도 많았지만, 송문이 먼저 자기 어린 딸의 가슴에 날카로운 핀을 꽂은 다음 눈알에 찌르겠다는 의지를 표시하여 대중을 선동했다. 유명한 일화다. 그러나 십여 년 후에, 송문이 핀을 꽂았던 어린아이가 사실은 딸이 아니었다는 것을 증언하여 살해당한 사건이 일어났다. 나는 송문을 잘 알아서 그라면 그러고도 남을 거라고 웃었지. 가소롭기 짝이 없다. 송문은 이민의 결속을 높여 결과적으로 문화경제효율화운동시대에서 살아남았다. 시대에 따라 다르지만 색지가 환기하는 과거의 기록은 대체로 비슷하다. 송문은 불구대천의 적이면서 때때로 유용한 협력자로 힘을 다해주었다.

당시 나는 이미 강력한 영향력을 갖고 있어서 최고 빈민층의 구세주로 칭송받았다. 정권과 거대 복합기업과 주요 언론 매체를 비판했다가 관계 기관에 체포되어 모진 일을 겪었기 때문이다. 네 번이나 체포되었지만 당시의 경찰은 민주적이어서 고문은 없었다. 또한 정부와 검찰이 내가 교도소에서 복역하면 대중의 영웅으로 더욱 추앙받을까 염려한 까닭에 세 번은 불기소처분을 내렸고, 기소된 한 번도 집행유예를 받았다. 단호한 비판 정신과 거듭된 체포 덕분에 나의 투쟁력은 상품성이 높아져, 이민자와 경쟁하면서 극빈한 생활을 이어가던 대다수 젊은이들에게 열광적으로 지지받았다. 그래서 다양한 형태로 지시를 내리기만 하면 수천수만 명도 동원할 수 있었지만, 나 자신은 어지간한 일에는 움직이지 않기로 마음먹고 있었다.

인구 감소 및 이민에 대한 노동력의 의존도가 기하급수적으로 높아지고 생산성은 극적으로 떨어진 데다 엔이 몇 번이고 폭락한 끝에 연료와 식료품이 부족하게 되었지만, 대중의 정치의식은 제로에 가까웠다. 세습의원과 여자들뿐인 국회와 내각은 파란색과 복숭아색 화원이라고 야유당하고 정치에 뜻을 품은 자는 뇌가 없는 바퀴벌레와 동급이라는 공통의 이해가 생겨났다. 나 자신의 의지에서가 아니라 대중의 추앙이 필요하여 시기를 기다렸는데, 기회는 어느 날 불쑥 찾아왔다. 극빈층 젊은이들이 거리에서 폭발한 것이다. 수도권 스무 군데에서 젊은이들이 이민을 습격하여 사상자가 몇백 명이나 나왔다. 나는 언론에 나가서 젊은이들에게 사죄는 필요 없다고 언명했다. 필요한 것은 사죄가 아니라 가해자 처벌과 피해자 보상과 당국의 깊은 반성과 현실적인 대책과 미래에 대한 희망이라고 조용히 주장했다. 그 성명은 가해자인 젊은이들에게도 피해자인 이민들에게도 지지를 받아, 그 후 사죄는 비효율적이고 사태를 모호하게 하는 절대 악이라는 인식이 확산되었다.

피해자 측이 구조나 보상보다 가해자의 사죄를 우선시하는 정신문화는 외부의 침략과 내부의 주민 이동, 가치관 전환이 거의 일어나지 않는 폐쇄적인 공동체에서 생겨난 것인 듯하다. 학대당한 어린아이로 대표되는 약자의 피해에 대해서는 강자의 사죄가 필요하지만, 평준화하고 성숙한 사회에서는 사과를 통한 감정적 구제보다도 죄를 인정하고 계약에 따른 보상과 원상회복을 지향하는 것이 순서다. 마찬가지로 이민의 범죄행위에 대해서도 가해자는 사죄할 필요 없이 처벌받고 반성하면 끝내도록 규정했다. 동시에 이민들에게 존댓말 강요하기를 멈추었고 심지어는 국민 전체에 존댓말 사용을 금지했다. 가치관과 질서 혼란을 막기 위해서는 다양한 영역에서 커뮤니케이션의 엄밀화, 효율화, 합리화가 필수적이었는데, 그중 존댓말이 맞춤한 표적이었다. 사죄와 존댓말을 금지당한 정치가와 경제인은 정책과 대책과 경영전략을 간단하고 정확한 말로 표현하게 되었고, 저급한 전달 능력이 드러나 웃음거리가 되기도 했다. 문화경제효율화운동 초기에 대중은 그렇게 위안을 받았다. 그리고 내게는 갈채를 보내 영웅으로 받들었다. 나는 스스로 우상이 되는 것을 피하고 나에 대한 숭배를 금함으로써 되레 엄청난 카리스마를 손에 넣었지만 비판을 장려했고, 은밀하고 확고한 정치적 영향력을 갖고 있으면서도 국회나 내각에 관여하지 않았다. 그런 사실은 더욱더 큰 동원력으로 작용해 비정치 조직과 비영리 조직이 대량으로 생겨났고 드디어 사병이 탄생했다.

당시의 사병은 비무장에 비폭력이었지만, 거리에서 경찰과 기득권층과 물리적 충돌을 되풀이하는 동안에 스턴 건과 쇠 파이프, 가죽 벨트를 휴대하게 되었고, 정치 엘리트나 경제인이나 문화인을 폭력으로 겁주어 굴복시키는 데 강한 쾌락이 있다는 걸 안 뒤로는 실력 행사의 정도와 규모가 커져 구성원이 비약적으로 늘어났다. 서일본에서는 사병을 용기대龍騎隊라 부르고 동일본에서는 가치방위대라 부르다가 나중에 합류해서 정식 명칭을 간단히 방위대라고 붙였다. 방위대는 동일 노동, 동일 임금을 지키지 않는 기업을 공격하고 최저임금을 올리는 데 소극적인 정치가를 납치하여 고문했는데, 내란을 두려워한 경찰은 계속 묵인해왔다. 초기의 방위대는 모든 이민의 권리와 생활과 재산을 지키는 입장이었지만, 당연한 듯이 곧이어 이민배척운동의 선두에 서게 되었다.

　문화경제효율화운동의 정신에 따라 국적법이 개정되고 고유의 문화적 전통과 종교적 관습을 폐지하는 움직임이 나오자, 일본인보다도 이민들이 더 격렬하게 반대했다. 개정 국적법의 기본은 일본에서 태어난 아이에게 원칙적으로 일본 국적을 부여하지만 모국의 전통적인 기도나 교회, 의상, 머리 모양, 휴대품의 자발적인 자제를 요구했다. 이에 이민들은 일제히 반발했다. 곧 일본인과 이민 사이에 충돌이 일어났는데, 특히 화교계 이민은 자위自衛의 명목으로 경비 회사를 만들어 동남아시아의 용병을 모집한 다음 가치방위대와 충돌했고, 그로 인해 이곳에 제이차이민내란의 싹이 형성되었다.

　네가 본 오십구 년 전 중국인 거리의 한 방에서 벌어진 사건은 그 시대의 것과 똑같다. 가치방위대가 재벌계 중장비 공장을 습격하여 무기를 빼앗고 이민에게 실질적이고 심각한 박해를 가했다. 많은 이민이 맞고 고문당하고 사살되었다. 차별에 따른 박해는 더욱 심해지고 확대되었다. 중국계 이민은 논어와 마오쩌둥 어록과 불교는 물론이고 빨간색과 금색의 등롱, 전통 요리까지 자제하겠다고 맹세했지만, 충성심이 부족하다고 철저하게 추궁당했다. 이에 송문은 희생적 헌신이라는 슬로건으로 박해에 대항했다. 그것은 스스로 육체와 정신을 자해하여 더할 수 없는 반성과 충성을 보여주고, 더 나아가 가족과 친척을 벌하는 장면을 영상으로 기록해서 당국과 방위대에 제출하여 잔멸을 피하는 방법이었다.

## 11

네 친구와 반란이민의 후손들은 다른 색지가 환기하는 동시대의 다른 광경을 보고 있을 것이다. 금구가 달린 벨트로 손자들에게 연신 얻어맞아 등과 엉덩이 살이 찢기고 피를 흘리는 할아버지나 할머니이기도 하고, 자형自形이라 하여 광장에서 핸드 스피커로 자기 죄를 고백하고 스스로 사형을 선고한 후에 자기가 만든 교수대에서 목을 매는 소녀, 하반신마비인 어머니를 휠체어째로 빌딩 옥상에서 밀어버리는 소년, 대량 학살의 희생자인 동포의 사체를 늘어놓고 썩어가도록 공개하는 사체 전시회라는 행사 등 여러 가지로, 반란이민의 후손들은 그런 광경들을 보면서 살해당하게 된다. 쿠치추는 살해당하지 않는다. 존댓말을 쓰는 너도 목숨은 건질 것이다. 그러나 거듭 말하는데, 구속될지 모르니 너는 도망쳐야 한다. 너와의 다음번 통신이 언제가 될지는 모르겠지만, 안조를 만나면 내가 있는 곳과 이곳으로 오는 경로와 필요한 교통기관을 알게 될 것이다. 아키라, 이제 곧 메모리악 신호가 끊긴다. 눈앞의 광경에 혼과 말을 잃지 마라.

머릿속에서 울리던 신호가 갑자기 끊겼다. 시야가 무수한 픽셀로 나뉘어 장면이 분할되고 메모리악 영상이 갈라지듯이 사라져갔다. 늙은 송문이 지배하는 현실의 객실이 다시 눈앞에 나타나고 검은 셔츠를 입은 한 남자가 든 손도끼의 날이 윗입술까지 파고들어 야가라라는 사람의 얼굴이 좌우로 쩍 갈라지는 장면이 보였다. 현실이 윤곽을 드러내고, 반란이민 후손들의 처형이 소리와 함께 눈앞에서 전개되었다. 시야의 대부분을 낡은 주홍색 테이블이 차지했다. 바로 앞에 내 양팔이 있고 팔꿈치와 손가락과 손등에 피와 체액이 튀었다. 체액도 혈액도 사람의 몸에서 막 분출한 것이어서 독특한 냄새가 났다. 누구의 피인지는 명확하지 않았다. 전원이 이미 처형되었기 때문이다. 정면에 손도끼로 얼굴이 쪼개진 야가라라는 사람이 있고 그 옆에 사가라라는 사람이 있었다. 역시 머리에 손도끼가 깊이 꽂혔다. 나는 좌우로 나뉘어 축 늘어진 그의 얼굴을 바라보며 마치 꽃 같다고 조그만 소리로 중얼거렸지만, 그것이 누구의 목소리인지 자각하지 못했다. 내 중얼거림은 다른 누군가 내지르는 비명 때문에 들리지 않았다. 앤의 비명이었는데, 나는 앤이라는 이름과 그것이 의미하는 바가 가슴에 떠오르는 것을 거부하고 있었다. 시야에서 의미를 잘라내려 했다. 꽃 같다, 꽃 같다, 꽃 같다……. 나는 몇 번이고 그렇게 기계적으로 중얼거렸다.

환락가 그 2   305

야가라라는 사람의 얼굴도 사가라라는 사람의 얼굴도 이제 사람의 얼굴로는 보이지 않았다. 사람의 얼굴이 실제로 한가운데서 갈라지는구나. 나는 내심 감탄했다. 갑자기 고즈미라는 사람의 처형이 재현되었다. 나는 등과 아랫배가 얼어붙은 느낌과 함께 오줌을 지리고 의식과 감각이 마비되는 것을 느꼈다. 재현된 영상이 아니라 현실인지도 모르겠다. 마지막으로 고즈미라는 사람을 처형하는 장면이었는지도. 어쨌든 나는 목격하고 말았다. 검은 셔츠의 남자가 손에 든 것은 손도끼가 아니었다. A4 노트 크기의 정사각형 요리용 식칼이었다. 방심 상태의 고즈미라는 사람은 몸을 달달 떨었지만 움직이려고는 하지 않았다. 등 뒤에서 검은 셔츠의 남자가 느닷없이 요리용 식칼로 고즈미라는 사람의 머리 꼭대기를 내리쳐 퍽, 소리와 함께 식칼이 반쯤 정수리에 꽂혔고, 바로 이어서 또 다른 검은 셔츠의 남자가 어른 머리만 한 나무망치를 휘둘러 칼등을 내리쳤다. 거의 정사각형인 식칼이 고즈미라는 사람의 얼굴을 두 개로 쪼개자, 칼을 뽑아내고 뒷마무리하듯 손도끼로 열린 상처 자리를 몇 번이나 휘저었고 그때마다 피와 체액이 사방에 흩어졌다.

대량의 피와 체액을 뒤집어쓰고 힘을 잃은 앤이 의자에서 허물어지듯 쓰러지자 검은 셔츠를 입은 두 남자가 그녀의 몸을 붙들었다. 비명이라고 생각했던 것은 앤의 목에서 나는 소리였다. 그녀가 호흡할 때마다 목에서 피리 소리 같은 게 났다. 사부로 씨는 네기달이라는 여자에게 몸을 기대듯이 하고 있었다. 네기달이 마른나무 같은 손가락으로 사부로 씨의 눈을 가리고 말했다. 보지 마. 사부로 씨는 참극에서 멀어지려고 했지만 살짝 엿보는 것만으로 몸이 경직되어 팔다리와 얼굴을 움직이지 못하는 것 같았다. 송문은 피와 체액으로 지저분해지지 않도록 반투명한 분홍색 비닐우산을 쓰고, 솜씨 좋게 처형이 진행되는지 이따금 우산 밑으로 내다보며 확인했다. 나는 정말로 꽃을 닮은 것 같다고 중얼거렸다. 한가운데서 갈라져 좌우로 축 늘어진 오구라라는 사람의 얼굴은 큰 귀가 금방이라도 테이블에 닿을 듯하고 찌그러진 눈은 꽃잎을 수놓은 무늬 같았다. 피와 체액은 일단 대량으로 뿜어진 후에, 갈라진 틈의 앞뒤로 흘러나와서 오구라라는 사람의 얼굴은 전혀 더러워지지 않았다.

다른 반란이민의 얼굴도 대부분 좌우대칭으로 깨끗하게 쪼개졌다. 오구라라는 사람과 미쿠바라는 사람은 코까지 한가운데서 둘로 갈라졌다. 갈라진 부분에는 검붉은 핏덩어리와 너덜너덜해진 하얀 뇌가 목뼈에 걸린 것처럼 매달려 있고, 한쪽 입술 끝에서 튀어나온 혀는 별나게 길어서 마치 꽃에서 뻗어 나온 암술처럼 보였다. 테이블 위에 기묘한 것이 굴러다녔다. 미코리라는 사람이 얼굴에 쓰고 있던 투명한 수지 마스크였다. 마치 꽃 같다는 중얼거림이 멎질 않았다. 송문이 무슨 말인가를 하고 있었다. 중국어였는데 네기달이라는 여자가 사부로 씨한테 통역해주는 소리가 들렸다. 여자와 존댓말 사용하는 놈을 해치우고 얼른 여길 청소해야지. 네기달이 송문에게 사부로 씨를 가리키며 뭐라고 말한 다음 일어섰다. 검은 셔츠를 입은 남자가 가늘고 긴 침을 품에서 꺼냈다. 나는 앞으로 무슨 일이 일어날지 알고 있었다. 송문은 앤과 내게서 시력을 빼앗을 것이다. 나는 존댓말 사용하는 노예로 수하에 두고 앤은 성 노리개로 팔아버릴 것이다. 나는 좌우대칭으로 쪼개진 반란이민의 얼굴을 기계적으로 꽃에 비유함으로써 그 광경에서 의미를 벗겨내려 했다.

　손과 얼굴과 상체는 피와 체액으로 끈적끈적하고 의자는 소변에 젖었고 의식도 감정도 공포와 충격으로 얼어붙은 채였다. 몸속의 깊이가 각각 다른 세 층에서 말이 솟구쳐 올라왔다. 나는 표층의 꽃 비유만을 걷어 올렸다. 거의 좌우대칭

으로 쪼개져 고개 숙인 얼굴은 꽃하고 닮았다. 그런 비유는
현실에서의 의미를 벗겨준다. 비유를 중얼거리는 한 현실과
마주하지 않아도 된다. 하지만 소용없었다. 중간층에서 비명
이 올라왔다. 다시 표층의 꽃 비유가 그걸 눌렀다. 봐라. 표층
의 비유는 계속해서 내 성대를 떨게 하고 입술을 움직이게
했다. 봐, 보면 볼수록 저것은 꽃 말고는 어느 것하고도 닮지
않았어. 모든 사물은 뭔가를 닮아서 비유를 사용하면 어떤 것
도 현실감과 의미를 벗겨낼 수 있다. 절대 보고 싶지 않은 것,
가장 친한 이의 죽음, 어린 여자아이의 잘린 손가락, 늙은 여
자의 성기와 연결된 내 성기…… 그런 것들은 반드시 뭔가와
닮아 있다. 저 아이의 손가락은 마치 애벌레 같아, 하고 비유
를 중얼거리면 표면만 인식할 뿐 현실에 접촉하지 않아도 된
다. 비유는 도피다.


## 12


　표층에서 솟구치는 비유의 파도가 불쾌한 것임을 깨닫는
것은 고통이었다. 비유는 중얼거린 뒤에도 사라지지 않고 남
았다. 살에 달라붙은 느낌이었다. 두드러기 같았다. 피부가

비유로 덮이고 흉한 돋기가 돋았다. 비유는 도피일 뿐 아니라 병이란 걸 알았다. 면도칼이 있었으면 좋겠다. 면도칼로 피부와 비유를 깎아내고 서늘한 공기에 몸을 드러내고 싶다. 비유는 증오해야 하는 것임을 깨닫자 가장 깊은 곳에서 보내는 신호가 강해졌다. 마치 땅속 깊은 곳에서 꿈틀거리는 기분 나쁜 벌레처럼 몸 저 깊은 곳에서 말이 되기 전의 음성기호 같은 것이 몸부림치면서 떨고 있었다. 그것이 아무리 공포로 가득하다 해도 현실에서 의미를 벗겨내서는 안 된다. 의미를 잃은 현실은 이르든 늦든 언젠가는 죽음을 가져온다. 나는 가장 깊은 곳에서 올라오는 말을 잡으려고 했다. 입술을 세게 깨물었다. 하지만 그 정도 자극으로 신호가 말이 되지는 않는다. 검은 셔츠의 남자가 가늘고 긴 바늘을 오른손으로 빙글빙글 돌리면서 앤에게 다가갔다. 나는 그자가 옆을 지날 때 바늘을 빼앗았다. 망연자실하던 내가 반항하리라곤 예측하지 못했을 것이다. 바늘은 쉽게 빼앗을 수 있었다. 검은 셔츠의 남자가 중국어로 뭐라고 소리치며 손도끼를 휘두르려 했지만, 송문이 제어했다. 나는 나 자신이 왜 그러는지도 모른 채, 셔츠를 찢고 유두 주변 살을 집어 그곳에 바늘을 찔렀다.

　아프지 않았다. 공포로 감각이 마비된 것이리라. 그러나 자극은 제일 깊은 곳을 흔들었다. 말이 되살아났다. 눈앞의 광경에 혼과 말을 잃지 마라. 통증과 리듬을 맞추듯이 말이 반쯤 자동적으로 되풀이되면서 꽃의 비유를 망쳤다. 눈앞의 광경에 혼과 말을 잃지 마라. 살에서 한 줄기 피가 흘렀다. 눈앞의 광경에 혼과 말을 잃지 마라. 누구의 말인지 알 수 없었다. 하지만 그런 건 아무래도 좋았다. 어딘가에서 배웠을 것이다. 나는 어떻게 습득했는지 불확실한 지식을 많이 갖고 있다. 송문의 표정이 처음으로 바뀌었다. 미소가 사라졌다. 가장 깊은 곳에 새로운 말이 도착했다. 그것을 토해내고 싶었다. 나는 송문에게 다가가 가슴에 뚝뚝 떨어지는 피를 가리키며 말했다. 희생이야말로 사랑입니다. 순간, 송문은 어안이 벙벙하더니 곧바로 안색이 바뀌어 뭐라고 소리칠 것 같았지만 오른손으로 입을 막고 쥐어짜내듯이 말했다. 당신 말이오, 한 번 더 말합니다. 듣고 싶기 때문입니다. 부정확한 존댓말이었다. 나는 같은 말을 되풀이했다. 희생이야말로 사랑입니다. 어째서 그런 말이 나왔는지는 모른다. 하지만 그 의미와 유래는 안다. 수십 년 전에 희생적 헌신 운동으로 송문이 동포를 죽이고 나서 일본 정부와 가치방위대에 한 말이다. 문화경제효율화운동 후에 그는 그 말을 봉인했다. 송문은 동포를 위해 위대한 공적을 세웠고, 또 믿기 힘든 배신을 했다. 그 배신을 상징하는 말이었다.

　송문은 증오와 놀라움이 뒤섞인 눈으로 나를 바라보았다. 네기달이라는 여자가 손가락으로 송문을 찌르더니, 사부로 씨와 나와 앤을 가리키면서 어느 나라 말인지 모를 언어를 무섭게 빠른 속도로 쏟아냈다. 송문이 중국어인 듯한 말로 뭐라고 대답했다. 네기달은 고개를 젓고 온 얼굴에 주름이 생기도록 웃으면서, 욕심을 부리면 내장까지 잃어버린다, 예의를 지켜라, 앞으로는 내가 중개하는 사람과 원숭이를 말없이 죽이지 말고 죽일 때는 미리 죽인다고 말해라, 하고 일본어로 소리쳤다. 송문은 미소를 짓더니 턱으로 출구 쪽을 가리키며 앤과 나의 해방에 동의했다.

## 네기달의 비행

### 1

그 녀석들은 그렇게 깨진 머리로 맛있는 수프를 만든다고 하는데, 뇌와 두개골로 수프를 만든다니 그게 거짓말인지 뭔지 어떻게 알아. 네기달이라는 여자는 그렇게 말하고 아마 웃음인 듯한 귀에 거슬리는 소리를 내면서 앞장서서 걸어갔다. 금속이 삐걱거리는 것 같은 불쾌하고 톤 높은 소리였다. 기묘하게도 그 소리는 규칙적으로 뚝뚝 짧게 끊겼다.

오르막길인 골목은 불빛이 없고 캄캄했지만 네기달이라는 여자는 폴짝거리며 가볍게 걷다가 우리를 기다리느라 잠깐

씩 멈춰 섰다. 나와 사부로 씨는 앤을 양쪽에서 부축하고 가파른 골목길을 조심조심 올라갔다. 꼭두각시 인형처럼 축 늘어진 앤은 호흡이 가빴고 목에서 피리 소리 같은 게 났다. 그러면서도 네기달이라는 여자가 머리니 뇌니 두개골이니 하는 말을 할 때마다 움찔, 하고 파르르 몸을 떨었다. 네기달이라는 여자는 앤의 그런 반응이 재미있는 듯이 반란이민 후손들의 처형 이야기를 계속했다.

이렇게 캄캄한데 저 네기달이라는 여자는 어째서 저렇게 빨리 걸을 수 있는 겁니까? 사부로 씨에게 물었지만, 대답 대신 사부로 씨는 저 여자는 어떤 신발을 신었을까, 하고 중얼거렸다. 축 늘어진 앤의 몸이 무거워서, 언덕을 올라가는 동안 점점 어깨와 허리가 아파왔다. 무슨 말이라도 떠들어 기분을 전환하지 않으면 힘이 떨어져 발을 잘못 디딜 것 같았다. 그러고 보니 네기달이라는 여자가 어떤 신발을 신었는지 뚜렷하게 기억이 나지 않았다. 아마 가죽 샌들 같은 것이 아니었을까 싶었다. 네기달이라는 여자는 계속해서 말했다. 그 녀석들은 뇌와 두개골과 뽑아낸 피로 수프를 만든다고 했는데, 푸젠 출신인 녀석들이 수프 끓이는 방법을 알 리가 없지. 그 녀석들 중 딱 한 명이 광둥 출신 요리사라서 사람 키보다 크고 힘차게 타오르는 센 불이 있으면 두개골과 뇌와 사람의 기름이 둥둥 뜬 예쁜 노란색 수프를 만들 수 있다고 했지만, 이 거리에는 그렇게 화력이 센 가스 조리기가 없으니 기름에 튀겨 마요네 즈에 찍어 먹을 수밖에 없을걸.

　야가라라는 사람과 그 동료가 무참하게 살해당하는 것을 눈앞에서 보아 떨리던 가슴이 진정되지 않았다. 그러나 슬픈 감정은 없었다. 이상하고 잔혹한 처형을 보고 감각이 마비되어버렸는지, 아니면 슬픔을 느끼기에는 반란이민 후손들과 함께한 시간이 짧았던 건지, 아니면 둘 다인지…… 사부로씨는 별로 충격받지 않은 듯 혼잣말처럼 중얼거렸다. 어째서 우리는 살려주었을까? 네기달이라는 여자가 이쪽을 돌아보며 기쁜 듯이 말했다. 그게 이상했나? 그건 내가 처음부터 그 노인네한테 너를 살려줘야 한다고 납득시켰기 때문이야. 그자는 노인이어서 사람을 그냥 식료품으로 생각하고 식료품을 사람이라고 생각하기도 하지. 감자를 사람이라고 생각하고 사람을 수박이라고 생각하기도 하는 거야. 사람을 사람이라고 생각하지 않고 식료품이나 도구라고 생각하기 때문에 옛날부터 사람의 머리를 쪼개고 피부를 벗기는 걸 좋아해서 누구한테든 그런 짓을 서슴지 않고 해대. 그런 주제에 노인네가 지식을 좋아해서, 손해를 볼지 득을 볼지 먼저 그걸 이야기해주면 되거든. 너와 그 여자를 노예로 팔아봐야 별로 돈도 되지 않는 데다 존댓말 쓰는 아이는 눈에 띄니까 장님으로 만들어 노예로 삼은 게 알려지면 일이 성가셔진다고 말해주었지. 그보다는 네가 한 말에 더 놀란 것 같았지만, 그야 너를 몰라서 그런 거지. 확실히 너는 대단해. 하지만 나는 저 우주정거장에 있는 사람에게 네 이야기를 이미 들어서 알고 있었기 때문에 당연히 놀라지 않았어. 놀라는 게 이상하지. 네기달이라는 여자는 거기까지 말하고 다시 걷기 시작했다. 가다 보니 약간 높은 언덕 위로 올라섰다.


## 2


   눈 아래로 환락가가 펼쳐지고 높은 낭떠러지를 따라 컨테이너 세 개를 붙여놓은 듯한 L자형 건물이 있었다. 주거로는 적합하지 않지만 이것이 우리 집이야. 안에 들어가도 어차피 금방 출발할 테니까 오래 있진 않을 건데, 괜찮다면 들어가. 네기달이라는 여자는 그렇게 말하고 목에 걸고 있던 목걸이에서 동물 뼈 한 개를 들고 단추 같은 것을 눌렀다. 동물 뼈가 발신기인 듯 유압이 걸리는 소리가 나더니 문이 아니라 앞뒤 두 개의 벽 전체가 바깥쪽으로 도개교처럼 열렸다. 이런 곳으로 데려와서 어쩌란 말인가. 나는 앤을 부축한 채 건물로 들어가기를 주저했다. 뭐가 있어. 사부로 씨가 건물 내부를 가리키며 말했다. 태워줄 테니 들어가. 바로 나갈 거지만 들어가. 네기달이라는 여자는 또 그렇게 말하고 건물 안으로 들어가더니 다시 목걸이의 동물 뼈를 조작하여 조그맣고 빨간 불을 켰다. 어둠 속에서 짙은 주홍색 비행 자동차가 모습을 드러냈다.

이것은 더글러스 맥도날드와 메르세데스가 극비리에 개발한 사십오 년 전의 최신예기로 전 세계에 단 사십 대뿐인데, 가려고 마음만 먹으면 달까지도 갈 수 있어. 난 갈 마음이 없어서 아직 가지 않았지만 마음만 먹으면 대기권 밖으로도 약 십이 분 사십 초 만에 갈 수 있지. 네기달이라는 여자는 그런 말을 하면서 비행자동차의 기체 중심부 문을 열고 세 개의 금속섬유 봉투를 확인하더니, 발을 휘둘러 신고 있던 샌들 같은 것을 벗어버리고 맨발이 되었다. 옅은 불빛에 비친 네기달의 발은 손과 마찬가지로 마른 나뭇가지처럼 가늘고 검었으며 발가락이 유난히 길었다. 비행자동차는 볼록렌즈를 연상시키는 넙적한 원형 기체에 접이식 주 날개와 고정된 꼬리날개가 달린 단순한 형태로, 범용차 절반쯤 되는 크기였다. 네기달은 동물 뼈를 조작하여 트랩에 발을 올리고 몸을 붕 띄워서 빨려 들듯이 앞좌석에 앉더니 재킷을 벗고 나서 건물 선반에 걸린 천을 가리키며 말했다. 우선 지저분한 것 좀 닦아. 나와 사부로 씨는 그 천으로 몸과 머리카락과 옷에 묻은 피와 체액과 소변을 닦아내고, 앤에게 괜찮으냐고 말을 걸면서 그녀의 몸과 옷을 조심스럽게 닦아주었다. 천은 피와 체액으로 이내 끈적끈적해졌다.

이제 타. 네기달이 마른 나뭇가지 같은 손을 흔들어 보인 다음, 머리 위 단추를 눌러 파워 스위치를 켰다. 고압 기체가 가느다란 관을 통과하는 소리가 났다. 사부로 씨가 먼저 앤을 안고 뒷좌석에 올라탔다. 뒤에는 세 사람이 앉을 공간이 없어서 나는 조종석의 네기달 옆에 앉았다. 내 몸에 맞게 등받이 형태가 자동으로 바뀌고, 어깨 언저리에서 띠 모양의 팔이 뻗어 나와 가슴에서 교차한 다음 그대로 허벅지까지 가더니 옆에서 잠겼다. 나는 착 달라붙듯이 좌석에 고정되었다.

# 3

이 녀석의 이름을 알고 싶다면 가르쳐주지. 퉁구스어로 이슨이라고 하는데 별蜂이라는 뜻이야. 오늘 밤에는 배달이 세 건 있어서 양 버스로 가기 전에 세 군데에 배달부터 가야 해. 환락가의 명물인 대폭포 호텔과 거울반사 타워와 정지궤도 우주정거장을 보여주겠지만, 환락가를 벗어나면 로봇이 따라올 테니까 너희가 즐길 수 있으면 즐겨. 네기달의 말이 무슨 뜻인지 몰라 나도 사부로 씨도 어안이 벙벙해 있는 사이에 금속음이 울리고, 주위의 먼지며 모래 알갱이가 날아오르고, 이윽고 기체가 살짝 뜨는가 싶더니 마치 폭풍에 날리는 것처럼 비행자동차가 비스듬하게 전방으로 날았다. 좌석 등받이에 몸이 푹 박히는 듯한 충격이 있었다. 순간적으로 환락가의 불빛이 시야 전면을 뒤덮었다가 뒤쪽으로 흘러가고, 눈앞에 초고층 호텔이 나타났다가 또 바로 사라졌다. 너무 빨라서 어디를 어떤 루트로 비행하는지 알 수 없었다. 비행하고 있다는 실감도 나지 않았다. 뭔가에 짓눌린 듯한 감각으로, 몸을 움직일 수가 없었다. 손가락 하나도 움직일 수 없었다.

현기증이 나서 눈을 감으려는데 네기달의 목소리가 들려왔다. 앞을 보고 있지 않으면 시각과 청각이 뒤섞여서 토하고 말걸. 네기달은 반원형 조종간을 양손으로 잡고 발치에 나란한 피아노 건반 모양의 러더 페달을 두 발의 발가락으로 조작했다. 십육의 칠 제곱인 이억 육천팔백사십삼만 오천사백서른여섯 개의 코스와 속도를 조합해서 이슨과 내가 날고 있는 거야. 네기달은 내가 자기 발치를 바라보는 걸 알고 전방을 응시한 채 그렇게 설명했지만 무슨 말인지 통 알 수 없었다. 비행자동차는 방풍이 되지 않았다. 조종석의 시야는 전방 위쪽으로 한정되어 몇 개의 손바닥만 한 모니터들이 계기판에 묻혀 있었는데, 조종간에 딸린 단추를 조작하자 모든 방향의 영상이 비쳤다. 초고층 빌딩이 뒤쪽으로 흘러가 시야에서 사라지고 또 곧장 눈앞으로 다가왔다. 비행자동차가 급선회한 것 같았다. 빌딩 벽면이 일그러지고 창문 불빛의 잔상이 전후좌우로 흐르는가 싶더니 다시 갑자기 시야에서 사라졌다. 창문 불빛의 잔상이 일그러지며 흔들렸다. 초고층 빌딩이 흐물거리는 것 같았다. 세 사람이나 타서 무거워진 바람에 이슨의 기분이 안 좋은 거라고 네기달이 말했다. 연습 비행이었는지도 모른다. 빌딩 전체가 일그러진 채 흔들리고 깜박거리면서 눈앞에서 사라졌다가 나타나다니, 몹시 기묘한 감각이었다. 구토 봉지에 토해! 네기달이 뒷좌석 모니터를 보며 소리쳤다. 뒷좌석에서 앤이 노란 물을 토하는 모습이 모니터에 비쳤다.

초고층 호텔이 다시 눈 아래로 보였다. 시야는 일그러지지도 흔들리지도 않았다. 정지한 것은 시야가 아니라 비행자동차 쪽이라는 걸 깨닫기까지 잠시 시간이 걸렸다. 비행자동차는 초고층 호텔들 바로 위에서 멈추었다. 너는 아는 게 많으니까 분명 바로 아래 보이는 호텔 알겠지? 네기달이 나무 열매 같은 것을 먹으면서 물었다. 건조시킨 동그란 열매가 가득 담긴 봉지를 왼손에 들고 오른손으로 몇 알씩 집어서 입에 넣는데 그 동작이 하도 빨라서 손의 움직임이 잘 보이지 않았다. 설치류처럼 입을 바삐 움직여 열매를 씹고 있었다. 한족 노인네하고 함께 있으면 아무것도 먹을 마음이 안 생기는데 이슨하고 있으면 뭐라도 먹고 싶어져. 네기달은 또 내가 자기 입가를 바라보는 걸 알고 그렇게 말하더니 새된 금속성을 내며 웃었다. 너도 먹어, 하고 열매가 든 봉지를 내밀었지만 나는 먹을 만한 상태가 아니었다. 호텔을 아느냐고 물어서 모른다고 대답하려 했지만 소리가 나오지 않았다. 경험한 적 없는 중력이 여기저기에 걸려서 몸의 신경이 분단되고 기관과 장기와 혈관의 밀도가 미쳐 날뛰는 것 같은 느낌이었다.

호텔가 끝에 있는 저 호텔은 유명한 곳이야. 대폭포 호텔이라고 하는데, 주위에 사람이 모여 있는 게 보여? 보이겠지? 그렇게 말하고 네기달은 정지한 비행자동차를 왼쪽으로 기울였다. 해안선에서 도로에 걸쳐 호텔 주위가 설탕에 몰려든 개미 떼처럼 사람들로 바글거렸다. 바로 아래 보이는 그 호텔은 거의 정육면체에 가까운 평범한 디자인으로 그리 높지는 않았다. 해안선에 늘어선 초고층 호텔 중에서 낮은 편이다. 네기달이 시계를 보더니 먼저 나에게, 다음으로 뒷좌석을 향해 말했다. 볼거리가 시작돼. 볼거리가 시작돼. 비행자동차가 희미하게 흔들리고 지상에서 음악이 들려왔다. 옛날 유럽 음악으로 교향곡이라고 불리는 종류의 것이었는데, 음량이 너무 큰 데다 거리가 멀어서 잡음에 가깝게 들렸다. 탐조등이 잇따라 켜지고 조종석이 대낮처럼 밝아졌다. 지상에서 올라온 불빛이 비행자동차를 관통했다. 볼거리인데 우리도 봐줄까? 네기달의 말에 영문도 모르는 채 동의했더니, 비행자동차가 호텔을 향해 굉장한 속도로 급강하했다.

# 4

기체가 곧장 아래로 기우는 바람에 몸이 앞으로 고꾸라졌다. 그대로 몹시 빠른 속도로 강하해서 순간적으로 부유감을 맛보았다. 몸이 허공에 떴다. 정사각형의 호텔이 바로 눈앞으로 다가왔다. 호텔 옥상에서 뭔가를 뿜어내는 듯했다. 외곽이 반짝반짝 빛나는 연기 같은 것으로 덮여 있었다. 비행자동차는 그 연기 같은 것을 뚫고 나갔다. 호텔 벽면이 바로 왼쪽에 보였다. 기체가 덜덜덜 진동했다. 조종석의 시야가 부옇게 흐린 물을 덮어쓴 듯이 느껴지더니 곧이어 엄청나게 많은 구경꾼들의 얼굴이 나타났고, 비행자동차는 다시 기수를 위로 향해 어둠 속으로 올라가 어마어마한 속도로 선회했다. 어떠냐, 볼거리지? 볼거리인 만큼 재미있지? 네기달이 나무 열매를 입에 던져 넣으면서 물었지만, 무슨 일이 일어나는 건지 알 수 없었다. 호텔 옥상에서 대량의 물을 흘러내리게 하고 그걸 볼거리 삼아 사람들을 모으는 듯했다. 가난한 사람의 끼니때와 마찬가지로 대폭포 호텔의 폭포 쇼는 하루에 한 번뿐이야. 사람들이 많이 모이지만 하루에 한 번으로 정해져 있어. 네기달은 그렇게 말하고 웃으면서 나무 열매를 입에 던져 넣고 싶다가, 상공에서 대폭포 호텔을 향해 한 번 더 비스듬하게 기체를 기울여 돌진했다.

　마치 정지 화면 같았다. 비행자동차에서 바라보는 대상은 연결이 되지 않았다. 비행하는 탈것은 처음이어서 그런가 생각했지만 아니었다. 나는 비행기나 헬리콥터에서 본 풍경을 메모리악 영상으로 경험한 적이 있다. 영상은 일그러지거나 깜박거리지 않고 제대로 연속적으로 이어지면서 각도가 바뀌거나 가까워지거나 멀어졌다. 하지만 이슨이라는 이름이 붙은 이 비행자동차에서 보는 경치는 다 따로따로여서 맥락을 잡을 수 없었다. 옥상에서 물이 벽면을 타고 흘러내리는 정사각형 건물이 저 아래 있고, 내 눈이 그 대상을 포착해 신호가 뇌에 도착하면 그것이 대폭포 호텔이라는 이름을 가지고 있으며 폭포는 볼거리를 위해 연출한 것이라는 인식이 생기지만, 그때는 이미 호텔이 비행자동차에서 수십 센티미터 거리까지 다가와 있고 조명을 반사하는 물 입자와 모여 있는 군중의 얼굴이 순간적으로 보이고 곧장 별이 반짝이는 밤하늘이 시야를 가득 채웠다. 네기달은 밤하늘을 빙빙 돈 뒤 세번째 하강을 시작해 이번에는 수면에 닿을 듯 말 듯 날아갔다. 환호성을 지르면서 폭포수의 물방울을 피하는 군중 쪽으로 돌진했다가 수십 미터 앞에서 거의 직각으로 진로를 왼쪽으로 꺾어 벽면을 따라 떨어져 내리는 물줄기를 뚫고 나갔다가 다시 기수를 들어 똑바로 위로 올라갔다.

그동안 네기달은 허벅지 사이에 끼워둔 봉지에서 오른손으로 나무 열매를 꺼내 씹고 있었는데, 머리 위치가 전혀 달라지지 않았다. 이슨이 아무리 속도와 진로를 바꾸어도 그 중심에 네기달의 머리가 있었다. 원숭이 여자의 발 좀 봐. 밤하늘을 선회할 때 사부로 씨의 목소리가 등 뒤에서 들려왔다. 수소 연료를 쓰는 비행자동차는 폭음이 없고 조용하여 사부로 씨의 목소리가 또렷하게 들렸다. 원숭이 여자의 발을 봐. 네기달의 발가락이 건반 같은 러더 페달을 가볍게 두드리고 있었다. 발꿈치는 떠 있지만 발목에서부터 위쪽으로는 전혀 움직이지 않았다. 발끝과 발가락만 전후좌우로 꿈지럭거려 건반을 건드리는데, 그 움직임을 눈으로 좇을 수가 없었다. 발가락 끝이 어느 건반을 누르는지도 알 수 없었다. 네기달은 페달 조작으로 이억 육천팔백만 가지의 비행을 할 수 있다고 했다. 네기달이 페달을 조작할 때마다 주 날개의 모양이 몇 가지 형태로 미묘하게 변화했다. 뱀처럼 구불구불 나아가거나 정밀하게 선회하거나 진로를 변경하는 등 복잡한 코스로 날 때는 이슨의 가변 형상 날개가 넓어졌고, 속도를 우선시할 때에는 수축했다.

　이슨이 다시 대폭포 호텔의 벽면 가까이로 날아 물을 맞고 있는 사람들의 머리 위를 아슬아슬하게 스치더니 급히 상승했다. 호텔 주변에서 올라오는 큰 소리의 음악이 늘어졌다가 압축됐다가 했다. 이슨이 음파를 추월했다가 그 속으로 들어갔다가 하기 때문이었다. 시야가 깜박거리며 일그러졌다. 뇌가 시야를 인식하는 것보다 풍경이 이동하는 게 더 빨랐다. 그만 됐냐? 네기달이 물어서 대폭포 호텔 구경을 말하는 건가 생각하는데, 눈앞에 봉투를 들이밀었다. 읽어. 오카히로 특별구 상호이익공유 유니온 센트럴 종합병원 내 시니어 그랜드 르네상스 오토리 가나메 전달. 내가 금속섬유 봉투에 붙은 태그를 읽자, 이슨은 일단 상승한 뒤 해안선에서 조금 떨어진 언덕 중턱을 향해 내려갔다. 기묘한 감각의 감속이 일어나 현기증이 났다. 눈을 뜨니 환락가에 들어갈 때 범용차에서 보았던 선택받은 사람들만 가는 병원의 감시초소 상공 오 미터 위에 정지해 있었다. 몸의 이동에 신경이 미처 대응하지 못했다. 급강하라기보다 능선만 검게 떠오르는 저 너머 언덕이 이쪽으로 끌려오는 듯한 느낌에 사로잡혔다. 감속은 서서히 속도가 느려지는 식도 아니고 급정지하는 식도 아니었다.

병원이 시야에 들어왔을 때 접근과 이반離反이 동시에 일어난 것 같은 느낌이 들면서 창문의 불빛이 여러 겹으로 포개져 잔상으로 변했다.


5


네기달이 조종석 문을 열고 봉투에서 아이 손바닥만 한 크기의 네모난 티타늄 카드를 꺼내 초소에서 나온 위병에게 던졌다. 위병은 카드를 받아 들고 허리에 찬 판독기를 우리 쪽으로 돌렸고, 네기달이 거기에 봉투의 태그를 갖다 대어 발신인과 발신자의 정보를 송신했다. 그러는 동시에 위병에게서 접수 신호를 수신한 뒤, 문을 닫고 기수를 위로 향했다. 위병들이 옆으로 달려가는 모습이 모니터에 비쳤다. 기체가 내는 독특한 소리가 들리고 이슨이 희미하게 흔들리는가 싶더니 언덕의 어두운 능선이 소멸했다. 내 몸과 신경은 본능적으로 급격한 이동에 대비하고 있었지만 늦었다. 이슨은 어둠 속을 빙빙 돌았다. 네기달이 마른 나뭇가지 같은 손가락으로 가리킨 곳에 신기한 모양을 한 탑이 보였다. 거울반사 타워인데 벌써 망가졌어. 네기달의 말이 끝나기도 전에 이슨은 탑 주위를 스쳐 멈춘 뒤 마치 유람 비행이라도 하는 것처럼 거울 판을 따라 천천히 미끄러지듯 돌았다. 거울반사 타워는 바다 쪽으로 불룩 튀어나온 인공 섬에 만들어진 시설로, 돌탑 윗부분에 큰 구멍이 있어서 그곳에서 안개 같은 물방울을 떨어뜨린다. 시계 장치로 돌아가는 거울이 햇빛을 항상 일정한 방향으로 반사하는데, 그 햇빛으로 물을 끓여서 나오는 증기가 터빈을 돌려 전기를 만드는 발전장치였지만 이미 망가진 듯했다.

거울반사 타워를 세우려고 만든 인공 섬은 신데지마보다 큰 규모로, 그 외곽을 따라 거울이 죽 늘어서 있었다. 정사각형의 약간 오목한 거울들은 크기가 이슨의 몇 배나 되었지만, 지금은 달빛과 별빛만 힘없이 반사할 뿐 밤의 어둠 속에 가라앉아 있다. 이렇게 타워와 그 주변을 관찰할 수 있는 건 이슨이 천천히 날기 때문이었다. 잊고 있었어. 네기달이 입 주위에 경련을 일으키며 말했다. 웃는 건지도 모르겠지만 단순히 피부가 죄어드는 것으로 보였을 뿐 웃는 얼굴 같지는 않았다. 망가지긴 했어도 많은 거울들이 태양을 반사하는 게 장관인데, 지금이 밤이란 걸 깜박 잊고 있어서 보는 의미가 없네. 네기달은 그렇게 말하면서 이슨을 범용차보다 느리게 비행했다. 레일 위를 달리는 전기 열차처럼 진동도 흔들림도 없어서 중력이 느껴지지 않는 비행이었다. 다음 배달이야. 읽어. 네기달이 두 번째 봉투를 건네며 태그를 가리켰다. 소리 내어 다 읽는 순간 이슨은 또 풍경을 일그러뜨리면서 급발진할 것이다. 몸과 신경이 이상해졌지만 어떻게 이상해졌는지는 알 수 없었다. 아는 것은 몸도 신경도 내 것이 아닌 듯한 느낌이라는 것뿐이다. 급발진이 무서워서 잠시 태그를 바라보는 척했다. 못 읽어? 네기달이 뺨을 실룩거리면서 내 쪽을 보았다.

너무 갑자기 발진하고 속도를 올리고 해서 몸과 신경이 이상해졌습니다. 내가 대답하자, 네기달은 또 뺨을 실룩거리더니 말했다. 그럼 천천히 가야겠지만, 천천히 가다가는 로봇이 공격하면 살해당할 테니 보통으로 가지. 그제야 나는 태그에 적힌 주소와 이름을 읽었다. 산요 주 오카히로 구 하라마신구 시 49번가 880 CJ's 빌딩 #B 사쿠라 호시노부. 네기달은 몇 번 고개를 끄덕거리고 이슨을 발진시켰는데, 지금까지와 달리 규칙적이고 단계적으로 속도를 올렸다. 내가 급발진과 급가속으로 몸과 신경이 이상해졌다고 말해서 딴에는 이슨을 천천히 발진시키려 한 것이다. 볼록렌즈 모양의 이슨 중앙부에 있는 좌석에서 보이는 시야는 전방 백팔십도의 반원이다. 두 번째 배달지로 향할 때 이슨은 기수를 목적지로 돌리고 천천히 발진한 다음, 속도를 배수로 올렸다. 단계적으로 점 몇 초마다 가속해서 몇 초 뒤에는 최고 속도 마하 4에 이를 듯했다. 시야가 얇은 그물막으로 덮인 느낌이었다. 이슨의 급가속과 급격한 방향 전환을 따라가지 못한 신경이 시야를 복구하고 복원하려는 것 같았다. 달과 능선에 희미하게 빛을 남긴 저 너머 산들과 그 산속의 작은 불빛들이 시야에 상으로 맺히는가 싶더니, 부연 오렌지색 작은 점 같은 빛이 중심에서 급격히 부풀어 그물막을 찢고 전체로 퍼지고 십여 초후, 이슨은 목적지인 오래된 건물 상공에 정지했다.

태그에 '산요 주 오카히로 구 하리마신구 시'라고 적혀 있었지만, 어느 지역인지는 모른다. 도로에 건물이 별로 없었다. 차도 달리지 않았다. 그 빌딩 주위만 노란 가로등 불빛에 떠올랐다. 목적지인 빌딩의 옥상은 초목을 심고 조명이 반사되는 연못을 만들어 정원으로 꾸며놓은 듯했다. 네기달이 봉투의 태그를 조작했다. 도착했다고 알리는 것이리라. 이윽고 옥상에 사람이 나타나면, 먼저 갔던 병원과 같은 순서로 티타늄 카드를 던져주고 수취 확인 신호를 송신하는 것이다. 카드에는 어떤 정보가 들어 있습니까? 내 물음에 네기달은 내뱉 듯이 중얼거렸다. 알 게 뭐야. 중앙정부의 허가가 없는 정보 나 물건의 교환은 금지되어 있다. 특히 환락가에서 일반 구역 으로 정보와 물건이 들고 나는 것은 엄격하게 감시되었다. 그 래서 네기달의 배달이 중요했다. 옥상에 나타난 사람 그림자 를 향해 네기달이 카드를 던졌다. 카드를 받아 든 상대는 바 로 어둠에 가려 보이지 않게 되었다.

## 6

　머리 위를 올려다보는 네기달의 얼굴 주름이 자잘하게 움 직이고, 벌레 날갯소리 같은 진동음이 주위에서 들려왔다. 포 위됐어. 사부로 씨의 목소리가 들리고 바로 머리 위에 땅딸막 한 중형 로봇이 나타났다. 로터가 아니라 제트 분사로 추진력 을 얻는 최신 기종으로, 머리 부분에서 극소 서브 로봇을 토 해내 검은 연기처럼 이슨을 에워쌌다. 캡슐 알약만 한 크기 의 서브 로봇은 탄환형 몸체에 넉 장의 날개를 달고 있었다. 그 자체가 공격 장치로, 목표물에 접촉하면 자동 폭발, 마더 로봇의 신호를 받아도 폭발한다. 무수한 탄환 모양의 그림자가 연기처럼 흩어져, 그물막이 된 시야를 구성하는 점으로 보이기 시작했다. 도망칠 틈은 절대 없겠다고 생각했지만, 네기달이 이 녀석들은 빨라, 하면서 발밑의 건반을 조작하여 기체의 방향을 미묘하게 틀자 기체 상부에서 반짝반짝 빛나는 카드 같은 것들이 대량으로 뿜어져 나왔다. 머리 위에서 연속하여 폭발음이 울리고 이슨이 후방으로 끌려가듯이 휘청휘청 흔들리더니 면으로 보였던 점들에 틈이 생기고 단숨에 시야가 크게 일그러졌다. 새로운 그물막이 나타나고 인기척 없는 도로와 띄엄띄엄 흩어진 민가에 불빛이 깜박거렸다. 나는 이슨이 아슬아슬하게 지면을 스치듯 비행하는 것을 신경이 아니라 짓눌린 것 같은 내장의 감각으로 느꼈다. 상공으로 중형 제트 로봇이 쫓아왔지만 마치 빙글빙글 도는 것처럼 보였다. 시야가 일그러진 데다 사방에서 새로운 중형 로봇이 나타났기 때문이다.

새로 나타난 로봇은 중앙부와 뒷부분에 각각 넉 장의 가변 제어용 원반을 달고 있었는데, 섬에서 연료로 사용하는 가정용 가스통과 모양이 비슷했다. 그것들은 움푹 들어간 동체와 머리 부분에서 서브 로봇을 토해내거나 포탄을 발사하는 기관포가 튀어나와 이따금 공격을 해댔다. 네기달이 중형 로봇의 기관포가 공격할 수 있는 각도와 위치를 재면서 이슨을 조종해 진행 방향과 속도를 바꾸었다. 검은 연기처럼 변한 서브 로봇 무리는 이슨의 진행 방향을 예측하고 상대도 되지 않는 속도로 앞질러 상공에 퍼져 나가 포위할 기회를 엿보았다. 빠져나가는 건 무리겠어. 사부로 씨의 목소리가 들렸다. 근육 이완 가스로 공격받았던 식품 쇼핑몰을 떠올렸는지도 모르겠다. 수십 대의 중형 로봇이 이슨을 에워싸듯이 상하좌우로 날아다니고 서브 로봇 무리는 달빛을 받으며 밤하늘 대부분을 덮고 있었다. 뒷좌석을 보니 앤이 입에서 액체를 흘리고 있었다. 창백하고 핏기 없는 얼굴이 힘없이 흔들렸다. 공포를 느끼는 것은 아니었다. 눈앞에서 친한 사람이 잔인하게 살해되는 장면을 목격한 뒤로 이성과 행동력을 잃어 심신이 제어되지 않았다. 이상한 체험으로 심신의 제어력을 잃은 데다 이슨의 비행이 내장과 근육에 알 수 없는 부담을 준 것이다.

이슨은 중형과 서브 두 종류의 로봇들에게 가는 길을 차단당하고 포위되어 이따금 기관포 공격까지 받고 있는데 네기달은 여전히 봉지에 든 나무 열매를 먹으면서 건물과 벽과 돌담과 가로등을 피하며 땅에 닿을 듯 아슬아슬하게 날았다.

별안간 눈앞에 가로등과 빌딩이 나타났다가 사라졌다. 이슨에는 조명 장치가 없었다. 중형 로봇의 탐조등과 달빛과 가로등에 의지해서 보고 모니터와 레이더로 보충하며 비행하고 있었다. 도로가 불룩 올라왔거나 뾰족한 돌이 튀어나와 있기라도 하면 몇 센티미터쯤 고도를 높였다. 건물 등의 장애물은 플래시백 영상처럼 나타났다가 눈 깜짝할 사이에 사라져 잔상으로도 남지 않았다. 광자극 시간이 너무 짧아 신경이 기억하지 못하는 것이다. 도로가 오르막이 되고 양쪽 건물이 뜸해지면서 전방에 어두운 숲이 보이자 이슨은 그 속으로 뛰어들었다. 주 날개가 관목 가지들을 부러뜨리고 지나갔지만 네기달은 속도를 줄이지 않았다. 순간적으로 과일 같은 것이 탐조등 불빛에 떠올랐다. 이곳은 과수원일지도 모른다고 생각했을 때는 이미 광대한 관목 숲을 빠져나와 철골이 끝없이 늘어선 언덕 위였다. 외곽에 높은 철책이 둘러 있고 그 안에 드문드문 철탑이 서 있었다. 사용하지 않아서 방치된 송전선이었다. 이슨은 공이 튀어 오르듯이 기체를 살짝 띄워 철책 안으로 들어갔지만, 옆에서 날던 두 대의 중형 로봇은 철책에 부딪쳐 그대로 불타버렸다.

# 7

　이슨은 같은 간격으로 늘어선 철탑을 지그재그로 피하면서 초저공비행을 했다. 눈앞에 불규칙한 왜곡과 깜박거림이 반복되었고, 때때로 중형 로봇이 기관포를 쏴 주위 어딘가에서 폭발음이 울리고 불꽃이 튀며 흙먼지가 피어올랐다. 뒷좌석에서 사부로 씨의 신음이 들려왔다. 토하는 것 같았다. 나도 내장이 압박되어 목으로 치밀어 오르는 불쾌감을 견딜 수 없어졌다. 시큼한 것이 식도를 오르락내리락해서 좌석 옆에 있는 기름종이 봉지에 황토색 액체를 토했다. 이슨의 비행에는 규칙성이 없었다. 풍경이 일그러지는 것도 깜박거리는 것도 가속과 진로 변경의 정도에 맞춰 미묘하게 달랐다. 이슨은 기복이 있는 언덕과 철책과 철탑과 끊어지고 늘어진 송전선 틈과 중형 로봇 무리 사이를 누비며 마치 술 취한 사람이 춤을 추듯이 비행했다. 어디를 어떻게 나는지 알 수 없었다. 눈앞에 불쑥 조합된 철골이 나타나고 셀 수 없이 많은 중형 로봇이 시야를 비스듬히 가로지르는 것 같았다. 그러나 실은 중형 로봇이 이슨의 주위를 가로지른 게 아니라 이슨이 아슬아슬한 타이밍으로 중형 로봇과의 충돌을 피해 장애물 사이를 가르듯이 종횡으로 나는 것이었다. 네기달은 여전히 나무 열매를 입에 던져 넣고 씹어 삼키면서 양쪽 발가락만으로 조종하고 있었다. 기체 조작이 더욱 복잡해졌지만 표정도 안색도 중형 로봇이 나타나기 전과 마찬가지로 변화가 없었다. 출발할 때 네기달은 우리에게 환락가를 나가면 로봇이 쫓아올 테니 즐기려면 즐기라고 말했다. 하지만 이런 극단적인 비행을 즐길 수 있는 사람은 아무도 없을 것이다.

네기달 본인도 즐기는 것처럼 보이지는 않았다. 그러나 중형 로봇 습격에 놀라지도 않았고 물론 공포심 같은 건 눈곱만치도 느껴지지 않는 데다 얼굴과 동작을 봐서는 흥분도 긴장도 없고 지극히 보통이었다. 네기달의 일상을 몰라서 어떤 게 보통인지도 알 수 없지만 적어도 긴급사태에 대처하고 있다는 인상은 받지 못했다. 원숭이인지 뭔지는 몰라도 아마 저 녀석 사람은 아닐 거야. 구토가 멎었는지 사부로 씨가 말했다. 나는 계기 모니터 끝에 있는 시계를 보았다. 이륙한 지 삼 분도 되지 않았고 로봇이 나타난 것도 겨우 수십 초밖에 지나지 않았다. 언덕 능선을 따라 저공비행을 계속하여 철골들 사이를 빠져나온 기체는 왼쪽으로 크게 기울더니 캄캄한 계곡으로 들어갔다. 위쪽에서 중형 로봇의 탐조등이 수십 가닥 쏟아져 가늘고 긴 빛의 띠가 계곡 바닥과 산속을 달렸다. 그

빛의 띠에 무리 지어 소용돌이치는 서브 로봇이 떠오르고, 이동하는 검은 점의 무리가 시야의 그물막과 딱 포개졌다. 크고 작은 로봇은 수가 늘어나 있었다. 이런 곳에 들어와서 어쩌자는 거야! 사부로 씨가 구토를 견디는 표정으로 입을 막으면서 말했다. 이미 나 역시 앤을 돌아보고 상태를 확인할 여유조차 없었다.

골짜기 바닥이 바위로 울퉁불퉁하여 이슨이 미묘한 상하 움직임을 반복했다. 하리마신구의 거리와 도로와 철골에 충돌하여 열 대 이상을 잃은 중형 로봇은 계곡으로 내려오려고 하지 않았다. 이슨을 덮듯이 계곡 능선 부근을 날며 공격의 기회를 엿보고 있었다. 안쪽으로 들어갈수록 계곡 폭이 좁아졌다. 머잖아 계곡은 끝나고 상승하는 것 외에 진로가 없게 되면 로봇들이 일제히 공격을 할 것이다. 나는 네기달이 자멸을 향해 이슨을 조작하는 거라고 생각했다. 열 대 정도의 중형 로봇이 앞질러 계곡으로 내려와서 전방으로 가는 길을 막듯이 공중에 정지해 있었다. 네기달은 속도를 늦추지도 않고 중형 로봇이 만든 바리케이드의 중심으로 돌진했다. 그리고 기관포가 이쪽을 향해 발사된 순간, 오른쪽으로 이슨을 기울여 그대로 계곡의 우측 경사를 따라 날아서 능선을 넘고 옆

계곡으로 들어가더니 둥글고 검은 구멍으로 진입했다. 튜브처럼 닫힌 공간에 공기를 찢는 소리가 메아리치고 파르스름한 형광등 불빛에 선로와 샛길이 보여 터널이란 걸 깨달았을 때, 이미 이슨은 출구를 빠져나와 거대한 가스탱크 주위를 무서운 속도로 날고 있었다.

가스탱크 정상에 달빛이 반짝이는 가운데 잠복한 로봇들이 돌아다녔다. 그러나 폭발이 두려운지 중형 로봇의 공격은 없었고 서브 로봇도 가까이 오지 않았다. 그 덕분에 로봇 무리들 사이가 많이 벌어져 있었다. 네기달은 처음부터 마음먹었던 것처럼, 먼저 가변 날개를 접고 각도를 확 꺾으며 가스탱크를 떠나 수평으로 날다가 검은 점 덩어리가 갈라진 틈을 향해 급가속으로 상승했다. 순간, 얼굴 피부가 아래쪽으로 쭉 당겨지는 느낌이 들었다. 검은 점들은 바람에 날려 연기처럼 흔들리다가 크게 일그러지더니 마치 짙은 안개가 걷히듯이 아래쪽으로 사라져 눈 깜짝할 사이에 보이지 않게 되었다. 한동안 몇 대의 중형 로봇이 상승하는 이슨을 쫓아왔다. 그러나 초고속으로 상승을 계속하는 이슨을 따라잡을 수 있을 리 없었다. 마지막 배달을 갈 거야. 네기달이 나무 열매로 불룩해진 뺨을 실룩거리면서 지겹다는 듯이 말했다.

# 8

몇 번인가 구름을 빠져나오며 기체가 흔들렸지만, 진로도 속도도 안정되어 나의 구토는 멎었다. 단조로운 상승이 계속되고, 네기달은 라디비라고 부르는 수신 장치의 스위치를 켰다. 라디비는 메모리악을 응용하여 오락용 영상과 음악을 차나 비행기에 제공하는 서비스로, 네기달이 고른 것은 중국 소수민족의 춤과 노래가 나오는 채널이었다. 검은 머리의 춤, 수확의 춤, 천칭봉 춤 등이 영상으로 환기되었고, 네기달은 온화한 표정으로 재생되는 음악에 맞춰 딴에는 노래를 부르는 건지 낮고 쉰 목소리를 냈다. 그러면서 내게 세 번째 봉투를 건넸다. 마지막 배달용 봉투의 태그에는 주소가 없었다. RIBD 최우익 19호동 A라는 영문 모를 문자만 수신인 자리에 적혀 있었다. 더 밝아진 별과 달을 바라보고 있는데 우와, 하는 사부로 씨의 탄성이 들려왔다. 조종석에서 머리 위를 올려다본 나는 깃털 같은 구름에 싸여 파랗게 빛나는 지구를 보고 숨을 삼켰다. 네기달이 마른 나뭇가지 같은 손가락으로 비스듬히 위를 가리켰다. 크고 작은 도넛을 동심원 모양으로 연결한 형태의 거대한 장치가 별 사이에 떠 있었다. 우주정거장 제일 레지던스야. 네기달이 중얼거리듯 말했다. 이슨은 어느새 속도를 떨어뜨리다가 이윽고 완전히 정지했다.

　우주정거장은 탁한 은색이었다. 지구와 우주정거장을 번갈아 보다가 나도 모르는 사이 눈물이 뺨을 타고 흘러내린 것을 느끼고 부끄러움에 얼른 손으로 닦았다. 어디선가 이슨과 같은 크기의 비행자동차가 나타나더니 옆에 나란히 정지한 다음, 더듬이 같은 팔을 뻗어 티타늄 카드와 수취 정보 신호를 주고받았다. 돌아보니 사부로 씨 얼굴에 지구의 파란 그림자가 비치고 앤의 얼굴에는 희미하게 붉은 빛이 드리워졌다. 앤은 몸을 내밀듯이 하고 바로 아래 펼쳐진 파란색과 흰색의 구체를 내려다보고 있었다. 우주정거장과 지구를 바라보던 나는 묘한 기분이 되었다. 나 자신이 몹시 부족하고 미미한 존재라는 생각이 들었다. 한편으로는 그러한 사실이 마음을 차분하게 하고 뭔가 위대한 것에 안겨 있다는 안도감을 가져다주기도 했다. 또 눈물이 쏟아졌다. 그리고 나는 다시 소리를 들었다. 아키라. 그 목소리였다. 아키라, 보이느냐? 최종적으로 너는 이곳에 오는 거란다. 사부로 씨도 네기달도 아니었다. 누구의 목소리인지는 알 수 없지만 어딘가에서 들은 목소리였다.

**노래하는 고래** 🔵

그만 됐나? 네기달은 그렇게 말하고 기수를 천천히 지구 쪽으로 돌리며 나를 보았다. 봉지에 남은 마지막 나무 열매를 입에 던져 넣고 저 너머에 떠 있는 우주정거장과 나를 번갈아 보면서 웃어주려는 건지 얼굴 주름이 전후좌우로 움직였다. 아키라. 확실히 나를 부르는 소리가 들렸다. 최종적으로 너는 이곳에 오는 거다. 이곳이란 저 우주정거장을 말하는 걸까? 우주정거장에 비하면 주위에 무수히 떠 있는 정지위성들은 먼지처럼 작았다. 이곳을 떠나고 싶지 않았다. 언제까지나 지구와 우주정거장을 바라보고 싶었다. 내가 물끄러미 우주정거장만 바라보고 있다는 것을 깨달은 네기달이 아마도 위로해주는 건지 또 온 얼굴의 주름을 꿈틀거렸다.

이슨이 속도를 내자 우주는 눈 깜짝할 사이에 모습을 감추고 파르스름한 지구가 시야의 반을 덮으며 확대되었고, 다시 몇 초 후, 진행 방향의 한 점을 중심으로 움푹한 반구가 확 접히면서 갑자기 풍경이 삼차원으로 바뀌었다. 산들의 능선과 굽은 해안선과 부연 불빛이 보이기 시작해서, 나는 반란이민 후손 처형의 충격이 옅어졌음을 깨달았다.

## 양 버스그 1

### 1

서지구 변두리에 끝없이 펼쳐진 폐기물 산이 있었다. 섬의 쓰레기 처리장보다 몇십 배나 커서 상공에서 처음 보았을 때는 폐기물인 줄 몰랐다. 구획이 잘된 대규모 농지 같았다. 불법 투기를 감시하기 위해서인지 곳곳에 조명등이 있고 구식 감시용 로봇이 그 주위에 배치되었다. 격자 모양으로 뻗은 도로에 운반차가 연신 도착하여 대량의 쓰레기를 토해냈다. 네기달은 광대한 폐기물 처리 시설의 상공을 천천히 날다가 강을 사이에 두고 반대쪽에 있는 트레일러하우스 군의 한쪽 공터에 이슨을 세우고 우리를 내리게 했다. 땅에 내렸을 때 발

뒤꿈치의 감각이 없어서 나와 사부로 씨는 비틀거렸고, 앤은 바로 서지 못하고 엉덩방아를 찧었다. 몸이 흔들리는 감각이 남아 있어 현기증을 느낀 나와 사부로 씨는 구토를 했다. 앤은 엉덩방아를 찧은 채 거친 호흡으로 망연하게 주위를 바라보며 일어날 생각을 하지 않았다.

저 인간들은 버스에 사는 양⁺ 사람인데 버스도 움직이지 않고 저 인간들도 움직이지 않아. 네기달이 공터에 모여 있는 주민들을 보며 말했다. 그리고 사부로 씨를 향해 온 얼굴의 주름을 꿈틀거려 복잡한 표정을 만들어 보이며 물었다. 나하고 같이 일하는 건 역시 안 되겠나? 네기달은 착륙하기 직전에 사부로 씨에게 여기 남지 않겠느냐고 물었다. 나와 함께 일하면 좋아, 하고. 사부로 씨는 친아버지를 찾아야 하기 때문에 무리라고 정중하게 거절했다. 네기달은 친아버지라는 말을 듣고 고개를 몇 번이나 갸웃거리며 쓸쓸한 듯이 중얼거렸다. 나는 그런 것 만나고 싶지 않은데 나하고 다르구나. 네기달이 이슨에 타려고 하자 사부로 씨가 오른손을 내밀었다. 네기달은 그 손을 물끄러미 바라볼 뿐이었다. 악수를 모르는 거라고 생각했다. 네기달은 한참 동안 사부로 씨가 내민 오른손을 바라보고만 있었다. 사부로 씨가 다른 쪽 손을 더해 두 손으로 네기달의 오른손을 꼭 잡았다. 네기달은 곤란한 표정이 되어 서둘러 이슨에 올라타더니 티타늄 카드 한 장을 사부로 씨에게 던져주었다. 나는 바로 날아갈 거니까 필요할 때는 그리로 연락해. 그리고 문을 닫았다. 이슨은 몇 미터 올라가는가 싶더니 연료 충전되는 소리와 공기 가르는 금속음을 남기고 금세 보이지 않게 되었다. 나와 사부로 씨는 한동안 어두운 하늘을 올려다보며 이슨을 찾았지만, 어느 방향으로 날아갔는지 도무지 알 수 없었다.

## 2

도모나리라는 사람이 어디 사는지 압니까? 모닥불 앞에 모여 있는 사람들에게 다가가 물었지만 아무도 입을 열지 않았다. 수백 명이 모닥불 주위에 모여 있었는데 존댓말을 듣고도 반응이 없었다. 침착하지 못하게 다리를 덜덜 떨거나 경련하듯 고개를 좌우로 움직이거나 손을 얼굴 가까이 가져가서 손가락을 떨거나 했다. 내가 선두에 서고, 끌어안듯이 앤의 어깨를 부축한 사부로 씨는 언제라도 그리스 건을 쓸 수 있도록 가방을 몸 앞으로 돌리고 있었다. 앤은 고고도高高度에서 지구를 볼 때 뺨에 약간 홍조가 돌기는 했지만 아버지와 동료가 살해당한 충격과 슬픔에다 이슨을 타고 비행한 피로가 겹쳐 아직도 망연자실한 상태여서 혼자 걷지도 서지도 못했다. 나와 사부로 씨가 앤을 양옆에서 부축하고 공터를 향해 잠시 걸었다. 조금씩 몸의 감각이 돌아오면서 주위의 심한 악취를 느꼈다. 어쩌면 악취 때문에 감각이 되돌아온 건지도 모른다. 쓰레기와 주민, 양쪽에서 다에서 냄새가 났다. 먼지와 곰팡이, 뭔가 썩는 냄새, 사람의 땀과 기름 냄새였다. 주민들은 모두 위아래가 갈색인 제복을 입고 있었다. 본토에서 중간층은 주로 재색과 흰색을 입고 하층민은 갈색을 입는다고 아버지에게 들었다.

자세히 보니 공터의 사람들은 모닥불을 쬐는 무리와 그들을 멀리서 바라보는 무리로 나뉘어 있었다. 세 곳에서 모닥불이 타올랐다. 땅에 판 구멍에다 폐자재를 태우고 있는 것이다. 나는 춥지 않았다. 계절도 봄으로 불이 필요한 기온이 아니었다. 그러나 갈색 제복이 조악하고 얇은 천으로 만들어졌기 때문에 공터 사람들은 추울지도 모르겠다. 모닥불을 쬐는 사람들은 나무 막대 끝으로 뭔가 검은 것을 구워서 몇 명이 교대로 먹고 있었다. 멀리서 바라보는 사람들은 허리를 구부정하게 하고 이따금 구멍까지 폐자재를 날라주었다. 누구 도 모나리라는 사람을 아십니까? 한 번 더 그렇게 물었지만 역시 대답은 없었다. 모닥불을 쬐는 무리 중 한 사람이 앤을 발견하고 옆 사람에게 뭐라고 귓속말을 했다. 귓속말과 속삭임이 퍼져 공터 사람들 거의 전부가 사부로 씨에게 부축을 받아 간신히 쓰러지지 않고 서 있는 앤 쪽을 훔쳐보게 되었다. 처음에는 앤의 차림새와 머리 모양이 독특한 데다 아직 피와 체액이 지저분하게 묻어 있어서인 줄 알았는데 아니었다. 공터 사람들은 모두 같은 색에 같은 디자인의 제복을 입었고 머리 모양도 전부 똑같이 아주 짧게 깎아서 앤의 옷과 머리 모양이 튀긴 했지만, 앤이 주목을 받은 것은 달리 젊은 여자가 없기 때문이었다.

모닥불을 쬐는 무리에도, 멀리서 구경하며 이따금 폐자재 땔감을 나르는 무리에도 젊은 여자는 없었다. 대부분 중장년 남자이고 나머지는 나이 든 여자와 아이 들이었다. 남자들은 체격도 생김새도 모두 닮았다. 신장이 백육십오 센티미터인 나보다 작고 아랫배가 나왔다. 얼굴 윤곽은 둥글기도 하고 각지기도 하고 차이가 났지만, 하나같이 이목구비가 작고 표정이 부족했다. 움직임은 느렸다. 트레일러하우스가 공터 너머로 끝없이 늘어서 있었다. 몇백 대나 되는지 감도 잡히지 않았다. 열 대쯤의 버스를 상상했는데, 이래서야 도모나리라는 별난 이름으로 양 버스에 산다는 안조를 찾기는 불가능할 것 같았다. 사람들이 일제히 앤 쪽을 훔쳐보아서 사부로 씨는 가방을 몸에 딱 붙였지만, 나는 습격을 당하지는 않을 거라고 생각했다. 사람들의 시선에 너무 힘이 없었기 때문이다.


## 3


사람들은 가까이 갈수록 시선을 떨어뜨렸다. 멀리서 모닥불을 둘러싸고 바라보던 무리가 갈라졌다. 마치 우리에게 압박당한 것 같았다. 인파가 갈라진 사이를 지나 모닥불을 둘러싼 사람들 앞으로 다가갔다. 아무도 우리 쪽을 돌아보지 않았다. 하층민은 일본 인구의 팔 할 이상을 차지한다. 하층민 지역은 전국에 퍼져 있는데 환경은 어디나 열악하다고 아버지의 데이터베이스에 나와 있었다. 단, 교육 시설은 빈약해도 도덕만큼은 철저히 가르친다. 인구 억제를 위한 의료시설도 빈약하고, 주민들은 무지해서 비판도 저항도 하지 않는다. 호적의 엄격한 관리로 이동이 금지되고 정보를 차단당하기 때문에 자신들 외에 어떤 사람이 어디에 살고 있는지도 모른다. 열두 살 이상의 여자아이에게만 다른 지역으로 이동할 수 있는 허가를 준다. 젊은 여자들 대부분은 제한구역과 환락가로 흘러가고 상층 남자들에게 팔리는 경우도 많다. 인구 팽창을 막기 위해 반세기 전에 취한 이 조치로 인해 젊은 여자들이 계속 유출되었다. 그러나 그들 거의가 단순노동에 종사하고 있어서 산업용 로봇으로 대체가 가능하기 때문에 국가적 생산성에 영향은 없었다.

아무도 우리 쪽을 보려고 하지 않아서 나는 모닥불을 앞에 두고 투명해져버린 듯한 초조함을 느꼈다. 주위에 비린내 나는 연기가 떠돌았다. 사람들이 나무 막대 끝에 끼워 굽고 있는 것에서 나는 연기였다. 등유 통에 든 국물에 절인 음식 같았다. 끝이 뾰족한 나무 막대를 등유 통에 넣어 손바닥 크기의 새까만 조각을 찍어 올리자 검은 국물이 바닥에 뚝뚝 떨어졌다. 검은 조각은 불에 갖다 대면 소리를 내며 줄어들어 동그랗게 되었다. 사람들은 이를 드러내 그것을 뜯었고 몇몇은 플라스틱 용기에 든 탁한 음료수를 마시기도 했다. 나무 막대를 든 사람은 열 명 정도로, 나이는 제각각이었지만 모두들 가슴에 배지를 달고 있었다. 기준을 확실히 알 수는 없어도 공터 사람들 사이에는 상하 관계가 있는 듯했다. 나무 막대를 든 남자들에게 음식을 얻어먹는 사람은 몸을 구부리고 몇 번이나 머리를 조아리면서 검은 조각을 뜯었다. 가끔 모닥불을 둘러싼 무리가 폐자재를 날랐다. 사람 몸통만 한 굵은 통나무를 가져온 남자 노인에게 나무 막대를 든 남자가 제복 주머니에서 꺼낸 것을 주었다. 종잇조각 같았는데, 남자 노인은 그것을 두 손으로 소중히 받아 들고 뒷걸음질해서 자기 무리로 돌아갔다.

도모나리라는 남자를 찾고 있습니다만, 누구 아는 사람 없습니까? 무시당하고 있다는 초조함으로 인해 내 목소리가 평소보다 커졌다. 주위에서 술렁거림이 사라졌다. 나무 막대를 든 사람들 중 하나가 슬픈 표정으로 우리에게 다가오더니, 주머니에서 아까 남자 노인에게 준 것과 같은 종잇조각을 꺼내어 내게 주었다. 입욕권이라고 쓰여 있었다. 종잇조각을 건넬때 남자는 가볍게 가슴을 내밀고 자랑스러운 듯 배지를 가리켰다. 엄지손톱만 한 크기의 동그란 감색 액정 화면에 VD라는 은색 글씨가 떠 있었다. 'VOLUNTEER DONOR'의 약자다. 자발적으로 장기를 제공하거나 단종 수술을 받은 자와 그 가족 및 후손만 달 수 있는 것으로 유명한 배지였다. 아버지의 데이터베이스에서 보았다. 이민내란을 두 번이나 겪고 나서 문화경제효율화운동의 흐름 속에서 '최적생태'라는 개념이 제창되었다. 동식물이 서로 죽이는 것을 피하기 위해 서식지역을 나누었다. 내란과 경제공황과 환경오염 등으로 위기를 맞은 인류도 최적생태를 만들어야 하며, 그러기 위해서는 능력의 차이에 따라 사는 지역을 나누는 것이 필요하다는 이론이었다. 정부는 전세기 초부터 줄곧 문제가 되었던 격차가 완전히 소멸하는 것이라고 주장했다.

능력 차가 경제적 우열을 가르고 빈부 차를 유발하고 시기와 원망을 낳는다. 시기와 원망은 사람이 가진 최악의 감정으로 심신에 나쁜 영향을 준다. 시기하고 원망하는 것은 상부 계층의 생활을 알기 때문이다. 멀리 떨어져서 살고 정보가 끊기면 애초에 그런 감정이 생기지 않을 것이다. 중요한 것은 주거지 분리로, 차별적인 격리가 아니라 오히려 철저한 평등의 논리에 입각한 것이라고 최적생태를 이상화하였다. 당초 국민의 삼 할이었던 하층민은 대부분 내란이 낳은 난민이거나 노숙자였는데, 정부가 공급하는 규격문화주택에 감사하는 마음으로 입주했다. 반세기 후, 하층민은 팔 할에 이르렀다. 산업구조가 극적으로 바뀌었기 때문이다. 이민내란 전후의 식료품 위기로 농지 및 어업권의 재편과 농림·수산업의 기업화가 진행되어 일차산업 종사자의 인구 비율이 이십 세기 중반으로 퇴보한 것이다. 금융과 고부가가치 제조 기업은 상층 사람들이 경영하고, 하층 사람들은 옷과 샌들, 일용품, 완구, 그 외 간단한 기계 부품을 만드는 단순노동에 종사하게 되었다. 하층민 지역이 계속 확장되어 규격문화주택뿐 아니라 기숙사와 주택단지, 거기에 값싼 트레일러하우스가 대량으로 공급되었다.

계층이 고정되어 산업구조가 달라지고 거주 지역 분리가 완성되자, 인구 감소도 고령화도 문제가 되지 않았다. 인구 감소는 좋은 것으로 생각하여, 자발적으로 피임 수술을 받는 사람에게는 배지를 주었다. 나중에는 자발적으로 장기를 제공하는 사람에게도 그 관행이 확대되었고 그 영예는 역시 가족과 후손까지 누릴 수 있었다. 입욕권이라고 적힌 종잇조각을 받아 든 나는 가슴에 배지를 단 남자를 보며 중얼거렸다. 이건 뭐지? 남자는 삼사십 대 어림으로 키가 작고 뚱뚱하며 목에 증정품 상자에나 장식하는 빨간 리본을 묶고 있었다. 아버지의 데이터베이스에서 보았다. 정신과 신체를 국가에 증정한다는 자기증정운동 실천자라는 표시다. 목욕해. 남자는 그렇게 말하며 공터 옆의 간이 주택을 가리켰다. 트레일러하우스 두 개를 연결한 크기로 지붕의 굴뚝에서 연기가 오르고 창으로 증기가 새어 나왔다. 빨간 리본의 남자는 우리 옷을 보면서 연신 고개를 주억거렸다. 우리 옷과 몸이 피와 체액으로 더러우니까 목욕을 하고 가면 된다는 뜻인지도 모르겠다.

목욕은 중요하니 하는 게 좋아. 남자와 여자는 따로 목욕탕에 들어가. 남자가 다시 작은 소리로 말했다. 모닥불과 폐자재 타는 소리 탓에 남자의 목소리는 잘 들리지 않았다. 배지를 달지 않은 남자가 배지를 단 남자에게 다가갔다. 배지를 달지 않은 남자는 안경을 끼고 있었는데, 한쪽 안경알에 금이 가서 비닐 테이프를 붙여놓았고 코가 낮아서 안경이 자꾸만 흘러내렸다. 입술이 얇고 어깨가 좁고 아랫배가 나온 그 남자는 왼쪽 손목에 주먹만 한 멍이 있었다. 금 간 안경 남자가 배지 남자에게 귓속말을 했다. 배지 남자는 고개를 끄덕이면서 손에 들고 있던 막대를 내게 주었다. 먹어보면 어떨까? 그러고는 웃는 얼굴을 만들려는 듯 뺨의 근육을 움직였다. 이건 무엇입니까? 그렇게 물은 나는, 공터 남자들의 반응을 보고 존댓말을 모른다는 것을 깨달았다. 그저 알아듣기 힘든 말이라고 생각하는 것 같았다. 아까는 도미나리를 아느냐고 존댓말로 물었는데 예삿말이었다면 통했을지도 모른다. 이게 뭐야? 이번에는 사부로 씨가 나무 막대 끝을 가리키며 물었다. 배지를 달지 않은 안경 남자가 무슨 말인가 하려는데, 배지를 단 남자가 화를 내며 나무 막대를 휘둘러 위협하는 동작을 했다.

이곳의 명물인 구로이. 배지 남자는 그렇게 말하고 등유통을 기울여 내용물을 보여주었다. 절임액이 새까매서 잘 보이지는 않았지만 물고기나 동물의 내장에 담가놓은 고깃덩어리 같았다. 강렬한 냄새가 나는 절임액 속에서 조그마한 분홍색 벌레가 꿈틀거렸다. 먹자. 사부로 씨가 앤의 몸을 내게 맡기며 말했다. 배지 남자가 손에 든 나무 막대에서 구로이라는 이름의 고깃덩어리를 뜯어 먹었다. 사부로 씨는 구로이를 나무 막대에서 빼내 반으로 찢어 내게 주었다. 냄새가 지독했지만 나는 공복이었다. 그 은색 스타디움에서 봉식을 조금 먹은 것 말고 아무것도 먹지 않았다. 구로이는 지금까지 경험한 적 없는 음식으로, 고기가 의외로 부드럽고 입에서 코에 걸쳐 암모니아 냄새가 퍼지면서 오징어나 문어, 조개 같은 해산물 맛이 났다. 이거 맛있네. 나와 사부로 씨가 그렇게 말하자 배지를 단 남자가 또 뺨의 근육을 움직여 웃는 얼굴 같은 것을 만들었고, 주위 사람들도 경계심을 풀고 안도하는 게 느껴졌다.

4

도모나리라고 알아? 존댓말이 아닌 말로 물었더니 배지 남자는 모른다는 듯이 고개를 젓고, 주위를 향해 누구 도모나리 아느냐고 물었다. 아무도 모르는 것 같았다. 배지 남자가 양 버스에 대해 가르쳐주었다. 이 일대를 양 지역이라 부르고 트레일러하우스를 버스라고 불렀다. 버스는 시민군의 경장갑차뿐 아니라 정부가 지급한 모빌 홈이나 폐기된 버스를 개조한 것, 쓰레기 처리장에서 부품을 모아다가 만든 것 등 다양한 종류로, 전부 해서 팔백아흔여덟 대였다. 각각 번호가 붙어 있고 다목적 광장이라고 부르는 이 공터를 중심으로 부채꼴을 이루었는데, 바로 앞줄부터 순서대로 제로 원, 제로 투, 제로 스리…… 하는 식으로 세어 가장 안쪽 열이 제로 서티파이브였다. 다시 각 열마다 호를 이룬 버스에는 제로 원 001, 제로 원 002, 제로 원 003이라는 식으로 번호가 붙었다. 그러니 어느 버스인지 모르면 찾는 데 막대한 시간이 걸려 도모나리가 눈치채고 도망칠 수도 있었다.

　그 사람은 원주민인가, 이주자인가? 배지 남자가 물었다. 약 육십 년 전에 이곳이 만들어졌을 때부터 살아온 주민인지, 아니면 나중에 다른 데서 이주한 주민인지를 묻는 것이었다. 반년 전에 이곳에 왔을 것이라고 대답했더니, 그렇다면 제로 서티원 바깥쪽 버스에 살고 있을 거라고 가르쳐주었다. 새로 이주한 사람은 중심에서 점점 먼 쪽 버스에 살게 되어 있다고 한다. 사례를 하고 싶지만 가진 게 아무것도 없다고 하자, 배지 남자는 고개를 갸웃거리며 의아하다는 표정을 지었다. 사례라는 말을 모르는 것 같았다. 배지 남자는 또, 양 버스 쪽으로 갈 때 제로 텐과 제로 일레븐을 주의해야 한다고 말해주었다. 그 주위에 위험한 놈들이 살고 있다는 것이다. 시간이 없어서 사용하지 못한다고 입욕권을 돌려주려 했지만, 배지 남자는 목욕탕은 여러 군데 있으니 들어가고 싶을 때 어디서나 쓰면 된다며 받지 않았다. 그리고 금 간 안경 남자를 향해 말했다. 너는 눈치 있게 얘길 잘하니까 이 사람들을 안내해.

# 5

제로 원에는 세 대, 제로 투에는 다섯 대의 버스가 있었다. 버스와 버스 사이의 골목은 포장이 되지 않아 여기저기 질척 거렸다. 우리 참 친절할 거야. 금 간 안경 남자는 그런 말을 되풀이하면서 앞장서 걸었다. 그리고 묻지도 않았는데 히사 유키 하카마데라고 자신을 소개하더니 히사유키 하카마데라 고 불러달라고 했다. 우리 이름도 알고 싶어 해서 아키라와 사부로와 앤이라고 가르쳐주자, 성을 포함한 풀 네임을 궁금 해했다. 섬에서는 성이란 개념이 모호하기 때문에 나와 사부 로 씨는 아키라 안조와 사부로 오쓰카라고 적당히 둘러댔다. 앤은 앤 오야마라고 소개했다. 오야마는 제한구역에서 우리 한테 굴욕을 준 인물이었다. 야가라라고 하면 잔인한 처형이 생각날 것 같았다. 히사유키 하카마데라는 남자는 아키라 안 조, 안조, 사부로 오쓰카, 오쓰카, 앤 오야마, 오야마, 하고 몇 번이나 주문처럼 중얼거리면서 버스와 버스 사이의 골목을 걸어갔다. 제로 파이브 열의 버스들에는 불이 켜져 있지 않았 다. 히사유키 하카마데라는 남자가 어두운 버스를 가리키며 돈이 없는 사람은 전력을 살 수 없다고 알려주었다. 하층 사 람들은 상층이 경영하는 전력 회사에서 전기를 산다고 아버지에게 들었다.

　제로 파이브와 제로 식스 사이는 다른 곳에 비해 넓어서 공공 교통 승차장이 되어 있었다. 전자간판이 보이고 어둠 속에 수십 명의 사람이 줄 서 있었다. 히사유키 하카마데라는 남자는 공장행 차를 기다리는 거라고 설명해준 다음, 줄지은 사람들에게 차례로 수고, 수고, 수고…… 하고 인사했다. 차를 기다리는 사람들도 이쪽을 향해 같은 말로 인사하며 고개를 숙였다. 곳곳에 좁은 공터가 있고 시소나 그네 같은 놀이 기구도 있었지만, 아이들은 거의 없었다. 하수 시설의 오수 펌프를 가동하는 곳에서 오물 냄새가 코를 찔렀다. 식료품과 생활용품을 파는 가게와 식당도 있었다. 히사유키 하카마데라는 남자는 우동이라는 이 지역의 유명한 요리를 먹어보라고 식당을 권했는데, 시간이 없다고 거절했더니 자꾸만 권해서 정말로 미안하다며 용서해달라고 몇 번이나 사과했다. 그러고는 고개를 숙인 채 혼잣말을 되풀이했다. 우리는 친절해서 멋대로 권하지 않을 거야.

　제로 세븐 열의 버스 중 한 대는 학교였다. 아이들 몇 명이 모니터의 음성에 맞춰 문장을 읽고 있었다. 바다 건너에서는 불행한 일이 계속 일어나고 있어서 나는 바다 건너에 가지 않고 이곳에 있다. 바다 너머에는 멋진 것이 우리를 기다리고 있다는 노래 따위를 우리는 부르지 않는다. 바다 너머에서는 큰 배뿐이 아니라 우리를 영원히 괴롭히는 것이 밀려오는 일이 많기 때문에 우리는 아직 보이지도 않는 것을 환영하지는 않는다.

## 양 버스 그 2

### 1

이건 병원일 거야. 히사유키 하카마데라는 남자가 창을 까
맣게 칠한 버스를 가리키며 말했다. 그 여자가 아픈 것 같은
데 치료를 하면 어떨까? 그리고 차체에 양 지구 제삼 진료소
라고 쓰인 버스와 축 늘어져 사부로 씨의 부축을 받고 있는
앤을 번갈아 보며 버스로 안내하려고 했다. 버스 안에서 비명
같은 날카로운 소리가 들려왔다. 앤의 몸을 부축하고 서 있던
사부로 씨가 나를 부르더니 귓가에 속삭였다. 이 여자를 이
병원에 데려가자. 섬에서 병원은 특별한 장소였다. 병원에 데
려가는 아기나 아이는 반드시 죽었다. 사부로 씨는 앤을 양

버스 진료소에 보내자고 속삭였지만, 그건 두고 가겠다는 의미였다. 나는 동의했다. 앤은 혼자 서지도 걷지도 못하고 몽롱한 눈을 한 채 말을 걸어도 대답이 없는 상태라 반대할 이유를 찾지 못했던 것이다. 동의는 했지만, 앤과 헤어지는 걸 상상하니 지금까지 경험한 적 없는 고통이 밀려왔다. 섬사람에게 누군가를 병원에 데려간다는 말은 거기다 버리고 두 번 다시 만나지 않겠다는 뜻이다. 사부로 씨가 이 여자를 이 병원에 보내자고 말하자, 히사유키 하카마데는 버스 문손잡이에 달린 초인종을 눌러 문을 열었다. 히사유키 하카마데가 앞장서고 나와 사부로 씨는 앤을 부축해서 안으로 들어갔다.

히사유키 하카마데는 검은색의 두꺼운 커튼을 걷어 올리며 안으로 들어가라고 재촉했다. 비명 같은 소리가 더욱 커졌다. 어두컴컴한 공간에 좁은 통로가 있고, 그 양쪽에 늘어선 대형 우리가 눈에 띄었다. 몇 개의 우리에는 사람이 들어 있었다. 통로 제일 끝에 책상과 의자와 침대가 있었는데, 의사인 듯한 남자가 지시를 내리자 간호사인 듯한 남자가 한 환자의 몸을 닦기 시작했다. 환자는 사부로 씨와 동년배로 보이는 젊은 남자로 알몸이었다. 간호사가 남자의 입 주위와 겨드랑이 아래와 성기 주변을 닦아주었다. 우리에 든 사람은 여섯 명, 모두 젊은 남자였다. 그중 네 명은 축 늘어져서 벽에 기대어 있거나 누워 있거나 앉아 있었다. 다른 두 사람은 금속 창살을 붙잡은 채 입에서 반고체 상태의 뭔가를 토하면서 비명 같은 소리를 지르고 있었다. 그 소리는 바람처럼 세졌다가 동물의 신음처럼 낮아졌다가 계속해서 바뀌었다.

어이, 거기 여자지? 의사인 듯한 남자가 그렇게 말하더니, 간호사인 듯한 남자에게 턱으로 대형 우리 쪽을 가리키며 명령했다. 이 녀석은 그만 우리에 넣어. 그리고 일행을 향해 어서 와, 와, 와, 하며 손짓했다. 너희 여자를 선생한테 데려갈 건데 괜찮지? 괜찮고말고, 그럴 수밖에 없을 거야. 히사유키 하카마데는 웃으면서 그렇게 말하고 안쪽으로 몰아넣듯이 나와 사부로 씨의 등을 밀었다. 간호사인 듯한 남자가 알몸의 젊은 남자를 닦던 손을 멈추고 머리카락을 잡아 제일 가까운 우리에 집어넣었다. 젊은 남자는 바닥에 쓰러진 채 가느다란 울음소리를 냈다. 하지만 간호사인 듯한 남자가 온화한 목소리로 시끄러우니까 입 다물라고 주의를 주자 예, 예, 예, 몇 번이나 사과하고 울음소리를 죽이기 위해 오른손 주먹을 입에 넣었다. 간호사인 듯한 남자는 눈을 커다랗게 뜨고 바로 옆을 지나가는 앤을 바라보았다.

# 2

의사인 듯한 남자가 여기 앉으라는 식으로 둥근 의자를 탁
탁 쳤다. 쇼크 상태야. 사부로 씨가 말했다. 의사인 듯한 남
자는 알겠다는 것처럼 고개를 끄덕이더니 흰옷 주머니에서
DNA 열쇠를 꺼내 책상 서랍을 열고 종이 다발과 현금을 집
어 들어 우리 눈앞에서 센 다음, 공통엔이라면 오만 엔이고
입욕권이나 봉식권이라면 이십만 엔어치라고 말하면서 오른
손의 공통엔 지폐와 왼손의 입욕권인지 식권 다발을 번갈아
흔들었다. 인신매매란 걸 알았다. 병들어 진료소에 오는 여자
는 바로 팔린다. 사부로 씨는 앤을 팔 생각이었던 것이다. 앤
의 아버지인 야가라라는 사람을 비롯하여 반란이민 후손들
은 모두 죽어버렸다. 이제 앤은 도움이 되지 않는다. 야가라
라는 사람과 반란이민의 후손도 결국은 이익을 위해 나와 사
부로 씨를 구해주었다. 이익 이외에 타인을 도울 이유는 없
다. 앤은 여기서 팔린다. 그러나 앤이 노인시설 같은 데서 누
군가 다른 사람들과 성적 행위를 하는 모습, 앤의 알몸과 성
기를 상상하자 고통이 느껴졌다. 고통의 이유는 알 수 없었
다. 앤이 없어져도 지장은 없다. 하지만 나는 사부로 씨에게
귓속말을 했다. 앤을 파는 건 그만둬요. 내 속의 제어할 수 없

는 부분이 멋대로 입을 움직이게 해서 소리가 나온 것 같은 느낌이었다. 사부로 씨가 놀란 얼굴로 나를 보았다. 나도 어째서 그런 말을 했는지 알 수 없었다.

나는 여자는 팔지 않을 테니 안정제를 팔라고 의사인 듯한 남자에게 말하고 나서, 사부로 씨에게 따로 귓속말을 했다. 이곳은 하층민 지역이어서 싼값밖에 못 받으니 더 비싸게 받을 수 있는 곳에서 앤을 파는 게 득일 것 같습니다. 하지만 사부로 씨는 얼굴을 찡그리며 말렸다. 아키라, 앞으로 계속 이 여자를 부축해서 걸어 다니는 건 무리야. 나는 종합신경안정제를 먹이면 회복될 테니 괜찮다고 말해주었다. 종합신경안정제에는 마음을 가라앉힐 뿐 아니라 혈압을 정상으로 하고 심폐기능을 안정시키는 등 여러 가지 효과가 있다. 마음의 안정은 몸에도 좋게 작용한다. 약의 제조 원가가 올랐기 때문에 현재 중간층 이하의 사람들은 봉식에 섞은 종합신경안정제를 복용한다. 부작용인지 아니면 체질적으로 맞지 않는 건지는 아직 명확하지 않지만, 종합신경안정제 복용자 천 명에 한 명꼴로 십 대 후반에 장애가 생기고 이상행동을 한다고 아버지의 데이터베이스에 나와 있었다. 기력을 잃거나 반대로 흉포해지기도 한다. 이 버스에 모여 있는 이들은 어쩌면 그런 환자들일지도 모른다.

너희, 바보 같은 소리를 하고 있는데 뭘 원하는지 말을 해 보면 될 거야. 의사인 듯한 남자가 무슨 얘기를 하는지 모르겠다는 표정으로 우리와 히사유키 하카마데를 차례로 돌아보았다. 종합신경안정제는 시판 약이 아니다. 병원이나 지정 약국에서 처방한다. 나는 의사인 듯한 남자에게 말했다. 이 여자는 병에 걸렸으니 안정제를 팔아. 남자는 나를 무시하고 공통엔 이십만 엔어치의 입욕권과 식권에 공통엔 이만 엔 지폐를 더해서 내밀었다. 여자를 데리고 와서 팔려고 하지 않다니 이해할 수 없을 거야. 나도 너희가 하는 말을 들을 테니 너희도 이 정도로 만족할 거야. 다른 데서 더 비싸게 팔 수 있습니다. 여기서 팔면 안 됩니다. 나는 몇 번이나 사부로 씨에게 귓속말을 했다. 사부로 씨는 곤란한 표정이 되었다. 사부로 씨는 정제로 된 종합신경안정제를 복용한 적이 없어서 그 효능을 몰랐다. 나는 앤을 팔고 싶지 않았지만 그 이유는 여전히 알 수 없었다. 영상이 떠오를 뿐이었다. 앤이 다른 사람에게 겨드랑이 아래와 유방과 성기를 드러낸 채, 손가락, 발가락을 잘리는 장면이었다.

# 3

나는 여자의 성기라고는 사츠키라는 노인의 것밖에 본 적이 없다. 앤의 몸과 얼굴에 사츠키의 성기가 조합된 영상이 떠올랐다. 심장이 쿵쾅거리고 목에 갈증이 나고 배가 근질근질하고 개스킷 스타디움에서 경험한 것과 같은 감정이 솟구쳤다. 그때 나는 땅딸막한 남자의 안경을 깼다. 뭔가를 짓밟고 싶은 충동이 들었다. 의사인 듯한 남자는 안경을 끼고 있지 않아서 그럴 수가 없었다. 환락가 서지구 송문의 식당 객실에서 야가라라는 사람의 머리에 손도끼를 내리꽂던 영상과 사츠키의 성기와 앤의 얼굴이 겹쳐져 현기증이 났다. 너 왜 그래? 사부로 씨가 물었다. 나는 흥분했다. 흥분한 모습을 사부로 씨에게 보이는 것은 처음이지만 부끄럽지 않았다.

의사인 듯한 남자에게 종합신경안정제를 달라고 하자, 그건 무리고 몸값은 통상 입욕권이나 식권이나 현금으로 지불하는 거라며 얼굴을 찡그렸다. 나는 책상 옆에 있는 둥근 금속 접시에서 메스라고 불리는 가느다란 나이프를 집어 들고, 왼손으로 남자의 머리카락을 움켜쥐어 얼굴을 고정한 뒤, 오른손에 든 메스를 남자의 얼굴 가까이 가져갔다. 메스로 눈을 찔러 피와 체액이 뿜어지는 모습을 상상하니 더욱 흥분되었다. 뭐, 뭐야, 너 무슨 짓을 하는 거야! 의사인 듯한 남자가 놀라서 눈앞의 메스와 내 얼굴을 번갈아 보았다. 남자는 사람이 뭔가 특정한 계기로 폭력적이 되는 사태를 겪어본 적이 없는 것 같았다. 종합신경안정제 부작용이라는 정신 행동 장애는 징조도 없이 느닷없이 흉포해지는 식으로 표출된다. 간호사인 듯한 남자는 무슨 일이 일어나고 있는지 파악하지 못해서 히죽히죽 의미 없는 미소를 띠었고, 히사유키 하카마데는 고개를 약간 오른쪽으로 기울이고 왜 빨리 여자를 팔지 않는지 이상하다는 듯이 이쪽을 바라볼 뿐이었다. 사부로 씨만 내게 일어난 이변을 알아차리고 미간에 주름을 지었다.

나는 의사인 듯한 남자 얼굴 앞에 메스를 들이대고 종합신경안정제를 내놓으라고 계속해서 말했다. 나는 어떻게 흥분이란 걸 알았을까? 그것은 앤과 관계가 있다. 스타디움에서 안경을 쓴 그 땅딸막한 남자가 앤의 발가락을 핥고 있을 때, 노인시설에서 사츠키라는 늙은 여자와 했던 성적 행위가 떠오르면서 몸속에서 발화 같은 현상이 일어났다. 위험한 가연성 물질도 불이 붙으려면 인화 물질이 필요하고 고성능 폭발물도 신관 같은 기폭장치가 없으면 폭발하지 않는 거라고 아버지의 데이터베이스에 나와 있었다. 내 몸속에서 뭔가와 뭔가가 섞여 가연성 물질과 폭발물 같은 상태가 되더니, 갑자기 인화와 기폭이 일어났다. 성적으로 폭력적인 영상들이 섞인 상태에서 앤이 헐떡이는 소리가 스위치가 되었다. 회로가 연결된 것이다. 그 스타디움에서 영상의 혼합과 발화를 재촉하는 회로가 생겼고, 그것이 여기서 또 작동했다는 말이다. 그런데 왜 내게 그런 일이 일어났을까? 섬에도 본토에도 그 어디에도 일상적으로는 흥분이 존재하지 않는다. 단어 자체는 그대로 남아서 '흥분'이라고 발음한다는 것을 누구나 알지만 아무도 사용하지 않고 그 개념도 사라졌다. 서지구에서 송문의 부하들은 야가라라는 사람과 다른 반란이민 후손들의 머리를 손도끼로 쪼갰지만 흥분하지는 않았다. 닭고기를 자르거나 밭의 잡초를 베는 느낌으로 손도끼를 사용했다.

4

어째서 나는 흥분을 느끼는 것일까? 흥분하면 현실감이 희박해진다. 상상으로 환기된 영상이 뇌 속에서 서로 겹쳐 발화가 일어나면, 자기 자신과 바깥 세계와의 경계가 모호해지

고 끓어오른 분노가 자동적으로 대상을 찾아 눈앞의 것을 파
괴하려드는 것이다. 나는 의사인 듯한 남자에게 메스를 찌르
려고 했다. 먼저 안구를 찌르고 메스를 휘저어 빼내면 눈을
도려낼 수 있을 것 같았다. 왼손으로 머리카락을 움켜쥐어 남
자가 얼굴을 움직이지 못하게 해놓고 메스로 안구를 찌르면
된다. 의사인 듯한 남자는 그런 짓을 할 사람이 있다는 것 자
체를 상상하지 못하기 때문에 실행은 아주 간단할 것이다. 그
러나 나는 남자의 눈앞에 메스를 들이댄 채, 나도 모르게 딴
짓을 시작했다. 어떻게 하면 이 남자에게 흥분과 분노와 요구
를 전달할 수 있을까, 생각하며 자각도 없이 말을 내뱉은 것이
다. 상상해라. 침착한 어조였다. 뭐? 대체 무슨 소리를 하는
거야? 의사인 듯한 남자가 히죽거리며 말했다. 상상해보면
될 거야. 나는 양 버스에서 사용하는 말투를 흉내 내어 한 번
더 중얼거리고, 남자의 귓가에 속삭였다. 보이지 않을 만큼
작은 먼지만 들어가도 눈이 아플 거야.

　눈은 통증에 매우 민감하지. 속눈썹만 들어가도 아파서 눈
물이 나. 눈만큼 예민하고 민감하고 감각이 날카로운 기관은
없을 거야. 부드러운 비단실이 닿는 것만으로도, 바람이 스치
는 것만으로도 혹은 물이 들어간 것만으로도 눈은 아픔을 호

소하지. 믿을 수 없을 정도로 많은 숫자의 감각신경이 모여 있기 때문에 눈이 가장 민감한 것은 당연해. 상상해보면 돼. 내가 들고 있는 이 메스가 네 눈 속에 들어갈 순간이 다가오고 있다는 걸 상상해. 너도 잘 알다시피 이 메스라는 도구는 날카로운 칼날로 피부를 찢기 위해 옛날부터 사용되어온 거야. 이걸 밤하늘에 빛나는 동그란 달에 가느다란 구름이 걸리듯이 살짝 눌러 미끄러지게만 해도 네 안구가 갈라지고 말걸. 그리고 그 통증은 상상을 초월할 거야. 너는 맨발로 뾰족한 돌멩이를 밟은 적도 있을 테고 뜨거운 물에 손가락을 데어 퉁퉁 부은 적도 있을 테고 엎어져서 무릎이 까진 적도 있을 테고 이가 아팠던 적도 있을 테지만, 안구를 메스로 도려내는 아픔에 비할 바는 아니지. 그 끔찍한 통증에 정신을 잃다 못해 쇼크로 목숨을 잃을지도 몰라.

의사인 듯한 남자의 입술이 파르르 떨렸다. 나는 말을 들려주고 말이 자아내는 영상을 남자에게 심어주었다. 상상하라고만 해서는 아무도 상상하지 않고 상상하지도 못한다. 하지만 눈, 기관, 속눈썹, 끼어도, 아프다, 하는 식으로 단어들을 늘어놓으면 자기 눈과 속눈썹이 떠오르고, 속눈썹이 눈꺼풀 안에 들어가서 아팠던 과거의 사건이 환기되는 것이다. 상대가 모르는 말을 써서는 안 된다. 상대가 알 거라고 생각되는 말 중에서 기억을 환기시키는 것을 골라야 한다. 나는 처음에 눈이라고 했다가 나중에 안구라는 말을 썼다. 처음부터 안구 같은 자주 쓰지 않는 전문어를 사용하면 상상이 멈춘다. 누구나 사용하는 눈이라는 간단한 말을 반복해서 눈의 이미지를 정착시킨 후에 의사로서 익숙한 안구라는 말을 쓰면 영상의 선명함이 더해진다. 거기에 안구라는 단어의 어감에는 어딘가 잔혹한 울림이 있다. 어떻게 해야 좋을지 가르쳐줘. 의사인 듯한 남자는 얼굴 근육을 제어하지 못했다. 뺨에 경련이 이는데도 습관처럼 웃는 얼굴을 만들려고 애썼다. 어떻게 하면 좋을지 가르쳐주지 않으면 모르니까 가르쳐달라고. 신경이 뺨과 눈초리와 턱의 근육을 제어하지 못해 달달 떨리고 눈에는 눈물이 쏟아졌다.

종합신경안정제가 어디에 있는지는 알 테니까 너는 우리에게 기꺼이 팔아서 네 눈을 지키면 돼. 그렇게 말해주자 의사인 듯한 남자는 흰옷 주머니에 든 DNA 열쇠로 다시 책상 서랍을 열고 검은 플라스틱 통을 꺼내 무릎 위에 놓았다. 나는 여전히 왼손으로 남자의 머리카락을 움켜쥔 채 오른손의 메스만 얼굴에서 떼고, 통에서 종합신경안정제 오 밀리그램 캡슐 열두 개짜리 시트를 스무 장 꺼낸 다음, 책상 위에 있던 앤의 몸값 오만 공통엔을 그대로 남자에게 건넸다. 이것으로 지불할 테니 됐지? 그리고 간호사인 듯한 남자에게 명령했다. 너는 물을 갖고 와. 남자가 물을 가져오자 그 자리에서 앤에게 캡슐을 두 개 먹였다. 약효가 빨리 나도록 캡슐을 쪼개 내용물만 입에 넣어주었다. 잿빛이 도는 걸쭉한 액체가 앤의 입술 사이로 들어가 분홍색 혀 위로 흘렀다. 앤이 얼굴을 찡그렸다. 종합신경안정제는 무섭게 쓴 약이다. 십 밀리그램이면 정량의 다섯 배로, 앤은 금세 현실을 되찾았다. 이 여자는 우리가 데려가지만 너에게는 대단히 감사한다. 나는 그렇게 말하고 앤을 일으키며 나가자고 했다. 약의 쓴맛에 얼굴을 찡그리고 있던 앤은 입 주위를 혀로 핥더니 의사인 듯한 남자와 간호사인 듯한 남자에게 고맙다고 인사했다. 두 사람 다 고개를 끄덕이면서 인사 같은 건 필요 없으니 조심해서 가라고 온화한 표정으로 말하고, 우리가 버스를 나갈 때까지 몇 번이고 절을 했다.

## 5

밖에 나와 걷기 시작하자 앤은 바로 표정이 변했다. 제로

에이트를 지날 무렵에는 버스에 기대 몇 번이나 날카로운 비명을 지르고 별안간 울음을 터트렸다. 사이렌 같은 그 울음소리에 버스 안에서 주민들이 뛰쳐나왔다. 나도 사부로 씨도 어떻게 대처해야 할지 몰랐다. 어떻게 해야 좋을까요? 내 물음에 사부로 씨가 대답했다. 아기들도 언젠가는 울음을 그치니 언젠가 그치지 않을까? 앞장서 걷던 히사유키 하카마데는 앤의 울음소리에 깜짝 놀라 뒷걸음질 쳤지만, 주민들이 모여들자 리더가 이 세 명의 타지 사람을 안내하라고 시켰다며 자랑스럽게 떠들었다. 앤은 몇 분 동안 계속 울부짖었다. 쇼크와 슬픔이 너무 큰 경우, 감정을 처리하지 못해 자기와 현실을 잃는 해리解離라는 정신 상태가 된다고 아버지의 데이터베이스에 나와 있었다. 그 해리 상태를 벗어나자 현실로 돌아와 기억이 되살아났고 아버지와 동료들의 죽음을 슬퍼할 힘을 얻은 것이다. 종합신경안정제는 감정이나 정동情動을 담당하는 변연계에 작용하는데, 쇼크나 스트레스 때문에 혼란스러워진 신경전달물질의 작용을 정상으로 되돌리기도 한다. 현실감각을 되찾은 앤은 먼저 쇼크와 슬픔을 외부로 표출하고 소진시켜야만 했다.

    모여든 사람들은 앤이 그냥 울기만 할 뿐 아무 일도 일어날 기미가 없자 지겨워졌는지 집으로 돌아갔다. 마지막 구경꾼이 떠나고 조금 뒤에야 앤은 간신히 울음을 그쳤다. 하지만 골목길에 주저앉은 채 움직이려고 하지 않았다. 우리는 그저 지켜보기만 할 수밖에 없었다. 옆에 앉아서 종합신경안정제가 더욱 효과를 발휘하길 기다렸다. 이윽고 앤이 일어서서 나와 사부로 씨에게 안겼다. 사부로 씨는 놀라서 떼어놓으려고 했지만 나는 두 사람의 어깨에 손을 두르고 끌어당겨 셋이 꼭 안았다. 어이! 사부로 씨가 말했다. 어이, 좀 비켜봐. 그러고는 내 등을 가볍게 쳤다. 몸을 떼면 안 됩니다. 나는 그렇게 말했지만, 사부로 씨는 그게 아냐, 하고 또 내 어깨를 치며 앤을 턱으로 가리켰다. 이 녀석 뭐라고 말하고 있어. 앤은 사부로 씨 어깨에 얼굴을 묻고 두 손으로 허리를 껴안고 있었다. 내게는 말소리가 들리지 않았다. 사부로 씨가 다시 내게 말했다. 앤의 입에 귀를 갖다 대 봐. 이 녀석, 머리를 자르고 싶대.

# 6

　머리를 자르는 가게는 제로 나인 끝에 있었다. 사부로 씨는 머리를 자르고 싶다는 앤을 이해하지 못해 이대로 두고

가자고 했다. 이 녀석은 영문 모를 소리만 지껄이고 역시 거치적거려. 나는 앤에게 성적인 관심을 갖고 있어서 헤어지는 게 고통스러웠다. 머리를 자르고 싶어 하는 마음도 이해할 수 있을 것 같았다. 네 기달의 격납고에서 수건을 빌려 닦긴 했지만 씻은 게 아니어서 셋 다 아직 머리나 옷에 마른 피와 체액이 들러붙어 있었다. 앤에게는 자기 아버지의 피와 체액이다. 제어할 수 없이 심한 슬픔에 휩싸인 사람은 옷과 머리 모양을 바꾸거나, 몸에 바늘로 구멍을 뚫어 색을 넣고 그림을 그리거나, 귀나 혀나 성기에 금속 링을 끼우기도 하는데, 그것은 지금의 자신과 다른 사람이 되고 싶은 갈망 때문이라고 아버지의 데이터베이스에 나와 있었다. 앤은 머리에 들러붙은 아버지의 피와 체액을 씻어내고 머리카락을 자르고 싶은 것이다. 나는 사부로 씨에게 말했다. 우리에게는 교통수단이 없습니다. 노인시설까지 가려면 아마 돈이 많이 들 테니 어디선가 앤을 비싸게 팔 필요가 있습니다. 진료 버스에서 한 말을 되풀이해서 사부로 씨를 설득했다.

섬에도 자치 회관 옆에 머리를 자르는 곳이 있었는데 나는 가본 적이 없다. 사부로 씨도 나도 레이저 커터로 직접 머리를 잘랐다. 구불구불 휘어진 글씨로 미용 살롱이라고 쓴 영상간판을 차체에 단 버스에는 중년 여자 손님 두 명, 머리를 자르는 전문직 중년 여자가 네 명 있었다. 한쪽 벽 가득 거울이 있고, 그 앞에 나란히 놓인 의자가 네 개, 입구 근처에 머리 자를 순서를 기다리는 사람을 위한 긴 의자가 하나 있었다. 텔레비전 모니터에는 다양한 상품광고 영상이 흘렀다. 음료수, 식기, 안경, 비누, 봉식, 전기 제품 그리고 유원지나 온천 여행 이용권 등 모두 하층 사람들을 대상으로 한 상품이었다. 손님 수가 머리 자르는 전문직 수보다 적어서 앤은 차례를 기다릴 필요가 없었다. 어떤 머리 모양을 할지 전문직 중년 여자가 물었다. 전부 잘라. 앤이 대답했다. 빡빡 깎을 거냐고 중년 여자가 확인하자 앤은 그래, 하고 고개를 끄덕였다. 앤은 이따금 뭔가 생각난 듯이 눈을 감기도 하고 긴 의자에 앉아 있는 우리 쪽을 돌아보기도 했다. 예전의 표정을 되찾고 있었다. 앞으로 종합신경안정제를 여섯 시간 간격으로 복용하면 현실과 자기를 잃지 않아도 될 것이다.

도모나리라는 가명을 쓰는 안조를 찾아 노인시설의 위치를 알아내야 하는데, 히사유키 하카마데는 그 남자가 양 버스에서 어딘가로 이동할 가능성은 없다고 말했다. 젊은 여자는 별개지만 그 밖에는 이곳에서 나가는 사람이 없다는 것이었다. 거주자가 밖으로 나가는 것은 법으로 금지되어 있기 때문일 것이다. 약제를 사용하여 인상재를 녹이자 부드러워진 앤의 머리카락이 가위에 잘려 바닥으로 떨어져 내렸다. 사부로 씨는 고급 과자가 나오는 텔레비전 모니터를 빤히 보고 있었다. 아이와 노인과 젊은 여자가 크림이 든 동그란 빵과자를 먹는 영상이었다. 나는 잊고 있었던 거야. 히사유키 하카마데가 주머니에서 하얀 천 조각을 꺼내 내게 건네며 말했다. 제로 텐과 제로 일레븐을 지날 때는 천으로 입과 코를 막아야 하는 듯했다.

앤의 머리카락이 미용실 바닥에 쌓여갔다. 용액에 젖은 한 뭉치의 머리카락은 천장의 불빛을 반사하여 반짝거렸다. 미용 살롱에 들어선 뒤로 머리 자르는 전문직 중년 여자들도 손님인 중년 여자들도 앤과 나와 사부로 씨를 말똥말똥 쳐다보았다. 여자들은 우리 세 사람을 교대로 보면서 얼굴을 맞대고 이야기를 계속했다. 모두 뚱뚱하고 안색이 좋지 않았고, 다리 어딘가가 곪거나 부어 있었다. 머리를 정수리에다 동그랗게 묶어 올리고 꽃으로 장식한 전문직 여자는 복사뼈 언저리가 검붉게 부었다. 안경을 끼고 앞머리를 이마에 드문드문 빗어 내린 또 다른 전문직 여자는 무릎 안쪽에 혹 같은 불룩한 게 있었다. 인상재로 머리를 탑처럼 올려서 고정시킨 세 번째 전문직 여자는 한쪽 발목에 부종이 있었다. 앤의 머리를 자르는 전문직 여자는 스님에 가까운 단발을 탈색하고 두피에 부처님 문신을 했는데, 양쪽 종아리에 합해서 다섯 개의 큰 종기가 있었다. 노란색 머리 장식의 여자에게 머리를 맡긴 여자 손님은 한쪽 발 엄지발가락 부분이 부어서 신발 대신 두꺼운 천을 감았다. 안경 낀 여자에게 머리를 맡긴 여자 손님은 양쪽 발등에 울퉁불퉁하게 부종이 있어서 발바닥에 붙이는 간이 샌들을 신었다.

중년 여자들은 텔레비전 모니터 소리에 지지 않을 만큼 큰 소리로 떠들고 있어서 나와 사부로 씨한테까지 들렸다. 우리는 미용 살롱권도 있고 입욕권도 많잖아. 얼마나 복 받은 건지 상상할 수 없을 정도이니 정말 행복하지. 우리에 비해 제로 서틴 고마다 스키코는 불행하게도 석횟병이 심해져 이제 곧 제로 일레븐으로 옮아가서 만날 수 없게 된다니 슬퍼. 상품광고가 나오는 텔레비전 모니터 화면에서 시선을 옮긴 사부로 씨가 중얼거리듯 물었다. 석횟병이 뭐지? 발목이 붓는 병이라고 대답해주었다. 두 번의 이민내란 끝에 정수 시설이 파괴되어 석회질이 섞인 물을 마신 여자들의 발목이 부어오르는 현상이 서일본에서 자주 보이게 되었다고 아버지에게 들었다. 석회질이 혈류를 타고 몸에 저장되었다가 긴 시간에 걸쳐 발목 언저리에 이르러 뼈를 비대하게 만든다. 정확하게는 석회질이 부착하여 발목뼈를 부풀게 하는 병을 석횟병이라고 하는데, 그 병명이 널리 알려진 후로 발목뿐 아니라 발의 다른 부분에 생긴 부종과 종기도 전부 석횟병이라고 부르게 되었다. 특히 하층민 지역에서는 스물다섯 살이 지난 여자의 발에 부종과 종기가 생겼다. 증세는 남녀에 따라 반대로 나타나서, 여자는 뼈와 근육과 피부가 부어오르고 부종이 생기는 반면 남자는 뼈가 침식되어 녹아간다고 한다. 아키라는 어째서 그렇게 많이 알지? 사부로 씨가 묻자 나도 모르겠다고 대답했다. 아버지에게 들었거나 데이터베이스에서 읽었겠지만, 그 밖에도 정보원이 있는 듯한 기분이 들었다. 정보가 나 자신을 통과해 가는 것 같았다.

발 일부분이 부은 여자들은 수다를 떨면서 일정한 간격으로 짧고 마른 웃음소리를 터트렸다. 기침과 비슷한 독특한 소리였다. 탑 모양으로 머리를 고정시킨 여자가, 쓰레기 처리장에서 일하는 남편이 우수근로상을 수상해서 함께 받은 특별 허가증으로 양 버스 외부 지역의 식당에 간 이야기를 했다.

봉식만 계속 먹으면 그 맛의 단조로움을 모르지만 우동 가게에서 계란이 든 우동을 먹고 나면 한동안 봉식이 꼴도 보기 싫어져서 큰일이라는 얘길 하고 몸을 흔들면서 큰 소리로 웃자, 다른 중년 여자도 따라서 큰 소리로 웃었다. 이제 곧 앤은 빡빡머리가 된다. 아까 이쪽을 돌아보며 두피에 반란이민의 표시인 쌍두사자 문신을 넣을 거라고 웃는 얼굴로 말했다. 중년 여자들은 반란이민이라는 말에 웃음을 멈추고 흥미진진하다는 표정이 되더니, 어딘지 일본인과 다르다고 생각했는지 우리 세 사람을 다시 번갈아 보았다.

그때, 사부로 씨가 열심히 보고 있던 텔레비전 모니터에서 끝도 없이 나오던 상품광고가 끊기고 정치가와 종교인과 학자들의 토론회 같은 프로그램이 시작되었다. 이상사회가 코앞에 왔다는 주제로 세 사람이 의견을 발표했다. 학자는 드디어 이상사회가 도래했다고 되풀이해서 말하고 앞으로 십 년 정도만 참으면 된다고 단언했다. 종교인은 이상사회 실현은 인류 문명이 탄생한 이후로 계속된 목표인데 거의 오천 년 만에 그 실현을 직접 지켜볼 수 있는 세대가 되다니 믿기 힘든 행복이라며 이상사회가 정말로 실현된 것이니 우리는 이제 더 상상할 필요가 없다, 상상할 필요가 없어, 상상할 필요

가 없어, 상상할 필요가 없어, 하고 몇 번이나 반복했고, 세 사람은 소리를 모아 웃었다. 머리를 탑 모양으로 고정시킨 전문직 여자가 부종이 있는 쪽 다리를 끌며 텔레비전 모니터로 다가가 옆면에 붙은 카드를 빼고 손에 든 새 카드를 넣어 프로그램을 실행시키자 하머즈 대 다이너마이츠의 개스킷 경기가 나왔다.

7

나는 상상할 필요가 없다던 정치가의 말을 반추하며, 진료 버스에서 의사인 듯한 남자를 말로 협박했던 일을 떠올렸다. 상상으로 공포심을 불러일으키고 남자를 굴복시켜 종합신경 안정제를 빼앗았다. 정말로 메스를 찔러 안구를 도려내는 짓은 하지 않았다. 환락가 서지구의 송문은 실제로 야가라 일행의 머리를 손도끼로 쪼개 죽였다. 어째서 송문은 반란이민의 후손을 상상하게 해서 굴복시키려고 하지 않았을까? 그 식당의 한 방에서 송문은 충분히 우위에 있었으니 상상으로 공포심을 부채질했다면 현금도 범용차도 간단히 손에 넣을 수 있었을 것이다. 나는 그 식당에서 도망칠 때도 송문에게 말로 반격했다. 상상하게 하려면 말이 필요하다는 것을 그때 배운 덕분에 진료 버스에서도 의사인 듯한 남자를 협박할 수 있었는지 모른다. 그렇다면 송문은 상상으로 어떤 일이 가능해지고 실현될 수 있다는 걸 배울 기회가 없었던 것일까?

그런 생각을 하고 있는데 문득 신호가 느껴졌다. 중년 여자들의 기침 같은 웃음소리 틈새로 신호가 오더니 내 몸속에서 울려 퍼졌다. 신호는 짧게 몇 번이고 되풀이되었다. 아키라, 잘 알아냈구나. 훌륭하다. 그렇다, 상상은 위험하다. 상상은 무엇보다도 위험하다. 누구도 타인의 상상을 지배할 수는 없다. 상상은 지배의 도구가 아니라 상상하는 주체를 이끈다. 상상하는 힘이 너를 이끈다. 상상하라, 너는 이끌릴 것이다. 전에도 이런 신호를 들은 것 같았다. 하지만 신경을 더 집중해서 들으려고 하자 점점 흐려지다가 이윽고 완전히 사라졌다.

# 양 버스 그 3

## 1

　시원하고 기분 좋다고 앤이 말했다. 미용 살롱을 나오니 서늘한 바람이 골목을 가로질렀다. 앤은 아주 짧은 머리가 되었지만 면도로 정리할 시간이 없어서 완전한 민머리는 아니었다. 그 대신 미생물에서 추출한 바이오컬러 페인트로 이마에서 목덜미까지 머리를 세로로 지나는 두 가닥의 평행선을 그렸다. 문신 대용으로 개발된 제품인데 반영구적으로 색이 빠지지 않는다. 두 가닥 선은 반란이민의 상징으로, 불복종을 의미하는 듯했다. 야가라라는 사람과 그 동료가 아직 살아 있었을 때, 앤은 인상재로 머리를 뾰족하게 하고 일반적인 머리 모양으로 반란이민의 후손임을 감추려 했다. 하지만 아버지도 동료도 죽고 자신만 남게 되었으니 그 표시를 몸에 지니겠다고 했다. 그런 꼴을 하면 체포되어 살해당할 텐데. 사부로 씨가 지적했지만, 앤은 살해당하는 건 두렵지 않다고 고개를 저었다. 살해당하는 것보다 더 무서운 게 있다는 것을 알아서 두렵지 않아. 앤은 그렇게 말하면서 앞장서서 걸었다. 히사유키 하카마데가 앤을 불러 세우더니, 우리 모두에게 손수 만든 헝겊 마스크를 건넸다. 이 앞은 이제 제로 텐, 제로일레븐인데 마스크를 하지 않으면 위험할 거야. 그리고 골목을 빠른 걸음으로 걷기 시작했다.

제로 텐과 제로 일레븐 버스 옆쪽에는 '격리용 버스·의료 및 경비 관계자 이외 출입 금지'라는 영상간판이 세 군데에서 깜박거리고 있었다. 버스는 두꺼운 녹색 실리콘 시트로 덮였지만 곳곳의 찢어진 틈새로 내부가 보였다. 멈춰 서서 버스 안을 보려고 하자 히사유키 하카마데가 진지한 표정으로 말했다. 보면 위험할 것이고 안 될 것이야. 그리고 되도록 빨리 지나가라는 말을 되풀이했다. 버스 내부에 몇 칸의 선반이 있고 포개듯이 사람이 누워 있었다. 오른쪽 버스 선반은 여자들로 하나같이 다리가 부어올랐고, 오른쪽은 남자들로 흐물흐물해진 팔다리가 선반 아래로 축 늘어져 있었다. 여자는 뼈가 부어 부종이 생기고 남자는 반대로 뼈가 녹는다는 이야기가 떠올랐다. 뼈가 녹는 병은 무슨 병인지 모른다. 제로 일레븐 격리용 버스 출입구 발판에 남자 하나가 쓰러져 있었다. 두꺼운 흰색 옷을 입은 그 남자는 잘못해서 열린 문으로 떨어졌는지 버스 안으로 기어 올라가려 했다. 하지만 좌반신과 양다리가 축 늘어진 데다 묘한 모양으로 구부러져 있어서, 오른손만으로 손잡이를 잡고 몸을 일으키려 하는 그 움직임은 연체동물이 바위틈을 기어가는 정도밖에 되지 않았다. 나는 남자의 몸과 움직임을 보고 비명을 지를 뻔했다. 앤과 사부로 씨도 눈을 동그랗게 뜨고 우뚝 멈춰 섰다. 히사유키 하카마데가 빨리 자리를 뜨지 않으면 감염된다고 마스크 너머로 호통을 쳐서, 우리는 서둘러 걸음을 옮겼다.

.

## 2

저 사람은 뭐냐? 제로 서틴을 지날 즈음, 사부로 씨가 헝겊 마스크를 벗으면서 물었다. 앤은 제로 포틴에서 바닥에 구부리고 앉아 토했다. 저런 병이 있나? 사부로 씨의 물음에 모르겠다고 대답한 나 역시 현기증과 구토를 견디느라 애를 먹었다. 뼈가 녹아버리면 그런 식으로 움직이게 되는 걸까? 양 버스 주민들은 모두 쓰레기 처리장에서 일한다고 한다. 그렇다면 쓰레기에 포함된 독성과 방사성물질 때문일지도 모른다. 어쨌거나 그렇게 비위가 뒤틀리는 사람의 움직임을 본 것은 처음이었다. 현실감을 잃어버릴 것 같았다. 가슴이 메슥거리고 신 것이 올라왔다. 히사유키 하카마데는 왜 그렇게 놀라느냐는 얼굴로 우리를 보고 있었다. 그에게는 일상적인 광경이었던 것이다. 아, 그렇지, 그랬지. 히사유키 하카마데가 제로 세븐틴 중심에 있는 유난히 큰 버스를 가리켰다. 빨간색과 흰색 조화로 장식한 차체에 '양 버스 지구 몽식장夢式場'이라는 글자의 영상간판이 깜박거리고, 열린 창으로 풍금 소리가 들려왔다. 버스 앞부분에는 제단 같은 것이 있었는데, 풍성한 분홍색 옷을 입은 여자와 금색 단추가 달린 새하얀 옷을 입은 남자가 팔짱을 끼고 그 앞에 서 있었다. 두 사람 모두 중년이었다. 제단 안쪽으로 광택이 나는 보라색 옷을 입은 노인이 종이 다발을 감은 지팡이 같은 것을 두 손으로 높이 치켜들고 있는 모습이 보였다.

정말 경사스러운 일일 거야. 히사유키 하카마데가 눈을 게 습츠레하게 뜨고 말했다. 너희는 진짜 행운의 주인공들일 거야. 그러고는 우리를 조화로 장식한 버스 쪽으로 안내했다. 결혼식이다. 앤이 입 주위에 묻은 오물을 닦으면서 흥미로워했다. 너희는 초대되었으니 축하해줄 거야. 히사유키 하카마데가 웃는 얼굴로 그렇게 말하면서 따라오라고 손짓하여 우리는 버스 안으로 들어갔다. 입구에서 접객 담당 남자가 종이컵에 든 주스와 나중에 커플을 향해 던지면 된다며 손바닥 가득 작은 조화를 주었다. 몽식장이라는 이름의 큼직한 버스 안에는 일본 민속 의상과 서양 연회용 의상 비슷한 디자인의 옷을 입은 서른 명 남짓한 사람들이 있었다. 입욕권 두 장을 내면 우리에게도 의식용 옷을 빌려준다고 했다. 좌석 뒤쪽에 대여 의상이 있었는데, 자세히 보니 종이 제품이었다. 참석자들은 쓰레기 처리장 작업복 위에 종이옷을 걸쳐 입었다. 풍금을 치고 있는 남자의 검은색 종이 양복은 여러 번 입어서인지 찢어져서 갈색 작업복의 등 부분이 다 드러났다. 길쭉한 탁자에 닭고기튀김 비슷한 봉식, 초밥처럼 생긴 봉식, 탄 갈색 전병, 딱딱한 빵을 기름에 튀긴 과자가 차려져 있었다.

섬에서는 결혼하는 커플이 관리 사무소가 있는 거리를 나란히 걷기만 할 뿐 의식은 하지 않는다. 문화경제효율화운동이 거추장스러운 의식은 폐지하는 것이 바람직하다고 계몽했기 때문이다. 전세기 초까지만 해도 스무 살이 된 젊은이는 일본 민속 의상이나 서양 연회용 의상을 입고 큰 회장에 모여 자치단체와 지역사회로부터 축하를 받았다고 한다. 성인식이라는 명칭의 그 의식은 추하고 쓸모없는 의식의 전형적인 예로서 교정 시설에서 곧잘 비디오로 보여주었다. 의식 때 입는 민속 의상이나 연회용 의상은 대부분 젊은이 본인이 준비하는 게 아니라 부모가 사주거나 빌려주었다고 한다. 확실히 추악하고 우스꽝스러웠다. 사회에서 어른으로 인정한다는 의미로 축하받는 의식인데, 그러기 위한 의상을 부모에게 준비하게 하는 건 모순이다. 일반적으로는 결혼식과 장례식이 간소화하였지만 하층민 지역에서는 관습이 계승되는 일이 많다고 아버지의 데이터베이스에 나와 있었다. 하층민 지역의 결혼이 격감하고 있어서 관습이 남는다 해도 대단한 문제는 아니었다. 애초에 결혼이나 매장 같은 의식이 허락되는 것은 우수근로자뿐이다. 우량노동상을 여러 차례 수상하면 해당 지역에 등록된 여자를 소개받을 수 있고, 쌍방이 희망하면 결혼 의식이 인정된다.

## 3

옛날 동요를 연주하는 풍금 소리가 커지고, 제단 너머에
선 보라색 옷의 노인이 지팡이를 높이 들어 은색 종이 반지
를 낀 양복 입은 남자에게 건넸다. 자, 더 가까이 올 테니 축
복해야 할 거야. 히사유키 하카마데가 우리에게 앞쪽으로
다가가도록 재촉했다. 일제히 박수가 터지고, 천사 날개가
달린 종이옷을 입은 네 명의 아이가 제단 옆에 서서 풍금 반
주에 맞춰 동요를 불렀다. 예쁘게 차려입었는데 신부는 어
째서 우는 걸까 하는 슬픈 리듬의 노래였다. 아이들을 바라
보다가 어떤 인물이 눈에 들어와 팔과 목덜미에 소름이 돋
았다. 숨이 막히고 입술이 떨리고 심장의 고동이 빨라졌다.
네 명의 아이를 비디오카메라로 촬영하는 초로의 남자가 있
었다. 비디오카메라는 카드형 보급품이 아니라 제대로 렌즈
가 달린 고급 기계였다. 남자는 모니터를 보면서 네 명의 아
이들에게 손을 흔들며 웃어주고 있었다. 재색 작업복 위로
감색 종이 양복을 입었다. 턱수염을 기르고 안경을 끼고 정
수리가 벗겨져 얼마 남지 않은 머리를 길게 뒤로 묶었다. 하
층민 지역 남자들과는 다른 특징 있는 얼굴과 체격이었다.
눈이 날카롭고 눈썹이 짙고 콧대가 오똑하다. 키는 나와 사

부로 씨 중간 정도지만 탄탄해 보이는 몸으로 뚱뚱하지 않다. 섬에 있을 때는 머리가 더 짧았고 턱수염도 없었다. 안경도 끼지 않았다.

초로의 남자는 틀림없이 안조였다. 어린 나를 안아 올려 왜건에 태우고 대량의 종합신경안정제를 먹여 노인시설에 데려간 남자. 도중의 휴게소에서 도망치려는 아이 하나를 가죽 벨트로 마구 때리고 두 번 다시 도망치지 못하도록 발목뼈를 부러뜨렸다. 눈이 마주쳤는데도 안조는 나를 알아차리지 못했다. 그 후 몇 년밖에 지나지 않았지만 나는 키가 많이 컸고 얼굴도 어른스럽게 바뀌었다. 또 안조는 많은 아이들을 다루어서 일일이 얼굴을 기억하지 못할 것이다. 왜 그래? 내 모습이 이상하다고 느꼈는지 사부로 씨가 말을 걸었다. 그 인간이 있습니다. 나는 사부로 씨 귓가에 속삭이며 눈짓으로 안조를 가리켰다. 결혼하는 커플의 반지 교환이 끝났다. 축하하고 싶지, 축하하고 싶지. 천사 날개가 달린 종이옷을 입은 네 명의 아이들이 큰 소리로 합창한 뒤, 작은 조화를 천장을 향해 뿌렸다. 노인시설이 어디에 있는지 아는 놈이야? 사부로 씨가 안조를 보면서 물었다. 눈치채서 좋을 것 없으니 자꾸 보지 않는 게 좋습니다. 나는 주의를 준 뒤 히사유키 하카마데에게 다가갔다. 정보를 얻을 필요가 있었다. 앤과 사부로 씨와 함께 웃는 얼굴로 제단에 다가가서 조화를 뿌리는 무리에 끼어 히사유키 하카마데에게 물어보았다. 당신은 결혼했지?

　나는 아직 스물아홉 살이어서 앞으로 십 년 정도는 결혼할 수 없을 거야. 히사유키 하카마데가 수줍은 표정으로 대답했다. 양 버스 지역의 남녀 비율은 이십 대 일로 생명을 깎아먹는 노동을 하고 몇 번씩 표창을 받지 않으면 결혼은 못한다고 했다. 나는 지금 결혼하는 커플은 어떤 인물들인지 물었다. 신랑은 쓰레기 처리장 금속 분별과 과장으로 특별우수근로상을 두 번, 우량노동상을 네 번이나 수상한 엘리트이고, 신부는 환락가 중지구에서 작년 가을에 이사 온 빵 만드는 기술자라고 했다. 결혼하는 사람은 모두 우수한 사람이고, 여기 모인 사람들도 아마 우수한 사람뿐일 거라고 했다. 나는 비디오로 결혼식을 기록하고 있는 저 사람은 어떤 사람이냐고도 물었다. 히사유키 하카마데는 선생님이라고 불리는 작가라고 가르쳐주었다. 쓰레기 처리장에서 일하는 사람들의 일상생활을 비디오카메라로 기록하여 소설, 시, 르포 혹은 보고서 같은 형태로 위에 알리는 것이 그의 역할로, 일 년쯤 전에 도저히 믿을 수 없는 우량 지역에서 굳이 양 버스 지역을 선택하여 이주해 왔고, 아내는 없지만 아이가 세 명 있으며, 그 아이들은 전처소생일 텐데 참 잘 키워서 주위에서도 칭찬이 자자하다는 것이었다. 아이가 있다는 말을 듣고 불길한 예감이 들었다.

나는 사부로 씨와 함께 안조에게 다가갔다. 사부로 씨는 숄더백을 앞으로 안고 한 손을 가방에 넣어 폭도 진압용 고무탄을 장전한 그리스 건 손잡이를 잡았다. 고무탄은 유탄 발사기에 삽입해서 쓴다. 죽이지 않고 움직임을 멈출 수 있다. 비디오카메라를 든 안조는 온화하게 웃는 얼굴로 더 웃어 봐, 하듯이 손을 흔들며 분위기를 띄우고 있었다. 나와 사부로 씨는 제단 옆으로 돌아가 양쪽에서 안조를 포위하듯 몸을 밀어붙였다. 안조는 나와 사부로 씨를 결혼한 커플의 친척이나 가족으로 생각했는지 축하한다고 해야지, 하고 활짝 웃으려다 도중에 굳어졌다. 우리가 양 버스 주민이 아니란 걸 바로 알아차린 것이다. 뒷걸음질로 도망치려고 했다. 사부로 씨가 그의 팔을 잡자, 나는 안조의 귓가에 대고 말했다. 안조, 내가 누군지 알죠. 지금부터 이곳을 나가 노인시설로 안내하세요. 내이름은 다나카 아키라입니다. 섬에서 왔습니다. 내가 노인시설에서 누굴 만날지 안조, 당신은 알고 있겠죠.

안조는 조금 전까지와 완전히 다른 표정이 되었다. 피부가 한 꺼풀 벗겨지고 다른 얼굴이 나타난 것 같았다. 놀라움인지, 공포인지, 증오인지, 갑자기 얼굴 전체가 깊은 주름으로 덮였다. 주름 탓에 얼굴이 일그러져 보였다. 앤과 히사유키 하카마데가 무슨 일인가 하고 이쪽을 보았다. 도망치면 그리스 건으로 쏩니다. 내가 말하자, 안조는 일그러진 얼굴로 대꾸했다. 쏠 테면 쏴봐. 경비 로봇이 날아와서 체포할걸. 그러다가 내 얼굴을 빤히 들여다보더니 힘없이 중얼거렸다. 너 정말 다나카 아키라인가? 정말로 섬을 나왔나? 어떻게 이곳까지 왔지? 그러고는 한숨을 쉬었다.

# 4

안조는 주위 사람들이 눈치채지 못하도록 주의하면서 종이옷 아래 입고 있는 갈색 제복 안주머니에서 필통 모양의 오래된 휴대용 전화를 꺼내 들고 말했다. 이건 경비 로봇 센터에 직접 연결되는 전화여서 내가 송신 버튼만 누르면 너희는 체포야. 섬에서 아버지의 데이터베이스에 나오는 휴대용 전화의 영상을 본 적은 있지만, 이렇게 실물을 보는 것은 처음이었다. 이민내란 당시 중계국이 폐쇄되었고 그 후로도 상층 이외에는 접속이 제한되어 휴대용 전화의 수요가 없어졌다고 들었다. 상층 지역 외부에 휴대용 전화를 소유한 사람은 없었다. 어디에도 연결되지 않기 때문이었다. 안조는 양 버스에 오기 전 어딘가에서 휴대용 전화를 입수했을 것이다. 안조의 말대로 전화가 경비 로봇 센터로 연결될지도 모르고, 그의 말은 거짓으로 전화 기능은 없고 그저 액세서리일지도 모른다. 그러나 어느 쪽이든 상관없었다. 나는 말했다. 경비 로봇을 부르고 싶으면 부르세요. 내가 체포되면 몸에 묻어둔 칩이 신호를 보내 당신 정보도 경비 로봇에게 전해질걸요. 나는 텔로미어를 잘려 섬으로 돌아가게 되겠지만, 노인시설까지 못 갈 바에야 어디서 살고 어디서 죽든 마찬가지입니다. 그러나 안조 씨, 당신은 텔로미어를 잘려 섬사람이 되는 건 원하지 않겠죠? 내가 잃을 것보다 당신이 잃을 것이 훨씬 크지 않을까요?

그리고 안조에게 몸을 붙이며 귓가에다 속삭였다. 당신이 체포되어 섬으로 돌아가면 당신이 돌아오길 기다리는 세 아이는 어떻게 될까요? 협박은 안조를 흥분하게 했다. 얼굴이 시뻘게지더니 입술을 뒤집어 입을 찢어져라 크게 벌리고 목을 떨면서 비명을 질렀다. 그 소리가 마치 대재난 때 울리는 사이렌처럼 청각을 뒤덮었다. 처음 몇 초 동안은 무슨 일이 일어났는지 몰랐다. 입을 크게 벌린 안조와 그 무서운 소리가 연결되지 않았다. 반대로 주위에서 소리가 사라진 듯한 착각까지 들었다. 사부로 씨가 귀를 막고 뒷걸음질 쳤다. 나 역시 강한 불안을 느끼고 나도 모르게 도망칠 뻔했다. 버스 안 사람들 중 몇 명은 두 손으로 얼굴을 가리고 울음을 터트렸고, 몇 명은 그 자리에 쓰러졌다.

아이들은 놀라서 엉덩방아를 찧고 신랑과 신부는 눈을 동그랗게 뜨고 가슴을 누르며 넋을 잃고 서 있었다. 앤은 양쪽 귀를 손으로 막고 안조를 노려보았다. 히사유키 하카마데는 입을 벌린 채 두 팔을 축 늘어뜨리고 탈진한 모습으로 버스 천장을 올려다보았다. 기절하여 바닥에 쓰러진 사람도 있었다. 비명이 버스 바깥까지 들렸는지 창밖에서 주민들이 버스 안을 들여다보았다. 안조는 마치 잇몸에 난 이물질을 제거하듯이 입술을 움직여 기묘한 모양으로 일그러뜨리더니 이윽고 소리를 멈춘 다음, 눈을 감고 몇 번이나 심호흡을 했다. 그러다가 표정이 분노에서 공포로 바뀌고 겁먹은 눈으로 내게 말했다. 당연하지. 당연하지, 다나카 아키라. 내가 여기서 뭘 하고 있는지 너는 당연히 알고 있겠지만, 사실 나는 너를 줄곧 기다렸다. 물론이다. 나는 안내하겠다. 어쨌든 일단 여길 나가자. 여길 나가지 않으면 어디도 갈 수 없어.

## 5

안조는 알아들을 수 없는 작은 목소리로 뭐라고 중얼거리면서 앞장서서 걸었다. 결혼식 버스를 나올 때 안조는 신랑과 신부를 비롯한 모든 사람에게 일일이 사과했다. 놀라게 해서 미안하고 미안해서 사과해야 한다며 손을 잡고 깊숙이 머리를 숙였다. 골목이 점점 어두워졌다. 부채꼴로 펼쳐진 버스들의 바깥쪽으로 갈수록 외등도 영상간판도 적어졌기 때문이다. 히사유키 하카마데와는 결혼식 버스 밖에서 헤어졌다. 헤어질 즈음, 히사유키 하카마데는 안조에게 이 사람들이 하는 말을 듣는 게 좋을 테니 들어야 할 것이야, 하고는 내가 의사인 듯한 남자에게 종합신경안정제를 갈취한 것을 마치 자기 일처럼 의기양양하게 이야기했다. 그리고 우리에게는 당사자를 만났으니 이제 안내는 필요 없을 거라며 쓸쓸한 표정으로 인사를 하고 몇 번씩 돌아보면서 골목길을 되밟아 갔다.

도망치려고 하면 PD탄을 쏘겠다. 걸어가면서 사부로 씨가 안조에게 말했다. 도망칠 곳이 없으니 난 도망치지 않아. 안조는 비명의 여운이 남은 얼굴로 대꾸했다. 그리고 결혼식 버스 안에서 한 질문을 되풀이했다. 정말로 어떻게 섬을 나와서 이곳까지 온 거야? 그 말에 깜박거리는 영상간판처럼 기억이 되살아났다. 쓰레기를 불법 투기하는 트럭과 우주정거장과 머리를 뾰족하게 세운 앤과 성층권에서 본 지구와 중형 경비 로봇이 토해내는 벌레 같은 극소 로봇 무리와 네기달의 비행자동차에서 본 옥상에서 폭포가 흐르는 환락가 호텔과 광대한 식품 쇼핑몰과 식당가의 군중과 은색 스타디움에서 떠오른 사츠키라는 늙은 여자의 성기와 야가라라는 사람과 그 동료와 손도끼로 쪼개진 머리와 피와 재색 뇌와 범용차와 터널 안 해방구의 가게에 가득 찼던 연기와 스피커와 앤의 빨간 옷과 제한구역을 달리는 전철 안의 소년과 비행자동차 전시장의 나이 먹은 도우미 여자들이 뇌리에 떠올랐다가 사라졌다. 녹색과 흰색과 파란색으로 채색되어 온화하고 거대한 원이 된 지구의 영상은 몇 번이고 눈 안쪽에서 깜박거렸다.


## 6


저 녀석은 혼자 뭐라고 씨부렁거리는 거야? 제로 트웬티 포라는 표시가 있는 버스 옆에서 사부로 씨가 물었다. 모르겠습니다. 나는 대답했다. 안조의 목소리는 이따금 커졌다. 클린, 스토리, 도청, 거주분리, 이상사회, 하는 단어가 단편적으로 들렸지만 무슨 얘기를 하는지는 알 수 없었다. 우리는 안조 바로 뒤에서 걷고 있었다. 앤은 허밍을 하면서 걷다가 이따금 나와 사부로 씨에게 다가와 팔짱을 끼거나 손을 잡으려 했다. 사부로 씨는 언제든 그리스 건을 꺼낼 수 있도록 가방에 오른손을 넣은 채여서, 앤이 몸을 붙이고 팔짱을 끼려 하면 뿌리쳤다. 앤은 거부당할 때마다 어찌 된 이유인지 재미있어하며 깔깔거렸고, 그때마다 안조가 돌아보았다. 돌아볼 때도 안조는 입술을 계속 달싹거리며 혼잣말을 멈추지 않았다.

제로 트웬티파이브를 지날 즈음부터 버스와 버스 사이 공간에 개와 염소와 토끼와 닭을 키우는 우리가 눈에 띄었다. 우리에는 '식용동물 사육 허가증'이라고 적힌 금속 패가 붙어 있었다. 십여 마리의 개가 우리를 향해 시끄럽게 짖어댔다. 버스 옆의 커다란 스테인리스 테이블 위에 철사로 발이 묶인 염소가 한 마리 놓여 있고, 검은 비닐 앞치마를 두른 남자가 그 염소를 물끄러미 바라보고 있었다. 안조가 이쪽을 돌아보았다. 내가 도망치면 그리스 건으로 쏠 거라고 했지. 그러고는 사부로 씨의 손을 가리켰다. 안조가 어째서 그런 말을 꺼내는지 알 수 없었다. 사부로 씨도 가방 속에 손을 넣은 채 곤혹스러운 표정으로 나와 안조를 번갈아 보았다. 앤이 뒷짐을 지고 테이블 위의 염소를 흥미롭다는 듯 바라보면서 앞치마 남자에게 물었다. 당신은 그 동물을 지금 죽이려고? 남자는 복잡한 표정으로 고개를 끄덕이고 손에 든 가늘고 긴 식칼을 보여주었다. 나는 지금부터 도망가려고 하는데 너희가 정말로 그리스 건을 쏠지 어떨지 가능하다면 확인해보고 싶으니까, 이 주위에 있는 우리 속의 동물을 시험 삼아 실제로 쏴보지 않겠어? 안조가 안경을 벗어 작업복 자락에 알을 닦으면서 말했다. 이 녀석은 무슨 소릴 하는 거야? 사부로 씨가 그렇게 물었지만 나도 무슨 의미인지 알 수 없었다. 나는 지금부터 도망가려고 생각하는데 그리스 건에 맞는 걸 상상하기만 해도 무서워서 결심이 서지 않으니까, 정말로 너희에게 발포할 마음이 있는지 어떤지 동물로 시험해보고 싶다는 것뿐이야. 의학에서도 사람으로는 실험할 수 없을 때 쥐나 햄스터나 토끼를 대용으로 하는 게 상식이잖아? 안조는 다시 안경을 썼지만 작업복 자락이 더러웠는지 닦기 전보다 알이 더 흐려져 눈이 거의 보이지 않게 되었다.

부탁이 있는데 그 동물 머리 자르지 말아줘. 앤이 남자에게 말했다. 이 녀석을 처치하는 건 한참 나중이 될 테니 괜찮을 거야. 앞치마 남자는 칼을 들고 있지 않은 쪽 손으로 온몸이 결박된 채 떨며 쥐어짜는 소리를 내는 염소의 목 언저리를 부드럽게 쓰다듬었다. 안조, 우리는 당신 버스 번호를 알고 있으니 먼저 당신 버스에 가서 아이들에게 인사를 할 텐데, 그보다 당신이 먼저 도망치는 건 아니겠죠? 내 말을 들은 안조는 결혼식 버스 안에서와 마찬가지로 아이들이라는 말에 민감하게 반응했다. 부탁이니 아이들은 그대로 두지 않겠나. 어두운 하늘을 올려다보며 그렇게 말하고 입술을 깨물며 찡그리는 그의 눈초리에 눈물이 배어났다.

히마유키 하카마데에게 안조는 작가이고 쓰레기 처리장에서 일하는 사람들의 생활을 비디오로 기록하며 세 아이들과 함께 버스에 살고 있다는 말을 들었을 때, 섬에서의 사건이 떠올라 불길한 느낌이 들었다. 섬 아이들에게 안조는 특별한 존재였기 때문이다. 섬에서 안조는 얼굴이 예쁘고 몸이 괜찮은 아이들을 골라 집으로 초대하기도 하고 공원에서 게임을 하거나 해변 길을 함께 걷기도 했다. 함께 산다는 세 아이가 안조의 친자식인지 아닌지는 모른다. 그러나 특별한 존재인 것은 틀림없었다. 아이들에게는 해를 끼치지 않겠다고 약속할 테니 당신도 도망친다느니 하는 어리석은 소리는 하지 않는 편이 좋겠어요. 나는 눈물을 글썽거리는 안조에게 그렇게 말했다. 안조는 이해해준 것 같아서 이보다 기쁜 일은 없으니 도망간다느니 하는 말은 이제 절대 입에 올리지 않겠다고 약속하며 안경을 벗고 손등으로 눈을 닦았다.

앤은 아직도 앞치마 남자와 이야기를 하고 있었다. 당신은 저 동물을 좋아해서 죽이는 거지? 앤이 물었다. 좋아하는지 어떤지는 모르겠지만 태어날 때부터 키웠으니까. 마음속으로 이름까지 지어줬으니 내 마음속에 새리가 있을 곳을 찾은 뒤가 아니면 죽이지 않을 거야. 앞치마 남자는 연신 염소의 목과 배를 쓰다듬었다. 앤도 앞치마 남자 옆에 서서 염소의 눈언저리와 귀 뒤와 목덜미를 쓰다듬었다. 염소가 그때까지 묶여 있던 발을 풀려고 버둥거리며 온몸에 경련을 일으켰지만, 두 사람이 쓰다듬어 주는 동안 호흡이 평온해지더니 눈을 천천히 감았다 떴다 하다가 울음을 그쳤다. 마음속에 있을 곳을 찾다니, 그건 어떻게 찾는 거야? 앤이 여전히 염소를 어루만지면서 물었다. 앞치마 남자가 대답했다. 물방울이 바위에 구멍을 뚫는 것처럼 하는 수밖에 없지. 우리 마음에는 틈이란 게 없어서 새리가 있을 곳을 만들기 위해서는 많은 시간과 특별히 예민하고 강한 감정이 필요할 거야. 그런 게 바로 슬픔이라는 걸 거야. 이 일을 해오는 동안 나는 깨달았어. 슬픔이란 단단한 바위에 계속해서 떨어지는 물방울처럼 가슴에 떨어져 틈을 만드는 거야. 그건 고통스럽겠지. 슬픔은 고통스러운 거야. 하지만 슬픔이 마음에 틈을 만들면 거기에 새리가 있을 곳을 만들 수 있을 거야. 나는 언제라도 그 자리로 새리를 찾아갈 수 있겠지.

안조는 더 이상 도망치겠다는 소리를 하지 않을 테니 아이들만은 건드리지 말아달라는 말을 되풀이하고, 눈에 고인 눈물을 손등으로 닦으며 골목을 걸어갔다. 난 도통 저 녀석이 무슨 말을 하는지 모르겠는데, 아키라 넌 알겠냐? 사부로 씨가 가방 안의 그리스 건에서 손을 떼지 않은 채 물었다. 잘 모르겠습니다만, 어쨌든 아이들이 있으니 도망치진 않을 겁니다. 나는 그렇게 대답하고, 염소 옆에서 떠날 기미가 없는 앤에게 말했다. 갑시다. 앤은 한참을 더 앞치마 남자 옆에서 염소를 어루만졌지만, 이윽고 달려와서 합류하여 다시 콧노래를 흥얼거리며 걷기 시작했다.


## 7


개 짖는 소리가 들리지 않게 되었다. 양 버스 마지막 열 맞은편에는 캄캄한 경사지가 펼쳐져 있고 벌레와 야행성 새들의 울음소리가 들려왔다. 달빛을 받아 등 뒤의 산 능선이 그늘을 드리웠다. 돌아보니 대부분 크기가 비슷하면서도 모양이 미묘하게 다른 버스들이 질서 정연하게 늘어서 있었다. 부채꼴로 펼쳐진 노란색과 오렌지색 불빛이 마치 거대한 전기 장식 같아서 우리는 잠시 넋을 잃고 바라보았다. 그러나 변두리에 이르자 양 버스 구역이 외부로부터 차단되어 있음을 새삼 확인하게 되었다. 이 구역에 사는 사람들 대부분은 사실상 공장이나 폐기물 처리장에 일하러 가는 것으로 일생을 마친다. 하지만 내부에 사는 사람은 외부와 차단되었다는 것을 모른다. 섬이 얼마나 좁은지 섬에 있을 때는 나도 몰랐다.

이곳이 내 버스인데, 조심해주었으면 하는 게 있다. 안조가 제로 서티스리에 늘어선 버스 중 하나를 가리키며 말했다. 조심해달라는 것은 바로 도청이다. 벌써 몇십 년째 나는 도청당하고 있다. 도청하는 이가 누군지는 말할 수 없다. 도저히 말할 수 없다. 알지? 말할 수 없다. 그러나 강력한 권력을 가진 자만이 도청을 할 수 있다. 그 사실은 누구라도 알지. 그러니 너희도 알 것이다. 나는 작가로서 소설, 시, 논문, 문화 평론, 르포, 보고서, 시말서, 프로덕션 노트 등 온갖 언어활동을 하기 때문에 권력층에서 주시하고 있다. 그러나 난 도청 따위에 굴하지 않아. 작가는 본질적으로 자유로워. 어디로 몰아넣고 가두고 쫓아낼지라도 자기가 있는 곳에서 언어를 엮어내지. 그러니 자유로운 거다. 나는 관리관으로 너희 고향 섬에 살면서 권력층이 비밀로 해두고 싶어 하는 것들을 이 눈으로 보고, 이 귀로 듣고, 그리고 표현해왔다.

안조는 버스 출입구 발판을 올라가면서 '이 눈으로 보고' 할 때는 자기 눈을 가리키고, '이 귀로 듣고' 할 때는 자기 귀를 가리키고, '표현해왔다'고 할 때는 자신의 심장을 가리켰다. 버스 안은 우유 냄새가 나고 어두웠다. 인기척은 없었다. 안조가 벽 쪽에 있는 스위치를 누르자 천장의 조명이 켜지고 책으로 덮인 좌우 양쪽 벽이 눈에 들어왔다. 활자 인쇄 책과 서적 디스크와 서적 카드가 빼곡하게 쌓여 있었다. 이렇게 많은 서적을 본 것은 처음이었다. 앤과 사부로 씨도 책에 위압당한 듯이 멍하니 서 있었다. 종류도 다양하고 형태도 다양하고 게다가 방대한 장서였다. 경제학, 생물학, 법학, 의학, 공학, 정치사회학 등의 학술서에 저명한 고전문학, 근대문학, 시집, 사전, 교과서, 역사서, 재판 판례집, 여러 지방의 향토사, 기업들과 공장들의 사사社史, 세계 각국의 여행 안내서, 해도집海圖集, 연극 평론집, 동식물도감, 해산물 가공이나 야금술이나 로봇이나 의약품 등에 관한 기술서, 거기다 철도 노선도와 시간표, 항공사 운항표, 호버크라프트 설계도집 그리고 2048년부터 2076년까지의 전국 전화번호부, 2102년도 간토 주와 주고쿠 주의 수지결산 보고서 등이 눈에 들어왔다. 사부로 씨는 질린 얼굴로 책장을 바라보고 있었다.

　나오려무나. 안조가 버스 뒤쪽을 향해 말했다. 나와, 괜찮으니까 나오렴. 마치 노래하듯이 부드럽고 높은 목소리로 리듬을 붙여서. 버스 안에는 책장 외에 둥근 유리 테이블과 나무 의자와 텔레비전 모니터가 있고, 운전석 옆에 접이식 구식 랩톱 컴퓨터가 놓인 책상과 전기 주방이 있고, 중간에 간이화장실이 있고, 뒤편에 이층침대 두 개가 있었다. 이층침대 아래에서 아이 하나가 얼굴을 내밀더니 비닐 시트를 깐 바닥을 손으로 벅벅 긁듯이 기어 나왔다. 인형처럼 반듯한 얼굴에 눈이 커다란 예닐곱 살의 여자아이였다. 아이를 본 순간, 앤이 미간을 찡그리며 불쾌한 표정으로 안조를 노려보았다. 여자아이는 몸에 착 붙는 검은색 반투명 댄스 연습복 같은 것을 입고 가죽 목줄을 차고 있었다. 얇은 천을 통해 하얗고 여린 몸이 더 강조되었다. 얼굴에는 표정이 없었다. 겁을 먹은 건 아니었지만 눈에 힘이 없어서 어디를 보는지 알 수 없었다. 핑핑, 이리 오렴. 말을 걸며 다가간 안조는 아이의 작은 손을 감싸듯이 잡고 물었다. 도시야스하고 티티는 어디 숨었을까나? 여자아이가 어딜 보는지 알 수 없는 눈을 한 채 침대 밑을 가리켰다.

도시야스, 티티, 나와도 괜찮아. 나오렴. 이 사람들은 아주 좋은 사람들이야. 못된 사람들 아니야. 안조는 마치 노래를 부르듯이 몇 번이고 말하면서 침대 아래를 들여다보다가, 손을 넣어 다섯 살쯤 되는 남자아이와 여자아이를 끌어냈다. 여자아이는 바닥에 손을 짚고 천천히 일어섰지만, 남자아이는 축 늘어져 엎드린 채로 움직이려고 하지 않아서 안조가 안아 올리듯이 일으켜 세웠다. 핑핑이라고 불린 여자아이와 마찬가지로 두 아이 다 몸에 붙는 반투명 옷을 입고 목줄을 하고 있었다. 목줄에는 은색 징이 박혔고 목줄을 거는 금속 고리가 달려 있었다. 줄의 폭이 목 전체를 덮을 정도로 넓어서 세 아이 모두 호흡하는 게 힘들어 보였다. 앤이 안조에게 다가갔다. 눈이 분노에 차 있어서 나는 앤의 어깨를 잡아 제지했다. 앤이 핑핑이라는 여자아이의 발끝을 가리키듯 돌아보았다. 발톱에 색을 칠한 발가락 사이에 강화플라스틱으로 만든 극소 기구가 끼워져 있었다. 교정기구의 하나로 몇 걸음만 걸어도 발가락뼈에 압박이 와서 심한 통증을 느낀다.

핑핑, 티티, 도시야스, 잘 들어라. 안조가 세 아이의 뺨과 머리를 쓰다듬으면서 말했다. 내가 잘 들어라, 하면 내 얼굴을 똑바로 보고 예, 하고 대답하든가 고개를 끄덕거리든가 하라고 몇 번이고 가르쳤지 않니? 안조의 말을 들은 세 아이는 바짝 긴장하여 입술을 희미하게 떨었다. 알겠니? 예, 하고 대답하든지 고개를 끄덕거리든지 어느 쪽이든 하라고 가르쳤지? 가르쳤지? 가르쳤지? 안조는 세 아이의 얼굴 바로 앞에 차례로 얼굴을 갖다 대며 다시금 말했다. 핑핑이라는 여자아이가 고개를 앞으로 쓰러뜨리는 운동 같은 동작을 했는데, 고개를 끄덕이는 것 같지는 않았다. 다른 두 아이도 핑핑이라는 아이에 이어 같은 동작을 했다. 안조는 세 아이가 고개를 앞으로 쓰러뜨리는 동작에 맞춰 리듬을 타듯이 끄덕, 끄덕, 끄덕, 하는 소리를 냈다. 좋아, 좋아. 그렇지, 그렇지. 언제나 끄덕끄덕을 잊어서는 안 된다. 나는 지금부터 일하러 갈 거야. 이 세 사람의 좋은 분들과 함께 조금 먼 곳에 가게 되었으니 집 잘 봐야 한다. 그래, 내일 아침이나 점심때는 돌아올 테니까 식사 잘하고 약 먹고 자면 돼. 약은 식사 속에 넣어둘 테니 전부 먹도록 하려무나.

안조는 바지 주머니에서 봉지 같은 걸 꺼내 핑핑이라는 여자아이에게 주고, 티티라는 여자아이와 도시야스라는 남자아이를 안아 올려 버스 앞쪽으로 가더니 주방에서 식사를 만들었다. 봉식을 가늘게 찢어 대량의 분유를 섞고 약제를 몇

방울 떨어뜨려 크고 작은 잔에 따른 다음, 마셔라, 하면서 세 아이에게 건넸다. 마셔라. 한 번 더 말하자 세 아이는 마치 기계장치가 달린 인형처럼 잔을 기울여 반고체 식사를 목에 흘려 넣었다. 버스 안에 우유 냄새가 가득 퍼졌다. 세 아이가 식사를 마치자 안조는 대단하네, 대단해, 대단해, 하며 혼자서 손뼉을 쳤다. 그리고 눈물 맺힌 눈초리로 우리 쪽을 돌아보며 말했다. 이 아이들을 지키고 행복하게 해주기 위해서라면 나는 죽음을 받아들이는 것도 두려워하지 않을 거야.

그게 실은 내 전부야. 여기는 도청되고 있어. 카메라도 몇만 군데 설치되어 있지. 봐, 여기하고 저기하고, 저기 그리고 거기. 안조는 천장과 창틀과 책상 위 조명등을 잇달아 가리켰다. 하지만 그 어디에도 카메라 같은 것은 없었다. 예를 들자면 이거야. 안조가 전등갓에 묻어 있는 쓰레기를 손가락 끝에 찍어 보이며 말했다. 최신 카메라로 마이크로폰도 내장되어 있지. 이것도 저것도 그것도 전부 카메라고 마이크야. 안조는 의자와 책장과 창틀에 떨어진 실밥이나 먼지 같은 것을 집어 들고 후우, 하고 불어 바닥에 떨어지는 것을 눈으로 좇다가 구두 끝으로 짓이기는 시늉을 했다. 이렇게 부숴버려도 끝이 없어. 왜냐하면 이 버스에는 카메라와 마이크로폰이 수만 군데, 아니 정확하게 말하자면 수십만 군데 설치되어 있으니까. 안조는 세 아이가 비틀비틀 침대 쪽으로 걸어가는 것을 바라보며 말했다. 노인시설로는 언제 출발할 거야? 난 언제든 좋아. 그리고 우리를 보며 웃었다.

하권으로 이어집니다

# 노래하는 고래 상

© 무라카미 류, 2011

초판 1쇄 인쇄  2012년 1월 18일
초판 1쇄 발행  2012년 2월  3일

지은이      무라카미 류
옮긴이      권남희
펴낸이      강병철
주간        정은영
책임편집    장지희
외서 팀     노유리 김찬영
제작        고성은 박이수
마케팅      조광진 장성준 김상윤 박제연 전소연
E-사업부   정의범 조미숙 한설희 이혜미

펴낸곳      (주)자음과모음
출판등록    2001년 5월 8일 제20-222호
주소        121-753 서울시 마포구 동교동 165-1 미래프라자빌딩 7층
전화        편집부 02) 324-2347  경영지원부 02) 325-6047
팩스        편집부 02) 324-2348  경영지원부 02) 2648-1311
이메일      neofiction@jamobook.com
홈페이지    www.jamo21.net
독자카페    cafe.naver.com/jamoneofiction

ISBN 978-89-544-2710-4(03830)
     978-89-544-2712-8(set)

『우부메의 여름』, 『망량의 상자』의 작가 교고쿠 나쓰히코 신작 미스터리

# 죽겠다 죽겠다 말로만 하지 말고
# 차라리 죽지 그래

🌸

## 나락으로 떨어지는 순간,
## 압도적인 잔혹함이 구원으로 바뀌는 쾌감!

🌸

**인간이라는 존재의 심연,
그 가장 깊은 곳에 숨겨진 지옥이 드러났을 때!**

천사의 순진무구함을 지닌 백치미의 여자, 아사미. 그녀가 살해당했다.
우연한 기회에 그녀와 만났던 청년 겐야는 생전의 아사미와 관련된 사람들을
찾아다니며 차례로 질문을 던지는데……
청년은 무엇을 묻는가? 청년이 만난 사람들은 무엇을 이야기하는가?
그리고 마지막 남은 한 사람의 진실은?

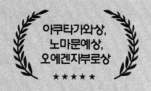

아쿠타가와상,
노마문예상,
오에겐자부로상
★ ★ ★ ★ ★
수상작가
# 나카무라 후미노리 신작!

# 악과 가면의 룰

392쪽 | 13,000원

## 거대한 악 vs 절대 사랑

나는 얼굴을 바꾸고,
모든 것을 버리고,
이제 그녀의 행복만을 원한다

**생과 사, 선과 악의 뒤틀림을 도스토옙스키적인 압도적 서사로 풀어내다!**

인간의 죽음, 생의 뒤틀림, 보상은 있는 것일까. 주인공이 선과 악, 행복과 불행의 간극에 무한히 매달려 있게 되었다면, 그리고 그것이 그에게 내려진 벌이라고 한다면 이는 충분히 무서운 책이다. — 『아사히 신문』

정체불명의 테러 집단, 주인공을 집요하게 쫓는 형사 등 서스펜스적인 요소를 대담하게 도입하면서 숨 막히는 긴장감이 작품 전체에 넘쳐흐른다. 또한 전쟁이나 역사도 시야에 두면서, 악을 둘러싼 근원적인 물음들에 대한 스케일이 한층 커졌다. — 『요미우리 신문』